春华秋实

一个中国民办幼教拓荒者的浩荡征途

王默然 著

中国文史出版社

图书在版编目（CIP）数据

春华秋实：一个中国民办幼教拓荒者的浩荡征途 / 王默然著 . -- 北京：中国文史出版社，2025. 3. -- ISBN 978-7-5205-5190-8

Ⅰ . I247.5

中国国家版本馆 CIP 数据核字第 20255U4D29 号

责任编辑：薛媛媛

出版发行：**中国文史出版社**

社　　址：北京市海淀区西八里庄路 69 号院　　邮编：100142

电　　话：010-81136606　81136602　81136603（发行部）

传　　真：010-81136655

印　　装：武汉市卓源印务有限公司

经　　销：全国新华书店

开　　本：720×1020　1/32

印　　张：17　　字数：322 千字　　图幅数：53

版　　次：2025 年 3 月第 1 版

印　　次：2025 年 3 月第 1 次印刷

定　　价：98.00 元

谨以此书献给
每一位拼搏奋斗的追梦人

——王默然

春 | 华 | 秋 | 实

CHUNHUAQIUSHI

目
录

序言

代序 | 以爱为薪火，
照亮民办教育的精神原乡

毛梦溪

在这个崇尚速度的时代里，总有些生命以静水深流的姿态，在时光长河中镌刻出永恒的印记。当翻开民进会员、著名报告文学作家王默然先生 30 多万字的心血之作《春华秋实》，这些泛着墨香的文字便化作一束光，照亮了中国民办幼教事业荡气回肠的风雨征途，更映照出主人公张春花女士用爱与坚韧编织的精神图谱。这不仅仅是一个教育者的创业史，更是一部镌刻着家国情怀与人性光辉的现代史诗。

20 世纪 80 年代的中国，改革春潮涌动的背后，是千万家庭对高质量学前教育的深切渴盼。张春花站在武汉市汉阳县街头，望着母亲们背着孩子赶工的背影，她看见的不仅是生活的重负，更是一个民族对启蒙教育的集体焦灼。当她果断辞掉公职，在汉阳县的老巷间挂起"春花学前班"的木质牌匾时，或许并未想到，这颗教育火种，将燎原成影响数万家庭的希望之光。

民进先贤、著名教育家叶圣陶先生曾言："教育是农业，不是工业。"张春花的实践恰是对这句话最生动的诠释。张春花用 40 年光阴深耕这片教育原野，将每一间教室都变成孕育生命的沃土。当公办教育体系尚未健全时，她以民办教育拓荒者的姿态，在政策与现实的夹缝中开辟出一种新的可能。她把留守儿童接到自己家里管吃管住的每一个黄昏，她在煤油灯下编写教案的每一个深夜，她为贫困家庭减免学费时的抉择瞬间，都在见证着一个教育守望者的精神跋涉。

作为一名民主党派成员，张春花的创业史还始终贯穿着奋斗和奉献的精神血脉。她通过政协提案推动民办教育政策的完善，用实践诠释着"奔走国是，关注民生"的优良传统。这种将个体命运与时代进程相融合的自觉，让她的教育实践超越了个人事业的范畴，成为民主党派成员服务社会的时代注脚。

在《春华秋实》的叙事肌理中，最动人心魄的莫过于事业与亲情交织的双螺旋结构。书中大幅描写了张春花的成长经历和家庭生活，笔尖流香、深情流淌，让人深信"一个好女人，就是一个家庭的好风水"，同时对家庭教育有了最生动的注解。

创业之路百炼成钢，唯有赤子之心是一往无前的动力。当张春花在闷热的夏夜一边给两个孩子扇扇子一边修改教案时，当她骑着自行车满大街贴招生小广告时，当她不得不两年之内四次搬家颠沛流离时……这一幕幕都成为改革开放初期民办教育人集体境遇的缩影。这种撕裂般的生命体验，恰恰折射出中国第一代创业者特有的精神韧度。

书中记录的"家庭版遵义会议"场景令人肃然起敬：面对打破铁饭碗后的未卜前途，公公在灯光下把自己全部的养老钱拿出来；睿智的公公还捏了个"泥巴碗"，放在家里的门楣上，时刻提醒她的处境；清贫的老公，此刻只能紧紧地握住她的手，眼神里全是坚定的支持……这些细节构成了中国式家庭最动人的精神图腾——他们以近乎悲壮的方式，将个体命运与教育理想熔铸成共同体。这种代际相传的奉献精神，让庆龄幼儿园不仅是个教育机构，更成为承载家族和民族信仰的精神道场。

张春花近40年波澜壮阔的创业史，破解了现代女性最难的生命课题：如何在事业追求与家庭责任间找到平衡支点。当她把老师称作"家人"，将学生视若己出时，传统意义上的家庭边界被重新定义。这种"幼吾幼以及人之幼"的大爱，让教育的温度穿越血缘的藩篱，在更广阔的社会层面完成爱的传递与增值。

在功利主义甚嚣尘上的今天，张春花的故事犹如一剂清醒剂，证明真正的教育从不是精致的商业计算，而是生命与生命的相互照亮。当民办教育领域一度充斥着资本的狂欢时，庆龄幼儿园始终保持着"灶台永远温热，玩具绝不脱漆"的质朴传统，这种近乎执拗的坚守，恰恰守护了教育的本质尊严。

作为一名民主党派成员，张春花将参政党的政治责任转化为"为教师谋尊严，为孩童争未来"的具体行动，这种兼具理想主义情怀与务实作风的特质，正是民主党派成员参与国家治理的典范样本。

《春华秋实》给予当下最珍贵的启示，在于它重新定义了"成功"的维度。当世人追逐财富的狂欢时，张春花却响应国家号召，果断进军托育和养老事业。一老一少牵民心，一枝一叶总关情，她风风火火的奋斗路，充满了超越物质层面的精神丰盈，让所谓"苦到极致，拼到极致，幸福到极致"的生命辩证法，获得了最诗意的诠释。

站在"两个百年"交汇的历史坐标上，《春华秋实》这部作品的价值在于，它记录着一代教育工作者如何用生命践行"捧着一颗心来，不带半根草去"的赤子之心，更昭示着中国知识分子的精神传统如何在新时代焕发生机。当跟随王默然先生的如椽之笔穿越四十载岁月长河，最终触摸到的，是一个民族对教育最本真的信仰，也是一个时代对精神标高最执着的追寻。

愿这颗用爱淬炼的精神火种，能照亮更多教育者的前行之路；愿这段用生命书写的春华秋实，在新时代续写更壮美的篇章。这或许就是《春华秋实》留给历史最深沉的回响——在平凡中见证伟大，用微光点燃星河。

是为序。

（作者为民进中央宣传部部长）

代序 | 民办幼教怒放的迎春花

王红兵

　　站在中国民办教育四十年的长河边回望，总有一些身影如星辰般照亮来时的路。

　　百年幼教史，一曲壮歌行。著名报告文学作家王默然先生，以中国民办幼教人张春花为主人公，精心创作 30 万字长篇报告文学《春华秋实》，俯身记录中国民办幼教人这个伟大的群体，在这个伟大时代中奋斗的足迹，令人阅之振奋和感动。

　　当我翻开《春华秋实》厚厚的书稿，那些浸透血泪与欢笑的文字，仿佛将武汉长江的波涛声带到了耳畔。张春花——这位曾与我并肩走过民办幼教峥嵘岁月的"战友"，用她 38 年的创业史诗，为时代发展写下最滚烫的注脚。

　　1988 年，改革开放的春风荡涤着冰封已久的大地，当时"民办幼儿园"在国内尚是一个新生事物，26 岁的张春花从体制内辞职，勇敢地打破铁饭碗，创办了春花学前班（"庆龄幼儿园"前身）。没有政策庇护，没有资金支持，甚至没有一张像样的课桌，她却在斑驳的民宅里为中国民办幼教凿出第一道光。

20 世纪 90 年代，民办教育拓荒者们如同散落的火种，在寒风中彼此寻找光亮。2008 年，当我首次走进这座花墙环绕的园所，看到孩子们用废旧易拉罐搭建的"长江大桥"，教师手绘的二十四节气长廊，还有那位永远蹲着与孩子对话的园长，让我看到民办教育的另一种可能：真正的教育，从不在奢华的外表中，而在赤诚的匠心与温度里。

张春花的传奇，是一曲"吃亏哲学"的生命赞歌。当商业浪潮裹挟教育行业时，她坚持将利润投入到教师和孩子培养，投入到园所环境的改善；当自身生计都成问题时，她却身体力行地为众多留守儿童撑起一片蓝天，决不让一个孩子失学。自己淋过雨，总想给别人撑一把伞，这份苦行僧式的执着令人动容。

书中记录的三个细节令我热泪盈眶：经历过四次搬家的张春花为了不再让孩子们颠沛流离，她手握"64 张借条"，建起了属于自己的教学楼；为让农民工子女吃上热饭，她连续多年每天将没有按时被父母接走的孩子带回自己家吃饭；为了两个月把一幢新教学楼建起来，脚手架上密密麻麻站满工人抢工期贴外墙砖。这种舍己为人的付出，这种双向奔赴的互动，恰恰印证了民办教育最珍贵的品质——将教育视为信仰，而非生意；将孩子视作生命，而非客户。

《中华人民共和国学前教育法》已经颁布，即将于2025年六一儿童节实施。而在人口结构深刻变革的今天，张春花的故事给予我们至关重要的启示：在行业寒冬中，民办幼教唯有回归教育本质才能傲雪绽放。张春花数十年如一日对教育初心的坚守，正是验证那句话——教育是种太阳的事业，只要心中炽热，终将照亮人间。

作为一名幼教人，我见证过太多园所在大浪淘沙中黯然退场，张春花最令人敬佩之处，在于她从未将成功视为独享的冠冕。她义务帮助无数濒临破产的幼教人，甚至自费组织行业交流论坛，提升幼师学习能力。这种胸怀，让民办幼教从零散的个体奋斗，升华为共生共荣的命运共同体。

在幼教行业寒冬，面对资本跨界冲击与政策调整的双重压力，张春花却坚定地说："民办幼教不会死！"坚持普惠，不让一个家庭因学费放弃希望；坚持创新，不让一个教师停止成长；坚持共生，不让一个同行孤军奋战。这种格局，正是中国民办教育从"野蛮生长"走向"高质量发展"的缩影。

张春花38年波澜壮阔的创业经历证明：民办教育的价值，不仅在于弥补资源缺口，更在于以灵活机制探索教育创新的无限可能。民办教育的出众，不在于规模与资本的较量，而在于对教育规律的敬畏与对人性温度的守护。在《学前教育法》明确民办教育"是国民教育体系的组成部分，是重要的社会公益事业"定位的今天，在人口负增长与教育提质双重挑战交织的时代路口，《春华秋实》的出版恰似一炬火把，照亮我们前行的方向。

亲爱的同行者们，当我们讨论民办教育的未来时，请永远记住张春花所践行的教育理念："教育者的幸福，不在于摘取多少果实，而在于播撒的种子终成森林。"在这个充满不确定性的时代，愿我们以她为镜，让民办教育不仅成为"活下去"的行业，更要成为"活出光"的事业。

此刻，汉江之畔的庆龄幼儿园正迎来第38个秋天。那些在金桂树下嬉戏的孩子不会知道，他们脚下的土地曾浸透开拓者的血汗；那些在绘本馆专注阅读的家长不会看见，书页间飞舞着一位中国民办幼教人38年的晨昏。但历史会记得，时代会记得，中国民办幼教的丰碑上，永远镌刻着这样一群人的名字——他们以爱为舟，以梦为帆，在教育的江河中踏浪远征，为无数生命的春天护航。

这，便是《春华秋实》给予我们最珍贵的馈赠：当个体命运与时代征程同频，当教育理想超越世俗得失，再平凡的灵魂也能谱写出壮阔的史诗。

是为序。

（作者为中国未来研究会教育分会会长、中国教育发展战略学会教师发展专业委员会副理事长、红缨教育创始人）

自序 | 胸怀梦想的远征

王默然

胸怀梦想的远征，从来不惧风雨兼程；穿越惊涛骇浪的航船，更显中流击水之定力。

中国的改革开放发展之路经过了 40 多年突飞猛进的历程，在这片古老而深沉的大地上，诞生了一个又一个奇迹，造就了一段又一段传奇。有人傲立潮头，有人踏歌而行，有人星夜奔波，有人负重攀登。生活在这个风云变幻、波谲云诡的时代，放眼天下，凡英雄豪杰，名流翘楚，无一不是坚忍不拔、迎难而上之辈。

张春花，这个当年乡亲们眼里的"苦菜花"，却用乐观和坚韧，扛过了苦难深重的成长岁月，于逆境飞扬，最终成为中国幼教行业的一枝迎风怒放的迎春花！

她出身寒微，那个时代的人都苦，但是她的苦却超出了同时代的很多人。父亲少年时当过长工，青年时参军报国，南征北战，四海为家；母亲体弱多病，40 多岁就卧病在床，长期与药罐为伴。兄妹 6 人中，张春花排行老三，在那个一出生就面临着饿死的苦难年代，她像一颗坚韧的野草，随风摇曳，历经冰刀雪剑的摧残，依旧顽强生长。

童年里的春节，是孩子们最美好的回忆，无论是再穷的人家，在大年三十的晚上也会有一碗饺子吃，而张春花家一片凄然，家里断粮，冷锅冷灶没有一点烟火气，生病的母亲躺在床上捂着胸口不断呻吟。此时，鞭炮声在夜空中此起彼伏，空气中弥漫着硝烟的味道、炖肉和炸鱼的味道，这就是年的味道呀。家里没有钱买鞭炮的张春花，就带着弟弟妹妹去翻捡别人放过的鞭炮堆，找出那些没有炸响的零星鞭炮，他们捡遍了整个村子，捡到几个完好的鞭炮，她就带着弟弟妹妹在自己家门口把这些鞭炮一字排开，一个一个地点燃炸响，让自己冷清的家也增添一点年味。饿着肚子的她，在鞭炮响起的那一刹那，是多么快乐呀！

生活的苦难把她摁在了尘埃里，她却在尘埃里开出了芬芳的花朵来！

火车在大地上穿行，希望随铁轨延伸。张春花的父亲张德好是一个典型的"入赘"女婿，凭一人之力无力养活妻儿的他，只好把妻儿寄养在河南农村的岳父母家。每次，他乘火车来河南探亲时，遥望着火车窗外贫瘠的大地，内心总会充满惆怅和迷茫：什么时候才能带妻儿回到自己的家乡啊！这是他奋斗的动力，也是他前进的方向，可是在生活苦海中摇曳的家庭小舟到底驶向何方？苦闷和迷茫让他的胸中像是化掉的熔岩，更像奔腾的地火在四处寻找突围的缝隙……

不能深刻地感触过去，就很难获得腾飞的能力。苦难的童年，辛酸的人间，但少女张春花的感受却与父亲不同，她像是大地的女儿，厚重而淳朴，心生明媚，岁月暗香。她似乎从没有记住那人世间的一切苦难，相反，她的回忆中都是美好和快乐——

农村的早晨真美呀，在公鸡的打鸣中一觉醒来，她从和弟弟妹妹挤在一起的温暖被窝中直起身子，伸了个懒腰，就起床开始了她一天的生活。起床后，张春花到村口的河沟里洗把脸，然后就提着个水桶去井边打水，辘轳的吱呀声，水桶撞击水面又沉入井水中灌水的那种咕嘟咕嘟的声音，特别优美动听，像一首散文诗……

农村的早晨薄雾弥漫，像仙境一般，露珠落满庄稼叶子，晶莹剔透，摇摇欲坠。空气中吹来的微风，甜甜的，润润的，花香和草香还有泥土的芬芳，都是那样的令人陶醉。小鸟叽叽喳喳地从身边飞过，像是在唱歌。她的心情瞬间开朗起来，眼里像闪过一道光，整个一天都会在心情明媚中度过……

她特别喜欢下雨的季节，虽然家里的土坯房子四处漏雨，屋子里面摆满了接雨的瓶瓶罐罐。可是，下雨天能玩水的张春花是多么的快乐呀！屋檐上的雨水敲打在搪瓷盆子上，叮叮当当像在弹琴。池塘里和水沟里的蛙鸣此起彼伏，门口的池塘水漫出来，流到田边的草沟里，她带着弟弟妹妹们，在河沟的漫水处扎下小网兜捉鱼，往往半天下来，就可以捉一大盆子各类鱼虾，这可是一家人改善生活的好食材。雨水打在庄稼叶子上，沙沙作响，田埂里的水也漫了出来，有些欢快的鱼儿竟然游到了庄稼地里，尾巴打起的水漂，像是白色的闪电。孩子们没有胶鞋穿，赤脚走在泥巴地里和松软的水草上，大地厚重，水草轻柔，雨水打湿了头发，遮住了眼帘，但孩子们的朗朗笑声和雨珠子一样，在这美好的人间飞溅……

夏天的时候，到了收割麦子的季节，布谷鸟在天空中不断地有节奏地叫着"布谷布谷，赶快收谷"，这是自然的提醒，也是大地的馈赠，是大地收成的信号。她挎起小篮子，在布谷鸟的歌声中去麦田里捡麦穗，尖利的麦茬子有时候会把她的脚底板扎得鲜血淋漓，但是一想到捡回家的麦穗可以打成麦子，磨成面粉，蒸成馒头，马上有一口饱饭吃，顿时动力十足，干得热火朝天……

大地厚重，山川丰盈。从童年走来的张春花，带着乡野的露珠在田间奔跑，走向少年时代刻骨铭心的求学时光——

她举着火把、打着赤脚在夜色沉沉中的村间小路往学校走去；她衣衫单薄，连一件厚棉袄都没有，为了御寒在教室里边背诵课文边来回跑步取暖；学生时代，她的饭碗里从来没有见过油水和荤腥，一罐豆瓣酱就是她一周的下饭菜。冰雪呀，你冻不赢我！这是"豆瓣酱少女"不屈的青春宣言，更是她奋进的命运之歌！

春风浩荡，江河冰融。她在星光下赶路，趁月色奔行，终于从艰苦卓绝的求学少年时代中走出来，走进踔厉奋发的青年时期——

她成了全村第一个考上师范学校的女大学生，毕业后被分配进了公办学校当老师，终于跳出了农村，吃上了商品粮，端上了"铁饭碗"，丑小鸭一夜变天鹅，幸福的生活已经唾手可得。此时，改革开放的号角，若春雷滚滚，惊醒了她尘封的梦，青春，就是用来奋斗的！她勇敢打破"铁饭碗"，在"泥巴碗"下辞职，从此义无反顾地走进了风雨中！

大河奔流，风云激荡。创业路上她经历三年四次搬家的颠沛流离，也创造了两个月建起一幢教学楼的建筑奇迹；她珍存着"64张借条"，也走出了啃着馒头打官司的创业路上苦难的煎熬。心中的烈火一直熊熊燃烧，日夜不熄，她像是一个水手，奋力摇橹驾驶着命运的小舟，于海中与激流暗礁搏斗，她驶过风高浪急的峰顶谷底，跌跌撞撞驶向前方，远方的光亮就是她不变的航向。远方，就是彼岸；远方，就是胜利！九死一生，百折不挠，命运之神终于向她伸出了眷顾之手，她收获了自己半生奋斗的荣光。

百年幼教史，一曲壮歌行。为了"教育要从娃娃抓起"，张春花秉持"立天地之心，传民族之魂"的理念，成为第一代民办幼教人，创办了中国改革开放后最早的民办幼儿园——武汉市庆龄幼儿园，并由时任全国人大常委会副委员长李沛瑶亲笔题写园名。

聚是一团火，散作满天星。她一生投身幼教，九死不悔，43 年的从教生涯让她荣誉等身，当选武汉市政协委员、五届蔡甸区政协常委；当选"中国最美幼教人""中国百优民办园长"；培养了数以万计的优秀儿童，影响并带动了无数的幼教人前赴后继投身到为国育才的滚滚洪流中……

自己淋过雨，总想给别人撑一把伞。创业几十年，无论栽多少跟头，吃多少苦，无论生活的风雨怎么磨砺，她的心肠却始终硬不起来，眼窝子浅的毛病也改不了，她看不得哪个学生家里穷，听不得谁家又遭了罪。从苦难中走出的她含着热泪常年扶危济困，帮助了无数个家庭和孩子。人生是花，而爱就是花蜜；张春花吃的是苦，吐的是蜜。上善若水，甘之若饴。

怀瑾握瑜，风禾尽起。一个家族最吃亏的那个人，一定是这个家族的顶梁柱，是这个家族最能成大事的那个人！张春花一直秉承"吃亏是福"的做人准则，童年时期，她就是那个靠课余时间"挣工分"帮助母亲撑起了半个家，并照顾弟弟妹妹成长的"二姑娘"；大学时代，为了让家人过上好日子，她利用放假时间骑着自行车跑到几十里外的邻村，充当媒人给大哥提亲，并且成功地娶回了大嫂；为了让自己和丈夫两个家族中的每个人都过上好日子，她将自己的婚礼日期一推再推，发出去的请帖，再一张一张地难过地收回；她深知"父母在，不远游"的道理，创办的幼儿园成了家族里的"联合国"，兄弟姊妹、嫂子弟媳都在园里面上班努力工作，成了她事业的左膀右臂，只要父母来到她这里，就可以见到所有的子女，这份平凡的幸福，却也是人间的至爱大孝！公公不愿跟其他众多的子女一起过物质宽裕的生活，宁愿跟他们一家四口蜗居在一间单身宿舍里，享受着如沐春风的家庭温情。她凭着乐观向上，无怨无悔地为家族付出，像一颗石榴，把家族的每一个成员牢牢地团结在一起，凭一人之力，改变了两个家族的命运，成就了一个中国式幸福家庭的典范版本。

人事有代谢，往来成古今。中国改革开放后这一轮的高速发展持续了 40 多年，人们习惯了发展，习惯了繁荣，习惯了日新月异，似乎一切都是理所当然的。张春花敏锐地注意到了当下严峻的现实，她认为：这是一个时代的落幕，另一个新时代的开启！

盛年不重来，一日难再晨。随着消费降级和新生儿出生率的严重下滑，今日之中国，已经进入低速增长的阶段，同时已步入老龄化社会，一生酷爱学习的张春花，一直奔波在学习的路上。她果断布局早教托育，深耕"一老一小"，进军"银发经济"赛道，用优质教育服务人民群众，收获了口碑，也成功打造了产业闭环，提高了抵御风险的能力。人民群众对美好生活的向往，就是她一生奋斗不止的动力！

中国改革开放的历程注定不是一泓平滑光洁的缓流，而是一段跌宕起伏的惊天动地的激流，奔腾不息的咆哮声，时时敲击回响在我们耳畔。这段滚滚奔腾的历史，可能存在着一些不美满、不安宁、不规范、不宽容，但你必定惊叹于它的光荣与梦想、它的热血与奉献，即使这里面淤积丑陋与悲哀，隐藏着混乱与疯狂。

张春花个人追梦圆梦的足迹，映照着社会的变化与活力，也为追梦而行的时代写下生动注脚。或大或小、色彩斑斓的梦想总是在不舍微末、不弃寸功中开花结果，总是在日复一日、一点一滴的坚守中逐渐可感可及。

其实，任何伟大的征程，都始于梦想、成于实干。想要追求更加美好的生活，必须继续付出辛勤劳动和艰苦奋斗。在这个属于奋斗者的新时代，每个人都在奔跑中拥抱梦想，用汗水浇灌未来，用不懈奋斗书写属于自己的人生精彩。每一个孜孜不倦的奋斗身影，背后都有一颗肯付出不放弃的追求之心。立志当高远，立志还需躬行，扎扎实实干，点点滴滴做，才能干有所成。脚踏实地，艰苦奋斗，行而不辍，不弃微末，一切美好的东西都终将能够创造出来，每个人都可以抵达向往的远方。

致敬每一个胸怀梦想奋力远征的追梦人，致敬在这个时代努力发出光芒的我们自己！

是为序。

楔子

楔子

"风生于地，起于青蘋之末。"

家门前的荷塘微微泛起涟漪，正在二楼阳台上看书的张春花，鬓边的头发被微风吹起，飘过来挡住了视线，她轻轻用手指把头发抹到耳后。起风了，她抬头向外面望去，映入眼帘的是门前的一片荷塘，荷花怒放，清香满园，轻柔的阳光洒满荷塘，泛起层层银鳞一样的光。此时，有蜻蜓静静立在荷尖上，微风吹过，蜻蜓和荷叶随风摇曳，煞是好看。荷塘边上，是漂亮的乡村公路，有回乡探亲的车辆穿过，洒下一串串孩子银铃般的笑声。公路之下，是一望无际的菜田，是童年的绿色海洋，是大自然赋予这片土地最美的旋律……

这是 2024 年 10 月 4 日，一个普通的秋日正午，在武汉市蔡甸区张湾街道办事处的张家淌村，一幢高大崭新的别墅院子里人声鼎沸，院子之外的停车场，停满了挂着鄂 A 牌照的小轿车，村里好久没有这么热闹过了，不少乡亲也凑过来看热闹，不少乡亲说："这张家的人可真是多啊！"这是张春花在自家宅基地上刚刚建起的一幢三层别墅，整个十一国庆长假，家里人来人往，亲朋好友来往不断，她每天忙完工作，就是跟丈夫余宪骐去附近的市场上买菜，丈夫有一手好厨艺，每天要做两大桌子饭菜招呼客人，忙得不亦乐乎。虽然每天很忙碌，但这也让爱热闹的张春花过得非常开心和充实。

张家淌村，是张春花童年成长的地方，虽然此时她已经是中国幼教界的知名人物，此次在家乡老宅子上建一幢房子，却是满足了她藏在心间多年的一个心愿。这里，是她梦开始的地方，这是她成长的根。眼前的乡村美景，让她陷入了深思。记忆的洪流，像开了闸门的大坝，呼啸奔腾而来，回到50年前那个苦难的时代……

第一章

大地之上

列车南来北往

北方的冬天，滴水成冰，呵气成霜，整个世界都像是一个大冷库，大地与村庄都变成一片灰白色，只有倔强的白杨树光秃秃地列队排在田间的土路边上，指示着路的方向，昭示着生命的顽强。麦苗被冰雪覆盖，叶子锁在冰凌中，像琥珀一样散发着青幽冷冽的光。村边的池塘水面也结了一层薄薄的冰，破败的残荷枝叶投射到水面上，像极了一幅安静的水墨画。村庄里炊烟袅袅，柴火饭的香味飘散在空中，远处不时传来一两声狗叫……

这就是北方冬天大多数农村的模样！

这里不同于其他农村的是，大地每天都会传来一阵阵强烈的震颤：远处一列火车像一头失控的疯狂野牛，拖着十几节绿色的车厢，呼哧呼哧地喘着粗气，吼叫着，呼啸而过，沿着黑黢黢冰冷的铁轨驶向苍茫的远方……这是位于河南省西平县芳庄大队环城乡（2013 年改为柏苑街道办事处）一个叫高徐村的小村庄，由于紧靠着京广线铁路，每天南来北往的列车飞驰而过，成了村庄难得的一道风景线，也成了孩子们最美的童年记忆。

此刻，在白茫茫的大地上，一抹红色在雪地的映照下显得特别亮眼。一个七八岁的小姑娘，上身穿着一件红色的花棉袄，下身穿着一条黑色的棉裤，扎着两个小辫子，脸蛋冻得红扑扑的。她手上挎着一个竹筐，一路蹦蹦跳跳地来到村口的打麦场上，去抽麦秸秆当做饭的引火柴。打麦场上小山一样的麦秸垛，此时在寒风中早冻成了一个冰坨子，小姑娘用红肿的小手，抓着已被她往日扯成了一个窝的麦秸秆根部往外扯，她几乎用尽了全身的力气，但每次只能扯出来几根，过了没多久，她的额头上竟然冒出了细密的汗珠，粗重的呼吸，在寒冷的空气中，变成了一股股白气。她半跪在地上，一把接一把地扯麦秸秆，仿佛没有感觉到僵硬的手冻疼得钻心，她想尽快把竹筐子装满，家里多病的母亲，此时正躺在床上等着她回去做饭呢！

夜色降临，又有一列火车，喘着粗气从她的身边呼啸而过，她赶紧抬起头，目送着列车驶向远方，一直到看不见了，她才低下头来陷入沉思：火车到底要驶向哪里，铁轨的尽头是什么……也不知过了多久，她才从痴想中回过神来，恢复了之前扯麦秸秆的动作，终于装了满满一筐子麦秸秆。她挎起竹筐，蹦蹦跳跳地往家里赶，暮色苍茫，远山如黛，她身上红红的花棉袄，在夜色中就像是跳动的火焰，在大地上欢乐地飞舞。这就是童年的张春花记忆中最深刻的一个场景：苍茫大地之上，列车南来北往，一个乡下的小丫头，背负着生活的重担，努力而明媚地成长着……

张春花从小到大生活的西平县，位于中原腹地，现隶属河南省驻马店市，南距武汉 300 公里，北距新郑国际机场 130 公里，位于郑州及武汉两大都市"一日经济圈"内，京广铁路、京珠高速公路、107 国道纵贯全境。西平火车站原名西平县站，是中国铁路武汉局集团有限公司驻马店车务段管辖的三等站，始建于 1903 年，该站是京广铁路进入驻马店市境内的第一座车站。

说起西平的历史，可谓悠久，此地人文底蕴深厚，上古时期是柏皇氏、西陵氏居住地，西周时为柏皇氏后裔封地。春秋前期为柏子国，后归楚国。秦为颍川郡，汉高祖四年设县，至今已 2200 多年。西平还是黄帝之妻、中华之母蚕神嫘祖的故里，是冶铁铸剑文化的发祥地，是古代法家思想集大成者韩非子的出生地，荣获"中国嫘祖文化之乡""中国冶铁铸剑文化之乡""中国大铜器文化之乡""河南省书法之乡"等称号。境内有孔子讲学处、韩非孤愤台、管鲍分金处等文化遗迹和龙山文化遗址、宋代宝岩寺塔等名胜古迹。

民国初，属汝宁府，民国三年（1914 年）8 月，废府，改属河南汝阳道。民国十七年（1928 年）直属河南省政府。

民国二十一年（1932年）11月，属河南省行政第八区，直至西平解放。1948年8月，中共西平县委和县政府成立。1949年3月，属确山专区。8月，确山专署迁驻信阳市，改称信阳专区。1965年7月，划归驻马店专区。

西平县地势西高东低，西部浅山丘陵区属伏牛山余脉，全县有大小山峰10余座，最高海拔553米。铜器表演是流传于西平、遂平和郊县等中原民间的一种独具风格的闹年打击乐。西平方言称"打铜器"，以响铜制作的大铙、大镲、大鼓为主，表演时撼天动地，音声洪亮，形象生动鲜明、丰富多彩，演奏技巧性强且表演形式多种多样，深受群众喜爱。

不同于一马平川的中原大地，多山多水的西平，在粗犷中多了一份温柔细腻，民风朴实，乡情纯洁。张春花家所在的高徐村被一条铁路穿村而过，火车轨道就像一条无形的界线，将村庄分割成两个部分，每天南来北往的列车，以及车窗里一闪而过的旅人，给这个村庄带来了新鲜的空气，让这里的民风变得豁达爽朗。张春花就是这样的性格，朴实厚道、热情开朗，无论生活的磨难有多大，她总是乐观以待、坚忍不拔，仿佛从来感受不到生活的苦。

张春花小时候在一个这样的村庄里长大，她家就住在火车轨道旁边。在这个地方，火车经常会从自家的房子旁边呼啸而过，掀起一阵阵飓风，让整个屋子都在震动。最初，她非常害怕这种声音和震动。但是，时间一长，她就习惯了这种感觉，并开始喜欢在火车经过时站在门前观察。每次火车经过，她都会高高地跳起来，试图看到火车上的人和物品。有时候，她甚至会在路基下的田野间跟着火车狂奔一阵子，迎接着风和速度的挑战。

火车轨道不仅仅是一个村庄的分界线，也成了村民生活的一部分。当火车路过时，无论是在干各色农活，还是在休闲、聊天、喝茶，村民都会习惯性地停下手头的活，抬头看着它飞驰而过，心里总会涌出一种奇妙的兴奋和惊奇。南来北往的火车，代表着新的可能性和未知的冒险，让人期待着它下一次的到来。

有时候，火车也带来了不同寻常的事情。记得有一次，一辆火车在村庄附近发生了故障，长时间停在轨道上。当时所有的村民都跑过来看热闹，后来火车上的旅客没吃的、没水喝，村民们又自发行动起来，肩挑手提往火车上送吃的、送喝的，整个村庄充满了喧闹和兴奋。少年张春花也加入了给旅客送水的队伍，这是她第一次近距离走进火车车厢，她从来没有想到火车的一节车厢竟然会有这么大，"车肚子里"能装这么多人！列车上坐着南来北往的乘客，浓缩着人生百态、人情冷暖：车厢里的旅客有站着的、坐着的，每个人面色匆匆，大包小包的行李，塞满了行李架和走道，嘈杂声和汗臭的味道混合着，让人不禁头脑发晕。当时家禽可以上火车，有拍着翅膀从旅客头顶掠过的"飞鸡"，有被偷了包、哭丧着脸向乘警求助的乘客……嘈杂、琐碎，火车上的人生百态处处是生活缩影……

张春花提上来的两大开水瓶的水，很快都被旅客们分完了，听着他们不停地跟她说"谢谢"，她又兴奋又激动，小脸涨得通红。不久，火车修好后开走了，但是小小的张春花在后来的好多天，还一直沉浸在兴奋中，她暗暗在心中种下了一颗种子：未来某一天，自己一定要坐上火车去远方，去追逐自己的梦想……

火车带来了梦想，但也带来了危险和悲剧。张春花记得有一次一头邻居家的小牛，吃草时跑上了轨道，结果被一辆疾驰而来的火车当场撞飞，现场血肉模糊。那个时候，张春花才9岁，那个惨烈的场景永远留在了她的记忆中。原来，铁路上不光有美丽的风景，还会有惨烈的事故，而人生又何尝不是如此呢！

当长工的父亲

吃苦如磨刀，耐劳似砺石，年少不经风雨，老来难见彩虹。

1927年，张德好出生在武汉市汉阳县张湾乡张家淌村，他一生坎坷，但充满传奇色彩。9岁那年他父母双亡，成为孤儿后无以为生的张德好进入武汉一户有钱人家里赶马车为生。少年时代受尽磨难，成年之后，张德好改变命运的渴望无比强烈，在风云变幻的时代大潮中，他始终努力向上，用心抓住生命中的每一次机会。与妻子徐爱华结婚后，夫妻俩共生育了6个孩子，他对6个子女也尽心教育，用一个父亲大山一样的臂膀，厚实地挑起了一个家庭的责任。

说起张德好少年时期在汉口开袜子厂的资本家家里当学徒赶马车的这段经历，这也是民国时期中国底层百姓的一种真实的写照。能请长工的人家大多是地主或资本家，这些家庭土地多人口少，劳动力不足，需要大量劳力种地，以保证生产。有的资本家主要是在外面做生意，家里的土地耕种和日常生活需要人管理。这些大户人家一般根据田地亩数来确定请长工的数量，多的会请二十多个长工，少的三四个长工。

地主和资本家家里的长工也不是任何人都能当的。大户人家需要请长工了，往往会去找一些中间人来推荐合适的，因为中间人认识的人比较多，平时也喜欢跟普通老百姓打交道，知道他们的品行和性格。中间人私下会去联系几个平时觉得还不错的人，讲清楚工作时间和待遇，如果人家同意接受了，中间人就去跟主家报告，把长工带到主家见个面，双方确认后就可以开始工作了。一般第一年招来的长工需要写契约，契约写清楚做活的具体职业、工作的起止时间和应该给的报酬。主家会给中间人一点好处费，要么是给点粮食，要么请吃一顿饭；长工因为比较贫穷，不用给中间人什么好处。有的情况是主家、介绍人、长工三者都是相互认识的，就不用写契约，介绍人一撮合，就直接上岗了。

还有一种情况就是长工向主家推荐自己的亲戚朋友。若长工在主家做得很好，当主家还需要请长工的时候，他第一时间得到消息，会主动去跟主家推荐合适的长工。通常他就会去找自己家的亲戚或朋友，不过他推荐的这个人本身也得做人正直、干活得力。这样做有几个好处：以后一起干活的人都是熟人，比较方便沟通和相互帮忙；自己和主家的交流也多了，自己办成了一件事，主家会更相信自己，以后会有更多的事让自己去做。

选择去给大户人家当长工的人一般男性较多，长工来自土地较少、生活比较贫穷的家庭，这种家庭为了生活会选择出一个男性成员去当长工挣粮食维持一家人的生活。地主对长工的品格要求严格，人要正直老实，以前没有做过偷鸡摸狗的事情，做人本分，并且是能干的、勤快的、耐劳的，懂得一些技术活更好，是种庄稼的能手，会犁地翻地赶车等。

大户人家的长工有很多种类，管家负责管理整个家庭全部人口的吃、住、消费，家里的大小事宜都是当家的说了算。在农忙的时候，管家还负责上市去招短工，距离远的人家还会赶着马车去接短工。会计负责管账，记录家里每年的收入与开支。做活的，负责带领农忙时候新招来的短工去地里做活，给他们安排具体的劳作任务并且监督。领人的，带着大家去地里干活的时候，队伍的前面后面各有一个领人的，对短工进行管理。赶车的，平时往家里拉庄稼、往地里送土送粪，有的大车要三四个骡子拉，所以赶车的长工车技要好，同时要有力气。

大户人家女性雇工的职位有奶妈子，主家的女人生孩子之后，如果没有足够的奶，就会请奶妈子来给小孩子喂奶，直到孩子过了母乳期。做针线的女工，负责缝缝补补家里人的衣服，平时就是织布纺线，算是一种技术活。洗衣服的女工，负责清洗全家人的衣物，并且负责打扫卫生，就是做一些苦力活。

长工会在主家吃早中晚三顿饭，但吃饭时不和主家坐同一张桌子，主家全体成员坐一桌，长工们自己坐一桌，就是吃点简单的大饼和馒头。本村的长工自己决定是否要在主家住宿，主家也没有规定长工必须住在自己家。外村的长工由主家免费提供住处。当时，主家的房子布局多是四合院，北面有五六间住房，家里最有地位的人住在靠东的第一间，是上房，东西面分别有三间，通常是儿子媳妇和闺女住的。如果主家四合院够大的话，长工可以住在西边或南边的房间；如果主家的人口比较多，房间不够住，长工就只能住在四合院外面的棚子里。这几排棚子有牲口棚，用来养牛、马、骡子、驴，有用来堆放大型农具的。主家的粮仓为了保证安全，不会放在场院两旁的房子里，而是放在四合院中的西面或者南面。长工的房间一般离大院的门近，可以顺便看家护院。

长工的报酬都是以粮食为主，年底的时候统一发放，当时的粮食以石来计量，1 石等于 10 斗即 100 升。当时农村设计的口袋正好是一个口袋能装下一石粮食，发粮食时都是以袋装。长工因工种不同，所获得的粮食数也不一样。当地长工做活一年所获粮食最少的有两三石，赶马车的属于技术工种，一般的是七八石。

年少的张德好命运多舛，张德好还有个妹妹，妹妹出生时母亲因大出血去世了。在妹妹 3 岁时，张德好已经 9 岁了。这一年，他的父亲也得了重病，父亲知道自己命不久矣，为了让两个年幼的孩子有个活路，经人介绍想把他们送给一对在长江边靠打鱼为生的老渔民夫妇收养。

那一天，天还没亮，张德好的父亲就醒了。他躺在稻草铺就的床上，听着屋外呼啸的风声。风裹挟着雪粒，噼里啪啦地打在窗棂上，像无数细小的石子砸过来。他侧过头，看着身边熟睡的两个孩子——9 岁的儿子和 3 岁的女儿，他们的脸蛋红扑扑的，呼吸均匀。父亲的心揪了一下。

他轻手轻脚地爬起来，生怕惊醒了孩子们。灶台里的火早就熄了，屋子里冷得像冰窖。他摸黑找到那件破旧的棉袄，上面补丁摞补丁，早已看不出原来的颜色。穿好衣服，他站在床边，借着微弱的雪光，最后一次仔细端详孩子们的脸。

"爹……"女儿翻了个身，含糊地喊了一声。父亲的心猛地一颤，差点就要放弃这个念头。但他知道，不能再拖了。这个冬天太冷了，家里的粮食只够撑到月底，而他的肺病越来越重，一咳嗽就会吐血。

他轻轻摇醒了两个孩子。儿子揉着眼睛坐起来，女儿还迷迷糊糊地往哥哥怀里钻。"起来吧，"父亲的声音有些沙哑，"爹带你们去个能活命的地方。"

两个孩子懵懵懂懂地穿好衣服。父亲给他们裹上家里仅有的两条破毡毯，又往他们怀里各塞了一个冷硬的窝窝头。

推开门的一瞬间，寒风裹着雪花扑面而来，女儿打了个哆嗦，往父亲身后躲。

雪下得很大，天地间白茫茫一片。父亲牵着两个孩子，深一脚浅一脚地往江边走去。儿子的手冰凉，却紧紧攥着父亲粗糙的手掌。女儿走不动了，父亲就把她背起来。她的呼吸喷在父亲的后颈上，温热的气息让他眼眶发酸。

江边的风更大，吹得人睁不开眼。渔船在风雪中摇晃，发出吱呀吱呀的响声。父亲看见老渔夫正在船头整理渔网，他的身影在风雪中显得格外单薄。

"老哥……"父亲开口，声音被风吹得支离破碎。老渔夫抬起头，浑浊的眼睛里闪过一丝了然。他放下渔网，慢慢走过来。

父亲把两个孩子往前推了推。儿子似乎明白了什么，突然死死抱住父亲的腿："爹，我不走！我不走！"女儿被哥哥的哭声惊吓到，也跟着哭起来。

父亲蹲下身，颤抖着手摸了摸儿子的头，又擦了擦女儿的眼泪。"听话，"他的声音哽咽，"跟着这位爷爷，有鱼吃，有暖和的被子盖……"话没说完，一阵剧烈的咳嗽打断了他。他感觉喉咙里涌上一股腥甜，赶紧用袖子捂住嘴。

老渔夫看了两个孩子半天，叹了口气，说："这个女儿小，给我养；这儿子都9岁了，可以送给有钱人家帮忙做事，也能混口饭吃。"父亲觉得有道理，就把儿子带走。3岁的妹妹看到父亲把哥哥带走了，拼命哭喊着："我要哥哥，哥哥带我回家。"父亲含着眼泪不敢回头，哥哥被父亲牵着边走边回头喊"妹妹、妹妹"，他年纪太小，无力改变命运，只能眼睁睁看着妹妹被渔船带走了。风雪中传来一声一声哭喊着"爹"的声音，张德好心如刀割，此时，父亲的身影佝偻得像一张弓，他背对着江面，直到渔船消失在茫茫江面上，才转身往回走。

风还在呼啸，雪还在下，雪地上留下一大一小两串脚印，很快就被新落下的雪覆盖。渔船，在远处浪涛中轻轻摇晃，慢慢变得看不见了。父亲走得很慢，每一步都像是踩在刀尖上。他知道，从今以后，人间一别，阴阳交割，自己再无活下去的念头了……

解放后，已经长大成年的张德好曾多方寻找妹妹，都没有结果，几十年来无数次在梦里梦到和妹妹分离时的痛心场面，无数次从梦中哭醒，直到去世前还遗憾地跟张春花说："我没能找回妹妹，死不瞑目啊。"

父亲后来经人介绍，把张德好送到一家在汉口开袜子厂的资本家家里当学徒工。不久后，父亲病死了，张德好成了孤儿。

这个资本家心肠不好，对下人像防贼一样防着，对孤儿张德好更是往死里欺负，什么脏活累活都交给他干，生怕他吃白饭。

此时已经 10 岁的张德好在资本家家里受尽了欺凌和折磨，寒冬腊月他打个赤脚、穿一条单裤子，手和脚都冻烂了流脓，每天吃不饱穿不暖，还要帮忙带孩子，半夜还要学织袜子，又累又饿又困的张德好只要打瞌睡，资本家就用针把他扎醒继续干活，受尽了折磨。

逢年过节，资本家会让长工们吃一顿好的，让大家高兴高兴，但往往这个时候，却不让张德好上桌，让他端个碗蹲在牲口棚里吃。一般来说，长工生病时，资本家不会不管不顾，他们会给长工抓药，希望长工的身体健康，不耽误干活，即使生病了也不会扣工钱和粮食。但是张德好就没有这个待遇，好几次他因为生病，差点被资本家赶走。为了有一个糊口的地方，他有病不敢声张，每次生病都强打精神扛了过来……

后来，有一个赶马车的善良大叔见张德好可怜，就向资本家提出申请，教他赶马车，他的境况这才慢慢好了一些。张德好知恩图报，人又忠厚实在，他认这位长工大叔为干爹，跟着干爹学赶马车。资本家做了一些袜子的生意，经常要安排长工赶着马车到周边集镇上去卖袜子，有时甚至要跑到汉口去。出远门，那可是张德好最快乐的时刻，坐在马车上，云朵在头上飘，风在面前吹，鸟在耳边叫，空气的香甜，让他仿佛忘记了生活带来的苦难，他对远方和未来充满了向往……

有一天，赶着马车的张德好站在汉口街头，寒风刺骨，脚下的泥土冻得坚硬。他赤着脚，单薄的裤子在风中飘动，身体不由自主地颤抖着。街道两旁，老百姓们举着彩旗，脸上洋溢着喜悦的笑容，欢呼声此起彼伏。张德好呆呆地望着这一切，眼神中透着一丝茫然和羡慕。他从未见过这样的场面，也从未感受过这样的热闹与温暖。

突然，一阵整齐的脚步声传来，雄起起气昂昂的新四军队伍出现在他的视线中。战士们的步伐坚定，眼神坚毅，仿佛带着一股不可阻挡的力量。张德好的目光紧紧跟随着他们，心中涌起一股莫名的激动。他从未见过这样威武的队伍，也从未想过自己能与他们有任何交集。

就在这时，一名战士注意到了他。战士的目光落在张德好冻得发紫的脚上，眉头微微一皱，随即快步走到他面前，脱下自己的棉衣，轻轻披在张德好的身上，又把棉鞋也给他穿上。张德好愣住了，身体渐渐感受到久违的温暖，眼眶不由自主地湿润了。

"小兄弟，这么冷的天，你怎么穿这么少？"战士的声音温和而关切。

张德好张了张嘴，喉咙像是被什么堵住了，半晌才哽咽着说道："我……我是个孤儿，没人管我……"

战士的眼神中闪过一丝怜悯，轻轻拍了拍他的肩膀："别怕，以后有我们在，没人会再欺负你。"

张德好的眼泪终于忍不住流了下来。他从未感受过这样的关怀，也从未有人这样温柔地对待过他。他紧紧抓住战士的手，声音颤抖却坚定："叔叔，我要参军！带我走吧！"

战士愣了一下，随即露出欣慰的笑容："好，我带你去见首长。"

张德好被带到了首长面前。首长身材高大，面容严肃，但眼神中却透着一股慈祥。他仔细询问了张德好的身世，得知张德好是个孤儿，从小受尽资本家的剥削和折磨，心中不禁一阵酸楚。

"孩子，你愿意跟着我们为人民打天下吗？"首长沉声问道。

张德好毫不犹豫地点头，眼中闪烁着坚定的光芒："我愿意！我要跟着你们打坏人，救像我一样的穷人！"

首长满意地点了点头，拍了拍他的肩膀："好，从今天起，你就是我们新四军的一员了。"

就这样，张德好加入了新四军，从此开启了他南征北战、波澜壮阔的人生旅程。

起初，他有些不适应军队的纪律和训练，但他从未抱怨过。每当想起自己曾经的苦难，他就更加坚定了自己的信念。他刻苦训练，认真学习，很快便融入了这个大家庭。

首长见他聪明机灵，又有一股不服输的劲头，便将他调到自己身边当警卫员。张德好感激涕零，发誓要用自己的生命保护首长的安全。

从此，张德好跟随部队南征北战，经历了无数次的战斗。每一次冲锋陷阵，他都毫不畏惧；每一次完成任务，他都倍感自豪。他不再是那个孤苦无依的孤儿，而是一名光荣的战士。

在战火纷飞的日子里，张德好逐渐成长为一个坚毅勇敢的军人。他明白，自己不仅仅是为了自己而战斗，更是为了千千万万像他一样的穷苦百姓。每当他看到老百姓们脸上洋溢的笑容，他就感到无比的欣慰和满足。

多年后，张德好已经成为一名经验丰富的老兵。他常常回想起那个寒冷的冬日，回想起那名给他棉衣和棉鞋的新四军战士，回想起首长慈祥的目光。他知道，是新四军给了他新生。

他站在战场上，望着远方的朝阳，心中充满了坚定的信念。他知道，自己的路还很长，但他已经不再孤单。因为，他有了信仰，有了战友，有了一个值得为之奋斗终生的目标——解放全中国，让所有的穷苦百姓都能过上幸福的生活。

1950 年 3 月，一名目光坚毅、身材高大的军人来到海边的一个起渡点，他双手紧握着写有"渡海先锋营"字样的红旗，并将其授予首批渡海的 800 名勇士。就在茫茫大海的对岸，广东溃败下来的国民党军残部连同海南岛上原有的军队，在国民党将领薛岳的指挥下组成"伯陵防线"，企图阻止人民解放军渡海登陆。赠旗的这名中年男人就是有着"旋风司令"之称的韩先楚将军，他多年领兵，南征北战，攻克过莽莽平原、巍巍高山，所经历的大都是陆地战役，此次为解放海南岛而发起的渡海战役，是其平生领导的第一次水上作战。

此时，国民党残部背靠海南岛，岛上除 10 余万军人外，还有 50 余艘舰艇，40 余架飞机，占据极大优势。面对敌人精良的海上作战装备，韩先楚手上只有从"广东反共自卫军"手中夺来的民船。谁也不会想到，就是这些平平无奇的民用木船，将在之后的战役中面对敌人的军舰，造就一场以弱胜强的经典战役。提前发动解放海南岛的渡海战役，是韩先楚将军做出的足以载入史册的重大决策。就在海南岛解放的 3 个月后，朝鲜战争爆发，由于美军第七舰队隔断了台湾海峡，致使我军痛失解放台湾的机会。今天回过头看，就会发现当时海南解放可以说是与危机擦肩而过，正因提前解放海南岛才让美军无机可乘。

此时经过 10 年南征北战洗礼成长起来的张德好，已经是一名身经百战的老兵，解放海南岛战役，就是他参加的经典战役之一。他和战友一起坐着木船迎着敌人的炮火渡过了琼州海峡，经过连续激战，顺利解放了海南岛。之后，由于

战功卓著，他被安排进入广州军官学校学习并担任党小组组
长，后经组织介绍与河南籍的徐爱华结婚并生育 6 个子女。
张德好做梦都想不到曾经是孤儿的自己能过上幸福的生活，
从一个孤儿到儿孙满堂拥有一个 39 人的和谐大家庭，他太
知足、太幸福了。

　　晚年时，他经常会想到当年在解放战争时一批批战友在
他身边牺牲，没能看到新中国，没有过上和平幸福的生活，
就会更加珍惜今天来之不易的美好生活。张德好家每年的春
联会换新的，但内容几十年不变。上联：翻身不忘共产党；
下联：幸福不忘毛主席；横批：共产党万岁。

　　1958 年，一声号召响彻大江南北，全国掀起支援边疆
建设的热潮。浩浩荡荡的专列缓缓启程，每节车厢里都挤满
了怀揣报国梦想的青年，他们的面庞上映射着对未知的憧憬。
故乡的青山黛绿逐渐褪去，取而代之的是映入眼帘的西北一
片苍茫戈壁。列车一路走走停停，几千公里的路途，仿佛是
一条漫漫征途。然而，青年们心中却燃起熊熊的火焰，对边
疆建设的渴望驱散了所有倦意。

　　1960 年，在支援祖国边疆建设的号召下，政府动员张
德好带家人前往甘肃定居，于是张德好离开军官干部学校，
回河南省西平县妻子的娘家，接一家妻小，然后再去甘肃安
家。结果因为当年铁路一票难求，张德好回去动员好一家人

后，因耽误了集体去甘肃的时间，被留置了下来。1960 年，张德好被分配进驻汉口人民解放军部队工作。1971 年，他以军官身份转业到武汉长江航运公司，一直工作到 1980 年退休。

多少年后，中国文学史上出了一本名著——《平凡的世界》，几十年来魅力不减，书中孙少安、孙少平面临的生存困境，至今在很大程度上仍是广大农村青年面临的生存困境。而作家路遥在黄金时代形成的黄金信仰，为苦苦挣扎的上进青年带来了难得的温暖和有力的抚慰。

张德好的人生经历更有力量！他生在民国，参与了新中国建立的过程，也在波谲云诡的历史风云中，用努力和上进，改变了一生的命运，这同样是一种"平凡世界"，平凡而壮阔的人生。

野菜香，亲情长

幼年张春花命运多舛，几个月大时，就差点死在了火车上。

1962 年 5 月 20 日，张春花出生在父亲张德好的家乡武汉市东西湖区新沟农场东方红大队。她出生时恰逢中国严重的"三年自然灾害"和"苏联逼债"等恶劣的自然及国际环境，"天灾人祸"因素叠加在一起，给中国人民造成了规模空前的大饥荒，可谓苦难深重。

可以想象，在这种大背景下出生的张春花命运有多可怜。1962 年 5 月 20 日清晨，东方泛白的时候，张春花在武汉市东西湖区出生了。邻居的爷爷说：这个丫头出生的时辰好，以后会有大出息。

张春花的母亲徐爱华在她之前生了大哥张运江、大姐张运花，之后又生了弟弟张运武、大妹张秋香、小妹张冬香，一共 6 个孩子。长期的劳累和营养不良，让徐爱华很早就落下了一身的病，哮喘、肺气肿，加上连续生孩子，让她落下了月子病，身体越来越弱。

张春花出生后，母亲徐爱华哮喘的老毛病就犯了，每天咳嗽不止，晚上躺在床上也是呻吟一夜。由于她没有奶水，出生还不足5斤重的张春花被饿得皮包骨头，额头上青筋暴出，眼睛深凹，没日没夜哇哇大哭，十分可怜。由于父亲是个孤儿，母亲徐爱华坐月子也没有公公婆婆帮忙照料，父亲张德好在驻汉口的部队工作，饥荒时期，部队的粮食供应也十分短缺，纵使如此，张德好仍省下自己的口粮，每个休息日就带回来给妻子和孩子们吃。

张德好看着坐月子中的妻子病恹恹的，刚出生的多病女儿无人照顾，家里又缺衣少粮，他一个大老爷们苦闷得抓破了头皮，愁断了肠子，寝食难安。家里经常断粮，3个孩子都饿得哇哇大哭。夜晚饿得实在不行时，为了活下去，张德好会去麦地里拔一些刚刚颜色变黄、颗粒还不饱满的麦穗，回家煮一大锅麦草水，里面再混合一点点地瓜干，每人喝几碗汤来充饥。只有几个月大的张春花，没有奶水喝，张德好把家里仅有的一点米给她定量熬成米糊糊，慢慢喂她喝下去，纵然难喝，但每次幼小的张春花都会拼命地大口大口喝得很香……

当时张德好的大儿子张运江6岁多了，大女儿张运花3岁多，穷人的孩子早当家，小小年纪已经早早领略了生活的艰辛，为了减轻母亲的生活压力，小小的张运江牵着刚会走路的妹妹张运花到田里去挖野菜。这么小的他如何认识野菜？其实，张运江在三四岁的时候就已经跟着父母在田地里学习如何认野菜，到五六岁的时候，农田里的上十种野菜他已经可以认得很清楚了。妹妹张春花出生后，6岁半的张运江经常帮母亲打下手，洗菜择菜、捡粪拾柴、生火做饭等杂活他都会干。母亲做饭的时候，他就在灶台边蹲着烧火，他特别喜欢往灶膛里塞柴火，明晃晃跳动的火苗像是在跳舞，时大时小、时高时低，变换着不同的影子，不是像小人，就是一会儿像动物，一会儿像妖怪，一会儿又像一个镜子，可以反射出自己的笑脸。孩子的可爱之处，就是他们太容易满足于生活中的一切小美好，只要父母都在，再苦的日子，也能在他们心中开出花来。

　　有时候家里断粮了，小运江就拿起一个小竹篓和一把小铲子，牵着妹妹的手到田野里面挖野菜。冬天天寒地冻，寒风凛冽，张运江挎着竹篓子走在寒风中，鼻子脸蛋冻得通红，他的耳朵和手上都长了冻疮，寒风一吹刺骨一样疼。他下意识地把手和脖子都往棉袄里缩了缩，可打满了补丁的薄棉袄，并不能带给他多少温暖。野菜被冻在僵土里，硬邦邦的，因为年纪太小，张运江手上的力气不大，有时候为了挖到一棵野菜，把手指头都扣出血来，但是张运江想到能给妈妈分担一些压力，他就特别开心，每次当他把满满的一筐野菜带回家时，得到母亲的一句表扬，那是他这一辈子最开心的时刻。

张运江最爱两个妹妹，生活的苦难，让他很早就学会了懂事和体贴人，每次吃饭的时候，他都是先让两个妹妹吃。母亲的身体不好，他经常把饭盛好，让母亲先吃，自己帮忙来喂小妹妹张春花吃饭，等大家都吃完了，他再端起碗来狼吞虎咽地把剩菜剩饭吃完。农村的孩子都是哥哥姐姐把弟弟妹妹带大，哥哥姐姐充当了生活中小保姆的角色。所以从小到大张运江对这两个妹妹倾注的感情渗透到了骨髓里，苦难岁月锻铸的血脉深情，让兄妹一生的命运都牢牢地黏接在了一起。

这妞命真硬

生活，就如同一场漫长的旅程，时而坎坷不平，时而风雨交加。而苦难的生活则像磨刀石，不断打磨心性，锻打肌体，这是对生命的最高礼赞，只有吃得苦中苦，方知生命之厚重。

1962 年，已经苦得几乎不透气的生活，让张德好像是在生命的泥沼中挣扎，他走的每一步都沉重而艰难，但作为家里顶梁柱的他却只能咬牙坚持，努力去寻找穿透苦难的一丝丝光明。从小过惯了苦日子，加上多年部队生涯的锻炼，他坚信：生活虽苦，但自己付出的每一滴汗水，都会化作明天幸福生活的甘露。

家里的妻儿衣敝履穿，食不果腹，3 个年幼的孩子，每天饿得嗷嗷叫，妻子每天都在叹气中度过，张德好当时还在部队上班，无法做到全身心照顾家里，如何让妻儿在灾荒之年能活下去，成了摆在张德好眼前最大的问题。

1962 年底，隆冬时节，张德好下定决心：举家搬迁到妻子的娘家河南省西平县芳庄大队高徐村。他知道，那个时候农村也很穷，但农村至少有岳父岳母帮忙照料妻儿。徐爱华是家中的独女，父母对她宠爱有加，从小舍不得她吃苦，所以徐爱华一直到出嫁时，连饭都不会做。现在女儿也身为人母了，并且到了活不下去的地步，回娘家投靠父母，成了他们唯一的选择，至少在农村老家有父母搭把手照顾一下，要比眼下的悲惨状况好很多。

张春花一出生就体弱多病，瘦得像个小猫，一家人要在寒冷的冬天搬迁到河南省西平县芳庄大队高徐村的外公外婆家，当时张春花的哥哥 6 岁，姐姐才 3 岁，张春花只有 7 个月大。村里的老人跟母亲徐爱华说："你们搬家回河南天气寒冷，路途遥远，东西又多，这孩子在火车上一折腾，肯定很难活下来，干脆把她丢了，别带回去了。"妈妈看着尚有呼吸的张春花说："她毕竟是我身上掉下的一块肉，她还活着，我怎么忍心就这样丢掉，我一定要带她回去，是死是活，路上看她的造化吧……"

张德好没有想到的是，举家搬迁回河南之路风险重重，几个月的女儿张春花差一点死在了火车上！

当时是农历十二月底，马上就要过新年了，天寒地冻。张德好好不容易买到了从汉口到西平的火车票，一家人挤在绿皮车上，3 个孩子都没有座位，徐爱华抱着张春花，另外两个孩子则分别坐在爸爸张德好的两条腿上。由于车内外温差大，行驶的火车没有开窗，车厢内人货混装，还有人把家禽搬上了车，车厢里空气极其秽浊。幼小的张春花本来就体弱多病，车行至信阳的时候，她突然犯病了，浑身抽搐，口吐白沫，后来脉搏微弱，瞳孔也逐渐扩大，生命似乎在一线之间摇摆，情况十分危急。徐爱华见状不妙，大声呼救："救命啊！快来人救救我女儿……"呼救声惊动了乘务员和列车乘警，周围的乘客围了过来，场面十分揪心。就在这时，列车长通过广播发出了紧急求助，希望能在列车上找到医生。

幸运的是，命运的天平倾向了张春花。列车上恰好有一名出差的医生。他听到广播后，没有丝毫犹豫，立刻穿过人群赶到了孩子身边，展开了一场与死神赛跑的抢救。这名热心的医生先是为张春花推拿按摩，又打开随身带的药箱，用温度计量体温，同时安排乘务员去卫生间把毛巾用冷水打湿，敷在孩子的额头进行物理降温，大约推拿按摩了半小时，突然听到孩子"哇"的一声哭叫，张春花涨得青紫的脸，才慢慢恢复了血色，孩子终于救下来了……这名医生这时才擦了擦额头细密的汗珠，放下心来。围观的旅客见状纷纷鼓起掌来，有人给医生竖起大拇指，有人连声感叹："多亏火车上有医生，这孩子命真大呀！"徐爱华当时要就给医生跪下去，被医生死死拦住……

在 20 世纪 60 年代，三年的自然灾害，让全国人民都勒紧腰带投入了艰苦自救中。作为医护工作者，听党的话，跟党走，全心全意为人民服务，在那个特殊困难的年代，药品不足、物质匮乏的情况下，人民群众的体质都比较差，患者多，但看病优惠。那个时候，职工就医免费，家属半价，各地医院都是有什么病开什么药，对症处理，一般病服口服药品，稍重的病人加上抗生素，或肌肉注射的针剂，严重的病人则入院治疗。医生根据病情用药，如口服、肌肉注射或静脉输液，入院患者每次口服药都是护士亲自送到床前，看到病人服下后才走开，如有行动不便的病人，护士把温水倒到杯里等待患者把药服下后才离开。全体医护人员为了尽快解除患者病痛，都努力刻苦地学习业务，钻研技术，掌握了一身高超的知识和本领，树立了全心全意为人民服务的思想和医德医风。医护人员很关心患者，同时患者也非常尊重医护人员。医生对症下药，不做不必要的检查，减轻患者的伤害和经济上的浪费，同时给国家减轻药品负担。很少有患者与医护人员发生口角和纠纷，真正做到了待患者如亲人。像这种医生在火车上救人的事情，可以说全国随处可见。

张春花的命可真是硬。

张德好举家搬到河南妻子老家后，日子稍微有些改观，虽然是一样的贫穷，但有岳父岳母帮忙照顾，几个孩子不存在饿死的危险。不过体弱多病的张春花回到河南不久，由于水土不服，差点又一次丧命。

当时，农村卫生条件很差，喝的水是井水，每年的夏天，消化道疾病都会流行，比如痢疾，在广大的中国农村最为猖獗。

1963年7月的一天中午，才1岁多的张春花突然开始抽搐，当时正躺在竹床上摇着蒲扇睡午觉的外公，一看情形不对，立马抱起她就往邻村的一名徐姓老中医家里跑。两村相距四里地，外公跑得气喘吁吁，但仍是咬牙坚持。老中医家的门口有一条河，河上有一座木桥，但是在老中医家下游200多米处。河床100多米宽，但主要是河滩，真正的河道也就几十米宽，水深也就到大腿部位。为了抢这黄金的救命时间，外公抱着张春花没有走下游的木桥，而是迎着老中医的家门口，涉水过来。一边涉水，一边大喊："医生，快救人，快救人啊！"

听到呼救声的徐中医快步从自家院子里走出来，只见河中间有一个人影，怀里好像还抱着个孩子。他来不及细想，赶紧冲下了河坡，见到男人踉踉跄跄蹚着水走过来，他在河边一把接过他手中的孩子，扭头就接力往家里跑去……当时张春花被用一件衣服裹着，浑身上下都湿透了，不知是外公身上的汗水浸透的，还是她自己流的汗水。此时只见她眼睛紧闭，牙关紧咬，手脚还在不停地抽搐。

徐中医把张春花抱进屋里，放在床上，这才腾出手来摸了摸孩子的头，头很烫，来不及给她量体温，凭感觉应该在40摄氏度上下。外公带着哭声告诉他："孩子拉了两天肚子，拉的都是稀水，今天早上吃了点稀饭，但中午就不肯吃东西了，中午时分，她突然就抽搐了起来。"

听说孩子拉肚子，现在又高烧抽搐，凭经验，徐中医立马判断孩子得的是中毒性痢疾。

徐中医有些为难，他赶紧对张春花外公说："这情况我可能治不了，你赶紧抱着送她去县医院，那里医疗条件好，才能救孩子。"这时，诊所里围了好多看热闹的乡亲，大家都在为孩子着急，外公慌了神，尤其是听到要去县医院，他更是急得哭了起来："这里距县医院还有十几里路，等我赶过去，孩子可能保不住了……"

旁边围着的人也帮腔说："徐医生，你先想点办法救救孩子，等孩子病情稳定了，才有机会送去县医院啊，现在孩子这样子，只怕半路就没了。"

徐中医考虑了半天，才说道："我先帮孩子喂一剂药，再推拿一下，看能不能止住抽搐，先把她的体温降下来再说。"他把提前熬好已放凉的中药汤剂盛在碗里，用药勺撬开张春花的嘴巴，把药"顺"了下去，然后用中医的推拿手法，在她肚子上揉按起来。一通操作下来，大约过了 5 分钟，张春花一口水喷了出来，接着，腿脚就不抽搐了，眼睛也睁开了，虽然她的眼神还有些迷离，嘴里却仍小声哼唧着。孩子活过来了！在场的所有人都松了一口气，神经一直高度紧张的外公这才瘫坐到了地上，大口大口地喘气，过了好久，才缓过神来，对徐医生感谢不止……

大地之女

　　大难不死，必有后福。这是外公生前经常在张春花面前念叨的一句话。

　　体弱多病的张春花奇迹般地活下来了，她虽然到 2 岁了还不能走路，但天资聪慧，不到 1 岁就会说话。母亲徐爱华每天把她放在门口路边的垫子上坐着，张春花小嘴巴甜，只要看到从身边走过的大爷、大妈们，就甜甜地冲他们喊着要他们抱抱，全村大人都喜欢她。邻居家有一个和张春花差不多大的小女孩喂养得胖乎乎的，已经会走路了却仍不会说话，而张春花的一张小嘴每天说个不停，特别讨人喜欢，村里大人打趣地说："这两个娃可真稀奇，一个娃有嘴没腿，一个娃有腿没嘴。"

　　张春花长到 5 岁以后，就再也没生过病了，直到现在身体一直棒棒的，妈妈生前多次开玩笑说："幸亏当初没听别人的话把你丢掉，要不然把最有本事的姑娘丢了，哪有我今天的福气哟！"

小学一年级至五年级上学期，张春花一直在河南省西平县芳庄大队芳庄小学就读，一直读到五年级下学期，又随父亲举家迁到湖北省武汉市蔡甸区张家淌村，在张家淌小学读书。

在河南西平农村的童年时光，是张春花一生最美好的记忆。20世纪六七十年代，中国一穷二白，农民生活十分困苦，经常是饥一顿饱一顿，但是有爱就有家，外公外婆对她很好，母亲会给孩子们制作衣服和鞋子，父亲则每个月会从部队寄钱回来，过年过节时一家人总能聚在一起吃一顿饺子。不过那个时候吃一顿肉馅的饺子基本是一种奢望，大多数饺子都是韭菜鸡蛋馅儿或者是茴香馅儿的，里面最多掺一点猪油渣子，不过这足以成为张春花童年最美味的食品。

那时大多数农民家里很穷，孩子多，实在买不起多的布料，做不起多的衣服，很多孩子全年最多只有两身衣服，一身冬天穿，一身夏天穿，而且是弟弟妹妹捡哥哥剩下来的，衣服改来改去，补丁满身。很多孩子一年四季只有一双鞋子，到了冬天才舍得穿。但若遇雨雪天，怕把鞋子打湿了，哪怕是去上学，哪怕泥浆寒冷刺骨，也是赤脚上阵。大人们经常干农活，还能扛得住冷，而孩子们就不同了，时常冷得瑟瑟发抖。那时经常会看见冬天农村的孩子们抱成团，躲在麦秸垛的洞里面取暖的场景。而学龄前的孩子就更可怜了，父母怕他们尿湿裤子没衣服穿，给孩子穿的几乎都是单薄的开裆裤，大冷的天，屁股露外面，特别冷，孩子冻得直哭。

日子虽苦，但张春花心中却只记住了快乐。农村的孩子们，遇到天气寒冷时，就跑到废弃的红苕窖里去玩，或抓石子，或弹弹珠，或扇纸块等。有一年冬天，天空下起了鹅毛大雪，因衣着单薄，张春花手脚冻得钻心的疼，鼻涕长流不止。为了御寒，张春花和村里的几个小女孩跳绳，她们跳呀跳，但全身上下还是止不住地颤抖。同村的一个伙伴就邀张春花到他家草垛旁去烤火取暖。那时2分钱一盒的火柴很珍贵，大人用了都会藏起来的。没有火种怎么办？小伙伴说他爸出工时忘记带走吸烟用的打火石和引纸了（两块打火石相互敲打棱角边缘，便会产生火星，火星溅到引纸上，就会点燃引纸），便偷了出来。开始孩子们在草垛外取火，但由于有风，加之大家的手都冻僵了，握不稳打火石，很久都点不燃引纸，几个小伙伴便钻进草垛里去取火，结果火点起来了，却把草垛也引燃了，多亏张春花眼疾手快，跑到水缸边舀来几瓢水，才把火扑灭……

那时候小孩子的手、脚和耳朵在冬天几乎都要生冻疮，冻疮刚开始是奇痒的，有时实在忍不住了就用手去抓，一旦抓破了皮，就会溃烂，就更加难受。张春花每到冬天手脚都会生冻疮，有时溃烂得脓血淋漓，惨不忍睹。为了保暖，她把家里的烂棉絮撕下来，包在脚后跟，用谷草捆上，然后再穿鞋，但到晚上洗脚时，烂棉絮已被伤口的脓血粘住了，要扯下来很难，往往扯得鲜血淋漓，痛得撕心裂肺。

那时农村粮食产量极低，除基本口粮外，各家按工分分配粮食。由于张春花家孩子多，劳力少，因此工分也少，一家人吃不饱饭是常态。

穷人的孩子早当家，那时农村小孩从四五岁开始，就会帮助家里干活，如扫地、拉风箱、烧火煮饭、洗红苕，稍大一点就会喂猪、捡柴、割草，再大一点就会推磨、舂米，以及捡狗粪、拾牛粪卖了挣学费等。每年冬月，张春花和哥哥姐姐放学后都会跑步回家，接着去把生产队分配的红苕藤或半截子红苕从地里搬回家，这是家里喂猪的主要饲料。张春花用手抱肩扛，姐姐用背篼背，哥哥用箩筐挑，每次搬完后天基本都黑了。回家后还要忙着淘红苕、砍猪草、煮饭和煮猪食等。每天的作业只能在深夜的煤油灯下做。

每到腊月，张春花放学后又忙着去搬运生产队分配的玉米秆，因这是家里煮饭和煮猪食的主要柴火之一，马虎不得。但搬运玉米秆非常困难，一是玉米秆又长又重，扛起来很吃力，若遇刮风更难扛了，稍不注意会连人一起被吹倒在地，或掉进河里。二是玉米叶两边都长有细锯齿，又附着很多灰尘，加之又是捆成剪刀叉，叉在脖子上用双肩扛的，所以每搬运一次，脸上、脖子上、手上都会划起许多带血的小口子，若被汗水、灰尘染了，伤口既奇痒又辣痛，非常痛苦。

在那个年代，农村没有供电，农产品加工全靠人工。大队集体便在小河上筑起了水坝，安装了水车，建起了农产品加工厂。在丰水期每天能满足全大队或外大队部分农民打米、磨粉、绞面、轧棉花等，但在枯水期因水量不足，冲不转水车，加工厂就基本闲置了。

在枯水期，加工粮食只能靠自行磨或舂了。大多数家庭都有石磨和石臼。干粮食磨粉、湿粮食磨浆（如磨鲜玉米浆）等用石磨，谷子舂米、糯米舂糍粑等用石臼。石磨有大磨和小磨之分，大磨靠推，小磨靠拉。推磨，一般要 2 个人推，但张春花推磨时，推不了几圈就会感觉头晕脑涨、天旋地转，严重时还伴随呕吐。遇到这种情况，哥哥和姐姐就叫她去休息。但哥哥和姐姐年龄也不大，个子也不高，身体同样瘦弱，他们推磨相当吃力。所以，一般情况张春花休息一会儿后就又会去帮忙推一把，每次都要坚持到最后。

在河南西平老家，母亲徐爱华在张春花后又生了一男两女，老四张运武、老五张秋香、老六张冬香。孩子们多了，家里多了热闹，但是同时也多了几张嗷嗷待哺的嘴巴，本来一家人就吃了上顿没下顿的，这下日子更加捉襟见肘，外公外婆和母亲徐爱华，几乎每天都在为孩子们的生计发愁。更重要的是，一个农村家庭，外嫁的女儿又回到娘家，还带回来一窝 6 个娃，这不免会引起村里人的冷嘲热讽。俗话说"嫁出去的女儿，泼出去的水"，水能收回来吗？在农村一直以来有一个约定俗成的看法：嫁出去的姑娘在外混得好，都是老家父母的底气和排面。因此嫁出去的女儿回娘家，都是大包小包各种礼品往家里带，这些礼品实用倒排其次，面子大于天。在 20 世纪 80 年代，有一首风靡全国的歌曲《回娘家》就是这么唱的：

> 身穿大红袄
> 头戴一枝花
> 胭脂和香粉她的脸上擦
> 左手一只鸡
> 右手一只鸭
> 身上还背着一个胖娃娃呀
> 咿呀咿得儿喂
> ……

谁家的姑娘回娘家了，乡亲们会把这家围得水泄不通，看姑娘嫁出去后是长胖了，还是瘦了，生了几个孩子，最主要还是看回娘家带回了什么好礼品孝敬父母，一包茶叶、一包果子糖，或者是一匹新布，都会引起乡亲们的啧啧称赞，并且消息会很快传遍全村。

徐爱华嫁到了武汉，结果却在武汉混不下去，又拖儿带女地回到了娘家，这自然让她在村里低人一头，加上她身体本来有病，基本每天都是大门不出，把自己关在院子里忙活。

丈夫张德好只要有假期，就从武汉往河南西平跑，每次去见岳父岳母，他也都力所能及地带去一些礼物，同时帮岳父岳母干一些家务和农活，但是由于语言不通，加上自己的妻儿都在岳父母家，这在农村看来就是"入赘"，是乡亲们眼里的"倒插门女婿"。由于融不进这片土地，张德好一个外乡的女婿，被当地人冷嘲热讽为"湖北蛮子"，让他深感被排挤，因此每次去河南探亲，他都特别低调，匆匆来，匆匆走。

没有人能毫发无损地逃离童年，但痛苦中也孕育着生命的无穷力量。或许，不必将自己长久地困于痛苦的童年中的唯一办法就是不再逃离，主动转身，向困在过去的自己伸出援手，你才可能比你想象的更加勇敢！

童年的张春花生活在这个贫苦而窘迫的家里，庆幸的是，她有父母和兄弟姐妹之间触手可及的爱和温暖，她童年的苦难像大地一样深沉，但她像大地之女，一点也没有感觉到苦，阳光和乐观的天性，让她在大地之上、尘埃之下开出花来……

工分，工分，社员的命根

"考分，考分，学生的命根！"这句话听起来非常耳熟，其实，这句话脱胎于"工分，工分，社员的命根！"

当时，农村依靠工分分配收入，张春花家里没有劳动力，就没有挣工分的人，那么家里就没有收入，结果就成了欠大队钱的"超支户"。当时，农民依靠工分来换取粮食。张春花家里没有工分，队里不给她们家分配粮食和米钱。虽然父亲经常寄一些钱回来，但是杯水车薪远远不够生活，一家人生活十分困苦。

为了挣钱，张春花在上学和放学的路上还去捡狗粪、拾牛粪，卖给生产队做肥料。当时狗粪 1 分钱一斤，牛粪 2 厘钱一斤。为多捡动物粪便，除下雨天和必须做其他的事以外，她几乎每天上学时都要挑着粪箢子，沿途捡到学校，到学校后将粪箢子放到校外竹林里，放学后又挑着粪箢子沿途捡回家。生产队每晚集中收秤一次，一季度结账一回。由于捡动物粪便的人很多，所以在捡动物粪便时眼睛要亮、腿要跑得快，这样才有机会捡到。经过努力，张春花每年还是能挣八九元钱的。这些钱除了缴纳自己的学费外，剩余的就交给妈妈买针、线、火柴等。

为了给家里挣工分，在星期天和节假日，张春花主动央求生产队队长给自己安排农活。生产队不是时常都有适合小孩子做的农活，只有在割了小麦后，需要小孩子去捡掉在田里的麦穗；在挖了红苕后翻土时，需要跟着犁牛匠去捡埋在土里的红苕；在犁干田时，需要去给犁铧浇水，或用木棒去刮沾在犁铧上的泥巴；乡亲们在向区供销社收购站交"爱国棉"时，需要小孩子跟在大人挑的棉花担子后面，去捡掉在路上的棉花……

当然，这些农活中，最轻松的、孩子们特别愿意去做的农活，那就是背着背篼跟着大人往供销社收购站送"爱国棉"。虽然路途有十多里地，有时还要一路小跑着去捡前面大人担子上掉下来的棉花，但中午可以跟着大人一起到食堂里吃一碗由生产队集体出钱买的面条。有那么多油的面条，这在家里是一年半载也吃不到的。所以，每次送棉花，小孩子们都要争着去，但每次又不需要那么多孩子，队长就会安排脑袋机灵、不怕吃苦、认真负责的小孩去。灵光的张春花有幸每次都被选中成为其中的一员，这让她感到非常幸福。

　　虽然张春花一年辛苦下来只能挣几十个工分，还不如一个劳动力几天挣的工分多，但老话说得好："糠壳虽不肥，也能松松土。"这也算是她为家庭做的一点点贡献吧。

　　说起工分制，现在很多人对此感到陌生，它可以追溯到新中国的成立，经历了农业互助组、初级社、高级社、人民公社的组织形式，其间又经历了农业合作化、"大跃进"、"四清"等历次政治运动，一直到1978年后家庭联产承包责任制的推行，才逐渐被取代。

　　1958年8月，中央决定推行人民公社化运动，撤销乡镇，小社并大社，以政社合一的人民公社行使乡镇政府职权，村级农业生产合作社改称生产大队。大队下辖生产队，选举队长、副队长、妇女副队长、会计（兼记工员）、保管员。实行"一大二公""一平二调三收款""三级所有，队为基础"制度。农民（当年称人民公社社员，简称社员）在生产队的贡献用工分来记录，叫"挣工分"。工分是劳动成果的唯一记录和进行分配的唯一依据。

　　人民公社和生产大队是管理层，只有生产队才是真正的资产所有者和生产组织者。每天早晨、上午、下午，生产队队长都要安排农活。晚上，记工员给每个劳力一一记工分，逐月累计，最后交由生产队会计核算后，家家户户便可按所得的工分进行分配，分粮、分钱。

那时候，男女老少社员根据体力划分成不同的劳力。社员不论男女只要满了18岁即成为整劳力，不满18岁的青年男女和超过50岁的大龄妇女为半劳力。整劳力一天三出工，早上2分，上午4分，下午4分，全天记10分，叫作"一个工"。半劳力干一天活儿记6工分，如果早上加班同样增记2工分，全天可挣到8工分。

在形式上，农民挣的工分与城市职工的工资相似，但两者实质上存在着巨大差别。城里人挣的工资就是钞票，可以直接花；庄稼人挣的是工分，工分的价值以生产队年终决算总收入除以总工分得出，绝大部分生产队的一个壮劳力（10分/天）每天能挣1毛钱左右。国家是不给农民发工资的，农民只参加粮食分配和劳动分红。家庭劳力多的，年底可能会分到几十元的钱。如果一家人靠工分能分到100多元钱的，那一定是轰动全国的大新闻。

生产队收获的粮食，交齐国家的，留足集体的，剩下才是社员自己分配的。国家批给农民一般每人每天8两粮食，其余的是按在生产队挣的工分多少分配的，在当时也叫多劳多得。年终分配生产队有盈余的，多出的粮食要上交国家。

人民公社成立初期，是不允许社员群众搞家庭养殖的。可好景不长，公共食堂因无粮可供难以为继，又遇上全国性的三年自然灾害，国家允许给社员分配自留地，允许农民自家养猪、养羊、养鸡、养鸭，但养猪不超过1头，鸡鸭鹅养多了也要"割资本主义尾巴"。

社员年底分红到手的现金，首先保证买盐、买灯油（煤油）等必要支出。年终决算没分到钱的农户不在少数，他们买盐、买油就只能指望家里养的几只鸡、几只鸭下的蛋到集市上换点钱。

工分挣来的是口粮，而农民们最大的收入不是工分，而是家家户户每年养的1头猪。一般是养到150斤左右，公社食品站进村收购。毛猪是分等级的，最高是一等膘，4毛多点一斤，最贱的是五等膘，仅3毛多钱一斤。1头猪能卖40元到60元，这笔收入才是社员可支配的现金，主要用于归还欠账，搞点必要家庭建设。新东方CEO俞敏洪当年高考落榜，复课费就是他母亲冒雨卖猪换来的。

1978年，安徽凤阳小岗村的18颗鲜红手印，率先打破了农村集体所有制的"紧箍咒"。随着家庭联产责任制的逐渐推广，以人民公社、生产大队、生产队为基础的农村集体经济模式，和农民通过参加集体劳动挣工分的分配方式，终于走到了历史的尽头。家庭联产承包责任制，农村土地的所有权和经营使用权分离开来，极大地激发了农民积极性，土地利用率和农业单产都大幅提高，农村生产力得到了空前释放。

　　到 2006 年，不但完全停止农业税的征收，还按农户承包土地面积为农民提供适当补助。中国人吃饭穿衣再不是难题，农民农业农村翻开了新的一页。

　　人民公社时期的工分制度是特定历史条件下的产物，它为中国的农村改革提供了宝贵经验和深刻启示。

狗尾巴草的春天

知识改变命运，这句话放在任何时候都不过时。

20世纪六七十年代，农村孩子读书艰难到无法想象的地步。学校校舍有的是烧砖的窑洞，有的是砖木结构的平房，还有的是利用旧庙宇改建而成。屋内有些是土炕，上面铺有苇席，学生自带炕桌，习炕而坐，非常简陋，个别好的学校配备一些课桌和凳子。那时候村里没有通电，晚上学生上课和教师备课用的都是煤油灯，后来用上了带罩的灯具，俗称"洋灯"，照明条件才得到初步改善。小学学制是5年，初中学制为2年，时称"七年一贯制"，加上高中学制2年，时称"九年一贯制"。

农村小学规模按村的大小、学生人数而定，分为中心校（设有初中班）、多人校和单人校，最多配备10多名教职工，一般的只有3至5名，最少的学校仅配备1名教师。根据学生情况设置教学班，有单班、复式班，最小的村学校一般为五级复式班，一名老师带五个年级学生，学生集中坐在一个教室里依次轮流上课，亦称"大杂课"。根据学校规模和规格，分为公办校和民办校，公办校配备国家教师，工资由县级财政拨付，民办校配备民办教师，工资由所在村里负担。后来因为教师不多，也出现过临时代课老师。农村小学校执行夏季和冬季两种学习作息时间，夏季分上下午学习，冬季一般是上午 10 点上学，下午 4 点放学，中午不休息。

张春花的小学是在西平县环城乡芳庄大队芳庄小学就读的，当时她就读的小学校舍是一排破旧的砖瓦房，课桌是一块石板和一根长长的木头，凳子都是学生从自己家中带来的。一年的学费是 0.5 元。村里和学校都是泥巴土路，操场就是门口的一块野地，两根挨得近的电线杆中间绑了一块木板，改造成了一个篮球架子，整个学校只有 2 个打着补丁的篮球，孩子们上体育课时要排队轮流玩，每个人只有一次投球的机会。大多数同学玩的就是跳绳、踢毽子和"斗鸡"的运动，有些同学把铁环带到了学校，在操场里滚铁环，同学们满院子追着跑，无忧无虑，笑声朗朗……

当时乡村之间只有土路，公路上汽车也很难看见一辆。由于每天上学都要走很长一段路，因此张春花每天早上 5 点 30 分之前就必须起床，睡眼惺忪地在门口的池塘里洗一把脸，就开始烧火做一家人的早餐，吃完早餐后，她就必须立马背着书包去上学。冬天的时候，北风呼号，天亮得迟，常常要点着火把走一段路天才亮。张春花最怕的就是遇到下雨天，由于没有胶鞋，她常常要打着赤脚去上学，路上经常会摔跤，只要一摔跤，泥水都会沾满大半截裤子。结果这大半截湿裤子，得穿整整一天，直到她用自己体温把裤子捂干，那种滋味可想而知……

那个时代的孩子，每个人都有过饿着肚子读书的经历，张春花至今对挨饿的经历记忆犹新。当时，每个同学都会带一个馍到学校去，到了中午拿出来啃。那种馍通常是非常粗糙的玉米馍、红薯馍，白面馒头很少。这种馍冷了以后，又干又糙，难以下咽，经常吃还会便秘，有些同学吃了拉不出来，肚子胀得像个气球。

一到下午，张春花的肚子就饿得咕咕叫，放学铃一响，她背起书包和粪篓就去捡粪，捡完赶紧回家。外公外婆和母亲吃了午饭后，往往会把饭菜放在锅里，同时在灶里留一些火炭，用草木灰把火炭盖住。这样的话，火炭燃烧得很慢，又不会熄灭，锅就可以一直保持热度。张春花每每一到家，把粪篓和书包一扔，立马就冲到灶边，揭起锅盖，来不及舀饭，就用手抓着吃，那滋味别提有多香了。

穷人的孩子读书，说起来容易，做起来实在太难。张春花所上的芳庄小学的条件十分差，因为缺老师，一年级到五年级的孩子都混合在一个教室里上学,并且教室里没有板凳,需要自带。当时一个语文老师,同时教一年级到三年级学生的课,他教完一年级,让一年级写作业,然后回头再去教二年级,之后再教三年级,如此循环。因为是几个年级混合在一个班上课,所以对悟性很高的张春花来说反而是好事,学习上进步特别快,原本三年的课程,她一年都跟着学完了。

生活的强者,永远都有直面苦难的勇气和耐心,他们会把勇气当发动机,耐心做汽油,这生活向前的油门才踩得下去。像向日葵一样乐观向上的张春花就是天生的生活强者,把苦日子当成人生路上的砺石,不断磨砺出坚韧与智慧,在清贫岁月里,心自向阳的她带着对美好未来的向往而熠熠生辉。

大地的儿女,从来深深地爱恋着脚下坚实与质朴的土地;从尘埃里走来,亦从泥土里汲取生命的养分。没有动画片和游乐场的童年,但在割猪草的路上,张春花有漫山遍野的鲜花为伴,沿途有蜻蜓,有蝴蝶,有歌唱的小鸟,还有各种各样不知名的野果子;她没有看过一场电影,没有一件漂亮的裙子,甚至没有一个蝴蝶结,可是她以四季大地为伴,看旭日东升和日落西山,嗅泥土的芬芳,看大河奔流,感受四季变换,课本里的春华秋实,都在农村孩子的眼前有了具象的意义。

　　如今我们城市里的孩子全身上下一尘不染，而张春花们的童年是光脚踩在泥巴地里，感受大地的温良；如今城市的孩子在游泳馆里花钱练习游泳，而张春花们则是"扑通扑通"像下饺子一样地跳进村口的小河，仿佛农村的孩子个个天生就会游泳。一个空玻璃瓶倒进一碗凉井水，再丢两粒糖精，用吸管一吸，那种清凉的甜蜜可以让农村的孩子笑一个夏天！掏鸟窝，摘桑葚，钓鱼，扎青蛙，活在大地上的农村孩子的童年一样是五彩缤纷！当城里的孩子四体不勤、五谷不分时，她们当年则全程参与了四季农耕，见证了庄稼的播种、成长和收割，因此更懂得珍惜每一粒粮食的不易，谁能说当年的农村孩子的童年就比今天的孩子差！

　　农村人都知道，播种的时候将种子埋在土里后要重重地踩上一脚，麦苗新一茬长出后，孩子们到麦田里去打滚，去追逐，没有一个农民会去制止，如果来一场冰冻，把麦苗封在冰雪中，那更是丰年的瑞兆。小时候的张春花为此感到很奇怪，她问外公：那些麦苗踩得这么实，被冰雪封在里面，怎么还能再破土而出？外公告诉她"土松，苗反而会出不来，破土之前遇到坚实的土壤或冰雪，才能让苗长得更壮实！"

　　小时候的张春花不理解，多年之后，历经生活风雨洗礼后的她，才明白大地与庄稼之间的自然哲学，才明白风雨彩虹的真正意义。

风从南方来

　　1975 年，13 岁的张春花终于等到了父亲从南方带来的好消息，一家人要随父亲举家迁回武汉！

　　自从张春花几个月的时候回到河南母亲老家，她就没有离开过这里，没有到过西平县城，甚至没有走出过村庄。这个有爱她的外公外婆和自己从小成长的地方，并没有留住她的心，她做梦都想离开这里，去远方追梦！

　　离开农村，改变命运，是张春花很小就有的念头，这也缘于母亲在她很小时就给她灌输的观念："知识改变命运，一个女孩子一定要把书读好，才能飞出这个穷窝窝，这是唯一的出路！"

　　俗话说：贫居闹市无人问，富在深山有远亲。一个人的思想品德再好，如果你一直生活在社会最底层，那么你一定活得很卑微。因为社会底层人嫉妒心特别强，他们笑你无，恨你有，见不得你比他过得好。赶过海的人都知道，如果你只抓到一只螃蟹，你要把盖子盖牢，但是你抓了很多只螃蟹，反而就不用盖了，因为无论哪一只想爬上去，都会被其他螃蟹伸出的爪子给扒拉下来。社会的底层就如同一个篓子的螃蟹那般，谁想不一样，谁想改变，第一个阻止你的便是和你同在底层的身边人。

张春花小时候听说邻村的一个故事，当时就对她触动很大。邻村的一个农民把村里最大的鱼塘承包下来，第一年养鱼就赚了钱。第二年为了扩大规模，他把村里鱼塘全部承包下来，然后，又借钱增加投入，准备来年大赚一把。然而到了第二年，有一天他来到鱼塘，突然发现鱼都漂在了水上。他一下子气得晕倒在鱼塘边。原来是村里的人看他家赚钱，眼红了心生嫉妒，就把农药倒在鱼塘里，把鱼全部毒死了。

底层社会有不为人知的封闭、狭隘、低劣和丑陋。当物质匮乏到极致，一个人连温饱都无法解决的时候，自尊和脸面就成为奢侈品，不择手段成为动物性的本能。在农村，因为多种了一棵玉米占到了邻居的地头导致双方破口大骂；自家的孩子不如别人家小孩学习成绩好，孩子被揍得不敢回家；嫉妒人家庄稼长得好而蓄意破坏……这些行为屡见不鲜。

为了获得更多的生存资源，很多底层人的人格扭曲，并形成了一套以自私为本质的处世逻辑。在2000多年前管仲就说过：衣食足而知荣辱，仓廪实而知礼节。贫穷本身并不可耻，可耻的是认定自己是固化的最低阶层，并老死于贫穷的这种思想。

逃离农村的念头，随着张春花年龄的增长变得越来越强烈！

1975年春天，农村漫山遍野都是怒放的桃花和梨花，山坡上的映山红照亮了天空和河流，此时张德好已经从部队转业到位于武汉的长江区航运局（后称"长航"）工作。1984年，长江航运实行管理体制改革，成立了交通部长江轮船总公司。1991年更名为中国长江轮船总公司。

老婆孩子都扔在岳父岳母家，吃尽了苦头，张德好也十分想念妻儿，做梦都想把妻儿接到自己身边来。从部队转业到长航后，企业职工的管理没有部队那么严格，就会有很多业余时间照顾家庭。等工作稳定后，张德好就给妻子写了封信，让他们在家里做好回武汉生活的准备，自己安排过去接他们。由于母亲徐爱华不识字，父亲的来信是由张春花念的。

父亲的信是这么写的——

爱华吾妻：

这些年因为生活颠沛流离，工作繁忙，咱们一家人聚少离多，让你和孩子一直住在娘家，我知道你们吃了很多苦，也受了很多乡人的白眼，这都是我作为一个丈夫的不称职、不能给你们一个稳定幸福的家导致的。孩子们在你的辛苦照顾下，都能够安安稳稳地长大，你付出了太多的心血和努力，每每想到这些我都感到心痛和无助，时常忍不住落泪。每天晚上下班后，我躺在床上无时无刻不在想你们，想你们吃不吃得饱，想你们有没有衣服穿，孩子们有没有生病，学习成绩都怎么样……哎呀，我把这个家这么重的担子甩给你，我就像一个生活的逃兵，在战场上我可以打胜仗，在生活中，我却败得一塌糊涂。我无时无刻不想改变命运，无时无刻不想把你们接到身边来……

现在，我在长航的工作已经稳定，每个月也有固定的收入，省一省基本可以养家糊口。上个月底我回老家把老屋子收拾了一下，老屋虽然破旧，但是尚可以栖身，我想把你和孩子们都接到身边来，让我多一点跟孩子们相处的时间吧。

我现在有点能想象得到我们相见时的快乐场景了，咱们的6个孩子我都要挨个抱一抱，亲一亲，你说我到时会不会高兴得疯掉？老大的个头快赶上我了吧，我估计我都抱不动他了……

孩子们读书的学校，我在这边都已经安排好了，接信后请做好搬家的准备，下个月初我就休假回来接你们。

爱你和孩子们的德好

1975 年 2 月 2 日

张德好文化不高，但他的这封信却写得情意绵绵，纸短情长，对妻儿炽热的爱与想念之心流淌在字里行间，阅之让人动容落泪。

张春花给妈妈大声地读着父亲的信，但是读着读着她的声音哽咽了，接着眼泪就流了下来……

她每天做梦都在想念父亲，想到终于可以跟父亲团聚了，她高兴得几乎要跳起来。在农村，她无数次被小伙伴们叫作"没爸管的姑娘"。自己怎么会没有爸爸！自己的爸爸在武汉，吃商品粮，比村里的人有能力多了。武汉，这个陌生的名字对她来说，就像是火车轨道尽头的遥远南方，她对那里充满了渴望和向往。如今就像是一直生活在沉闷的空气中，突然天空中吹过了一股清凉的风，那简直就是幸福的味道！

1975 年春天，在桃花开的季节，张德好带着岳母、妻子徐爱华和张春花兄妹，扛着大包小包的行李，登上了南下武汉的火车。把岳母带上，也是大家很早商量好的，因为张德好平时在单位上班，只有周末才能回家帮忙，这一大家子人，多病的妻子一个人根本忙不过来，最主要的是孩子们和外婆都建立了很深厚的感情，一定要把外婆带过来一起过。而外公故土难离，这次没有跟随前往。

　　这是懂事以来张春花第一次真正意义上的坐火车。在排队上火车时，火车上无数的旅客鱼贯而下，熙熙攘攘的人群，形形色色的陌生面孔，一个一个擦肩而过。她原来的世界就是她生长的那个村庄，她学习的那个学校，每一个人她都很熟悉，现在突然置身在一个陌生的时空中，陌生的人流上上下下，在西平火车站站台上交汇，这种新鲜和陌生给她带来了巨大的冲击和心灵的震撼。

　　在火车上，张春花几兄妹挤在一排座椅上，窗外的电线杆、庄稼和村庄都飞驰着向后面跑去，甚至让她来不及看清窗外的风景，眼前的一切都是如此的新鲜，如此的陌生，嗬，终于要开始新的人生了！

第二章
青春是一种意志

辛酸在人间

记忆的列车总是呼啸而至，但是无论岁月的河流流向何方，外婆离世时那揪心的一幕，一直在张春花的脑子中盘旋，令她终生难忘。时至今日，当她历经世上万事万物，早已变得宠辱不惊、干练旷达，但是在幼年历经的这一幕往事，令她想起仍不禁泪湿眼眶。

1975 年 3 月，在父亲的带领下，全家浩浩荡荡举家搬迁到武汉市汉阳县张湾公社张家淌村，挤住在不到 60 平方米的 3 间破旧的土坯房子里，窗户上连个玻璃也没有，四面透风。父母、外婆，还有张春花兄弟姐妹 6 人，家里实在住不下，几个大一点的孩子就借住在邻居家的十几平方米的杂物间里。

张春花是一个细心的孩子。孩子们住的杂物间，父亲靠墙边垒了一个土炕，孩子们可以并排横在上面睡。由于杂物间里堆满了农具，白天走路就像插秧，生怕会绊倒什么，像镰刀、铡刀和犁这类锋利容易伤人的农具，张春花每天晚上睡觉前，都要细心地把它们靠放在墙边上，然后用一个破草席遮挡起来，防止兄弟姊妹们晚上起夜的时候晕晕乎乎地被这些铁器划伤。

杂物间的隔壁是牛棚，邻居家养了一大一小两头牛，由于杂物间和牛棚中间并没有墙壁，只是用一个一米高的木挡板隔了起来。每天晚上牛反刍的声音、牛粪落地的声音都听得清清楚楚，最难受的是房间里弥漫着牛粪的味道，令人呼吸困难。牛粪的味道，粘在衣服和头发上很难消除，张春花几兄妹，上学的时候经常就因为身上有牛粪味，而被同学在背后指指点点。身上有点异味还不算什么，还有更绝的事情发生：每天晚上大哥张运江睡在靠牛棚最近的一侧，有一天晚上正在熟睡的他突然感觉脸上一阵清凉，他用手一抹才发现，原来是刚才的老牛拉粪掉到地上的泥坑里，溅了他一脸粪水……

冬天的晚上寒风呼啸，杂物间四处漏风，凛冽的风像刀子一样沿着墙缝刮进来，吹进孩子们的脖子里，刺骨的冷带来阵阵寒战，兄妹几人紧紧地抱在一起，把头蒙在被子里，缩成一团，瑟瑟发抖。

不过冬天也有开心的记忆。到了晚上每家每户都会用火盆烧柴取暖，这种传统经济实用的烤火盆，让那时候的人们度过了一个又一个寒冷的冬天。在冬天这个农闲季节里，庄户人家三三两两聚在一起烧火盆取暖，唠唠家常或者做做针线活，男人们有时会喝点小酒，其乐融融，氛围非常温暖、热闹。孩子们这时一般都会围在大人们周围，听大人们拉家常，摇曳的灯光投射在墙壁上，像跳跃的精灵。火盆上面可以架一个煤钳子来烤馍干，火盆里面可以塞红薯烤。要不了一会儿，馍干就烤得焦黄焦黄的，咬在嘴巴里嘎嘣脆，面粉的甜香和表面的焦脆，让烤馍干成了孩子们心中最美味的零食。等到快睡觉的时候，炭火也将近熄灭了，这个时候埋在炭火里的红薯也烤熟了，散发出诱人的香味，孩子们能在睡前吃上一个烤红薯，一晚上做的梦都是甜的……

那时候的农家妇女是农村中最辛苦的群体，她们白天要到生产队里干农活挣工分，到了晚上收工回家后还要干一些煮饭、喂猪、饲养家禽等繁杂的家务活，有一些比较体贴的男人回家会帮妻子一起分担家务，懒惰一点的男人回家吃现成的饭，啥忙都不愿意帮。

由于父亲张德好在长航上班，有时在长江航运线上跑船，经常一年都难回家，家务活基本都落到外婆一个人身上。外婆贤惠能干，每天围着这个家从早到晚像陀螺一样转个不停，她为这个家的吃穿用度用尽了所有的办法，为了让每一个孩子都有口饭吃，有件衣穿，能够活下去，她几乎是拼尽所能。虽然张家的孩子们身上的衣服都补丁擦补丁，但是每个人穿得都很干净整洁，每个人出去都清清爽爽的。外婆虽然生活在农村，但是特别讲究卫生，每天晚上她一定会烧上几盆子热水，让孩子们都美美地洗把脸、泡个脚，然后再甜甜地进入梦乡。

农村人，大都希望亲戚朋友多，遇事热闹，遇关相助，遇难相帮，逢年过节人来人往，大家族人丁兴旺，别人看着也不敢随便欺负。这种温馨的亲情，在那个贫穷的时代，几乎是奢侈品一样的存在。父亲张德好是个孤儿，根本没有什么亲友，而外婆一个河南人背井离乡来到湖北，浓重的乡音让她很受排挤，但是外婆凭着善良和朴实，经常帮村民带孩子，别人孩子的衣服破了，她也是帮忙缝缝补补，凭一己之力，穿针引线，很快融入当地的生活圈子。外婆像勤劳的春蚕，密密匝匝地编织起岁月这张亲情大伞，为敦厚善良的张家人遮风挡雨，也收获了乡亲们的尊重。

少年张春花对没有文化的外婆的社交能力大为震撼，同时对外婆面对生活的坚韧不拔的干劲肃然起敬。外婆这种坚韧的精神，也潜移默化地传输给了她，后来，张春花在创业路上几经波折，叱咤风云，但她只要认准奋斗目标，就锲而不舍地干，这种永不言弃的精神，都深深烙印着外婆身上的影子。

外婆特别慈祥。"噢噢噢，睡觉觉，怀里躺个乖宝宝，睡着才能长高高……"这是外婆留给张春花兄妹恒久不变的催眠曲。张春花记得特别清楚：小时候的每天晚上，家里的屋顶上有一片晃动的光影，是盆里的水反射出来的。光影也那么飘飘的、缓缓的，变成和平的梦境。她在外婆的怀里安稳地睡熟……外婆最喜欢的是孩子们给她踩腰、踩背。一到晚上，她常常腰疼、背疼，就叫张春花的弟弟妹妹站到她的背上，来来回回地踩。她趴在床上"哎哟哎哟"的，还一个劲地夸道："小脚丫踩上去，软软的，真好受！"

有一天下午，张春花的小妹张冬香一觉醒来，不见了外婆，她趴着窗台喊她，窗外回应的是风和雪。

"外婆出门赶集去了。"小冬香不信，外婆离家总是带着她的，她为此整整哭了一个下午，妈妈、爸爸、邻居们谁也哄不住，直到晚上外婆回来了，把她抱在怀里亲了好久，一个劲地给她道歉："小香香，外婆走时你睡着了，下次外婆一定不会不打招呼就走的。"

夏夜，满天星斗。外婆说，地上死一个人，天上就又多了一颗星。张家兄妹坐在院子里，牵牛花和指甲花都开了，蓝色和红色的小喇叭，开满了院墙。外婆用大芭蕉扇给他们赶蚊子。凉凉的风，蓝蓝的天，闪闪的星星，永远留在孩子们的记忆里。

好景不长，一向身体很好的外婆突然病倒了。不知道是水土不服还是其他原因，从河南搬家到湖北不长时间的外婆，突然就说喉咙痛咽不下饭，送到医院一检查，竟确诊为食道癌，一个多月后就去世了。食道癌很凶险、很痛苦，到后来连水都喝不进去，外婆硬是被活活饿死的，离世时骨瘦如柴，只有四五十斤重。

外婆违背了诺言，不打招呼就走了，再也没有回来。当时张春花正在学校读书，听说外婆去世了，她哭得把中午吃的饭都吐了出来，她感觉自己的天都塌了。放学后，风雨交加，张春花哭着一路跑回家，路上不知摔了几跤，一只鞋也跑丢了，满身的泥泞，冲到家中，发现外婆直挺挺地躺在堂屋地上的一块门板上，盖着一身白布。张春花冲进去，扑通一声，跪倒在外婆身边，伸出手就抓到了外婆的手，外婆的手像冰一样冰冷僵硬，再也没有了以往的温暖和柔软，她想掀开蒙在外婆脸上的白布再看一眼外婆，被妈妈哭着阻止了。就在此时，天空中突然划过一道闪电，把傍晚乌蒙蒙的雨天照得白花花的，闪电反射在白布上，在泪眼朦胧的张春花眼前，划过了一道光，恍惚中她又看到了外婆慈祥的笑脸，仿佛在说："春花，刚放学，饿了吧，锅里热着饭呢，快去吃吧……"

如今，外婆已经去世了好多年。她带大的孩子忘不了她。一到夏天的晚上，几兄妹还时常像儿时那样，仰着脸，猜猜天上的哪一颗星星会是外婆……

"豆瓣酱"少女

　　能干的外婆是这个家的主心骨，外婆的突然离世，家里的顶梁柱倒了。从外地紧急赶回来处理完外婆的后事，父亲张德好看着屋里屋外这一群"老弱残兵"，忍不住长叹一声，蹲在屋前门槛上抓着头发发愁。

　　母亲徐爱华是家中的独女，从小很受外公外婆的娇宠，由于她一直吃不习惯湖北的米饭，加上最亲最为依靠的母亲突然离世，她的精神世界跟随着坍塌了，失去了靠山的徐爱华一下子病倒了，哮喘导致她彻夜彻夜地咳嗽，最后竟咳出血来。从此，才41岁的她卧病在床，与药罐子为伴，一年时间有半年都在住院，若一着急或是遇到刮风下雨和打雷的天气，她的肺气肿、哮喘、心脏病都会发作，严重时整个人都休克了，每天家里充斥着她的咳嗽声和呻吟声……

　　穷人的孩子早当家，母亲倒下了，日子还得过，张春花主动挑起了家庭生活的重担，她饱尝生活的辛酸，但是她从来不抱怨生活且乐观以对。升入张湾中学后，张春花学习刻苦用功，她清醒地知道，改变命运的唯一办法就是努力学习，想办法考出去，考上一所好大学，毕业了，分配一份好工作，才能脱离这块贫瘠的土地，才能帮助家人脱贫。

那时，教师的住房条件一直不好。张春花所在的学校原来是个陈旧的破房子，有的瓦片都掀掉了，桌子椅子都破破烂烂的。当时，国家还流行"读书无用论"，教师就是"臭老九"，"张铁生们"才是"英雄"。张铁生是辽宁兴城的一个插队青年，1973 年 6 月他被县里推荐考大学工农兵学员。在物理化学考试时，他大部分考题不会回答，就在试卷背面写了《给尊敬领导的一封信》，诉说自己在集体利益与个人利益发生矛盾时，因不忍心放弃集体生产而躲到小屋里去复习功课，而导致文化考试成绩不理想。他在当时被称为"白卷英雄"，后来因此被突击提干做了高官，"文化大革命"结束后，又因此成为"新生反革命分子"被判刑入狱。

这是一个时代的吊诡之处，时代的巨变造就了个人命运的剧烈变化，甚至翻天覆地，昔日错误的今天变成了正确的，昔日所景仰的偶像如今则轰然坍塌掉了。在当时，"臭老九"被公认为合该过清苦的日子。那时候很多教师白天在教室上课，晚上在教室睡觉。被子一收，宿舍就变成了课堂；被子一铺，课堂就变成了卧房。那些破教室，一下大雨，水要漫到大腿，床都淹掉了。有的教师家的煤饼、煤球都是堆放在桌子上的，可见条件之差。

　　青春啊，永远是一种意志，是一股不可阻挡的伟大力量！它催发着青年人的躯体，启迪着他们的智慧。同时它也灌输着热烈的激情和坚定的理智。青春更像一个勇敢的战士，不畏困难，不惧挑战，用坚定的信念和勇气向着未来前行。

　　青春觉醒的张春花，心中有梦，眼中有光，脚下有路。坚信只有读书才能改变命运的她，从来感受不到生活中一丝一毫的苦，当时那边的初中和高中都是两年制，4 年的中学生涯，张春花的饭碗里没有一丝油腥。

　　每个周末，返校前的张春花都会带一瓶豆瓣酱，这一瓶豆瓣酱，就是她一周的菜。由于长期营养不良，她患上了口腔溃疡，嘴巴里面长了几个大水泡，咽口水都痛。

　　"只要不饿倒，成绩不能掉！"成了这名"豆瓣酱少女"的青春宣言。由于肚子经年累月的没有一点油水，青春期的张春花面黄肌瘦，头发稀疏枯黄，除了一双炯炯有神的大眼睛外，长期的营养不良，让她缺少青年少女身上的活力，但是她的学习成绩一直在年级名列前茅，从学校获得的奖状，贴满了家里堂屋整面的土坯墙，这面荣誉墙也成了贫穷的张家人对外唯一直得起腰的地方。

　　让我们来还原一下青春时期张春花一天的生活情况吧——

　　每天凌晨 4:30，当窗外还是一片漆黑，张春花就钻出被窝，开始了一天的劳作。她在水塘边洗漱完毕后，就开始忙活一家人的早餐，煮玉米糁稀饭，再把田地里摘的青菜洗好，炒个土豆丝儿，把饭菜在锅里热好，这时屋外的天空才蒙蒙亮，她简单吃几口饭菜，就一路小跑跑到学校开始了一天的早自习。

早自习 7:00 结束，如果家里有农活需要她帮忙，她还要利用早餐的时间跑回来帮家里铡草喂牛喂猪，还要给母亲喂药，帮家里洗衣服……忙完这一切，然后又跑回学校，开始一天的学习。

张春花最怕晚自习后回到家的那段路，要穿过一段庄稼地小路。秋天的时候，玉米和高粱比人都要高，月色朦胧，乌鹊南飞，有时候田里会突然蹿出来一只兔子或者老鼠，快速地从你脚底下穿过去，把人的魂都给吓丢掉……每逢这个时候，张春花就一路小跑，边跑边大声地唱歌，用歌声来给自己壮胆。求学少女高亢的歌声，宣泄着不屈，这是青春意志的展现，更是吹响命运抗争的号角！

晚上回到家后，张春花吃一点家里人给她留下的剩饭后，还要赶到村口的水井边打两桶井水提回来，供一家人第二天饮用。睡觉前要把衣服洗好，晾晒好，然后再帮久卧在床的妈妈换被褥，捶捶腰背……

忙完这一切后，等她睡下时，已经是晚上11点多了。"穷人的孩子早当家"在少女张春花身上有了具象的呈现，她每天学习、生活，为生存奔波，为活着拼命，几乎透支了她全部的汗水和精力。

星光不负赶路人，少年肩挑日月长。在困难的环境下长大的孩子，往往更加独立和成熟，能更早地承担起家庭的责任，学会如何照顾自己和家人，尽己所能去帮助父母分担家务，理解他们的辛劳。这种经历让孩子更加懂得珍惜和感恩，更加明白自己的责任和使命。

古语有云："生于忧患，死于安乐"；又云："天将降大任于是人也，必先苦其心志，劳其筋骨，饿其体肤，空乏其身，行拂乱其所为。"从那个贫困时代走过来的孩子，正直勇敢，担当敢为，体魄强健，意志强大，抗压性强。反观今天的孩子，因为家庭生活富足，衣食不愁，个个都是掌上明珠，都是父母手心里的宝，结果却导致孩子们五谷不分，四体不勤。由于缺乏必要的锻炼，他们像温室里的花朵，经不起生活里一点的风雨，加之学校的教育是以升学率和考分为目标，所以孩子们除了学习和培优之外，只冲着考分和名次，并不关心世界的万事万物，甚至连必要的体育锻炼都省去了。现在很多学校为了防止学生跑步猝死，竟然取消了中长跑，体育课也只允许孩子们在操场做一些简单的运动，稍微剧烈一点的运动都会被学校制止，这种因噎废食的教育行为，到底是教育的进步，还是倒退呢？

据《2022年国民抑郁症蓝皮书》数据显示，中国患抑郁症的人数超过 9500 万，其中 30% 是 18 岁以下青少年，换算下来约有 2850 万青少年患有抑郁症。在我国 17 岁以下儿童青少年中，约 3000 万人受到各种情绪障碍和行为问题困扰，并且这个数目呈逐年上升趋势。有研究表明，家庭环境在抑郁症的发生上也起着重要作用。如果孩子缺乏父母关爱、受到父母的言语暴力，或者与兄弟姐妹关系不良等，都可能导致抑郁症发生的概率增加。同时，孩子面临着高强度的学习和紧张的人际关系，在快节奏、高压力的社会环境中，也更容易出现抑郁症。其中最重要的一点是不少父母只关注孩子的学习成绩，很少关心孩子其他方面的成长，更谈不上情感滋养了，所以一旦学习和人际关系出现问题，一连串的心理问题就出现了。

温室里面长大的花朵，怎么能和大自然中历经冰刀霜剑长出来的大树对比呢？风雨中砥砺，岁月见真章，张春花一直到后来投身幼教事业后，都在狠抓孩子的身心全方面发展，终生坚持，并且成为自己的教学特色，培养了成千上万的优秀学子，这可能也与她苦难的童年经历和在生活这所大学里感悟出的宝贵经验有关吧。

劳动，是最美好的修行

任何青春都是一个伟大的开场。

少女时期生活的艰辛，让张春花早早向青涩的少女时代告别，她骨子里的骄傲，将在岁月的磨砺中，更深地沉埋到血液深处，从而使她蜕变成一个为了生存而奋力拼搏的年轻人。

张春花有经商头脑，她看见车站有人卖红薯，就去菜场买了红薯回家煮熟。寒风呼啸的冬夜，她把煮熟的热红薯拿到车站去卖给外地人。那时候她卖5毛钱一斤，算是贵的。那些外地人刚下汽车，没什么吃的，为了填饱肚子，也会掏钱买。

那时候张春花已经会采购最低廉的原材料了。记得有一次，她骑着自行车到农户家买红薯，回家时已经天黑了，看不清路，一下撞到桥头，摔倒在地，巨大的撞击力把自行车的前杠都撞弯了。她疼得半天都爬不起来，最后一瘸一拐地推着自行车，走了十几里路，把一堆红薯运回了家里，洗干净了煮熟后再拿到汽车站去卖。

毛泽东说："农村是一个广阔的天地，在那里是可以大有作为的。"在农村生活的张春花确实大有可为。

张春花本来想学杀猪，因为帮忙杀猪，可以得一副猪下水，但是杀猪的场面太血腥残忍，只有作罢。但是她曾看过别人杀猪，有时候杀猪的师傅知道她家里穷，也会顺手给她一些碎肉，这令她开心不已，拿起这些碎肉，就风一样地跑回家……

下田种地是张春花经常干的事。插秧种田，两边两条线，六列秧苗，要秧正行直。不过张春花还是觉得割稻最吃力，因为割稻要弯腰。那时"双抢"，装满人粪尿的料桶担挑到田里，要均匀地洒，洒了之后，还要耘田，有时还要把石灰撒到田里再耘田。耘田时要一路弯腰摸过去。插秧也好，耘田也好，就怕牛虻，叮在身上痛得要死，跟打针一样；蚂蟥叮在身上是不痛的，叮上了就一把扯掉。记得有一次大冬天，张春花带着弟弟妹妹赤脚去挖荸荠，脚冻得生痛，加重了本就有的冻疮，一到冬天就发痒。

张春花挣来的钱一方面用来贴补家用，剩余的部分她用来买书。其实那时候没什么书可买，自然也没什么书可读。她读得最多的书是《毛泽东选集》，一边看一边琢磨，翻来覆去地读，它自然成为张春花理解最深、最透、收获最大的书了。待到她日后创业，张春花在内部的管理和外部的拓展中不自觉地使用到毛泽东的一些战略战术，也就丝毫不值得奇怪了。

张春花认为，人生就是闷着头往前走，走着走着，眼前突然一亮，狭路走了出来，迎面遇到的是一片开阔地。人生的最大区别就是你遇到挫折后，是否还有勇气继续闷头走下去，是否还有勇气接受命运之手的肆意摆弄。张春花认为年轻时承受的苦难就是一笔财富，令她在后期的创业生涯中抗挫能力大增，从苦水里泡大的孩子，不会再感到生活的苦，因此她对苦难一直秉承着一种感恩之心。

多年后张春花还秉持着对身边的老百姓的悲悯之心，她太了解生活在社会最底层的百姓，一切都是为了生计。一直到现在，只要她看到三轮车上坡时，还会情不自禁地下车，帮忙推一下。

张春花读过高尔基的《我的大学》，印象深刻。确实，现实生活中可以学到无数在学校中不能得到的知识。

生活总是得继续，无论多么艰难。她一直在想，成功的人一定有一项特殊的技能，那就是苦中作乐，随遇而安。这样坚持下去，带着希望地坚持下去，不让自己匍匐在命运的脚下，然后，生命中才会突然出现开阔地。

农村的生活，无穷无尽的劳动对于她们这代人来说，所受到的最大训练就是忍耐，忍耐命运的不公、岁月的易逝、生活的残酷，以及各式各样的艰难、寂寥和绝望。

稻盛和夫说，劳动是世上最尊贵的修行。劳动具有克制欲望、磨炼心志、塑造人格的功效。劳动不仅是为了生存、为了温饱，它还陶冶人的情操。聚精会神、孜孜不倦，全身心投入每一天的工作，这就是世间最尊贵的"修行"，能磨炼灵魂、提升思想境界。

张春花会干所有的农活，在劳动中收获快乐，感受丰收的喜悦，在这场青春时期尊贵的修行中，她蹲下身子，练好本领，做好准备，只等命运的发令枪一响，她就会冲向远方！

奔波在为娘求医的乡间小路上

晚年的徐爱华回忆起往事的时候，经常是一脸幸福地说："像我这个药罐子的身体能活到今天，过上这样幸福的生活，除了感谢我们家老三春花之外，还要感谢毛主席，他老人家推出的'赤脚医生'制度，可真是救了我们农民的命。"

翻开历史的风云画卷，总会忍不住对毛主席老人家的悲天悯人的平民情怀敬仰不已，他对劳苦大众基层百姓的赤子之心，穿越历史的长空，那灼热的气息还是扑面而来。

千古兴亡多少事？悠悠，不尽长江滚滚流。关于"赤脚医生"的来源，经一些公开的史料记载：1965 年 6 月 26 日，时任中国卫生部副部长钱信忠向毛主席汇报工作，当时，城市平均每千人所得的医院床位以及专业卫生技术人员数目，分别是农村的 7.4 倍和 3.7 倍。而农村人口是城市人口的 4.6 倍。中国有 140 多万卫生技术人员，高级医务人员 70% 在大城市，20% 在县城，只有 10% 在农村，而医疗经费的使用农村只占25%，城市则占了75%。当这样一组数字被毛主席知悉后，伟人做出指示：

"应该把医疗卫生工作的重点放到农村去！""培养一大批'农村也养得起'的医生，由他们来为农民看病服务。"

根据毛主席的指示，普及农村医疗卫生的工作在全国迅速展开，在全国各县成立人民医院，在公社一级成立卫生院，村里设卫生室，构成农村三级医疗体系。同时卫生部着手组织对农村知识青年进行医学培训以充实村卫生室，一个"半农半医"的群体由此迅速崛起。随后，经短暂培训的农村"赤脚医生"如雨后春笋般成长起来，靠"一根银针，一把草药"服务乡民，构成那个年代一幅幅既温馨又生动的画面。

1968年夏天，上海《文汇报》刊载了一篇题为《从"赤脚医生"的成长看医学教育革命的方向》的文章，文章实际是一篇关于上海川沙县江镇公社培养"赤脚医生"的调查报告，介绍了黄钰祥、王桂珍全心全意为农民服务的事迹。同年第三期《红旗》杂志和9月14日出版的《人民日报》全文转载，也就是在这篇文章中，第一次把农村"半农半医"的卫生员正式称为"赤脚医生"。毛主席在当天的《人民日报》上批示"赤脚医生就是好"。从此，"赤脚医生"成为"半农半医"的乡村医生的特定称谓，王桂珍则被看作中国"赤脚医生"第一人，她的形象还被印在了粮票上。

其实，"赤脚医生"是在农民中自发叫起来的，因为南方的农村都是水田，种水稻的，只能赤脚下水田，所以赤脚就是下田劳动的意思，"赤脚医生"就是既要劳动也要行医。

1968 年 9 月，毛泽东主席对调查报告《从江镇公社赤脚医生的成长看医学教育革命的方向》作出重要批示和修改，号召广大城市医务工作者向"赤脚医生"学习，并提出"把医疗卫生工作的重点放到农村去"，强调要把大量的人力、物力投到农村，解决广大农村缺医少药的问题。在毛主席看来，当时的医学教育学三年就够了，医学知识主要在实践中学习提高。

伟人一声号召，全国涌现出约 500 万"赤脚医生"和农村卫生员，分布在广大农村地区。"赤脚医生"成为农村医疗卫生服务的主力军，大大改善了城乡医疗服务不公平的状况。"赤脚医生"是广大农民名副其实的健康"守护神"，也是农村合作医疗体系中推荐病人的"看门人"——决定病人是否需要转送县医院进一步治疗。这一政策实行的结果，是极大缓解了新中国农村专业医疗人员严重短缺的窘境。

为了让合作医疗制度更好地服务广大农民，解决农民的看病就医吃药问题，毛泽东主席推动全国农村实现了"合作医疗遍地开花"。1968 年 11 月，毛泽东主席批转了湖北省长阳县乐园人民公社举办合作医疗的经验，并称赞"合作医疗好"。

事情是这样的。1968 年 12 月 5 日，《人民日报》刊发《深受贫下中农欢迎的合作医疗制度》的报道，介绍了乐园人民公社的合作医疗经验："根据社员历年来的医疗情况、用药水平，确定每人每年交1元钱的合作医疗费，每个生产队按照参加人数，由公益金中再交1角钱。除个别痼疾需要常年吃药的以外，社员每次看病只交5分钱的挂号费，吃药就不要钱了。公社卫生院12名医务人员，除2人暂时拿固定工资以外，其余10人都和大队主要干部一样记工分。为了解决医生流动性大、花费比较多的问题，每月按情况不同补助3元到5元。"随后《人民日报》用一年时间，连续组织了23期专稿，开展大讨论。在此推动下，从1969年起全国出现了大办农村合作医疗的热潮，到1976年农村合作医疗生产大队覆盖率超过90%。

各级政府在全国城乡组织开展了诸多医疗卫生实践活动，如宣传医疗和疾病防治常识，培训乡村接生员、保育员、保健员和"赤脚医生"等医务工作人员，在乡村建立保健站、产院和保育院等基层卫生组织系统，开展合作医疗等，还通过各种传播媒介树立许多模范标兵和农村卫生模范村，在全国广为宣传。

效果是立竿见影的。1949年，中国新出生婴儿中，死亡率高达200‰，也就是5名婴儿中就有1名夭折。到20世纪60年代后期，这个数字已经从200‰降到不足100‰。旧式接生婆也基本上从社会上消失了。就算是偏远乡村，妇女分娩时基本也能得到现代医疗技术的支持和帮助。

在旧中国那种一穷二白的基础上发展群众医疗体系，可以想象，一定是低水平的。从现代医学的角度去看，必定有很多简单粗陋、不合规范，甚至难以容忍之处。但是，在当时的情况下，这些简单粗陋的改进，实际上作用巨大。仅仅改造旧式接生婆，让她们使用基本的消毒和抗菌技术，就能在短时间内大量避免产妇和婴儿的死亡。而那些哪怕只是接受了几个月、一两年医学培训的"赤脚医生"，使用简单的药物、纱布绷带等，就能在乡村挽救无数人的生命和健康。如果没有那些"粗笨"的"赤脚医生"，没有他们那些"三脚猫"的医疗技术和药物，当时很多人可能就没有机会活下来。

我们今天讨论"赤脚医生"的时候，不要抱有不切实际的幻想，"赤脚医生"不会帮你治疗癌症、帕金森、渐冻症、艾滋病、白血病、糖尿病、抑郁症和躁狂症……这些绝症、重病、罕见病、疑难杂症和富贵病等，也没什么神奇、罕见、高科技的疗法，要知道当时"赤脚医生"手上只有酒精、纱布、棉球、绷带、注射器、输液管、几种化学药剂、抗生素和中草药。

"赤脚医生"本身也是农民，或者是有一定知识的乡村劳动者，就住在每一个村落里，骑个自行车去喊一声，他们就过来了，他们亦农亦医，农忙时务农，农闲时行医，或是白天务农、晚上送医送药的农村基层兼职医疗人员。

当年的农村很广阔，道路遥远，交通不便，去个县城要大半天……比如被毒蛇咬了，比如劳动的时候受伤了，比如被敌特分子伤害了，比如感冒、腹泻、骨折、发烧了和生孩子需要接生……根本不可能立刻把病人送到县城、市里医院去，这时候解决问题的都是"赤脚医生"，有时候不只是治病，还要救人。

当年"赤脚医生"的药箱里日常装备有：一个玻璃针管，一打针头，一个小砂轮，一瓶抗生素，一瓶盐水，一瓶酒精，一瓶碘酒，一瓶红药水，一瓶紫药水，一个凡士林，一包消炎粉，一袋纱布和一包棉花，止吐止泻退烧药若干，自制中草药若干，一打银针。这个药箱，像个百宝箱，斩断病魔，扫除病害，守护的是一方百姓的平安。

那时候，"赤脚医生"就是乡村的守护神，谁家有人生病，第一想到的就是找"赤脚医生"，能送到医疗合作室的就送去吃药打针，如果不能送，"赤脚医生"就背着药箱下沉到村里面送医。田间地头、沟渠河道、广袤的大地田野都是"赤脚医生"行医的好阵地。有时候去一个村，在大树底下一坐，村民们给他倒上一碗大碗茶，一边喝茶，一边号脉、开药，当时的药都是用事先裁好的一张薄纸包好，一般3天的药吃下去，病情自然就好转了。

如果没有"赤脚医生"的守护，徐爱华不可能活这么久。

在张湾村的另一个大队，有一名姓张的"赤脚医生"，在这个大队无论谁家人生了病，都是去请"赤脚医生"上门来看，一般只要医生抓几包药或者打几针屁股针，这些感冒发烧的小毛病，基本都是药到病除。

外婆去世后，失去了靠山的母亲徐爱华一下子病倒了，从此卧床不起，一年时间有半年都在住院。当时张春花的大哥张运江18岁，当兵去了部队，姐姐15岁，最小的妹妹才4岁，父亲在长航的船上工作，长年不能回家，照顾母亲的重任就落到了张春花的身上。张春花每天除了学习和干家务之外，还要帮母亲煎中药，母亲犯病的时候，她往往还要深更半夜跑到"赤脚医生"家里，请人家来给妈妈看病。

在离张家淌村3公里的隔壁村里的这名张姓"赤脚医生"是张春花家的常客。这3公里的乡间泥巴土小路，中间要穿过无数块儿庄稼地，还要沿着村后的汉江走一段河堤，河堤两边都是一丈多深的芦苇丛，特别是晚上的时候，芦苇在夜风中摇曳，有时候经常有野鸟扑棱一声，从草丛里飞出来，把人吓一大跳。只要妈妈犯病，张春花就得一路小跑冲向"赤脚医生"家。一路上，她跳河沟，穿庄稼地，还要越过一大片深不见人的茂密芦苇荡，进村子的时候，为了防止被狗咬，她还要捡一根棍子防身。因为经常到她家看病，"赤脚医生"跟她已经很熟悉了，只要见她进来，就赶紧说一句："是你妈的病又犯了吧，不要着急，我收拾一下马上就跟你走！"

1976 年大年三十的晚上，屋外冰天雪地，当人们正在与家人团圆的时刻，张春花的母亲又犯病了，她喘得上气不接下气，张春花看母亲的脸憋得通红，陷入昏迷中，她没有一丝犹豫，赶紧抓起一个手电筒，推开门就冲进风雪中。她一路小跑，由于冰雪路滑，她不知摔了多少跤，她跑得太快，在汉江河堤上，她一不小心脚下一滑，竟然溜到河堤底下去了，手臂上、小腿上都被冰碴子划得鲜血淋漓。她顾不得浑身的疼痛，尝试了几次，想从河堤下面爬到河堤上都没有成功。没有办法，她就顺着河堤底部，一瘸一拐地走了几百米，在一个坡度较缓的坡面上，她脱了鞋，用手抓着冰雪地上的草皮，用脚趾头扎在泥巴地里，四肢同时用力，这才缓慢地一步一步爬到河堤上来。当时零下几度的气温，张春花脚丫子在冰雪中，冻得麻木了，钻心的痛，可张春花不敢耽误，一瘸一拐地冲向"赤脚医生"家。3 公里的路，她跑了一个多小时，在村庄里此起彼伏的狗叫声中，她拼命地拍"赤脚医生"的家门。过了好久才有一声发出来："谁呀？大过年的又是大半夜，还让不让人睡个觉啊？"

张春花带着哭腔说："张医生，我妈的哮喘又犯了，现在上气不接下气，您赶快去看看吧。"

张医生推开门一看是她，就说："你妈的病是老毛病，你看今天年三十，一年到头都在忙活，你行行好就让我休息一天。你妈熬一晚上没问题，明天一大早我就过去给她看病。

你赶快回去吧,这天太冷了。"

张春花听医生这么说,知道他不愿意出诊,一下子急了。她扑通一声跪倒在医生面前,哭着说:"张伯伯,我知道你心肠好,可刚才我出门前发现妈妈昏过去了,现在路上我摔了好多跤,又耽误了这么长时间。你一定要跟我一起回去救救她,我们家不能没有妈呀⋯⋯"

张医生看她实在可怜,心生恻隐,于是起床穿了一件棉大衣,背起药箱子,跟她一起踏进了风雪中⋯⋯

那是一个难熬的年三十,张医生给母亲进行了静脉输液治疗,母亲症状逐渐减轻。输液进行了两个多小时,张春花眼都不敢眨地守护在母亲的床前,一边给母亲掖被子,一边用自己的手,轻轻捏着输液管,用体温来温暖输液管内冰冷的药水,生怕冬天药水太冰冷,输入静脉引起母亲新的不适,直至输液结束,天已经蒙蒙亮了。看到张医生辛苦了一晚上,坐在凳子上睡着了,她特别内疚,从鸡窝里摸出几个鸡蛋,给张医生做了一大碗荷包蛋,看着他吃下去,这才千恩万谢地将他送出家门。

遇到母亲徐爱华犯病严重的时候,"赤脚医生"也会束手无策,会让他们赶快送医院,这个时候张春花就会找来邻居家的叔叔伯伯,用竹椅把妈妈抬到县卫生院抢救,她就跟着叔叔伯伯后面跑。为了在医院照顾母亲,她连学都不能上,在医院一边照顾母亲一边自己看书学习,但是成绩一直名列前茅。

人的记忆，就像一个筛子，筛去的是浮尘，留下的是精华。张春花在回忆少年时期那些苦难的往事时，面含笑意，好像那不是在受罪，而是享福一样。其实，每一次苦难，都会给生命刻上一个独特的印记。生命如东逝的流水，若流淌在平坦的河床，水势必定平直，只有迎向暗礁，生命之水才会激起灿烂的浪花。人们都希望自己成为生活的强者，但通向强者的路上永远有苦难在那里等待。苦难使人经受考验，苦难使人奋勇搏击。

顺境中人们看到的是鲜花和笑脸，习惯于喜悦浸润的心灵往往承受不了太大的打击与负荷；迎向苦难，虽处逆境，但可使人尝遍人间酸甜苦辣，感受世态炎凉，每经历一次苦难就更多一层生活的领悟，更了解人生的真谛。

苦难是毅力的磨刀石。绳锯木断，跛鳖千里，一千次的失败就有一千零一次的从头开始。一次次的努力，使毅力这柄前行斩棘的锋刃被磨砺得削铁如泥，锋利无比。

苦难是生活无声的老师。它培育了人们优良的品格，塑造人们不屈的精神。"宝剑锋从磨砺出，梅花香自苦寒来"，经过苦难的煎熬和煎熬后成功的快意，人们才会懂得：以客观态度去正视生活，才是有志者唯一的选择。

春雷席卷青春梦

在许多人看来，高考是改变人生的重要途径，是跨越山海的桥梁。然而 1966 年至 1976 年，高考中止了 11 年，给中国广大知识青年带来了苦闷与彷徨。

张春花后来成为中国民办幼教的第一批"吃螃蟹的人"，在不屈的奋斗中收获了人生丰硕的成果，她最感谢的人是邓小平，是小平同志给她们那一代农村学子一个通过高考改变命运的机会。

1977 年，在邓小平同志的努力推动下，党中央做出恢复高考的重大决策。重启高考之门给全国的青年带来了春天，也让"知识就是力量"的声音传遍了祖国各地。

据公开的史料记载：1977 年 7 月 21 日，中共十届三中全会结束，党中央决定正式恢复邓小平党内外一切职务。邓小平随即主动提出要分管科技和教育工作。是年 8 月，邓小平组织召开了科学和教育工作座谈会，就高校招生制度进行调查研究。这是他复出后召开的第一个重要会议。座谈会请来了30多位教育界和科技界人士参加。此次会议共召开5天，邓小平每天都准时参加。会议前两天，专家们表现得非常拘谨，只敢谈一些不敏感的小问题。第三天，有学者反映，有些大学的新生文化素质太差，只有小学水平，还得补习中学课程。此言一出，立即得到邓小平赞同。

随即，武汉大学教授查全性对大学招生实行的"自愿报名，基层推荐，领导批准，学校复审"的"十六字"方针提出异议。他指出这一方针一方面埋没人才，助长不正之风；另一方面严重影响中小学学生和教师的积极性。他建议改进招生办法，并呼吁"一定要当机立断，只争朝夕，今年能办的就不要拖到明年去办"。

查教授一言既出，举座惊讶。就在这次座谈会召开前夕，当年的全国高等学校招生会已经开过，招生办法依然沿用"十六字"方针。招生文件也在座谈会召开当天送到邓小平手中。1977年按照老办法招生几乎已成定局。

没想到，听完发言后，邓小平没有马上表态，他环视四座问："大家对这件事还有什么意见？"与会者纷纷表示赞同查教授的意见。

邓小平略一沉吟，当场拍板："改嘛！既然今年还有时间改，就坚决改嘛！这是涉及几百万人的问题。今年开始就改，不要等了！"伴随着邓小平掷地有声的话语，全场爆发出热烈的掌声。

在邓小平的推动下，10月12日，国务院批转了《关于1977年高等学校招生工作的意见》，文件对招生对象和条件、招生办法、考试和录取的流程及方式等都做出了规定。文件规定：废除推荐制度，恢复文化考试，择优录取；修改政审标准，贯彻"重在表现"的原则。

10月21日，《人民日报》头版头条发表《高等学校招生进行重大改革》的消息，正式宣布恢复高考。

至此，恢复高考的决策尘埃落定。

恢复高考的消息正式公布，像深秋里的一声惊雷，唤醒了千万个中国青年沉睡的梦。经历过多年的中断高考和推荐上大学后，突然间，广大知识青年意识到自己的命运不再操决于他人，不再由出身和关系来决定，而可以通过自己的努力来改变，通过公平竞争来决定，确实是一个令人兴奋的特大喜讯。

"忽如一夜春风来，千树万树梨花开。"1977年的冬天无疑是中国教育史的春天。知识青年欢欣雀跃，奔走相告，踊跃报考。

由于高考中断多年，积压了一大批想要继续深造的青年知识分子，经过浴火重生，1977年的高考是中国历史上最

特别、最壮观的一次高考，当年报名参考的人数达到了 570
万。

因此，1977 年的高考是从 66 届到 77 届 12 个年级的
中学生一起竞争，如果加上当时允许部分 78 届优秀高中生
提前参加高考，实际上 1977 年有 13 个年级的人才一同走
入考场。

当年的 11 月 28 日至 12 月 25 日，全国各地考生怀着
忐忑的心情和奋发的意气，奔向高考考场。这是一种空前绝
后的场景。参考者经历五花八门，年龄差距大，不仅有许多
兄弟、姐妹、师生同考的情况，还有父子、母女、叔侄同考
和夫妻同考的现象。

凡是参加那场考试的人，都是一个伟大开端的见证人。
有的当年考生回忆说："高考重新给了一代人竞争的机会，
它是我们国家恢复竞争活力的源头，当 570 万满身风尘、
满怀喜悦的考生从四面八方、从 10 亿人中间涌向考场的时
候，这个民族的血脉重新开始流通，而我们 77 级高考人和
时代的脉搏在一起，构成它坚韧有力的律动。"

1977 年这个火热的冬天，不仅改变了一代人的命运轨
迹，也改变了一个国家和民族的前进方向。据统计，恢复高
考的 3 年内，有 90 多万人才成长为各行各业的骨干。

邓小平恢复高考的决策是改革开放的第一声春雷，具有

划时代的伟大意义。恢复高考荡涤了"读书无用论""唯成分论"的浊流，为百废待兴的中国大地吹来了第一阵尊重知识、尊重人才的春风。其意义重大而深远，中国的现代化征程、中国教育的复苏、当代中国的崛起，几乎都以恢复高考为出发的原点，由此掀开了崭新的一页。

历史不见得会记得每一年的高考，但永远会记得1977年冬季的那场高考。历史不见得记住每一个人，但一定会记住那个排除万难果断做出恢复高考决策的人——邓小平。

后来的一些史学家评论道：1977年恢复高考，是开创新局的分水岭，是弃旧图新的标志，是个人和民族的"诺曼底登陆"，是"中国青年的复活节"。那场空前绝后的考试更是被看成一个国家命运的拐点，也是千百万个人生的转折点，而且成为一个国家与时代的拐点。它是一页值得珍藏的历史，是一段历久弥新的记忆，是一个永载史册的传奇。

知识改变命运，在恢复高考的当年体现得特别明显。

考上大学，对每个人来说都是一生的重大转折，尤其是对农村青年而言，终于走进梦寐以求的大学殿堂，更是翻天覆地的变化，好似鱼跃龙门。

1977级至1979级的大学生，多数都是从社会中走出来的，是中国高等教育史上大学生中成分最复杂、年龄跨度最大的一群人。他们作为恢复高考的受惠者和幸运儿，在学习氛围特别好的时代里成长历练，毕业后填补百废待兴时巨大的人才空缺，获得了前所未有的发展机遇，后来他们则成为改革开放的推动者和各行各业的中坚力量。

恢复高考的春雷，让正在上初中的少女张春花振奋不已。她听到身边不断有人考上大学的消息，榜样的力量，让她更加刻苦努力地学习，发誓一定要通过高考考出去，走出农村改变命运。同时，面对生活的困难，她明白一个朴素的道理：吃得苦中苦，方做人上人；怕苦苦一辈子，不怕苦苦一阵子。青春就是来吃苦的，不读书，不吃苦，你要青春干吗？

冰雪啊，你冻不赢我！

人无精神不立，精神的力量是无穷的，引领人昂扬向上，感召人发愤图强，激励人勇毅前行，隐藏着创造历史的澎湃动力。

中学时期，张春花饭碗里长期没有一滴油，更别说吃肉了。她家仍旧是"超支户"。在 1978 年前，中国农村还没有实行土地联产承包责任制，那时农村主要依靠工分分配收入，张春花的大哥当兵去了，父亲常年在长江航运上跑船，母亲又卧病在床，家里没有劳动力挣工分，没有工分就没有收入。父亲的工资虽然大部分都寄回来了，但仍然是杯水车薪。

张春花年纪虽小，但是她很聪明，知道日子很长，自己家的情况特殊，要一家人都能活下去，一定要精打细算。她和弟弟妹妹每天的饭，几乎顿顿都是在混，吃了上顿愁下顿。隔壁的邻居见他们一家人实在可怜，会经常给她一些萝卜和包菜，张春花就将萝卜切成块，把包菜剁碎，然后少加入一些米，添水煮熟后，一家人就靠这一点点米汤菜糊糊保命。张湾镇临近蔡甸县城，属于城乡接合部，镇上有一大帮河南籍搬运民工在这里干拉板车的生计。张春花看他们上坡下坡十分费力，就主动与他们套近乎。由于她是河南口音，"老乡见老乡，两眼泪汪汪"，老乡知道了她的身世后，见她实在可怜，就让她帮着搬运货物和推车，每车货给她几分钱的工钱。靠着"蚂蚁搬家"一样的积累，张春花每个月也能挣上几元钱，家里总算能保证每顿喝上青菜粥……

张春花虽然是老三，但是她却充当了一个家庭主心骨的角色。她大气乐观，积极向上，生活如此之苦，但是张春花却从来没有感受到苦，她从不矫情，从不气馁，从不无病呻吟，心态特别阳光，她每天都在想尽办法，想让家人过好每一天。

有一年春节年三十，家家户户都早早置办下年货，而张春花家却冷清清的，吃年夜饭时，由于父亲还在外地往家里赶，生病的母亲躺在床上一声接一声地呻吟，最穷的人家年夜饭也会吃一顿肉，可是她家的年夜饭没有肉，是张春花自己提前准备的韭菜鸡蛋馅饺子，几个鸡蛋和了一些面粉，炒得金黄，再把韭菜剁碎，撒一把盐，调和一番，就是很好的馅，煮出来的饺子白中透绿，十分诱人。张春花照顾完母亲吃饭，再照顾弟弟妹妹吃饭。吃完饭，就是闹年夜。别人家吃饭前都会放一挂鞭炮除旧岁，她们家买不起鞭炮，她就带着弟弟妹妹寻找别人放过的鞭炮中还没有炸响的，他们满村子寻找，一晚上每个人都收获颇丰。集了一大把后，她就带弟弟妹妹把这些没有炸响的鞭炮，在空旷的地方点燃，每炸一声，都响起孩子们欢快的笑声……

"我穷得什么都没有了，除了快乐。"很多年后，张春花回忆这一段历史的时候，说出这样一句话，简单却充满了力量。是啊，心自向阳，到处便是阳光，再苦难的生活，也能从中找到属于自己的快乐。"卑以自牧，含章可贞"，哪怕苦难的生活让你低入尘埃，也要与每一粒微尘深情相拥，最终从尘埃中开出花来。

张春花坚信唯有读书才能改变命运，不管遇到多大的困难，一定要把读书坚持下去。高中阶段特别艰辛，当时的张湾中学高中部校舍是建在荒山野外的几间平房，房子用砖砌好后，窗户上的玻璃都没有装，只是蒙了一层塑料布用来挡风，这些塑料布也不结实，冬天时，凛冽的风，像刀子一样划过来，轻易就会把这些塑料布刮破，破掉的塑料布条子，啪啪地打在窗沿上，寒风吹着哨子，刮进教室里，坐在教室里读书，就像坐在冰窖里一样。张春花没有厚棉袄，衣着单薄的她，在教室里经常冻得瑟瑟发抖，读书的时候经常不自觉发出颤音……

后来，在张春花的日记中，我们找到了这段艰苦求学时光的描述。她在后来的日记里这样回忆道：

青春是用来吃苦的！我不怕吃苦，就怕吃一辈子苦。上高中后，每天上学从家里到学校需要走10多里路，为了不迟到，我每天4点多钟就得起床，步行到学校。上学途中路过一个砖瓦厂，由于烧砖取土，上学的必经之路，被挖得到处都是一丈多深的大坑和堆起来的土山包。为了过去，我只能跳土坑、爬土山，一关一关地过，经常是一身泥，一脸灰。最怕下雨天，土坑里全是水，横在面前的就是一个大水塘，根本无法过去，为了上学，我只能多走几里路，想办法绕过去，但这样一来，每天上学路上又要多走一个多小时。

那时，学校没有食堂，学生每天都自己带饭菜当午餐，我常带的就是一些豆瓣酱和青菜。冬天带的饭，到了中午就成了冰碴子，咬在嘴巴里嘎嘣响，咽到肚里透心凉，时间长了还得胃病，我胃疼的毛病就是年轻时落下的。夏天带饭更麻烦，前一天晚上在家里做的面条或米饭，到第二天中午在学校吃时，全部都变馊了，根本不能吃了。这样的话，就一天没有饭吃，上完晚自习后，还要摸黑步行一两个小时回家，到家时已是半夜了。我记得无数个皓月当空、夜风习习的回家之路，清凉的夜露降下来，浸在庄稼叶子上，在庄稼地里的小路上穿行的时候，这些露水沾在手臂上、脸颊上、嘴唇上，既清凉，又甜丝丝的。这时，蟋蟀在耳边唱歌，看着远方村庄的灯火，我不由得加快了脚步，早已忘了肚子在咕咕地叫唤……

饥饿的考验，远没有寒冷带给我的冲击大，更没有那刺骨的寒冷的滋味让我记忆深刻，至今想起来，仍忍不住脊背发凉，寒战不止。

高中最后一年，为了冲刺高考，学校让我们住校，一个班二十几个女生，挤住在女生寝室里。床是上下铺的铁架子床，床板都是由铁丝编的。农村的冬天太难熬了，数九寒天，冰天雪地，整个世界仿佛成了一只大冰箱，山冷得颤抖，河冻得僵硬了，空气似乎也凝固了一样。我只有唯一的一床被子，只能盖，没有铺的垫被。为了御寒，我就把自己以前的一个穿破的小棉衣剪开，平铺在铁丝编的床板上。破棉衣只有一点点小，更是薄得可怜，晚上的时候，无论怎么蜷缩，大半个身子仍会睡在铁丝上，铁丝的寒意透过薄薄的破棉衣，寒彻骨髓，一晚上就像睡在冰地上一样，身子冻僵了，手脚都冻烂了。为了不在睡梦中挨冻，当同学们都在暖和的被窝里呼呼大睡的时候，我独自坐在教室里在煤油灯下学习，脚下是一双破棉鞋，冻得太疼的时候，我就站起来绕着班级的课桌一圈圈地走，让自己的身体恢复点热度。但是，农村的冬天实在太冷了，我的脚最后冻麻木，没有了知觉，就不会感到疼痛。当时不服输的我就想与这寒天冻地斗一斗，看谁更厉害，我不断在心里呐喊："冰雪啊，你冻不赢我！"

农村的夏天一样难过，空中到处都是密密麻麻的蚊子，如果在空旷的地方跑步，空气中一团团的蚊子甚至会把脸撞得生疼。为了防蚊子，让自己能够安静地学习，无论再热我穿的都是长裤子和胶鞋，身上再披个雨衣，晚上点个煤油灯就在教室里复习，蚊子密密麻麻在眼前晃，随手一拍，就会死一大片。由于身上裹得严严实实，身上的雨衣和脚上的胶鞋又不透气，不一会儿就汗流浃背，汗水顺着身体流下来，一晚上下来，整个胶鞋里的汗水就会把脚泡住，走起路来扑哧扑哧响……

面对贫穷带给我呼啸而来的苦难，我斗志昂扬，充满乐观。我想，我的处境总要比那些劳改犯好一些吧，那些劳改犯被关在监狱，孤独贫困还失去自由，我至少是自由的，还有书读，比起他们，我何其幸运！

高考，给每个人一生只有一次机会，如果我不珍惜这一次机会，考不好就只能回家种田了，是想苦一时，还是想苦一世，我还是拎得清的。为了考出去，我只有拼了！

精神虽然无形，但精神的力量无穷。胜负之征，精神先见。精神所在，就是血脉所在，力量所在，就是活力所在，信心所在。张春花的日记，字里行间荡漾的昂扬向上之气，今天看来仍动人心魄，阅之令人荡气回肠，振奋不已。她是大地的女儿，来自大地深沉的爱与深厚的滋养，让她养成了厚重、乐观、淳朴的秉性，这也成了她日后振翅高飞的厚重基石。

油墨试卷中的流金岁月

人往往到了一定岁数，就特别爱怀旧，60后、70后有一个共同的怀旧点——学生时代都有过与油印试卷为伴的珍贵记忆。网上一篇题为《怀念当年的油墨试卷》曾引发了强烈的怀旧潮。当年，不少同学都有过帮老师刻写蜡纸、油印卷子的经历，很多人还会回忆起发卷子时那清香的油墨味道。当年那简陋的油印机，老师一笔一画刻出来的油印试卷，每次考试时教室里那股油墨味，考完后手掌与试卷的接触部分的一片漆黑，都让当年的孩子们记忆至今……

这些年，随着印刷技术的不断发展，油印卷子逐渐被数字化印刷所取代，在20世纪末和21世纪初，油印卷子在中国逐渐消失，取而代之的是电子版试卷和数字化印刷的试卷。但是，那镌刻着情怀、浸透着墨香的油印试卷，印证着莘莘学子的流金岁月。

那时候考试都是油印的试卷，老师自己出题，自己排版，自己在蜡纸上刻字，然后用一次性滚筒的油印机来印刷。由于刻错了不像电脑一样可以修改，只能废掉重刻，因此老师在刻卷子时慎之又慎，试卷上的每道题目都是反复斟酌，一点都不能出错，毕竟每一张都是老师用笔一笔一画刻出来的，这对老师的书写功底要求也很高。

张春花在上初中时，老师让学生练字帖，但是很少有学生坚持，张春花的字练得比较好。由于她是班干部，加上人又勤快，就经常被叫去油印室刻卷子和印卷子。她发现刻卷子并不像想象中那么简单，因为不能把胳膊放在上面，否则会出现褶皱和痕迹，只能抬着胳膊悬腕写字，非常辛苦又考验书法功底，但那段清贫而快乐的读书时光，至今想起仍充满幸福。

张春花记得刻蜡纸的字体也是有讲究的，铁笔需要用力写，但如果太用力写又会把油墨蜡纸写破，滚筒的时候就会渗墨，导致卷面污损。在笔画交叉的地方一般不写到头，以免蜡纸印刷时断裂，印刷时也要注意力度，高水平的人一张蜡纸能印几百份试卷，水平差的只能印几十份，蜡纸就会出现问题。

张春花在实践中发现，圆珠笔比铁笔更好用，不那么容易划穿纸张，而且有墨的圆珠笔可以自由发挥，字体圆润饱满，不会影响印刷效果。由于蜡纸数量有限，如果刻坏了还要去申请新的，很麻烦。如果在纸上刻错了字，用一根火柴或烟头轻轻烤一下错字位置，待蜡融化后，填补在错误的位置，冷却后就可以重新书写了。

对于学生而言，可能也因为这样的油印试卷制作不易，所以每到了期末，想要出现海量的试卷是不可能的，因此那时候的学生作业量与现在的学生相比，应该是少了不少。对于这些油印试卷，很多学生都整理得很好，有的学生到了毕业时，还能将从刚入学校到毕业的全部试卷装订整齐地拿出来。

到 20 世纪 90 年代，蜡纸油印逐渐被电脑打印所取代，但油印试卷留下的记忆却永远难以抹去。每当想起那段经历，那种油墨的味道就会在鼻间萦绕。

落泪是金

《落泪是金》是作家何建明先生于1998年对全国几十所大学的300多名学生进行采访后所撰写的长篇报告文学，真实地反映了来自贫困家庭的大学生读书艰难的问题。这部作品问世后，在当时中国社会中引发了巨大的反响，以致成为那个时候关注教育、关注改革的人群中的一件大事。《落泪是金》带给读者的不仅是寒门子弟们艰苦求学，不断向命运抗争的奋斗历程，更是一次又一次的心灵洗礼。

书中承载的是痛苦的故事，且近乎赤裸直白地揭示了贫困大学生为走进大学、为生存自救所付出的超常艰辛。书中每个学子都有着十分相似的背景，都因为贫困吃了很多同龄孩子无法想象的苦，他们都曾在无数个沉寂的夜晚默默流泪。贫困除了带给他们心灵的自卑，更坚定了他们走出寒门、走向大学的信念。读书，在多少个富裕家庭是家长们对孩子的殷切期望，而对于寒门子弟，是多么奢侈的梦想。终于，在历经了不知多少的苦难之后，他们收到了梦寐以求的名校录取通知书，然而，踏入大学校门的那一刻他们面临的却是一个又一个艰难的考验——高额学费、温饱问题、同学们异样的眼光……无一不击打着他们脆弱的心灵。他们咬牙坚持学业，吃馒头、吃榨菜、穿地摊衣服，在别人谈笑嬉戏的时候他们在教室里看书，在想方设法勤工俭学……"他们求学的路，就是一条血泪凝成的路。一个经历过深重苦难、承受了巨大精神压力的人，还有什么样的打击挺不过去？"这是作家何建明先生发自肺腑的"时代之问"。

当我们在理所当然地享受着父母辛苦创造的物质条件时，打开《落泪是金》，我们能看到周围还有这样的一群人：他们每天都在为生存精打细算，但每次学业考核都荣登光荣榜；他们不愿被采访害怕被关注，过分的关注只会加深心灵深处的伤痛；他们面对命运有一颗坚强的心，但面对贫困这个特殊字眼，他们选择逃避。穷人的孩子早当家，因为他们过早担负起了生活的重担，所以在学习这条路上，别的孩子认为苦，在他们看来却是甜的。

值得欣慰的是，如今，国家投入教育的经费逐渐增加，很多孩子在政策的支持下能够进入高校深造。与此同时，也有千千万万的人在为教育事业默默耕耘。像"感动中国"的张桂梅老师，扎根云南贫困山区40多年，推动创建了中国第一所全免费女子高中，从2008年建校以来，已帮助

1600多位山村贫困女孩圆梦大学校园。她像一束希望之光，照亮孩子们的追梦人生。

张桂梅把全部身心投入边疆民族地区教育事业和儿童福利事业，她坚持用红色文化引领教育，培养学生不畏艰辛、吃苦耐劳的品格，引导学生铭记党恩、回报社会。她常年坚持家访，行程11万多公里，覆盖学生1300多名，为学校留住了学生，为学生留住了用知识改变命运的机会。她吃穿用非常简朴，对自己近乎"抠门"，却把工资、奖金捐出来，用在教学和学生身上。她以坚忍执着的拼搏和无私奉献的大爱，诠释了共产党员的初心使命。

中央电视台"感动中国"授予她的颁奖词是："烂漫的山花中，我们发现你。自然击你以风雪，你报之以歌唱。命运置你于危崖，你馈人间以芬芳。不惧碾作尘，无意苦争春，以怒放的生命，向世界表达倔强。你是崖畔的桂，雪中的梅。"

在张春花的生命中，也遇到了一个"张桂梅式"的好老师——张和方，时至今日每每念起张老师对自己的帮助，她都忍不住泪湿衣襟。

当时，刚刚恢复高考，高考制度很严格，淘汰率很高，高考之前，学生要经过月考和预考。预考一般在高考前一个月进行，预考会刷下来一大批学生，只有通过预考的学生才有资格参加接下来的高考。因此，学生通过了预考，就是迈向胜利的一大步。

张和方是张春花的历史老师，同时又是班主任，是一个戴着眼镜、慈祥温和的中年人，他一直关注着自己班上这个成绩优异又特立独行的女生。张春花衣服破旧，吃饭时张老师从没有在她的饭碗里看到过菜，并且她总是躲着同学们吃。张老师心里明白，也有点心疼自己的这个学生。预考成绩出来后，不少同学被刷了下来，张春花却以高分通过了预考。张和方特别高兴，有一天，他趁着没有课，就想去张春花的家里进行家访。他的目的很简单：第一是给张春花的家人报喜，通报张春花高分通过了预考的消息；第二，距离高考只有不到一个月时间，他希望张家人能给张春花的伙食搞好一点，增加她的营养，让她高考时能发挥好，考出一个好成绩。

张和方老师按照张春花学籍上的家庭地址，走了十几里的泥泞崎岖的土路，才来到了张家淌村，他在村口一个老人的指引下，来到了张春花家。快走到门前了，他还四处张望，问房子在哪儿。老人指了指旁边的两间快倒掉的土坯房，说："这就是呀！"

张和方老师惊讶地瞪大了眼睛，这哪里叫一个房子呀，他不敢相信这两间摇摇欲坠的土坯房竟然有人居住，更不敢相信这就是他的优秀学生张春花的家。当时，已近中午，在白花花的太阳下走了十几里的路，张和方老师热得满头大汗。他看到房门是打开的，就径直走了进去。屋子里黑乎乎的，室内外光线的巨大差异，让张和方短时间内什么也看不见，过了好一阵子，等他适应了房内的光线后，他才发现墙角床上躺着一个女人。见他进来，她从床上直起腰，一边咳嗽一边虚弱地问道："你是谁呀？到我们家有什么事儿？"

张和方赶快解释。躺在床上的女人，听后有些激动，她动作就变得有点急促起来，扶着床沿，慢慢从床上走下了地，边走边说："我是张春花的妈妈，对不起啊，张老师，还让你跑这么远的路来给我们家报喜，你真是个好老师呀！"

由于家里连个开水瓶都没有，徐爱华就摸索着来到水缸边，用瓢在水缸里舀了半瓢井水，递给了张老师说："张老师，快喝一口凉水，解解暑，我这就去给你做饭。"

张和方赶紧走过来挽住她说："不了，老嫂子，我就是过来报个喜，做做家访。春花很优秀，在学校里面经常考班上第一名，咱们要一起好好培养，把她供出去。你也要好好保重身体啊，以后还有你享春花的福的时候呢！"

看着张春花家贫困得超出了想象，张和方老师把让家长给张春花增加营养的建议，话到嘴边又给硬生生地吞了回来，他抹着泪快步离开了张春花家。回去的路上，张和方老师走得很快，一路上没有风，头顶的太阳和远方飘忽的白云，都不能疏散他心头的郁结。张老师自己的家境也不好，工资低微，多年教书育人的职业生涯，使得他热爱教育事业，对学生又特别惜才，不想错过和浪费一个好苗子，他知道苦难深重、百废待兴的国家此时太需要了人才了。

张和方回到学校后，找到张春花，跟她说了家访的事，并给了张春花 5 元钱，说这钱是爸爸寄回来，她妈妈让自己带来给她的。叮嘱她马上要高考了，一定要在饭点购买食堂里的菜，一定要吃饱，要有营养。张老师还告诉她，已经与学校协商好了，让她在学校食堂里的老师窗口打饭菜吃。

张春花对老师的话将信将疑，她知道自己的家境，母亲根本没有钱，不太可能一下子给自己 5 元的"巨款"。但是在老师的要求下，她在老师窗口吃了几顿有油有菜的好饭。人是铁，饭是钢。吃惯了白米饭拌豆豉，突然能吃上有油有菜的，好像是沉睡的味蕾被一下子打开了，张春花这辈子从来没有吃到过这么香的饭菜，巨大的幸福感、满足感包裹着她，来自对粮食朴素的感恩，让她在学习上更是充满了劲头，她发誓一定要好好考试，考一个好成绩，不辜负老师，不辜负父母，也不辜负自己。

等张春花下一个周末回家时，问了母亲 5 元钱的事，把母亲问得一头蒙。她才确信这 5 元钱，是张老师用这种特别有爱的方式给自己的。张春花感动不已，但是她自尊心非常强，她在心里暗暗发誓，一定要把 5 元钱找机会还给张老师。

1980 年秋天，张春花如愿考上了武汉二师幼师专业，成为村里第一个考出去的学生，母亲徐爱华别提多高兴了，病情也一下子好了很多。

　　张春花考出去后的第一年回来过年，心存感恩的她就提着一大包礼物去给张和方老师拜年，临走时，她给老师鞠了一躬，非要把 5 元钱还给老师。张老师当时就生气了，他说："春花，你个性再强，也不要拂老师的一片苦心，等你以后有钱了，也要当一个有爱的人，力所能及地帮助一下那些曾经和你一样的学生，那老师就心愿达成了。"

　　老师的话，让张春花顿时醍醐灌顶，羞赧不已。是啊，老师当年给自己钱是用了一种特别有爱的方式，既照顾了自己的自尊，又让自己接受了他的这份爱心，吃上了好饭菜，在高考最紧张的前夕给自己身体补了营养，现在自己为了面子，执意要把老师当年的一片好意生硬粗暴地还回去，这的确太伤老师的心了！自己以后有能力了，多去帮助一些比自己更难更苦的学弟学妹，岂不是更有价值！

　　张和方老师的一席话，像一颗种子种在了张春花的心中，对她产生了终身的教育意义。后来，无论她上班还是创业，她都像怒放的迎春花，将一片赤诚芬芳的爱撒向人间。

　　5 元钱之缘，让张春花多年之后，一直保持与张老师的联系，直到前些年张老师因癌症去世，她一生对老师的恩情念念不忘。

　　有一首感人肺腑的歌曲《长大后我就成了你》，道出了莘莘学子对老师的感恩与怀念。当年在宋祖英的深情演绎下，该曲也成为现实生活中"曾为恩师，今为同事"的生动写照。
时至今日，每每听起这首歌，张春花总忍不住泪流满面——

小时候
我以为你很美丽
领着一群小鸟飞来飞去
小时候
我以为你很神气
说上一句话也惊天动地
长大后我就成了你
才知道那间教室
放飞的是希望
守巢的总是你
长大后我就成了你
才知道那块黑板
写下的是真理
擦去的是功利
小时候
我以为你很神秘
让所有的难题成了乐趣
小时候
我以为你很有力
你总喜欢把我们高高举起

长大后我就成了你
才知道那支粉笔
画出的是彩虹
洒下的是泪滴
长大后我就成了你
才知道那个讲台
举起的是别人
奉献的是自己
长大后我就成了你
我就成了你
长大后我就成了你
我就成了你
我就成了你

一朝沐杏雨，终生念师恩。三尺讲台是方神圣的舞台，多年后，张春花也成了名神圣的幼师，接过老师的教鞭，在方寸天地之间演绎四季耕耘的接续，以不负韶华之名完成薪火相传的接力。后来，无论张春花是做幼师还是做园长，她用洒向人间的爱，资助了无数贫困孩子完成学业，真正实现了张和方老师爱心接力棒的传递，升华了"5元钱师恩"的意义。芳华待灼传师恩，弦歌不辍承匠心。教育里最美的期待，就是长大后我成了你。没有血缘却有承袭，最终成为割舍不断的血脉和情感，这便是教育最动人之处。

给大哥提亲

　　张春花的志愿是当一名护士，其初心就是希望自己能够学到一些护理的知识，把卧病在床的母亲照顾好，但是高考前校长的一番话，却让她改变了主意。

　　张湾中学的校长是一位平民教育家，他敏锐地发现当时的中国幼教行业奇缺人才，幼儿园几乎成了城市孩子的专利。校长看到大量的基层农村的贫困儿童，没有上过一天幼儿园就直奔小学，结果基础不牢，小学时期又跟不上课，导致厌学和辍学情况很普遍，同时也延伸出很多深层次的教育问题。校长敏锐地意识到，教育之基是幼教，幼教是根系教育，中国未来一定会大力发展幼教事业，这是一个很好的趋势，将来幼师一定很紧俏，一毕业就包分配，还可以留在武汉市。

　　毕业可以留在武汉市，并且包分配，这对张春花太有诱惑力了。她想：上几年学就可以参加工作挣钱养家了，那么自己家里的情况也会有所改观。就这样，在校长的指点下，

张春花修改志愿报考了武汉二师的幼教专业，并于 1980 年
9 月成功考取。

张春花是村里第一个考出去的大学生，这在张家淌村一
下子成了一个大新闻。最穷的人家的孩子最争气，鸡窝里飞
出了个金凤凰，张家人好像从来没有这样扬眉吐气过，母亲
徐爱华的病好像一下子好了一大半，灰暗的脸上也有了光泽，
眼神里闪烁着从未有过的喜悦。看着村里人投来羡慕的眼神，
张春花在这一刻更加领略了知识改变命运的力量。

读大一的这年，18 岁的张春花还做了一件谁都想不到
的事——给大哥提亲！

大哥张运江 16 岁时到部队当兵，1979 年大哥从部队
复员回乡后，由于找不到工作，就一直在家务农，二十几岁
的大小伙子到了娶妻生子的年纪，可是家徒四壁，没有一个
姑娘愿意嫁到他们家。因为张家在当地穷出了名，就连媒人
听说他们家大儿子找对象，也立马扭头就走。徐爱华看着儿
子讨不到对象，更加认为是自己生病拖累了儿子，自责不已。
张春花看在眼里，急在心里，她想如果哥哥能如愿地娶到媳
妇，将来再给母亲生个孙子，那么自己这个家就有希望了，
到时看到子女们都混得好，母亲的病情可能也会减轻些。

1981 年春节，放假回家的张春花，听村里人议论：邻
村有一个叫孔艳琴的 20 多岁的姑娘，高中毕业后待字闺中，
长得很俊，眼光很高，上门提亲的媒人都踏破了门槛，人家

姑娘都没有答应。

说者无意，听者有心。张春花听到邻村有这么好一个姑娘，心想如果她能成为自己的嫂子，那该多好。说干就干，她决定上门去给大哥提亲！

张春花在武汉二师上了一学期，学校发的补助，她每天省吃俭用，总共省下了10元钱，她本来要用这笔钱给母亲补贴家用，现在想到要去给大哥提亲，这笔钱就派上了用场。她在集镇上买了一斤油炸果子糖，用油火纸精致地包好，又买了些苹果和香蕉，她又下血本买了2瓶武汉酒厂生产的汉汾酒（黄鹤楼酒的前身），在村里借了个二八大杠自行车，把这些礼物挂在车把上，摇摇晃晃地就向邻村骑去……

进村的时候，一群狗子追着她狂叫，把张春花吓得差点摔了一跤。她弯身捡起一根树枝，一边驱赶这些狗子，一边推着自行车往村里面走去。在村口，她问了几个坐在太阳底下晒太阳的中年妇女，孔艳琴家住哪里。孔艳琴在村上是名人，张春花提着这些礼物，明眼人一看就知道是上门提亲的，但是她这么年轻的小女孩，又不像是一个媒婆，这些晒太阳的妇女都很好奇，问她是来干吗的。从来不会撒谎的张春花就说："我是来给我大哥提亲的！"

年轻漂亮的妹妹上门到女方家给大哥提亲，这可是个稀奇的大新闻，这帮正围着聊天晒太阳的中年妇女，激动得一下子都从凳子上站了起来，几个人兴冲冲地在前面带路，领着她来到了村中间的孔艳琴家。在还离孔家老远的地方，领头的妇女就扯开嗓子吆喝："老孔，老孔，你们家来客了，有人来给你们家姑娘提亲了，快出来迎接，这次的媒人可与众不同喔！"妇女一边吆喝一边回头看了看张春花，忍不住笑出咯咯声。

张春花不为所动，她大大方方地推着自行车带着礼物走过去，她知道站在门口的是孔艳琴的父亲，于是老远就甜甜地叫道："孔叔，我叫张春花，在武汉上大学，今天想来认个门，认识一下孔艳琴姐姐。"

孔父上上下下地打量着眼前这个陌生的小姑娘，这两年上门向自己女儿提亲的媒人很多，但是他是第一次看到这么年轻的女孩上门来提亲，善良的老人也没有多问，就把张春花迎进了家中。

这是张春花跟孔艳琴第一次见面，孔家的院子里有一棵柿子树，红彤彤的柿子挂在枝头，张春花和孔艳琴就在院子里的柿子树下第一次见面，冬日的暖阳从树叶的缝隙间射下来，把两个人的脸上都照得有些光影斑驳，但正是这些光影，遮盖了张春花心中的羞涩和不安，她大大方方地跟孔艳琴拉起了家常……

2024年10月4日，在张春花家新修的别墅里，衣着华丽、满脸富态的大嫂孔艳琴，在接受采访的时候，回忆起小姑子第一次到自己家上门提亲时的情形，仍是忍不住笑得前仰后合，40 多年前发生的那一幕往事，就像发生在昨天一样清晰——

当时，听说一个小姑娘上门来为哥哥提亲，孔艳琴好奇地从家里走了出来。当时阳光从树梢打下来，照射在张春花的脸上，她编着的两条长长的大辫子，搭在碎花的确良料子的上衣上，红扑扑的脸上挂着细密的汗珠，额前的头发，粘在脸颊上，这小姑娘眼睛大大的，眼珠乌黑溜圆，整个人透露着一种真诚和机灵。

张春花嘴巴很甜，又是个天生的自来熟，她上前拉着孔艳琴就甜甜地叫起了姐姐，对孔艳琴的父母也叔叔阿姨地叫得极甜。张春花喝了一口孔父递过来的水，就开门见山地讲明了来意。孔艳琴听后没有吭声，孔父却说道："大家都是乡亲，你们家的情况我也有所了解，你们家条件是有点差，你哥到现在也没有一个正经的工作，我咋忍心让我姑娘嫁过去吃苦……"

听出了老人是在委婉地拒绝自己，张春花也不着急，她从容地站起来自信地说："叔、姨，我也是当女儿的，理解你们当父母的一片苦心，谁不希望自己的女儿嫁个好人家。但是我们家人穷志不穷，我父亲在长航上班，是正式的国家职工，由国家发工资，我哥当过兵，接受过部队良好的培养教育，忠厚实在又正直善良，绝对会心疼人。你看我现在又是我们村里第一个大学生，在武汉读书，毕业后会包分配留在武汉。我们家里的条件现在是差一点，但是我们家每个人都很上进，再说我们国家的大环境是这个样子，大家都很贫穷，并没有太大的贫富差距。我一直认为幸福是靠双手奋斗得来的，既然姑娘不太可能嫁到富人家的蜜窝里，那么只要大家一条心，劲儿往一处使，一起努力打拼，那么生活一定会越过越好。我今天看到艳琴姐的第一眼，就认定了她一定是我的大嫂，我会对艳琴姐一辈子好，艳琴姐的幸福就包在我身上，相信选择我哥哥一定是艳琴姐这辈子一个最正确的决定……"

两位老人被张春花这么一说，久久说不出话来，陷入了沉默。本来就有些好奇的孔艳琴，被张春花的这番话深深打动了，她本来就是一个心高气傲的女子，她瞧不上那些家庭条件稍好但是不求上进的青年，所以才一直没有嫁人。刚才张春花的一通对上进心的描述，让她的心里泛起了波澜，妹妹这么优秀，那么这个家庭的家风家教一定不错，哥哥自然也不会差到哪里去。再说哥哥又当过兵，接受过部队的锻炼和教育，人品肯定也没问题。这么一想，孔艳琴不禁心动了……

当天中午孔家人还留张春花吃了个午饭，也收下了她的礼物，临走时，孔艳琴陪着张春花散步，一直把她送到村口，两人并肩前行，孔艳琴问了很多关于他哥哥的事情，张春花也都一一诚恳地做了回答，临别时相互约好了第二次与她哥哥见面的时间和地点……

大哥的婚事有戏了！回家的路上，张春花心里乐开了花，自行车蹬得飞快，这是 18 岁的她为家庭做的第一个重大的贡献，她没有想到，以后她会成为家庭和社会的功臣，还有无数个任务等着她去完成……

之后不久，大哥张运江和孔艳琴如期见了面，两人一见如故，很快就把婚期定了下来。

18 岁的张春花，成功帮助大哥娶到了媳妇，她心里别提多高兴了，下学期在武汉上学期间整个人变得更加开朗和乐观，连走路的时候还蹦蹦跳跳，嘴里经常不自觉地哼起了歌。

生活虽然破破烂烂，但总有人用心地缝缝补补。努力上进、乐观豁达、心中有爱的张春花用自己的爱和努力，一点一滴地改变着家庭的命运，改变着身边人的生活。同时在未来的创业生涯中，她创办了自己的幼儿园，并 30 多年如一日投身教育，为社会培养了数以万计优秀的孩子，为社会的发展贡献了不可磨灭的力量。

萤火微光，亦能汇炬成阳。小时候，张春花喜欢在盛夏的夜晚拿出小木椅在外乘凉，有时幸运地在如墨般的夜色中见远处点点的、绿绿的萤光，"腾空类星陨，拂树若生花"。长大后读到诗经中《国风·豳风·东山》中的"熠耀宵行"时，总会想起幼时所见在那泱泱的黑暗中熠耀着的一颗颗绿色的"星光"。

萤萤之火，不啻微茫，造炬成阳，心中有爱的人，才能将爱分享出去，"不吝腹中一点热，化为神火照归人"，在无数次困境的黑夜中，才能冲破黑暗的束缚，在漆黑的夜空点燃自己，为人们送去一丝光明。萤火之光，雨打不灭，风吹不熄，风吹色更明，在风雨中更显光彩。

在贫瘠的岁月里，爱心和志向让张春花身上的萤火之光，开始散发出熠熠的光辉，这种光芒，是任何世俗的羁绊都遮不住的，包括贫穷、冷眼和嘲讽。

小站之恋

　　爱情是人世间最美好的情感之一，也是永恒的话题，相对于今天各种直白露骨、充满了物欲的恋爱，20世纪80年代的爱情既含蓄又羞涩。那个年代的爱情低调含蓄，像尘埃里盛开的一朵花，牵了手就是一辈子。对于经历过80年代的人而言，那真的是最美好的年代了，那里有着我们的青春的回忆，有着时代的纯真，那个时代的年轻人不会去刻意追求彩礼、钻戒、奢侈品，一件白衬衣，一条蓝布裤子，一双白色回力的球鞋，就是青春最好的装备。

　　关于爱情，更是纯粹简单，没有过多的要求，没有三金五金，就如街面上小炒面摊的老板与老板娘一样，相遇了，相识了，相知了，就相爱了，再往后，风雨不离，一走就是一生，就是一辈子。

　　说起张春花和丈夫余宪骐的爱情和婚姻，验证了中国人婚姻的浪漫、忠贞和从一而终。两人互为初恋，携手走进婚姻殿堂，举案齐眉，琴瑟和鸣，一辈子没有红过脸，他们携手走过的路，飘荡着凡人的烟火和强者的烟尘……

张春花和余宪骐是高中同班同学，余宪骐长着一副典型的"国字脸"，大长腿，阳光、高大、帅气，学习成绩永远都是名列前茅，是学校有名的"校草"，也是无数女生心中的白马王子。

这个学霸级的帅哥，家境出身却并不好，兄妹8人，他排行老七，与老八弟弟是双胞胎，他和弟弟的小名叫大双和小双。余宪骐12岁时，母亲因病去世，是父亲余成树一把屎一把尿，把他们几兄妹拉扯大。

张春花和余宪骐除了是同班同学，还有太多共同点，他俩都是学霸，考试经常包揽了班上的一、二名，两人的家境都不太好，郎才女貌、鹤立鸡群，同时，两个又都考上了大学，"飞"出了山村。但那时候，男生和女生都不讲话，两人高中考出去后，互无音信。余宪骐高考成绩优异，考上了武汉师范学院（后改为湖北大学），在武汉市武昌区的三角路校区上学。张春花考上的武汉二师在傅家坡，两人其实相距并不远，但是大家谁都不知道谁在哪个学校，甚至对方有没有考上大学都不知晓。然而缘分就是如此奇妙，一场小站偶遇，竟上演了两人一生的奇缘。

1980年十一国庆节放假，张春花在武汉汉阳钟家村客运站排队买票回家。当时站台前排了很长的队，张春花排在队伍前面，余宪骐当时也大学放假，在车站准备排队买票回家。他忽然在队伍中发现了一个熟悉的身影，惊喜不已：那不是张春花嘛！

其实，在青涩懵懂的初中时代，余宪骐就对张春花有一些说不清道不明的小心思暗藏在心里，阳光帅气的他，早就暗恋上张春花。但是由于家庭出身和学习压力，让他把这份美好的情感藏在心里，从来不敢轻易示人，但是青春中这份朦胧的欢喜，却掩饰不住。

暗恋，是不经意间的欢喜，是人间美好的情愫，是青春中独有的气质，是一种美好的回忆——

会有那么一个人，让你燃起对课间操的所有期待；让你在食堂的熙熙攘攘中一眼捕捉她的身影；让你无意中听到她的名字就突然心儿怦怦直跳并涨红了脸；让你忍不住想要去关注她在看什么书，听什么音乐；让你不经意会在草稿纸上写上她的名字；她的一颦一笑、一举一动都牵动着你的心情；看到优秀的她，也会努力想让自己变得更好、更优秀！

暗恋，是一个人的兵荒马乱。怕她知道，也怕她不知道。暗恋，也是一个人小心翼翼的孤独。一边打打闹闹装不在意，一边心下怅然恐终别离。

上课会偷偷看她，看到她看过来了就假装在看黑板；高中时张春花喜欢去跑步，于是余宪骐也天天到操场跑步，只希望能制造个邂逅，打个招呼，多看几眼。

那时候全班交换批改试卷，有好几次余宪骐刚好改的是张春花的卷子，看着自己暗恋的人工整的卷子，他内心不知道多么窃喜，好像每个笔触都是属于两人之间独有的联系。有时候，交作业时，两人的作业本如果叠在一起，他都会开心一整天……学生时代的暗恋很纯粹，这份悬在半空的喜欢，可能飞不过万水千山，但是多年以后，回忆起来却依旧让人怦然心动，心底流淌着一抹纯净的甘甜。

余宪骐无疑是幸运的，他在最好的年龄、最佳的时机，遇到了自己暗恋的对象，并开始了他的初恋，最后竟然成功与之牵手，成为一生的伴侣。

当天，在车站看到了张春花他心里有些莫名的激动，但他又不敢上去打招呼，就在队伍的外边走来走去。这时，张春花突然认出了他，高兴地大声跟他打招呼："余宪骐，好巧啊，怎么会在这里遇到了你？"

余宪骐赶忙说："我是学校放假，从这里坐车回家呢！"

"你在武汉哪个学校上学？高考后就没有你的信息了。来来来，你别排队了，我帮你买票……"张春花说。

因为两个人老家都在一个地方，张春花多花了6毛钱给余宪骐买了一张票。余宪骐要把钱还给她，她坚决没有要，余宪骐就送了她两个梨子，两个梨子当时的价码也就是6毛钱。回家的路上，两个人坐在一起，聊了一路，聊了各自的大学生活，聊了学生时代的很多往事，聊了高考后的生活，聊了未来的打算……两个人有说不完的话，好像把整个学生时代没有来得及说的话，都一次性地说完了。

汽车到站后，两个人依依惜别。张春花在武汉二师读书时，伙食是国家提供的饭菜票，每个月每个学生还有5元钱的生活补助。在校期间，张春花没有舍得吃过一根冰棒，每天省吃俭用，她把省下来的饭菜票卖给武汉的一些家庭条件好的同学，这些同学想在学校食堂吃好点，但学校发的饭菜票却不够用，张春花靠卖饭票换一点零花钱，她把这个钱攒下来，当回家往返的路费，多余的钱放假回家时还会带一点给父母补贴家用。

小站相会之后，余宪骐与张春花约定两个人互相写信，放假时就约定一起回家。余宪骐给张春花的信，写的都是他在大学生活里的见闻，交流学习心得，和对未来生活的一些打算。两人的感情非常纯粹，几乎没有卿卿我我，字里行间都是阳光向上，他对张春花的好感和思念，在信里表现得特别隐忍和克制，很多时候都是在劝说张春花在学校吃饱穿暖，要身体健康等等。

几年大学生涯下来，余宪骐与张春花之间的书信重达数斤。这些泛黄的书信至今还压在她的箱底，成为她最甜蜜的记忆。希望收到对方的来信，成为余宪骐和张春花大学时光中最美好的期盼。只要听到学校收发室叫自己的名字，他们都明白是对方的信到了，他们都是对方唯一的通信人。每次跑到收发室，余宪骐拿到自己的信后，往往会躲在宿舍的床上，或者学校一个无人的角落里，按捺着内心的激动和狂喜，一口气把信看完，内心洋溢的巨大的幸福浪潮几乎将他吞没。青春啊，永远是美好的，有美丽的姑娘的关心和牵挂，他感觉自己的青春再没有被辜负过！

张春花至今还记得，余宪骐第一次到学校来找自己时的情形。那是1980年的年底，马上到春节了，学校放假前夕，有一天傍晚，同宿舍的一个女生，神秘地冲上来冲她说："张春花，你可真行啊，你是不是谈恋爱了？宿舍楼下一个帅哥，在等着你呢！"

张春花一听，来不及回答室友的话，就心急火燎地跑下楼去。一看，果真是余宪骐！

"你咋来我学校里了，咋找过来的？"

"我步行过来的，想着马上要放假了，想约你一起回家，怕写信来不及，就过来看看你……"

那天，两个人围着操场走了很多圈，一直到夕阳西下，月亮升起。这次来，余宪骐没有空着手，他特地用自己节省下来的伙食费给张春花买了一袋橘子，他担心张春花不收，就骗她说是自己学校发的。

"不愧是名牌大学，学校的福利比我们学校好多了！"天真的张春花羡慕不已，那橘子真甜呀，果汁冰凉清爽，沁人心脾，令人陶醉，她开心得几乎要飞起来……

幸福的时光总是很短暂。1982 年 7 月，张春花从武汉二师毕业后，回到家等待分配工作的通知。

有一天，张春花在村口的池塘边洗衣服，突然发现余宪骐和一个年轻小伙子，两人抬着一个大麻袋，远远地走过来。到了面前，余宪骐看到了张春花，他连忙把麻袋放在地上，抬手用袖子擦了一把额头的汗水，指着张春花对身边的年轻人介绍说："小双，快叫春花姐。"

张春花这才知道，这个小双就是他的双胞胎弟弟余宪冀，两人用麻袋抬着西瓜，就是专程从家里赶过来，给张春花家送西瓜来的。

这一麻袋西瓜，少说也有上百斤，两个村又相距 10 里地，在大夏天抬了一路过来，两个人身上都被汗湿透了。

余宪骐怎么会想到给张春花家送西瓜呢？这事还得从头说起。原来，几年的交往下来，余宪骐在心里早已经把张春花当成了女朋友，并且到了非她不娶的地步。但是，他从小母亲走得早，父亲又很严厉，很少跟他交流，他的心事无人倾诉，只能在放假回家时向大姐打探一下口风。

余宪骐的大姐，比他大十几岁，是一个文化不高，但是十分通情达理的农村女性，是余家的主心骨。她这个考上名牌大学的弟弟，一直是她的骄傲。看弟弟也老大不小，她很关心弟弟的婚恋大事，有一次，大姐问他："你快毕业了，可以谈朋友了，你想找什么样的人，到时给大姐说下，大姐帮你参谋参谋。"

听大姐这样问自己，余宪骐开始了画像式的描述。他表示自己从小没有了娘，并且在农村生活又苦，他自己买不起大城市的房子，最好找一个农村姑娘，最好也是考出去的大学生，毕业了能分配一份工作。

大姐见他对自己的婚姻规划得清清楚楚，心里十分高兴，又询问对女方是否还有其他要求。余宪骐表示最好找一个大眼睛、双眼皮的女生。他的理由是自己家里人全是单眼皮，以后下一代不好看。大姐又询问对女方个子高矮有什么要求。余宪骐则说："咱们家的孩子个子都高，对女生的高矮不限。"大姐笑了起来，弟弟说的这些择偶标准完全符合大姐的要求。

大姐看弟弟对自己未来的另一半描绘得如此清晰，不禁好奇地问："宪骐，你不会是有心上人了吧？把对方描绘得这么清楚。"

余宪骐憋了半天，才忍不住说："是有这么一个女生，是我的高中同学，也考到了武汉读书，她已经毕业了，马上就能分配工作了，我们关系很好，但是我俩还没有捅破这层窗户纸……"大姐听了他对张春花的描述，十分高兴，就想促成弟弟的这段姻缘。刚好，家里田地的西瓜成熟了，她就安排最小的弟弟小双陪着哥哥，抬着一麻袋西瓜送到了张春花家。

张春花的母亲徐爱华非常传统，一个男生带着弟弟抬着一麻袋西瓜来到自己家里，明眼人一看就知道是咋回事。她非常慎重，但考虑是女儿春花的同学，她于是客气地请余宪骐吃顿家常便饭。不过，徐爱华没有想到的是，这个小伙子自从认了门后，一点也不嫌弃张春花家徒四壁，三天两头往家里跑，帮她们家种地、除草、做饭，由于家里的墙壁四面漏风，每次做饭时，烟熏火燎，呛得屋子里的人都是咳嗽不止，为此，他还学着用砖在厨房里砌了一道墙来隔烟。这个小伙子很单纯，有眼力见儿，主要是身上有一股子锲而不舍的劲头。

张春花家里穷，多年从未来过客人，突然有一个男同学天天往家里跑，这在村上也成了一个大新闻。村里有人指指点点，他也浑然不在意，一个多月时间过去了，经过余宪骐坚持不懈的讨好，母亲徐爱华终于同意张春花与他交往。在余宪骐大姐的多次邀请下，她同意张春花也可以到余家去认门。

张春花开始与余宪骐谈恋爱，却没有想到竟然会刺激到了另外一个男同学。这名男同学也是张春花的高中同班同学，他当年也是一直暗恋张春花，只是性格有点轴，他当年考取的是中专。这名男同学突然听说张春花谈了男朋友，不死心的他就骑个自行车，从另外一个村赶到了张春花家，到达时天都快黑了。他一见张春花的面就生气地说张春花看不起他，认为他是个中专生，就另外去找了一个大学生。张春花听得莫名其妙，她实际上根本没有和这名同学有过任何接触，也根本不知道他在追求自己，但是心地善良的她，耐心地解释说："谈恋爱，讲的是一个缘分。我从来都没有看不起你的意思，我也根本不知道你的心思，唉，不管怎么说，都是因为我伤害了你，请你原谅……"

这名男同学见她这样说，也再无话可说，他骑着自行车头也不回地离开了。谁知过了好久，这名男同学又一身是水地回来了，并且脚下没穿鞋子。原来，天太黑，他一不小心连人带自行车都掉进了村口的池塘里，鞋子和车子都找不到了。自行车是他借来的，没有办法，他从水塘爬上来后，坐了半天，又只能找回来，请求张春花找人帮忙捞车子。

那个时代的年轻人真是搞笑，本来就没有接触过，更没有与他谈过朋友，却莫名其妙地被指责看不起他。他掉进水塘里，如果换作另外一个人，要面子，肯定打死也不会回来求人帮忙捞车子。可是，他就是回来求人了。

余宪骐对这个天上掉下来的"情敌"半点也不吃醋，有过暗恋经历的他反而幸福地想："好悬啊，春花这么优秀，喜欢她的男生自然很多，多亏自己先下手为强！"

那天，会游泳的余宪骐二话没说跳进池塘，扎了几个猛子，在水底把自行车捞了起来，在岸边那个男同学的协助下，一起把自行车捞了上来……

两个人在池塘岸边待了半天，那名男同学才光着脚一身湿漉漉地骑着自行车走了，临走时，他说了句："我的确不如你，祝你们幸福。"

张春花与余宪骐有着相同的出身，同学的岁月，使他俩有太多的共同经历和话语，也使他们有了对于彼此的理解与珍重。白天辛劳、夜晚学习竞赛、风霜雨雪、日月星辰，都构成了两人共同的回忆。两人平凡地相恋，像亲人一样地珍惜对方，这一切似乎都自然发生，水到渠成。事实上在当时，他们更像是一对同病相怜、彼此鼓励的好青年。

"少年心事当拏云，谁念幽寒坐呜呃。"一代人有一代人的青春，一代人有一代人的婚恋观。20 世纪 80 年代的年轻人，对待爱情热烈而纯粹，不拖泥带水，干净利落，就像穿透时空的朗朗笑声，干净而明媚。多年之后，张春花在回忆这段历史的时候，望着身边的丈夫余宪骐，嘴角和眉眼仍压不住地上扬。原来，飞扬的青春，甜蜜的往事，就是岁月的润滑剂，足可滋养年华，丰盈心灵。

第三章
怒放的迎春花

百年幼教史，一曲壮歌行

　　1982 年 9 月，张春花接到通知，她被分配到武汉市汉阳县直属幼儿园，这是汉阳县唯一的一所公办机关幼儿园。幼儿园不大，只有小班、中班和大班 3 个班级。张春花是第一个被分配到这里的幼师专业的毕业生，从此，她成了一名光荣的幼师。

　　在浩渺如烟的历史长河中，每一个时代、每一个行业都有其独特的印记与故事。20 世纪 80 年代的中国，正值改革开放初期，冰封的大地刚刚解冻，春风拂面，万象更新，到处是一片热气腾腾的景象，教育领域也迎来了前所未有的变革。在这里，我们有必要回顾一下中国学前教育波澜壮阔的发展历程——

　　清朝末年，张之洞出任湖广总督，大力倡办新式教育，各类近代学堂如雨后春笋般成立。1903 年 9 月，湖北巡抚端方在这股兴学之风的影响下，在武昌阅马场创办了湖北幼稚园。

幼儿园的全套办园方法都是仿学日本，连"幼稚园"这个名称都是直接移植过来的，还特地聘请了3名日本女师范生担任保育员。幼儿园落成后，端方贴出告示，招收4至6岁幼儿入园。这是个新生事物，人们难以接受，一般人家宁愿送子女入蒙学馆，也不进幼儿园。当时，幼儿园免收学费，服装、图书、用品等均属官备。所以，最初入园的多为家境贫寒、上不起蒙学馆的穷家子弟。

为发展幼儿教育，湖北幼稚园还附设女子学堂，招收15岁至35岁的女子学习幼儿师范课程。这所女子学堂也是我国最早的幼师学校。由于被封建传统习俗所不容，1904年元月，清政府颁布了《奏定学堂章程》，将幼儿园定名为"蒙养院"。1904年，湖北幼稚园又增设了一所小学堂。辛亥革命后，这所小学的规模不断扩大，逐渐变次为主，培育出一批精英。1938年武汉沦陷，学校被迫停办。原址现为武汉市幼师附属幼儿园。

1903年，湖北武昌幼稚园的创建标志着中国学前教育的开端，这是我国第一所公立幼教机构。1904年，中国第一个学前教育法规《奏定蒙养院章程及家庭教育法章程》颁布，但其主体内容主要是参照日本的《幼稚园保育及设备规程》，这一时期的学前教育主要是模仿国外的模式和课程。

新中国成立后，1952年，教育部制定了《幼儿园暂行规程》和《幼儿园暂行教育纲要》，实行分科教学和分科课程模式。这一时期的学前教育课程主要是学习苏联的模式，分科教学得到了充分的发展。

1966年至1976年，"文化大革命"导致学前教育遭受重创，教学秩序被严重破坏。

1976年后，学前教育开始恢复和发展。1981年，《学前教育纲要（试行草案）》的颁布促进了学前教育的变革。国外各种儿童发展和教育理论逐渐被引入中国，尤其是蒙台梭利、杜威、布鲁纳、皮亚杰等人的思想对我国学前教育课程产生了重大影响。到20世纪90年代，学前教育课程进行了整体改革，呈现出多元化和个性化的趋势。

党的十八大以来，学前教育实现了历史性跨越发展。通过连续实施四期学前教育行动计划，中央财政设立专项资金推动扩资源、调结构、建机制、提质量，构建起公益普惠的学前教育公共服务体系。2023年，全国幼儿园数为27.4万所，在园幼儿数4093万人，学前三年毛入园率达到91.1%，普惠性幼儿园覆盖率达到90.8%，教师队伍也得到了不断的加强。

2024年11月8日，十四届全国人大常委会第十二次会议表决通过《中华人民共和国学前教育法》，自2025年6月1日起施行。这是中国第一部学前教育的法律，《中华人民共和国学前教育法》的颁布实施是为了保障中国适龄儿童接受学前教育，规范学前教育实施，促进学前教育普及普惠安全优质发展，提高全民族素质。

纵观中国 120 年的学前教育发展历史，是一部波澜壮阔的发展历史，而中国学前教育的真正实现规模性大发展，起源于 20 世纪 80 年代。

党的十一届三中全会以来，随着农村联产承包责任制的推行，农村经济有了一定的发展，广大农民有了送子女接受学前教育的迫切需要。然而，在以农业自然经济为主的生产方式下，经济起点仍较低，广大农民的生活活动较大程度要随农业生产需要而变化，加之他们的生活方式又较简易，受各种条件限制，兴办如同城市那样的幼教机构不够现实。但农村社会的发展又需要低费用的学前教育形式，为农村幼儿提供入学前启蒙教育。在这种背景下，学前班应运而生。为了提高学前教育的质量，国家的一项创举——在每个村庄开设学前幼儿班，此举无疑为广袤的乡村大地带来了知识的曙光，如同一股清泉，滋润了无数孩子的童年，也悄然改写着中国乡村教育的面貌。

当时的幼师大多是从村里的年轻人中选拔而出，他们大多没有接受过专业的师范教育，但拥有着一颗热爱孩子、渴望改变乡村教育现状的心。这些年轻的身影，用他们质朴的语言和无限的耐心，为孩子们打开了探索世界的第一扇窗户。

随着时间的推移，对幼师素质的要求也日益提高。为了不断提升自己的专业能力，许多幼师开始主动寻求进修机会，他们利用业余时间自学，参加各类培训，也有人踏上了考取幼师证和更高学历文凭的征途。虽然那时的工资微薄，生活条件艰苦，但他们的心中有着一份坚定的信念：为了孩子们的未来，所有的努力都是值得的。

今天，让我们回望那段激情岁月，聆听那些默默奉献的时代幼师，如何用爱与坚持，谱写了一曲时代的师魂赞歌。

年轻的"张专家"

在 20 世纪七八十年代，幼儿园也渐渐引入了许多有趣的活动，当然其中最让人期待的还是六一儿童节的汇报演出。那个时候的幼儿园很多是工厂企业和部队办的，幼师也被称作阿姨，没有什么幼师资质，幼儿园也不教课，只要孩子在园期间别磕了碰了就万事大吉了。

到了八九十年代，幼儿园新鲜玩意儿越来越多，孩子们的童年也更加多彩。幼儿园开始有意识地培养孩子各方面的能力，这也是"育儿园"整体向真正"幼儿园"的转变期。孩子们冲天炮、红苹果、眉中间朱砂痣的标配"红孩儿"造型，也是从那个时候开始，一直火到现在。

张春花在毕业时其实可以选择留在武汉工作，她选择回到家乡的幼儿园任教，是有她的"私心"：她学的是幼师专业，她不想放弃自己的专业，另外自己母亲常年生病住院，而汉阳县机关幼儿园距离县人民医院很近，只需几分钟就可以到达。自己回乡上班，既可以兼顾专业，又能承欢膝下照顾母亲，一举两得。

当时，幼儿园的管理主要由教育部门和各级妇联共同负责。教育部门负责业务指导，培训幼儿园骨干与保教人员，并办好示范性幼儿园，而妇联则主管托幼工作。妇联在幼儿园管理中的具体职责包括：主管托幼工作，负责托幼工作的整体规划和实施，确保托幼服务的顺利开展；培训保教人员，组织保育员训练班，培养具有初步保育科学知识的干部，为幼儿园提供合格的教育人员；收集家长意见，组织家长会，及时报告儿童的情况，收集家长意见，并对家长进行妇婴卫生教育。这些措施有助于提升幼儿园的教育质量和家长的信任度，促进了幼儿园的健康发展。

幼教，课堂里学的和实践中得来的，完全是两码事。上班第一年，张春花整个寒假和暑假期间都没有休息，她做教案、设置游戏和音乐课，对学生进行家访，了解家长诉求等，她班上带的孩子变化很大，期末孩子们的文艺会演引起了巨大的轰动，受到了家长的一致好评，汉阳县妇联的领导把她当成了一个典型在全县推广，让张春花去培训全县的幼师。当时，很多幼儿园的老师，都没有读过幼师专业，水平仍是停留在哄好孩子不出事的阶段。如何培训幼师，胆大心细的张春花结合自己的教学经验，自己编写教案，自己备课，由于她没有音乐基础，只是在武汉二师学过识谱、打拍子等，给孩子们上音乐课，她只能现学现卖，学一点教一点。结果，她的实战性的培训课，大受幼师们的欢迎，她成了全县幼师眼中的"张专家"。

1982年到1985年，张春花在汉阳县直幼儿园工作了三年。1985年，表现突出的她作为人才借调到汉阳县教委工作了两年。当时，才23岁的她被教委领导安排分管幼教委的相关工作。

说是幼教委，其实加上张春花也只有两个人。当时县教委关注的主要是普教，心思根本没有放在幼教板块。为了充分掌握情况，张春花用两个月的时间，走访调研整个汉阳县的所有幼儿园，进行了摸底排查。当时，企业办幼儿园是主流，汉阳县的很多幼儿园，都是化肥厂、棉纺厂、供销社的厂办幼儿园，性质上都属于公办幼儿园。

根据中经数据查询可知，1983年全国出生人口数量为2066.1万人，而1982年人口数量更是高达2247.2万人，几乎是今天出生人口数量的2.5倍。当时满大街都是孩子，但是幼儿园却少之又少，大量的孩子根本没有机会上幼儿园。

为了把幼师的教学水平抓起来，在县教委借调的第一年里，张春花阅读大量的专业书籍，并根据考试内容编写教材，然后对全县的幼师进行培训学习，结果那年汉阳县在全市幼师考试中，合格率在整个武汉市各区中名列第一名。

别的教委都是请专家教授编教材，而汉阳县教委没有花钱请专家，只是请一个刚参加工作不久的小姑娘自编教材，自己搞培训，却让幼师水平远超其他区。汉阳县教育局领导认为张春花胆子大，水平高，是一个难得的人才，借调期满后，就想把她留在县教委工作，但是张春花感到自己的心思还是在孩子们身上，她只想当一个光荣的幼师，不能丢掉自己的专业。1987年借调时间结束后，张春花婉拒了领导的挽留，放弃了把工作关系转到县教委的机会，重新回到了县直幼儿园工作。

一推再推的婚期

好事尽从难处得，辉煌总自磨砺出。

张春花一再推迟自己的婚礼，背后藏着她对这个家庭深沉的爱和包容，当然也有男友余宪骐的支持和理解。两人谈了三年恋爱，早已到了谈婚论嫁的阶段，1985年就准备结婚。

三年的交往让张春花和男友余宪骐，从相识相爱到相交相知，感情的甜蜜和深厚，足以羡煞旁人。两个苦孩子出身的人，在那个激荡又贫寒的岁月中，像两束光交汇在一起，互相温暖、互相照亮。他们无数次地在一起设想婚后的生活，设想自己那个小家的样子，设想美好的未来，但是现实的残酷，却让两个年轻人，只能把美好的理想压在心底，去一件一件解决摆在眼前的事情。

张春花和余宪骐都是心地善良的人，永远是为他人着想，把别人摆在第一位。他们两人一个在家里排行老三，一个在家里排行老七，都是因为家境贫寒，哥哥姐姐都还没有成家，自己作为妹妹和弟弟，怎么好意思先成家呢？

"敌未靖，何以家为？"这是南宋抗金名将岳飞的名言。纯朴的张春花和男友并没有那么大的理想和抱负，他们只是有一个朴素的愿望，哥哥姐姐们还没有成家，自己先结婚成家了，于情理不合，也太过于自私了。他们想尽快解决双方哥哥姐姐的婚恋问题，至于他们两个，只要感情好，晚一点结婚也没有问题。

此时，张春花已经上门帮大哥提了亲，大哥张运江和孔艳琴的婚礼已提上日程。她的大姐张运花，初中没有毕业就辍学了，后来，张春花通过幼儿园的同事介绍，帮大姐在邻村找了一个叫黄木生的忠厚朴实的农民。两人相亲后，很快也进入了婚姻的殿堂。在张春花的帮助下，大哥和大姐分别都顺利地结婚成了家。

张春花好不容易解决了自家哥哥和姐姐成家的大事，两个年轻人这才喘一口气，准备自己的婚礼。

张春花结婚的嫁妆是自己借了 800 元钱准备的，她买了几床红棉布面的新被子、新被单，一对鸳鸯枕头，买了洗脸盆和洗脸架，又打了一个新木箱装衣服。当时余宪骐大学毕业后，被分配到了汉阳一中当老师，学校给他分了一间单身宿舍，这间单身宿舍后来就成了他们的婚房。当时由于余宪骐刚刚上班，手上根本没有钱，婚房里的结婚用品也都是张春花一手张罗的，就连婚床，也是她出钱请村里的木匠打的。

两个年轻人经过商议，把婚礼时间定在 1985 年的国庆节，此时两个人领了结婚证，并且把国庆节结婚的请柬都发了出去。但是这个时候又出现了意外，余宪骐的双胞胎弟弟小双此时还是光棍，上学时谈了几个女朋友都没成功，并且小双不像哥哥那么爱学习，也没有考上大学，余家的姐弟们曾议论说："咱家的老七、老八是双胞胎，如果老七、老八他们两个人能同时结婚，那该多风光气派呀！"

言者无意，听者有心。张春花听到这个话后陷入了深思。张春花后来也从公公余成树一次叹息声中，窥探出了公公的心事：公公最操幺儿的心，最小的儿子小双从小顽劣，高中毕业后没有考上大学，他的婚姻大事成了老人的一块心病。张春花想，如果大双、小双能够一起结婚，老人家那该多开心呀！

当时农村有一个风俗，定下来的结婚日期不能推迟，只能提前。这可怎么办？张春花思忖很久，有一天晚上，她找到余宪骐商量："宪骐，你妈妈走得早，是老爸一手把你们兄弟姊妹 8 人拉扯大，小双又是老爸比较娇宠的小儿子，前些日子我看到老爸在唉声叹气，我在想咱俩能不能再把婚期往后面推一推，想办法赶快给小双找一个女朋友，到时候一起办一个集体婚礼，到那时老爸该会有多高兴啊！"

余宪骐看张春花如此通情达理，他十分内疚地说："咱俩的婚期已经一推再推了，小双的性格你也知道，他玩心太重，一时半会儿哪能这么容易就找一个媳妇成家呢？我们这里的风俗你也知道，结婚只能提前，不能推迟，再说，咱们的请柬已经送出去了，这个时候再收回来多尴尬呀！"

"比起让一家人都开心，咱们多给亲戚解释解释，把请柬收回来，这就不叫事儿。小双找女朋友的事，我们一起来想办法。咱们俩都上过大学，那些老传统老观念，咱们都不要太放在心上，咱们已经领了结婚证，已经是一家人了，只要咱们两个人的心在一起，早一点晚一点举办婚礼都没有关系。"张春花安慰余宪骐说。

见张春花决心已下，余宪骐不好再说什么。他和张春花各自骑着自行车，一家一家地到亲戚家去解释，把请柬收了回来。

随后，张春花就开始操持小叔子余宪冀（小双）的婚姻大事。小双在高中时期就开始早恋，但一直未能成功。后来，在大家一齐物色下，很快帮小双找了一个农村女生，过了不久，对方家人也同意了这门亲事。不过这时又有意外发生，小双女朋友家里还有一个姐姐也没有成家，连朋友都还没有谈。姐姐没有成家，妹妹就结婚，这在农村说出去不好听，容易惹外人闲话。张春花得知后，又忙着托人帮小双女朋友的姐姐物色对象，费了很大的周折才在 1985 年帮小双女朋友的姐姐嫁了出去。

终于解决所有拦路虎，张春花想，自己终于可以结婚了。没想到这时问题又来了：农村有个风俗，两姊妹不能在同一年出嫁，所以在这一年，小双的女朋友不能跟他结婚。小双不能结婚，大双、小双两兄弟的集体婚礼就没有办法举办。好不容易等到了 1986 年，小双的婚事也确定了下来，张春花这才和余宪骐再次开始筹备自己的婚礼。

就这样，原本要在 1985 年十一国庆节举办婚礼的张春花，为了能让男友的双胞胎弟弟和自己在同一天结婚，硬生生把自己的婚礼时间一推再推，推迟到了 1986 年的三八妇女节这天。

1986 年 3 月 8 日，两对新人手挽手在余家新建造的房子前，举行了婚礼。这在当时可是方圆十里八村的大新闻，余家的两个双胞胎儿子同一天结婚，并且两个媳妇都如花似玉、知书达理。那一天，院子里来了很多亲戚，鞭炮放了很多挂，亲戚邻居和家人围着铺着红布的圆桌吃饭、喝着村里土酒坊打的散酒，整个农家小院里洒满了欢声笑语，张春花的公爹坐在台上乐得合不拢嘴，时不时又激动地擦拭眼泪……

婚后，张春花与丈夫开始了自己幸福的小日子，他俩都是乐观向上又充满忍耐力的人，苦难深重的乡下生活，对于他们这代人来说，所受到的最大训练就是忍耐，忍耐命运的不公、岁月的易逝、生活的残酷，以及各式各样的艰难、寂寥和绝望。他们的婚姻熠熠生辉，在困难中散发出光华，是一个彼此鼓励、相互成就、举案齐眉的优秀案例。张春花柔中带刚，有着爱事业甚于爱家庭的野心，丈夫余宪骐则宽厚平和，在生活中处处补位，成了她家庭与事业的定海神针。

20 世纪 80 年代正处于改革开放初期，社会经济开始复苏，但物质依然匮乏。普通工人的工资每月只有十几元，高档商品如手表、缝纫机和自行车等依然是稀罕物。当时婚礼习俗讲究："三转一响一咔嚓"和"36 条腿"。"三转"包括手表、缝纫机和自行车，"一响"是收音机，"咔嚓"是照相机。此外，还需要桌子、椅子、柜子等家具，总共要凑齐"36 条腿"。当时婚嫁的高配是全套"上海货"，但对于普通的适婚青年来说，选择"五羊牌"自行车、"华南牌"缝纫机、"珠江牌"收音机更为现实。新娘需要准备嫁妆，包括新棉被、鸭绒被、羊毛毯、窗帘和桌布等。

当时婚礼形式也相对简单，没有现代婚礼的繁复和奢华。从开始筹备婚礼时，亲戚朋友们就会提前来到家中一起帮忙布置新人的房间，一起吹气球、贴"喜"字、铺床单，还会请家里的儿童来压床。迎亲盛行用自行车队，张春花和弟媳都是婚礼当天被自行车队接走的。

婚宴更是简朴热闹，没有太多仪式，新人要挨桌向大家敬酒表达谢意，但现场热气腾腾，令人向往。宾主齐聚一堂，笑声、歌声、欢呼声交织成一片，充满喜庆和平民的浪漫。

酒宴中的酒菜却不简单，农村的大厨会拿出老式手法做出的好菜来招待客人：炒一盘土豆丝、炖一锅鸡汤，此外，软糯的肘子、扣碗、红烧大鲤鱼、红烧肉等都是大家期待的菜品。酒桌上的散装酒更是其中一个亮点，当年大家追求实惠，几块钱就可以买到足够多的充满乡土气息的粮食酒。

而在那个年代，人们认为打包菜就是打包福气回家，不仅不觉得丢脸，反而引以为荣。主人家也都会极力让客人用塑料袋打包菜回家吃，这不但不会让人嫌弃，反而是一种好客的表现。当年，婚宴可是家族团结的象征，全家上下都要出动，尤其是年轻人，更是兴奋得不行。大家一起打扮，穿上最好看的衣服，像是庆祝重大节日一样热闹。

"参加婚礼就是个聚会，表哥、表妹都来了，我们玩得跟疯了一样。"一位网友这样诉说。当时的孩子们没有手机，只有彼此的陪伴，才是真正的乐趣。

不仅仅是孩子，连大人们也格外重视这次聚会。每次婚宴上，叔叔阿姨们总是热衷于聊家常，讨论着自家的庄稼和牲畜。而那些"全家出动"的场景，在今天的宴席中可能再也见不到了，那场景至今想起仍觉得温暖。

"现在的婚礼花费太高，反而失去了当年的热闹。"有网友感叹，羡慕当年的那些纯粹的聚会。很多人认为，婚礼不仅仅是形式，更重要的是人与人之间的情感。

　　然而，也有网友认为，时代在变，婚礼的形式也该跟上时代的脚步。"无论如何，能见到亲友们欢聚一堂，就是最大的幸福。"这句话似乎总结了大家的共识。

　　80年代的婚宴，是人们心底最深处的怀念。那种家常菜、散装酒让人倍感温暖，亲友欢聚让人安心。这些记忆即便在岁月的洪流中，也依然熠熠生辉。无论是家常菜，还是散装酒，都是对那个年代的怀念。生活，其实就像一场盛大的婚宴，每个认真活着的人，都能在这中间找到属于自己的幸福！

　　张春花和余宪骐能走到一起，幸福地开启新生活，其实，志同道合是他们身上最大的标签。志同道合者能共赏逆境之美，更能扛下贫寒，受下委屈并勇往直前。在人生的广阔画卷中，总有人以其独特的坚韧与执着，绘制出一幅逆境中砥砺前行的壮丽图景。他们如深谷幽兰，默默扛起生活的心酸与委屈，为了改变家庭的面貌和追求美好的生活，毅然牺牲"小我"，追求"大我"。两个相爱的年轻人也深知：只有志同道合的人，才能真正欣赏同一片风景，共享这份苦涩与甜蜜交织的旅程。

　　多少年后，张春花偶然一次在书上看到这样一段话：心理学和社会学研究表明，志同道合的人在个体的生活与职业道路上扮演着至关重要的角色。他们不仅是共享价值观、理想和兴趣的伙伴，更是提供情感支持、激发内在动力、促进个人成长的关键因素。当面对生活的风风雨雨时，志同道合的朋友就如同坚实的避风港，给予彼此理解、鼓励与陪伴，使他们在艰难时刻感受到温暖与希望。这种深层次的情感联结，使得他们在面对逆境时更有可能保持积极心态，共同克服困难，实现自我超越……

有时，她看着身边的丈夫余宪骐，心里充满甜蜜。两人从初恋到结婚，风风雨雨几十年，大事小事都是一起商量着面对，一辈子没有红过脸，这种令人羡慕的夫妻关系，其实与他们三观一致、志同道合是分不开的。

反观当代年轻人的婚恋观，把老一辈婚恋的传统弄丢了，把金钱彩礼、房子车子、门第地位摆到爱情前面，成了前置条件，更有甚者，一些庸俗的电视相亲节目和一些无良婚恋专家推波助澜，女嘉宾游走于各大电视台的相亲节目，明码标价兜售自己，把不给女人花钱等同于不爱女人的表现……

父辈那一代的相亲，是双方坐下来，聊聊兴趣爱好，工作、工资、房子、缝纫机，精神和物质的话题都聊，大家也谈钱。那时候他们更期待的是长相厮守的爱情，这一代更期待的是不劳而获，自私地追求生活质量第一，"宁愿坐在宝马车里哭，也不愿意坐在自行车上笑"。这两种婚恋观是全然不同的。

爱情与婚姻是每个人生命中最重要的主题，是人类获得幸福与快乐的重要源泉。《诗经》里写道："关关雎鸠，在河之洲。窈窕淑女，君子好逑。"爱情，才是婚姻的唯一前提。这是青年男女基于一定的社会基础和共同的生活理想，在各自内心形成的相互倾慕，并渴望对方成为自己终身伴侣的一种强烈纯真专一的感情。如果你在婚恋中迷失方向，那么不妨深入了解一下父辈的婚恋观，这样才能为自己的无定青春把舵定航。

世上无难事，只怕有心人。认真是一种态度，也是一种能力，做任何事都会遇到困难，如果不认真，困难不仅无法解决，甚至可能越变越大，但只要认真起来去想问题、找对策，总能找到解决问题的方式方法，战胜前进路上的各种"拦路虎"。张春花的认真，是一种对亲人的挚爱，对自己的严苛，她的热烈、隐忍和大度，像一束向阳的迎春花在人间怒放！

孕妇翻墙记

年轻真好！可以去见想见的人，趁阳光正好，趁微风不燥，趁自己还年轻，趁他还未老！

趁年少轻狂，可以毫无顾忌地嚷，那满身的泥泞，才是青春飞扬的模样。花样年华，意气风发，努力拼搏让我们朝着青春的方向，勇往直前，永不言弃！

张春花年轻的时候什么胆大的事都敢干，最大胆的一件事，莫过于怀孕的她挺着临产的大肚子翻铁大门，导致羊水破裂，让儿子在万分惊险中出生……

1987年，张春花主动申请结束了县教委的借调生涯，回到原来工作的汉阳县直幼儿园上班。她与余宪骐结婚后，就住进了丈夫在汉阳一中的单身宿舍。当时汉阳一中为了关心和留住优秀的青年教师，特地给余宪骐提供了一个单身宿舍，张春花婚后和丈夫住在一起，过上了幸福而简单的小日子。那间单身宿舍只有十几平方米，没有卫生间和厨房，每一层的卫生间和厨房都是一层楼的人共用的，但纵使如此，这个小屋比起家里跑风漏雨的老房子，已经不知道强了多少倍，倍感温馨的两个年轻人感恩幸福生活的来之不易，在工作中表现得更加的努力。

这一间宿舍，宛如天堂。从此张春花和余宪骐就可以拥有自己的空间，可以安静地读书和学习，可以自由地想象和回忆，可以自由自在地生活，而不必担心因为翻身摇动了床板或起夜的窸窣声影响了弟弟妹妹们的休息。现在他们可以自由地开灯和熄灯，可以自由地翻身和起床，可以自由地在房间内走来走去、晃来晃去，晚上也可以谈心交流，不再担心别人听到什么。那种感觉的美妙，今日回想起来，依旧让张春花激动不已。

《孟子》曰："故天将降大任于是人也，必先苦其心志，劳其筋骨，饿其体肤，空乏其身。"她以此激励自己，也正是这间小屋带来的幸福和安全感，让张春花改变命运的动力更加强烈，为她不久之后的创业种下了一颗种子。

生活就是这样，幸福和意外总是不知道哪个会先到达。

1987 年 9 月 27 日，那一天是一个星期日，已经怀孕临产的张春花挺着个大肚子，她和丈夫一起在弟弟家里吃了晚饭，一家人又热热闹闹地聊天聊到了晚上 10 点多钟。

从弟弟家出来，余宪骐骑着一个二八大杠自行车，载着张春花回汉阳一中的学校宿舍，当他们到了学校大门口，才发现铁大门紧闭，门卫室里空无一人，无论他们怎么敲门、怎么大声地喊人，都没有人过来给他们开门。眼看夜色越来越深，秋夜的寒露下来，张春花又困又累，在铁大门前已经摇摇晃晃有些站立不稳。这么晚了两人也没有地方去住，更没有多余的钱在县城开个宾馆住，两个年轻人实在没有办法，他们想：干脆翻过铁大门回家！

学校的铁大门有两米多高，就是防止有人翻越，铁大门的顶端设计有一排红缨枪一样的尖刺，每根尖刺之间不到一尺的距离，成年人想要翻过去还是比较困难的。

余宪骐站在下面认真观察了半天，发现每两根钢管之间，有一条横梁，刚好可以踏脚，身材高大又十分灵活的他，先是一只手抓起自行车的车杠，另一只手抓着铁杆就向上爬，他很快就轻松地爬到了铁门顶端，他先是将自行车挂在铁门上的红缨枪上，然后自己翻越过去，再取下自行车翻过去。进了院子之后，他跑了几个地方想找门卫过来开门，结果都没有找到人，没有办法之下，他只有折返跑回来。之后，他重新翻越了出去，打量了妻子半天，有点担心地说："春花，你的肚子这么大，翻过去还是有危险的，这可咋整呀？"

看着丈夫着急的样子，张春花笑着说："我看你翻得这么轻松，我应该也没有问题，平时我在幼儿园，还在教孩子们上体育课呢！"

听她这么说，余宪骐决定试试。他站在地上先是扶着张春花抓着铁管往上攀爬,他小心翼翼地在身后护着她往上攀,一步、两步,每一步都攀得胆战心惊,好不容易两个人颤颤巍巍地爬到了顶端,在翻越铁门顶部的时候,意外发生了!因为张春花的肚子很大,她翻过去的时候肚子被铁门顶端的尖刺狠狠地刺了一下,张春花当时痛得大叫了一声,手上无力,差点掉了下去,好在余宪骐眼疾手快反应敏捷,用力地把妻子往上抬了一抬,扶着她艰难地翻过了铁门的顶端,他几乎是以一种半抱着妻子的状态,将张春花慢慢抱了下来。脚落地的时候,张春花一身虚汗,两腿发软,无力地瘫坐到了地上,裤子已经湿了一大片,原来她的羊水破了……

突如其来的意外,让余宪骐惊得目瞪口呆!这可怎么办?张春花虚弱地对他说:"你别傻站着了,赶快去叫人,把我送到医院,我要生了……"余宪骐这才醒悟过来,赶紧大呼小叫地跑进宿舍,叫自己的同事帮忙,有一位同事在一间宿舍找到了正在里面呼呼大睡的门卫,把他摇醒后,让他赶快把大门打开。几个同事随即拆了一张床板,铺上一床被子,抬起张春花,就往汉阳县人民医院跑去。

当时的街上没有路灯,几盏手电筒在夜色中慌乱地四处晃动,夜色深沉,月亮被裹在云层中,张春花痛得几近昏迷,借着晃动的手电的光影,她看见身边的丈夫跑得满头是汗,她用虚弱的声音心疼地说:"宪骐,跑慢点,别累着了,我还扛得住……"

余宪骐腾出一只手，摸了摸她贴在额头的长发，动情地说："都是我的错，让你冒险，害你受罪，你别说话了，再坚持一下，医院马上就到了！"

汉阳一中离县人民医院本来只有几里地，但余宪骐却感觉这是他一辈子跑过的最漫长的一段路！几个人把张春花送进了医院的急诊室后，余宪骐浑身被汗湿透，瘫坐在病房门口直喘气……

那是一个无比漫长的夜晚，每一分每一秒都伴随着急促的呼吸和不安的踱步，余宪骐在急诊室门口紧张得连呼吸都有点困难，他在心里成百上千遍地默念"上天保佑"，希望母子平安，一直到天亮时分，一声嘹亮的婴儿啼哭，从手术室里传了出来，又过了一会儿，一名护士抱着一个婴儿走了出来，她笑着对紧张不已的余宪骐说："生了个男孩，母子平安。"

听到这句话，余宪骐一跳老高，激动得差点要给护士跪下。天可怜见，春花太伟大了，原谅了自己这次的失误，还给自己生了一个大胖小子，自己当爸爸了！

后怕、紧张、激动、幸福，各种复杂的情绪都涌上来，让他手足无措，那一刻他太想快点看到他亲爱的春花，他一定要亲亲她，当面感谢她……

儿子余章曲的降临，改变了这个家庭的生活形态，也改变了张春花和余宪骐的心理结构。儿子是上苍给予他们的最珍贵的礼物。张春花怀孕的时候，余宪骐陪她去医院检查，医生说张春花的身体很好，孩子发育得也不错。夫妻俩都很开心，事实上作为丈夫的余宪骐更开心。

儿子在万分惊险的情况下出生之后，余宪骐看到襁褓里的他小小的样子，有点婴儿肥，但是五官轮廓很像自己，初为人父的喜悦，让他激动得手舞足蹈。余宪骐给儿子取了一个名字——余章曲，寓意孩子成事成文或成为大才、文采飞扬。余章曲也带给初为人母的张春花无尽的惊喜，使她更觉上苍的厚爱。

张春花回忆时说："那段时间也是我生命中的美好时光，儿子出生是上苍给予自己的礼物，是一种恩赐，余章曲是我的福星，在他出生后，我才下定决心创业，我不能让我的下一代再吃一遍我们吃过的苦，未来值得我去充满希望追寻。"

春雷滚滚万物苏

1978 年，是一个特殊的年份，改革的春风慢慢吹来，人们睡眼惺忪地张开双眼，好奇地打量着一个即将到来的新时代。

"三十功名尘与土，八千里路云和月。"那个时代，一方面是理想、信仰、使命、浪漫，另一方面，却是疯狂、反叛、饥渴、无序。在古老的东方大地上，有一段历史如同波澜壮阔的史诗，它见证了一个国家从封闭走向开放，从落后跃升为世界强国的奇迹。这便是中国的改革开放史，一个关于梦想、勇气与智慧的故事。

让我们穿越时空的长河，回到那个风起云涌的年代。那时的中国，正站在历史的十字路口，经历着前所未有的挑战与机遇。1978 年，以党的十一届三中全会召开为标志，中国开启了改革开放的历史征程。改革开放是当代中国最显著的特征、最壮丽的气象。47 年来，从开启新时期到跨入新世纪,从站上新起点到进入新时代,党引领人民绘就了一幅波澜壮阔、气势恢宏的历史画卷,谱写了一曲感天动地、气壮山河的奋斗赞歌。

农村改革的浪潮在安徽省小岗村掀起了第一层波澜,18 位农民用颤抖的手,按下了鲜红的手印,签下了一份"生死契约",率先实行"家庭联产承包责任制"。这一创举,如同春雷般震撼了整个中国,农业生产力得到了极大的解放和提升。

紧接着,城市经济体制改革也如火如荼地展开。企业开始拥有自主经营权,市场经济的种子在这片古老的土地上生根发芽。一时间,个体工商户如雨后春笋般涌现,大街小巷充满了勃勃生机。

对外开放的步伐也在加快。深圳,这个昔日的小渔村,被赋予了特殊的使命,成为中国第一个经济特区。在这里,资本和技术的洪流汇聚,创新和活力激荡,一座现代化的城市在南海之滨迅速崛起。教育、科技、文化、卫生……改革的春风拂过每一个角落。人们的思想观念发生了翻天覆地的变化,知识改变命运,创新驱动发展成为时代的最强音。

1979 年,温州诞生了全国第一张个体户工商业营业执照,这条新闻登上了全国各大媒体,广为天下人知。当时,19 岁的章华妹没能端上"铁饭碗"。她是家中第七个孩子,上有 5 个哥哥 1 个姐姐。14 岁那年,母亲重病住院,她中断了学业去照顾。父母退休后，岗位又被哥哥们接班了。章华妹被迫在家待业，却并不消沉。她开始在家门口摆摊卖纽扣、针线、表带等零碎小商品。解放前，她的爸爸做过布匹生意，他一早就看出来这个小女儿身上有种"生意人"的天赋：聪明机灵、健谈随和。

选择在门口摆摊，就是一种销售策略。当时，章华妹的这种行为被叫作"投机倒把"。各地都专门设有打击投机倒把办公室。在温州，穿着制服的稽查队员也时不时地巡逻一下。"打办"的人一来，哨声一响，摆摊的小商贩们就不得不跑，章华妹也赶紧收摊躲回家，以免被抓住罚款。

靠着小买卖，章华妹赚的钱并不比在工厂工作的哥哥少，对于这个9口之家有着重要的补贴作用，她对自己说："人家上班赚钱，我也是赚钱啊！想开就好了。"但她总觉得有些抬不起头来。摆摊的时候，遇到昔日同学，她低头，对方也扭过头，大家都假装没看见。

在当时的温州，像章华妹这样的商贩有2000多个。集体经济之外，一股新生力量正从夹缝中悄然生长，迸发出旺盛的生命力，准备迎接时代的浪潮。

1979年2月，一份党中央国务院批转的报告中提出："各地可根据市场需要，在取得有关业务主管部门同意后，批准一些有正式户口的闲散劳动力从事修理、服务和手工业者个体劳动。"

1979 年末，刚成立的温州鼓楼工商所的工作人员找到章华妹，说现在对做生意放开了，可以去领营业执照，还说领了就可以大大方方地做。

听说做生意放开了，章华妹既高兴又矛盾。她像其他小商贩一样存在疑虑，既渴望得到光明正大的身份，又对政策将信将疑，充满不确定感。但在跟父亲商量后，她很快做出决定，填好申请表格送到了工商局。

1980 年 12 月 11 日下午，章华妹在朋友的照相馆中拍了证件照，再次走进温州市工商局，用毛笔填写了相关资料，从温州市工商局副局长陈寿铸手中领取了个体工商营业执照。这张执照编号为"10101 号"，是全国第一张个体工商营业执照。

这一年，还有一个震惊商业界的消息：北京首家个体餐馆也开业了，打破了国营饭店垄断餐饮业的局面。

1980 年，刘桂仙与郭培基开办悦宾饭店，拿到编号为"001"的北京首家个体餐饮工商执照。此前郭培基是国营单位的厨师，每月收入 30 多元；刘桂仙是临时工。两口子生养 5 个孩子，工资捉襟见肘。

1979 年，邓小平指出，要多搞赚钱的东西，可以开饭店、小卖部、酒吧间。允许自谋职业成为解决就业压力的方式之一。刘桂仙开始写申请，并每天去北京东城区工商局问执照的结果，她有耐性有决心，东城区工商局领导班子就是想搞个试点，一合计都同意给她特批。就这样，刘桂仙拿到了北京首家个体餐饮营业执照，饭店合法开业。

拿到营业执照后，两口子动手忙活起来：从单位借来砖头、木材搭建厨房，到皇城根买来4张旧桌子、15把旧椅子，找了个烤白薯的旧桶改装成灶。开火试灶那天，刘桂仙拿出家中仅剩的34元买了4只鸭子，做了几道菜先让街坊邻居尝尝手艺。待郭培基中午下班，胡同里密匝匝挤满了人，队排到了胡同口五四大街上。"四桌两灶一门面"的悦宾饭店的开张，被美国合众社记者报道：美味的食品和私人工商业正在狭窄的小胡同里焕发生机。

开张头天两口子赚了38元，顶得上那时工人一个月工资。店里4张桌子一天只能接待十四五个顾客。来吃饭得排号，最后一名要排到60多天后才能吃上。1981年10月，《中共中央、国务院关于广开门路，搞活经济，解决城镇就业问题的若干决定》发布，明确承认"个体劳动者，是我国社会主义劳动者"。有了这政策，个体经济迅速发展起来，京城个体餐馆如雨后春笋般多了起来。

时代的列车在悄无声息地转轨，在列车上大部分旅客还没有反应的时候，少数精明的旅客已化身时代弄潮儿，在热烈奔放的年代绽放了自己的人生精彩。

任谁也不会想到，年广久——一个质朴的农民，一个被人称作"傻子"的商贩，竟能被邓小平3次点名，并在20

世纪 80 年代就赚到了人生的第一个 100 万，有"中国第一商贩"之称。当年，"傻子"年广久，甚至还被卷入了"姓社还是姓资"的全国范围内的争论中。

年广久，1940 年出生在安徽省怀远县找郢乡胡疃年庄，这是一个淮河边的小村庄。家里很穷，经常吃了上顿没下顿。后来因为淮河发了大水，闹饥荒，父亲不得不带着全家人外出乞讨，最终在安徽芜湖安了家。

年广久的父亲摆摊以经营水果为生。因怀远相对芜湖来说属于北方，当地人统称北方人为"侉子"，喊年广久为"小侉子"。年广久从 9 岁起就跟随父亲肩搭秤杆，叫卖街头。其父病逝，年广久便继承父业，独撑门头。年广久做生意遵循其父"利轻业重，事在人和"的遗训。年广久摆的水果摊，允许顾客先尝后买，顾客满意的，就称几斤，不满意的，尝了不要钱。遇到一些难缠的顾客，买走了水果又跑来算"回头账"，说少给了秤，或少找了钱，年广久都不计较，爽快地补水果、找钱，让顾客满意而去。有时称水果够秤了还再拿一个给顾客。

邻近摆摊同行都说他"傻"，顾客却说他规矩，回头客多。天长日久，水果摊的一些同行既不喊年广久的名字，也不喊"小侉子"，而喊成了"小傻子"。

1979 年，中央宣布解禁农村工商业之后，年广久就再也不用东躲西藏地卖瓜子了。他在附近支起了一个小摊，给自己的瓜子取了个"傻子瓜子"的名字，生意渐渐红火了起来，一天最多的时候可以卖出两三千斤瓜子。

精明的年广久还懂得利用各种营销策略，比如：独生子女、军人、外地坐车到芜湖的人买瓜子不用排队，结婚的人买 10 斤瓜子不用排队，等等。

生意越来越好，他便盘下一家店面，雇用了一些年轻劳动力来帮忙炒瓜子。这一雇佣可不得了，眼红他生意的人立马像是找到了宣泄口，宣称"年广久开始剥削劳动人民了"，并摆出《资本论》中的话当作理论依据。

"雇工到了 8 个就不是普通的个体经济，而是资本主义经济，是剥削。"而年广久的作坊，竟然雇工高达 12 个，那可不就是妥妥的资本家吗？

消息一传十，十传百，渐渐地许多人都知道安徽有个卖"傻子瓜子"的年广久，在剥削劳动人民。到了 1982 年，年广久的作坊已经雇工 105 人，日产瓜子 9000 公斤，赚的钱据说也得有 100 万元了。但是关于雇工超过 8 个人到底算不算剥削的争论还在继续，甚至愈演愈烈。直到邓小平最后在一次中央政治局会议上给出论断：对于私营、民营企业，采取"看一看"的方针。这场争论才渐渐平息。

1986 年春，"傻子瓜子"开创性地搞起了有奖售卖的新玩法，头等奖是一辆上海牌轿车。这下掀起了一波购买热潮，年广久一下子在 3 个月获得了 100 多万元的收入。不过这种模式被政府紧急叫停，中央下发通知禁止一切有奖售卖活动。

1987年底，芜湖市对年广久经济问题立案侦查，1991年5月，芜湖市中院判决年广久犯有流氓罪，判处有期徒刑3年，缓期3年。令年广久没有想到的是，邓小平又一次保护了他："农村改革初期，安徽出了个'傻子瓜子'问题，当时许多人不舒服，说他赚了100万元，主张动他，我说不能动，一动人们就说政策变了，得不偿失。"邓小平南方谈话又一次提到了"傻子瓜子"，让年广久"起死回生"。1992年，年广久因经济问题不成立而获释。

诗人北岛说："回想八十年代，真可谓轰轰烈烈，就像灯火辉煌的列车在夜里一闪而过。"

80年代，一切都刚刚解禁。人们压抑了20多年的感情、思想、创造力都热气腾腾地喷涌而出。中国刚刚摘下了意识形态的紧箍咒，转向以经济建设为中心。

马云当年参加高考，也是连续落榜了两年，最后因为家里太穷，只有边打工边学习，第三年才考上大学。他为什么要这么拼命努力地学习？因为他始终坚信努力学习不一定有出息，但不努力绝对不会有出息。后来，马云在互联网大会上说："这是一个摧毁你，却与你无关的时代；这是一个跨界打劫你，你却无力反击的时代；这是一个你醒来太慢，干脆就不用醒来的时代；这是一个不是对手比你强，而是你根本连对手是谁都不知道的时代。"

时光荏苒，转眼间，改革开放已走过了 40 多个春秋。回望这段历程，我们不禁惊叹于这一系列改革所带来的巨大变化。中国经济总量跃居世界第二，对外贸易额大幅增长，数亿人口摆脱贫困，人民生活水平显著提高。更重要的是，改革开放不仅改变了中国，也影响了世界。中国的发展经验为其他发展中国家提供了借鉴，中国的智慧和方案同时也为全球治理贡献了力量。

时势造英雄

改革的大潮激荡人的心灵，报纸上刊登的打破"铁饭碗"、下海之类的信息层出不穷，刺激着张春花的神经。儿子出生后不久，因为工作上的一些不顺心，张春花有了强烈的辞职创业的念头。

1987年借调结束后，张春花回到了幼儿园开始一线的教学工作，她平时工作兢兢业业，受到家长的高度好评。在县教委借调的两年多时间，张春花走遍汉阳县的大街小巷，对当地孩子的读书情况也调研得很清楚。1987年，正值我国人口出生率的高峰，当年的新出生人口为2508万，好像满大街都是孩子，但是当时的幼儿园很少，能进幼儿园读书的孩子更是少之又少。当时，孩子进幼儿园读书，要托关系，还得领导批条子。

张春花于1988年7月辞职，真正促使她下定决心辞职的重要原因是她在幼儿园的教师职称评定上，吃了哑巴亏，也让她看到了体制的僵化和无情。

我国现行的中小学教师职称制度建立于 1986 年。按照国家规定，中学教师职称最高等级为副高级，小学和幼儿园教师职称最高等级仅为中级，这影响了很多小学、幼儿园教师的积极性。

当时，幼儿园老师的职称参照小学系列，主要分为：小学特级教师（小高高）、小学高级、小学一级、小学二级、小学三级。职称评定和学历与工资挂钩。评职称有很高的要求和名额限制，当时整个幼儿园只有张春花条件最好：她有 5 年的工龄，学历最高，并且有县教委借调工作经历，业务能力强，资历深，视野开阔，学术功底扎实，编制的培训教材在全县推广，受到广泛的好评。

幼儿园有一个一级教师的名额，张春花想：按自己的资历，这个名额一定是自己的，但没有想到评定结果出来后，她是二级！

幼儿园的另外一个老师被评为一级教师，她是一名知青，还没有拿到高中文凭，教学能力也一般。张春花问园长这是怎么回事，园长的回复是张春花的工龄没有她长。原来，这名幼师虽然上班只有一年多，但是把她下放的时间都算作工龄，这样一来，工龄就比张春花多了。张春花觉得自己从事幼教行业里的时间和工龄要比她长得多，但是现实就是这么残酷，她第一次感受到了体制的僵化和职场的残酷。

张春花是一个非常热爱生活和工作的人,但年轻的她并非一个神仙,评职称不公平这件事,对她有一定的影响,但她又是一个工作激情满满的人,她不想把自己的情绪带到工作中,进而影响到孩子们。不想被耽误青春的她,开始认真思考辞职的事情。

20 世纪 80 年代,发展大潮风起云涌,时势造英雄,下海经商潮席卷了中国大地。"十亿人民九亿倒,还有一亿在寻找",这句顺口溜在当时广为流传。

1986 年初,被称为"中国弃官下海第一人""改革开放的弄潮儿"的叶康松成为温州辞官务农第一人,出现在各大媒体中。当年,他辞去了永嘉县城关镇党委书记职务,承包的山地获得出乎意料的经济效益。如今,叶康松已成为美国康龙集团董事长兼总裁,其"康松"牌西洋参几乎席卷了整个内地市场。他在美国创业成功,先后受到美国前总统克林顿、布什的接见,此为后话。

1988 年,大连市西岗区住宅开发公司因负债 149 万元濒临破产,区政府希望有人能拯救这个"烂摊子"。除了时任西岗区办公室主任的王健林,当时没有人有勇气站出来。王健林的勇气,给后继的创业者莫大的激励。

1988 年,张春花还从报纸上看到了河南一名副县长辞职下海,她想:一个副县长都可以辞职下海,自己一个幼师有啥舍不得这个饭碗的?

回顾和总结改革开放的历程，中国曾出现3次公务员辞职下海潮——

第一次公务员下海潮发生在20世纪80年代初期。当时，中国刚刚开始改革开放，市场经济还处于萌芽阶段。为了激发社会活力，国家出台了一系列鼓励个体经营、私营企业和外商投资的政策。很多有远见和胆识的公务员看到了机遇，纷纷辞去工作，投身商海。他们中有些人成为著名的企业家，比如万科集团的王石、新东方教育的俞敏洪、万通地产的冯仑等等。他们被称为"改革开放第一代"，是中国市场经济的先驱者和奠基者。

1982年，王石丢掉机关干部的身份，到深圳创办公司，成为中国下海最早的一批人中的一员。同年，刘永行和自己的3个朋友各自辞去公职到农村创业，从孵鸡、养鹌鹑开始，完成了1000万元的原始积累，并成立了希望集团。

第二次公务员下海潮发生在20世纪90年代初期。当时，邓小平发表了著名的南方谈话，强调要坚持改革开放不动摇，进一步放开市场和民间资本。这一讲话引发了全国范围内的改革热潮，很多国有企业和事业单位开始进行改制或裁员。与此同时，私营经济迅速发展，涌现出了一批新兴产业和行业。很多公务员看到了新的机会和挑战，选择了辞职下海或者停薪留职。人社部数据显示，仅1992年就有12万名公务员辞职，1000多万公务员停薪留职。

他们中有些人取得了巨大的成功，比如华为技术有限公司的任正非、联想集团的刘超琦、阿里巴巴集团的马云等等。他们被称为"92派"，是中国互联网和高科技产业的领军人物。

第三次公务员离职潮出现在2002—2003年。据新华社报道，2000年1月至2003年6月，全国（不包括中央部委及所属单位）共有10304名科级以上党政干部辞职"下海"。1999年，中央全国地方机构改革会议决定，市、县、乡政府部门要精简的人数不下280万，这项举措直接加快公务员下海的进程。而2000年出台的《个人独资企业法》及相关法律法规，也为公务员下海创业提供了制度上的保障。一部分年轻干部需要通过下海来释放自身储存的能量。很多人的去向是私营企业和一些私人资本投股的上市公司，尤其在方兴未艾的高科技产业、非公有制企业。

时至今日，社会上早已形成了这样一种共识：在现代社会，百舸争流，体制内本就不应该是精英的唯一出路。换句话说，体制也容纳不了这么多的人才，于是便出现了一种被称为"人才溢出"的现象。这些"溢出"的人才，在我们的社会进步中，是一股重大的推动力量。

在时代的大潮中，无数的弄潮儿脱颖而出，像陈东升、郭凡生、冯仑、潘石屹这些具有较强的资源整合能力的体制内"溢出人才"，在商业场上也搏杀出了一大片天地。

范仲淹曾在千古名篇《岳阳楼记》中写道："是进亦忧，退亦忧。"和范公一样，陆游、龚自珍这些官员，都是把天下填满在了心中，所以才会萌生出做官也担忧，辞官也担忧的感慨。而今，这些从体制内"溢出"的人才，虽处"江湖之远"，但照样在为社会的进步积极做着贡献，反过来推动了体制的改革和发展。

一代文豪苏轼说："来而不可失者，时也；蹈而不可失者，机也。"企业家雷军说："站在台风口，猪都能飞上天。"这是告诉我们，要懂得抓住时机，顺势而为，借势而起，这就是"时势造英雄"。也有人说，唯真豪杰敢破局，唯真英雄能造势。真正伟大的英雄豪杰，不但会见势、借势，更能造势，开创一个时代。

不管是时势造英雄，还是英雄造时势，放置在历史的时空中，能够交相辉映和不灭的，一定是奋斗之心、拼搏之志！

家庭版"遵义会议"

工作中的不顺心像一根刺，时不时在刺痛着要强的张春花。辞职！辞职！这个念头像一簇簇焰火，一个个冲向黑暗的天空，绽放出绚丽的满天烟花。她压抑的创业激情，像波涛，像海浪，一边淹没她、吞噬她，同时又一边把她抛向风口浪尖，让她悸动，让她欲罢不能……

一天晚上，张春花睡觉前，把洗漱完毕的丈夫余宪骐叫到跟前很认真地对他说："宪骐，我下定决心要辞职了，我想听一下你的意见，你支不支持我？"

余宪骐认真地盯着妻子的脸看了半天没有说话。张春花不禁笑了一下，说："咋了？我变老了？还是变丑了？让你这样盯着我看。"

丈夫余宪骐一下子笑了起来，说："我早就看出来你有这个心思，你这个人呢，心里是藏不住事儿的。我就在等着，看你能憋到哪一天，哪一天你才会给我讲。今天，我终于等到你说出了这番话。咱俩是夫妻，你的一举一动，你的小心思，哪里能骗过我的眼睛！"

张春花忍不住捶了一下丈夫的肩膀："哎呀，应该早点跟你说，这个事压在我心里好久了，我都快憋疯了！"

那天晚上两个人认真分析了辞职的弊端：没有了工资，就没有固定的收入，同时没有了国家的医保、社保，退休了也没有退休金，同时，创业需要资金，他们俩结婚不久，孩子也才不到1岁，创业也需要找准路子，不然有鸡飞蛋打的可能，辞职后的确前途未卜。

虽然压力重重，但是懂得妻子心里要什么的余宪骐坚定地支持妻子的想法，他说："人生苦短，要干就干在当下。我最近也在看电视、看报纸、听广播，那么多比我们位高权重的领导都下海创业了，我们作为一个平头老百姓，有什么舍不得眼下的这一点安乐呢？再说咱俩都是苦孩子出身，什么苦没有吃过，大不了从头再来！以你这些年的工作经历，最起码积累了本事和眼界，未来就是再难，老天也会赏咱们一口饭吃。"

丈夫的鼓励像一剂强心针，深深地打进了张春花悸动的血脉里。她激动得手舞足蹈，恨不得要跳起来："太谢谢你了，宪骐，有你真好，有你我就敢大胆地向前冲了！"

当天晚上两个人秉烛夜谈，张春花谈了自己辞职之后的打算，张春花拿了一张白纸，在书桌上写写画画，认真分析给丈夫听。她说："我早就发现了一个重要商机，我们国家现在每年的新生人口出生率这么高，但是现在各个地方的幼儿园少之又少，公办园老百姓的孩了挤破头都塞不进来。我们中国下一代的明天在哪里？我们能不能自己创办一所幼儿园，让更多穷人的孩子有书读，让我们的下一代能够从小就开阔眼界，能够跟上时代的发展，为我们中国的腾飞积蓄人才、贡献力量……"

两个人越说越激动，从国家大的宏观形势，讲到具体的操作细节，甚至想到了怎么租房子，怎么找场地，怎么招生，提供什么样的课程内容，林林总总，不一而足。当两个人结束谈话的时候，东方已白，雄鸡报晓。张春花洗了一把脸对丈夫说："我们也别睡觉了，马上还要上班，咱俩这一晚上的交流太有质量了，这是我们家庭版的'遵义会议'，今天我就去办辞职。"

说干就干的张春花当天就把辞职信交到了园长的手上。园长特别诧异，她不敢相信，这么好的一份稳定工作，张春花竟然舍得放弃。她有些内疚地说："春花，你是不是还在为评职称的事情耿耿于怀呀？那个事情真不能怨我，制度是这个样子的，有些时候我也无能为力呀！"

张春花淡然一笑，跟园长说："园长，职称的事早已经过去了，我选择辞职是我个人的追求，我们遇到了一个好时代，我不想蹉跎岁月，你就让我出去放手一搏吧！"

　　汉阳县教委的领导听说了张春花要辞职的消息，均震惊不已，纷纷找她谈话，劝她留下来，但是张春花去意已决，她也把辞职信递交给了县教委。领导最后也没有办法，只是收下了她的辞职报告，没说批准，也没有不批准，态度模棱两可。几个关心她的领导都郑重地对她说："外面的世界很大，但是风浪也很大，不是那么好闯的，你要珍重啊！"

　　后来，张春花打听到真实的原因。县教委负责人在讨论她辞职的事时曾专门在会上说："根据国务院和市教委文件精神，个人办学是允许的。我们不批准张春花的'辞职报告'有两个原因。一是上面强调稳定教师队伍，怕批准了张春花的辞职，引起更多的教师辞职。二是出于对张春花的关心。前些年，有一批教师自动辞职，在外面没有混好，现在又要回来，有的至今还在扯皮，张春花将来会不会也扯皮呢？"

　　关于张春花辞职的问题，后来一直拖到张春花创业的第一个幼儿园雏形——"春花学前班"开学时，教委还没有批复。后来有记者就此事问县教委主任，他回答道："我们既不批准她的辞职，也不干预她个人办学。"

　　这可能就是改革开放初期"中国特色"现象，混沌、简单、敢想敢干，管理层拿不准的也不横加干涉，典型的"摸着石头过河"。其实，回过头来看，你会发现：人民是历史的创造者，群众是真正的英雄。小岗探路、深圳试水、浦东闯关，哪一个不是靠上下同心迸发出的磅礴之力？像张春花这种永葆"闯"的精神、"创"的劲头、"干"的作风,"敢为人先"和"第一个吃螃蟹的人",都是推动社会发展的重要功臣!

辞职后,张春花收拾好办公室的物品,卷起铺盖头也不回地回到家,她一方面感觉到如释重负,另一方面也感觉到心里空落落的,未来在何方?明天在哪里?下面的路该怎么走?其实,她心里一点底也没有。

"当你觉得迷茫的时候,恰恰是你重整旗鼓的时机。"张春花对这句话感悟很深,她来不及失落,就开始投入调研、找房子的工作中。

"生活就像海洋,只有意志坚强的人,才能到达彼岸。"是啊,生活总会有起起落落,只要不断地努力和尝试,总会找到属于自己的那片天空。无论遇到多大的困难,都要保持坚强的意志,勇往直前,才能到达自己心中的幸福彼岸。

"泥巴碗"下辞职

从体制内辞职，在当年下这个决心，张春花压力重重，睿智的公公余成树知道了张春花辞职的事情，什么也没有说，不劝阻也不鼓励，而是捏了一个泥巴碗，放在门框上，警示她：打破了"铁饭碗"，变成了泥巴碗，以后的路就只有靠自己走了！

公公余成树不光是一个明事理的人，也是中国改革开放后第一批下海勇敢吃螃蟹的人。

改革开放后，家里子女众多的余成树，看只靠在农田里勤扒苦做，怎么也养活不了一大家子人，为了找一条路，他选择外出四处打工。余成树小时候上过私塾，在那个年代算是有文化的人了，人也长得仪表堂堂，他后来跑到了浙江，跟着一个制鞋厂的李师傅学做了几年皮鞋，练就了一手做皮鞋的好手艺。

说起余成树当学徒工的这段经历，也是一段中国工匠技艺传承的厚重历史，是"择一事终一生"的执着，也是"偏毫厘不敢安"的细致，更是"千万锤成一器"的追求。劳动光荣，技能宝贵，创造伟大，褒扬工匠情怀、涵养工匠文化，才能让"执着专注、精益求精、一丝不苟、追求卓越"的工匠精神成为全社会共同的追求。在历史的长河中，工匠始终以其精湛的技艺和不懈的追求，推动技艺革故鼎新，书写着人类文明进步的辉煌篇章。他们所展现出的技艺和对美的追求，更应成为今天浮躁的人们学习的榜样。

李师傅小时候家境不好，父亲以做鞋为生，耳濡目染下，他也在放学后，拿起针线有模有样地学了起来。几十年如一日地干同一件事，在制鞋这条路上，李师傅吃尽心酸、艰难却甘之如饴，最后终成大家。改革开放以后，李师傅还拿到营业执照，为当地部队训练团制作军鞋，成为方圆20公里人尽皆知的"大鞋匠"。

说起皮鞋，自然是手工制作最为上乘，而要说起世界顶尖的皮鞋产地，大家都会不约而同地想到意大利。不过对自己手艺无比自信的李师傅，认为自己制作的皮鞋和世界名牌皮鞋相比也毫不逊色。

余成树跟着大工匠李师傅当小工学做皮鞋，由于他脑袋灵活，又肯吃苦，上手很快。他为了了解皮鞋的最新款式和工艺，跑到商场、鞋厂偷看是常有的事。人家丢了的旧鞋，他就把它捡回来拆开研究。

来找李师傅做鞋的顾客做鞋的流程是这样的——挑选完中

意的款式后，现场量脚，之后需要经过打样、取材、剪皮、做帮、缝帮、调鞋楦、放进趾跟包头料、钳帮、烘箱定型、放木屑、缝里线外线、装跟、打磨、美容等工序。

一双皮鞋要经过百道工序后，才能诞生。手工鞋的头尾有棱角，不变形，每一块皮料都精挑细选，每一个步骤都精准到位。真皮鞋面保证皮鞋在穿着时不会有异味，适当吸脚汗对人体也有好处。每个人两脚的大小、长短、胖瘦都不同，一双私人订制的皮鞋能温柔地将双脚包裹得恰到好处。它的独特美感与舒适度足以睥睨流水线上千篇一律的用机械制作的皮鞋。

李师傅的工作室内堆满了各种原材料和制鞋设备：楦头、鞋帮、鞋底、皮料、鞋带……把四周的空间塞得满满当当。几十年的从业经验造就了李师傅炉火纯青的制鞋技艺。在不受外界打扰的情况下，一双普通的手工皮鞋，李师傅一个人能在一天内完成，加上徒弟们从旁协助，一个月做 100 双鞋不在话下。

真的太难了！当初余成树也曾怀疑过自己是不是走错了路，制作一双好的皮鞋，远比自己想象的要难得多，余成树怀揣着百分之百的热情，因为热爱，所以加倍努力，因此就咬牙坚持下来了。

余成树主要学习制作手缝沿条的皮鞋，手缝沿条鞋非常耗时，大概有 100 道工序，比如制作一双 42 码的鞋子，要缝 100 多针，至少需要 80 个工时，一定得耐得住心性，每一步都不能出错。

那么怎样才算一双好鞋？在余成树看来，其实没有一个固定的标准，如果穿鞋的人喜欢它，穿着舒服，那就是一双好鞋，如果只是鞋匠觉得它好，但穿鞋的人不喜欢，那它也不是一双好鞋。

手艺这个行当，永无止境，师傅永远只会告诉你：你还可以做得更好。

在学徒生涯中，余成树遇到了一件让他印象最深刻的事，从而也让他对师傅身上的工匠精神肃然起敬。那个订鞋的客户是一个刚大学毕业不久的姑娘，因为从小双腿有缺陷，长短相差 3 厘米，因此走路时会下意识踮脚来掩饰自身的缺陷。正值意气风发、享受世界无限精彩的大好年华，却要时时担惊受怕，怕别人异样的目光，怕被歧视，这对初入社会准备施展理想抱负的姑娘来说是多么残酷的事啊！

李师傅知晓后，没有收钱为姑娘特制了一双鞋，鞋内增高 3 厘米，鞋帮也随之增高，反复修改只为姑娘穿上后走路平稳，看不出腿部的缺陷。

当鞋子终于完工后，姑娘一试穿，果真舒服合脚，走路也平衡了。以前不敢抬头挺胸的她如今能摆脱以往的自卑，自信地追逐梦想和幸福。

鞋子有价情无价，当一双双倾注了制鞋人心血的皮鞋交到顾客手中时，它已不再是无生命的死物，它的每一寸纹理都是生命的脉络，往外延伸的同时也连接起了制鞋人和客人之间的情谊，质朴却触动人心。余成树对此感动不已，他忍耐着学习的枯燥和辛苦，在师傅这里学习了 3 年，终于学成出师了。

我们在推崇赞美日本的匠人精神是多么令人敬佩的时候，不要忘了中国也有许多像李师傅这样的手艺人，一辈子兢兢业业地耕耘着自己的事业，把所有的时间、精力都花在做同一件事上。他们也许深藏在街头巷尾，也许就在你身边，不沾虚名浮利的俗气，耐心地打磨手头上的作品，安静得似乎与缓慢的时光融为一体。

踏遍万水千山路，一步繁花一步情。熙熙攘攘的浮华社会中，需要饱尝多少的寂寥才能平心静气地打磨自己的人生。这是一种多么值得尊敬的人生啊！遗憾的是，如今耐得住寂寞且忠于一件事的人少之又少。

出师后的余成树靠摆摊给人制作皮鞋为生，当挣得第一桶金后，余成树回乡创办了一个皮鞋厂，规模从小做到大，最多时有二三十名工人。当时他最小的儿子小双高中毕业后没有工作，余成树自己既是厂长又是财务，小双就负责跑业务，由于余成树制作的皮鞋受到了客户的好评，皮鞋厂很快就经营得红红火火。

事非经过不知难，成如容易却艰辛。正如在外人眼里，看到的只是你成功之后的辉煌，却无人知晓你成功之前的千辛万苦、九死一生。因此，在得知张春花要辞掉公职去创办幼儿园的时候，老爷子余成树展现了他博大的胸怀和睿智。

按当时大多数家庭的概念，能吃上一份商品粮是多么不容易的事情。户口、吃饭、住房、退休都由国家负责，属于是"铁饭碗"。一个女同志干得好好的，突然要辞职，在很多家庭肯定是要持反对意见的。当张春花夫妇忐忑不安地把这个消息告诉公公时，公公沉思了很久，说："办幼儿园可不是一件小事情，需要强大的爱心和责任心，不仅要对每一个孩子负责，也要对每一个家长和老师负责，肩膀上的责任大得很。你把公职辞掉了，那就是相当于自己砸掉了'铁饭碗'，端起了一个'泥巴碗'。这个'泥巴碗'要端好了，不然随时都有摔破的可能。既然你们已经考虑清楚了，那就放手去干，干出个名堂来，万一干不好，我的皮鞋厂就是你们最后的退路！"

老爷子余成树的处世哲学，无处不在地影响着张春花夫妇。每当他们想懈怠的时候，抬头看一眼门楣上的泥巴碗，立即又生龙活虎，斗志昂扬。后来，余成树目睹了张春花开办幼儿园的各种艰辛，一个女人白手起家，从无到有，从四处搬迁，到拥有自己的园所，建起自己的教学楼、食堂和宿舍楼，他不由得感慨这个儿媳妇比自己有魄力多了，但他更心疼张春花这一路走来有多么不容易。这个要强的儿媳，通过艰苦卓绝的努力奋斗，硬是把原本一个"泥巴碗"，打造成了一个坚不可摧的"金刚碗"！

后来，老爷子余成树在2024年去世的时候，留下了宝贵的八字遗言——和睦相处，开源节流。和睦相处是希望整个大家庭和和睦睦，家和万事兴；开源节流，是深知张春花的不容易，张家和余家两大家族都有许多人在幼儿园工作，幼儿园教职工也多，开支必然少不了，大家都要节约，不要浪费，幼儿园办到现在这个规模不容易，不能大手大脚地浪费把幼儿园搞毁了。

时代大潮浩浩荡荡，奔流不息。每一个时代都有亲历者、记录者、奋斗者，都有一个一个的凡人榜样。其实，一代人有一代人的青春，一代人有一代人的追求，每一个时代都有燎原之火。

张春花和余宪骐的家庭，是中国大地上的一个极为平凡、极为困苦的家庭，是中国千万个普通家庭的一个缩影。时代大潮风云变幻，这个普通的家庭像一叶扁舟，在大海风浪中随波起伏前行，乌云、闪电、暗礁、恶浪，无论命运的小舟怎样颠沛流离，张春花的父亲张德好、公公余成树、她和余宪骐，他们都是一个家庭的顶梁柱，一个时代的燎原之火，在生活的汪洋大海中，坚定地摇橹驶向远方的信心从未动摇。远方，就是希望，就是日子的奔头，就是幸福的彼岸！

第四章
创办庆龄幼儿园

颠沛流离的四次搬迁

改革的大潮，来自远近叠加的浩荡之势。张春花每天从广播里、报纸上得知谁创办了企业，谁又下海了，创业的激情和压力每天都在心中激荡着，她感到自己的胸膛里好像绑着一只困兽，随时都会破胸而出。

张春花从单位辞职回家以后，正好孩子在家没有人带。不用上班的她，每天就带着孩子在外面四处寻找适合办幼儿园的场地。

7月的天气，骄阳似火，当时没有空调，人们坐在家里都汗如雨下，张春花却抱着孩子，一条街道一条街道地寻找，生怕错过任何一个"房屋出租"的招牌。

天空中没有一片云，没有一丝风，头顶一轮烈日，街道两边的绿化带及树木全都被烈日晒得无精打采地耷拉着。张春花一路上不停地擦着额头上的汗水，身上也全被汗湿透了，孩子抱在怀里，也是热得不停地哭。张春花就找一处树荫底下，休息一会儿，擦汗，喝口水，再给孩子喂喂奶，哄哄孩子。

当时张春花的内心和天气一样火热，创办幼儿园的信念无比的坚定，一定要在9月顺利开班，不然，又得等一年。但是，只有两个月了，场地还没有找到，她那段时间茶饭不思，连晚上做梦都在找场地。才辞职了半个月，她整个人就变得又黑又瘦，憔悴了许多。

功夫不负有心人，经过半个月的奔波，张春花终于找到了一处私房，院子很大，其中正好有一间50多平方米的房子要出租。由于第一次准备招生，张春花心里也没谱，想着自己先租一间房，招收一个班的学生试试水。

经过和房东交涉，谈妥合同事宜后，张春花立马签了租房合同，马上就开始进入开办幼儿园的筹备工作。一切都是新的开始，终于开始创业了，激动不已的张春花一开始虽然有点手忙脚乱，但总体来说是有条不紊地把她和丈夫私下推演了无数遍的创业计划一步步地变成现实。

第一步，她安排丈夫余宪骐写了很多招生小广告，余宪骐的字写得好，他写了几百张小广告，接着就号召全家人出去帮忙贴小广告；第二步，张春花紧锣密鼓地请木匠开始打造课桌课椅，购买一些简单教学设备和生活设施。

张春花当时在蔡甸区小有名气，她是优秀的幼教名师，又在县教委借调工作过。小广告打出去以后，有些家长慕名而来，第一个前来的家长是一对外地来武汉务工的夫妇，孩子3岁了，一直在老家。他们每次回去，孩子看到他们都很陌生，也不和他们睡，妈妈很心酸，偷偷地哭了几次，想着自己出来打工就是为了给孩子一个更好的成长环境，现在孩子和自己都不亲，完全背离了他们打工赚钱的初衷。这马上就到了上幼儿园的年龄，再也不想让孩子当留守儿童了，准备把孩子接过来上幼儿园，两个大人苦一点，把孩子带在身边，参与孩子的成长，毕竟童年只有一次。

张春花听完家长的话，感触很深，自己也是妈妈，只要父母有一点点办法，也不会把孩子留在老家不管。张春花立马接收了第一位学生，并且决定将学费定为50元一个学期，这个标准比县里幼儿园便宜了一半都不止，并免费为孩子们发放学前班教材。第一个学生顺利招到了，一传十，十传百，张春花的幼儿园很快迎来了第二个、第三个学生……

在当年9月开学前，张春花共招收了18个孩子，这18个孩子的父母大多数都是外来务工人员。张春花把幼儿园命名为"春花学前班"。

1988年9月1日，春花学前班正式开园了，张春花开设了语言、美术、音乐、体育和游戏等8门课程。她身兼数职，一个人承担了教学、管理和后勤等事务。虽然只有18名学生，但她仍然像对待正规幼儿园的工作那样，对这些孩子精心培养，耐心照料。她对学前班加强管理，严把教育质量关，同时，张春花亲和力强，待这些孩子如同己出，有些家长因工作关系接孩子的时间晚一些，她就把下班时间延长到傍晚，而有的家长仍旧不能按时接回孩子，她便把孩子带回自己家里去并提供食宿。她严谨认真的教学和对孩子热诚的爱，感动了家长，她的工作很快赢得了更多家长的信赖和社会的支持，后来入学的孩子不断增加。

梅花香自苦寒来。1988 年底，第一学期结束后，新一年的招生任务又开始了。这次，张春花再也不需要到处贴小广告，慕名而来的新生就有 40 人，原来租下的一间民房，只能开一个班，已经容纳不下这么多孩子了，必须搬家，换一个更大的场地。

武汉冬天的公园也别有一番景色，公园里那如火焰般的枫叶，忽地全部飘落了，只留下几片顽强的枯叶，依然在树梢摇摆。梅花已经蓄势待发，白的、黄的、红的花苞都已饱满，准备在这个冬天，一展自己的风采。当别的家长还在趁着寒假，带孩子去公园玩一玩的时候，无心领略武汉冬天公园景色的张春花夫妇，又开始到处找房子。

张春花夫妇一心只想尽快找到新的教舍，在新学期开学时，让学生都能在宽敞明亮的教室里上学。武汉的冬天是真冷啊，地都冻裂了缝，小北风像刀子似的猛刮，大雪满天飞，风呜呜地吼了起来，刀子一样的风总是时不时地狠狠地刮过来，卷起她一头乱发，皮肤都吹得生疼。虽然戴了手套，她的手也冻得揣在衣兜不敢拿出来……

有一次，张春花外出找场地，很晚才回来，冰冷的冬夜，寂静的街道上空无一人。天空中飘洒着鹅毛大雪，落在地面便迅速凝结成一层厚厚的冰。远处的屋檐下，晶莹的冰柱如同无数透明的泪珠，闪烁着寒冷的光芒。那一刻，天地都莽苍苍的，她看不清远方，眼看快过年了，她心里焦急万分……

张春花夫妇四处奔波，却一直没有找到合适的房子。如果在寒假找不到合适的位置，新学期开学，40个学生该如何安排呀？夫妻俩心急如焚，张春花更是急得整夜整夜睡不着。余宪骐看在眼里，急在心里，他虽然嘴上不说，但内心的焦虑不比张春花少。余宪骐私下里到处托人打听，只要有一点点消息，就不顾外面天寒地冻，立马出去看场地。

功夫不负有心人，终于有好消息传来，原汉阳一中那边有几间闲置的平房。张春花听到这个消息喜出望外，第一时间赶过去，找到负责学校这块闲置房的责任人，房间的大小都很满意，就是户外场地杂草丛生，一片坑坑洼洼，没有一块地是平整的。为了能将室外的场地平整为一个学生操场，时间紧，任务重，张春花没有一丝犹豫，签好合同后，立马开干！不就是户外场地不平整吗？那就不休息，不分日夜地平整场地。

平整场地，首先得把地面上的杂草清理干净，临近春节，找不到工人，张春花夫妇为了赶工期，就把孩子丢在家里，由公公帮忙照看，两人从早到晚地清理杂物，铲除障碍物。由于常年没有整理，那些杂草已经茂盛得很，根系发达，没办法，两个人买来两把镰刀、一把铁锹，就开始割杂草。冬天，寒风凛冽，在户外手都不敢伸出来，但是为了赶工期，夫妻俩手套一戴，马不停蹄地开始割草、翻地，低洼的地方需要填土，高出来的地方需要铲平，天寒地冻，杂草硬得像一把把锯齿，即使戴了手套，拖拽的时候也会把手扎得生疼。夫妻俩没有打退堂鼓，割下的杂草，他们还要拖到附近的垃圾场去。

为了把场地彻底腾空，两人又去借了一辆板车，一车一车地把清理出来的杂草、障碍物往垃圾场上运，不知拖了多少趟，两人从开始穿棉袄工作，到热得一件一件地脱，最后只穿了一件单衣，依旧热得汗流浃背。为了节约时间，中午就在旁边啃个馒头，中间也没有休息一下，马上又投入平整场地的工作中。经过几天的辛苦劳动，这片户外活动场地终于有了操场的雏形。40个学生终于有地方上体育课了，张春花心里的石头这才落了地。

学生多了，就得分两个班，张春花一个人明显应付不过来了，这个时候正好张春花的妹妹没有工作，张春花就把妹妹叫过来，帮她带一个班。那时候教育制度没那么完善，办幼儿园并不需要营业执照，老师也不需要幼师资格证，两姐妹一人一个班，白天教书，晚上教妹妹如何当好幼师，同时业余时间再购买一些教学设备。就这样，1989 年 2 月，春花幼儿园在新校址又顺利开园啦。望着这五六十个孩子，张春花心里像喝了蜜一样，之前找房子的艰辛，赶工期的辛劳，在这一刻，都觉得值了。

很快春花学前班迎来了高光时刻，由于张春花幼教经验丰富，在当时的公办幼儿园还停留在仅仅是帮家长带孩子阶段的时候，她已经在学校尝试教孩子们美育课程，培养孩子们的艺术细胞。1989 年的六一儿童节，张春花为孩子们精心编排的舞蹈节目，竟然获得了全县二等奖。这下可更不得了，孩子在春花学前班上了一学期，像是脱胎换骨变了一个人，学到的知识让家长都感到很惊奇。春花学前班在汉阳县名声大噪，不管是教学质量还是管理水平，都得到了广大家长的一致好评。金杯银杯不如老百姓的口碑，到了当年 7 月招生季，好口碑就是金字招牌，这次招生，新生增加到了100 个。

从刚办班时，张春花四处借钱，一无房屋，二无资金，三无教师，从一间房子，18 个孩子，开始创业，教学、管理和后勤等工作都由她一人承担，到短短一年后，她的学前班已具备了幼儿园的雏形，学生家长争着报名入园，张春花付出的心血终于有了回报。

创业以来，张春花殚精竭虑，她把自己全部的爱都扑到了学生们身上，但独独忽略了对自己儿子的爱。因为夫妻俩每天早出晚归，根本没有时间管儿子，她就把儿子丢给了公公余成树照料。余成树很喜爱这个白白胖胖、漂亮可爱的大孙子，但他此时还有皮鞋厂的工作要兼顾，不可能全心全意帮张春花带孩子。明事理的老人知道创业之初千辛万苦，不能有一丝一毫的懈怠，在孩子断奶之后，他就把余章曲带到了自己的工厂里，由工厂的女职工轮流帮忙照看。工厂有一个小食堂，余成树特地每天给孙子做一点孩子爱吃的可口饭菜，为了给孩子增加营养，他还满大街地去买新鲜的炼乳给孙子喝。

一次，余章曲在张春花上班的时候，突然开始大哭大闹，余成树怎样哄也哄不住，最后被哭得心烦意乱，实在没有办法了，就抱着孩子跑到了春花学前班去找张春花。

当时，张春花正在给孩子们上课，余成树抱着孙子站在教室门口整整等了一堂课。其实，张春花上课时透过教室的窗户，早就看到了公公抱着儿子站在教室门口，但她不为所动，坚持上完了一节课。下课后，她才急匆匆地跑出来问："爸，你咋来了？怎么把孩子也抱来了？"

"春花呀，爸爸理解你创业很累很辛苦，但爸爸要说你，你把别人的孩子照顾得那么好，但是自己的孩子不能不管不顾啊！今天小章曲一直哭个不停，一直哭着要找妈妈，几拨人都哄不好他，我怕孩子有个啥毛病，只能把孩子带过来找你了。"

余章曲看到妈妈，此时已经会说话走路的他，赶忙从爷爷怀里挣脱出来，一下子扑到张春花怀里，哭着喊："妈妈抱！妈妈抱！"

看着儿子渴望的眼神，听着孩子沙哑的哭声，张春花忍不住内心一阵酸楚，她的眼泪一下子汹涌而出！是啊，为了创业，为了办好这所幼儿园，儿子出生后，自己基本没有好好地管过他一天，自己可以说是一个好老师、好园长，但不是一个好妈妈。那一刻，作为妈妈这个角色，她感觉天大地大，但却无比汗颜，有点无立足之地之感……

后来，随着要求入园的孩子越来越多，迫使她不断扩班，因为房东涨房租等原因，又经历了几次搬迁。每次搬迁时，租赁房屋，装修整理，添置课桌、用具等繁重事务，除余宪骐协助外，绝大部分工作都由张春花亲自动手，一点一滴地完成。

张春花创办幼儿园的四次搬迁故事，正是她早期创业波澜壮阔的发展历程，是当时民营企业发展的一个真实写照：热气腾腾又杂乱无章，热烈、懵懂、粗暴、简单。

幼儿园租用了汉阳一中的这个房子，终于改造好了，别人却突然通知他们要拆除，无论怎么求都不松口。这可怎么办？办幼儿园又不像开早点摊，随时可以撤档子，这么多报了名的孩子，不能让人家没有学上啊！

后来，余宪骐通过打听，才得知一些内幕：原来，张春花办的幼儿园声名远播，有老师告状说她是利用了汉阳一中重点中学的名声，才突然招了这么多孩子，怕她是民办幼儿园，出了事中学要负连带责任，因此才说房子马上要拆除，让他们赶快搬迁。经过余宪骐苦苦做工作，最后校方答应给他3个月的搬迁期。

张春花和余宪骐快马加鞭地找地方，很快，他们找到一个合适的场地，一口气租了4幢民房，短时间内改造成了一个幼儿园的雏形，这才把孩子们全都搬到了新教室上课。两口子像经历了兵荒马乱，反复给家长做工作，好不容易才保证没有一个学生流失。

然而，孩子们刚刚稳定下来，问题又出现了。房东见学生人数越来越多，有点眼红，但他当时并没有表现出来什么。到了开学季，他却找到张春花说孩子们太多，非常吵闹，令他神经衰弱，另外孩子们大小便，非常熏人，等等，他虽然并未提及要增加房租，但"司马昭之心路人皆知"。没办法，张春花只有给他增加房租，才让这学期安全度过了，但是，这种颠沛流离的搬迁生活，却让她心里一点安全感都没有，她做梦都想拥有一所真正属于自己的幼儿园。

回忆起那段搬家岁月，张春花不无感慨地说："几次搬家，都是在夏天，简直把人拖垮了，一下子好像老了十几岁。"这份辛苦换来的是，春花学前班的孩子人数在不断增加，18、40、100、200、240，学生人数呈直线上升。

　　口碑是最好的宣传，当时，春花学前班是武汉首个民办幼儿学前班，在全国都没有此先例，为什么越办越好，这么受家长好评呢？这除了它适应于改革开放的潮流外，更与张春花超前的教学理念和严把教学质量关，同时不断改善服务态度密不可分。张春花对聘用的年轻教师，既从生活上热情关心她们，更从工作上积极培训她们，她以自己的专业知识和工作经验，亲自为她们上示范课，使一些经验不足的青年，经过一定时间的培养、锻炼，业务能力有所提高，职业的责任感有所增强。有些家长因工作关系不能按时来接孩子，张春花就延长下班时间，甚至把个别孩子带回到家中并负责食宿。解决了家长的后顾无忧，园长和老师的态度又如和煦春风拂面，因此要求把孩子送到春花学前班的家长，也就越来越多了，甚至出现公办园的孩子转学到她这里来的情况。

　　除了家长的好评，春花学前班的教学质量也经受住了教育主管部门和有关单位的多次检查，均受到高度称赞。一位来检查的领导，深入调研了春花学前班的情况，又试听了她的课后，动情地说："春花学前班的开办，一方面缓解了城镇学龄前儿童入园的困难，发展了地方幼教事业；另一方面也解决了 8 个待业青年的劳动就业问题，取得了显著的社会效益和经济效益。春花学前班是改革开放大潮中的产物，它的创办人张春花就是潮头上的一个弄潮儿！"

　　家长的认可、领导的高度肯定，让她激动不已，看到自己的辛苦付出终于得到了回报，张春花脸上露出了欣慰的笑容。看到自己钟爱的事业一天天发展壮大，张春花心里有说不出的喜悦，浑身有使不完的劲。但面对入园幼儿越来越多的情况，她心里明白，用租民房办"游击队"式的幼儿园，设施设备与正规幼儿园还有巨大差别，无法满足发展的需要，未来也是没有生命力的。

此时张春花有一个更大的梦想：准备在3年之内，自筹资金购买几亩地，建造一座花园式幼儿园，至少能容纳400个以上的孩子在这里生活和学习。

青年人梦想的力量是伟大的，是一种向上仰望的力量，是一种长江江流般滔滔不绝的澎湃动力，但是实现梦想的过程是艰辛的，要承受常人难以想象的苦难。实现梦想需要"乱云飞渡仍从容"的定力，需要"咬定青山不放松"的坚韧，需要"敢叫日月换新天"的气概，更需要"不破楼兰终不还"的决心。

蜗居岁月

张春花儿子出生的第二年，女儿余章垚也出生了。

公公余成树开皮鞋厂，赚到了一些钱后，在老家建了一栋两层的小洋楼，家里条件一下子发生了翻天覆地的变化。这栋小洋楼原本是安排大双和小双两家人各住一层，但是张春花却大度地放弃了家里的房子，一家四口人一直蜗居在丈夫余宪骐在汉阳一中分的一间宿舍里，日子虽苦，但是一家人其乐融融。

公公余成树不愿和小双住在一起，他放着大房子不住，宁愿挤在儿子余宪骐和儿媳张春花的一间小房子里住。

公公余成树还有别的心思，经历过创业之苦的他就是怕儿媳张春花创业太累了，两个孩子无人照顾，自己可以帮他们带带孩子，减轻他们的压力，让两个年轻人可以安心放手地去创业、去上班。

不跟其他子女住大房子，非要和他们挤在一起住，老人就一句话：跟着春花他们一家人住在一起，开心、舒坦！

余成树不愿意跟自己其他子女住在一起，其实也有更重要的原因：老人被这些子女伤透了心！余成树中年丧偶，他一把屎一把尿地把8个孩子拉扯大，为了改变家族的命运，他又只身南下打工，学习制作皮鞋的手艺，回来开办工厂，一个人担负着厂长和会计等多种岗位，辛苦地操劳，让他整个人老得很快。一心让孩子们能过上好的生活，为这个家殚精竭虑的老人，平时难免疏于对孩子们的培养和教育，余家的孩子成长路上，各自为战，长大之后兄弟姐妹之间表现得并不是特别团结。

余成树在家里的私宅上建起了全村第一栋两层的小楼，除了出嫁的女儿，每个孩子都有一间房子住，他尽到了一个父亲的职责。但是让他伤心的是，除了老七余宪骐外，其他几个孩子没有体谅他一个老父亲的不容易，他们会为自己住哪一间房而扯皮，对老人也少了一份关心和嘘寒问暖，这让老人心生无限悲凉。

余成树最小的儿子小双，年少时不像双胞胎哥哥大双那样爱学习，早早辍学在家。为了让小儿子有一技之长，余成树安排小双在工厂里做业务员，余成树手把手地教他，想把全部手艺传给小双，但是小双明显不是这块料，他耐不住性子，对做皮鞋这么复杂又枯燥的工作，一点兴趣也提不起来，反而是对四处出差跑业务这份工作情有独钟。余成树没有办法，就只好培养他去做一名优秀的业务员。

余成树是靠诚实和厚道起家，他的发家之本也是人品好、手艺好、服务好。跑业务找销路是一个企业发展的命脉，看到儿子喜欢跑业务，余成树就倾囊相授，他反反复复说的两点就是人品要正，对客户服务要好。做生意要以诚待诚，千万不能弄虚作假，更不能忽悠人。老人的谆谆教导，小双根本没有听进去，最后一个偌大的皮鞋厂，竟然还是栽在小双手里。

有一次，皮鞋厂完成了一个大单子，给外地一家单位发了上百双定制的皮鞋，小双作为业务员，押着货物送去后，收了货款却好多天没有回来，这让余成树担心不已。一个多星期后，小双灰头土脸地回来了，余成树催他交货款，小双眼神躲闪，不敢回答，这让余成树心生一种不好的预感。最后，在催逼之下，竟然得知了一个晴天霹雳般的消息：小双不知何时迷上了赌博，这一批巨额的货款，被他在外地赌博输了个一干二净！为了扳回本，小双还找人借了钱，结果同样输进去了！

这笔货款是余成树的皮鞋厂赖以生存的生命线，创业艰辛，他没有找银行贷款，都是靠着勤扒苦做一分一厘攒下来的，工厂的每一分钱都用在刀刃上，整个生产线绷得紧紧的，这笔钱不光要给工人们发工资，还要购买制作皮鞋的皮料、鞋底等，几百双皮鞋的成品货款竟被这个不成器的儿子输光了! 余成树眼前一黑, 一头栽倒在地上。完了! 全完了! 自己辛辛苦苦打下的江山, 都败在这个小儿子手里! 悲痛、伤心、无助让老人号啕大哭, 又无可奈何。

余成树悲伤之余, 唯一支撑他活下去的希望是, 他从儿媳张春花身上看到了温暖和亮光, 那束光, 温暖而柔和, 扫清他心头的阴霾, 也照亮整个家族的天空。他坚定地认为: 这个儿媳绝对与众不同, 未来一定可成大器, 余家人一定会享她的福!

张春花进了余家门之后, 把上上下下的关系都维持得很好, 余家兄弟姊妹之间磕磕绊绊的事情也发生得少了一些, 这中间主要是张春花舍得吃苦, 舍得付出, 虽然她当时工资微薄, 但是只要回余家, 一定会给每个人都带一份礼物。她对公公更是孝敬有加, 除了经常给公公买一些衣物和水果之外, 还虚心向公公请教创业中的一些难题, 公公也经常会给她一些真知灼见, 这也让张春花备受鼓舞, 感动不已。

后来, 余成树坚持要跟张春花一家人住在一起, 可十几平方米的小房子怎么住得下三代五口人, 这可怎么住呀!

至今提起那一段持续了几年之久的蜗居岁月, 张春花脸上没有一丝的难过, 反而是一阵朗朗的笑声, 她认为那是她虽苦尤甜的一段温情时光。由于房子太小, 没有卫生间, 也没有厨房, 为了迎接这个一心想和自己一家人住在一起的爱凑热闹的公公, 张春花夫妻俩把自己住的一张大床靠在墙边,他们夫妻和两个孩子住在床上，又在床的另一头拉了一块布帘子，在进门的地方，支起一个沙发。这个小沙发就成了公公余成树的床。

余成树特别满足和幸福。能跟着他最喜欢的儿子和儿媳住在一个屋檐下，老人心中充满了安全感和幸福感。由于房间里没有厨房，也没有卫生间，仅仅是一个睡觉的地方。在公公余成树到来之前，还有一张书桌，供张春花学习备课之用。公公来了之后，书桌实在放不下了，张春花只有坐在床上背靠着墙壁拿着书本备课。

每天晚上，张春花一家四口挤在一张 1.5 米的小床上，张春花睡在最里面，余宪骐则睡在最外面，紧贴着床沿，两个孩子睡在夫妻俩中间，晚上连翻身都不敢翻，生怕压到孩子或掉到床下去了。

武汉的夏天天气炎热，即使到了晚上，也没有一丝丝凉意，房子本来就小，加上住的人多，房间又没有一个衣柜，两个孩子的东西和大人的衣物也都堆在床头。那个时候没有电扇，为了躲避酷暑，左右邻居们会在傍晚时分走出房门，到学校操场上纳凉。

纳凉时，要先提几大桶自来水，把操场上都泼湿了，这样才能迅速降温，然后再把竹床、竹椅、凉席都搬出来。那时，每家每户都有固定的位置，这时蒲扇也成了必备物品。男人们袒露上身，光着脚丫，摇着蒲扇，女人们则穿着轻便的汗衫短裤，大家在操场上一字排开，白天工作都忙，各忙各的，晚上大家聚在一起，拉拉家常，分享生活中的趣闻轶事。有时会有邻居提上一大桶井水，泡上一个十几斤重的大西瓜，等西瓜凉透之后，再用大刀切开，见者有份，清凉的井水泡出来的西瓜，甘甜爽口，一口下去，沁人心脾，让人暑意尽消。小时候的西瓜那么的甜，纳凉的孩子们，一人抱起一块啃，由于西瓜块切得很大，孩子们围成一圈蹲在地上每个人啃完一大块西瓜，相当于每人洗了一次脸，孩子们脸上都沾满了西瓜汁，红彤彤的，逗得一旁大人哈哈大笑……

学校的家属院里有一排挺拔的梧桐树，每年梧桐树的叶子青了黄，黄了又青，水泥地的院子成了孩子们撒欢的天堂，每天放学后，大院里的孩子在这里玩玻璃珠、跳绳、单腿斗鸡、用废作业本叠的纸牌玩游戏，各种游戏玩得不亦乐乎。直到开饭时间，孩子们才各自被父母叫回家去。

晚饭后，皎月升起，月华如练，树上知了的叫声，池塘里的蛙鸣声此起彼伏，形成了美妙的小夜曲。童年的夜是多么的美好呀！童年的邻居们是多么的亲呀！那时邻里和睦相处，其乐融融，这种局面在今天城市里再也难以看到了。

很多年后，张春花和孩子们都怀念在汉阳一中的那段美好的蜗居岁月。每天傍晚茶余饭后，人们躺在竹床上乘凉，谈天说地，小孩子们则躺在竹床上看书，享受着父母用蒲扇送来的凉风，渐渐进入梦乡。这种简单而温馨的生活方式，时间很慢，娱乐很少，但是亲情却因交流频繁而丰盈，大人无焦灼，孩子无抑郁，生活简单而快乐。

改革开放后，电风扇开始普及，后来空调也进入寻常百姓家，晚上在外纳凉的人已不多见了。曾经纳凉用的竹床、蒲扇和竹躺椅等，这些老物件慢慢地淡出人们的视野，退出了生活圈，成为"古董"和远去的一道风景。还有孩子们最爱的月光下露宿，望着夜空数星星、看牛郎织女星的日子也不再有了，都留在了美好的记忆中。

带娃的张春花苦啊，她也想晚上去外面纳凉，但是外面蚊子多，两个孩子都还小，蚊子最喜欢叮咬小孩子了。天热，两个孩子哭；被蚊子咬，两个孩子也会哭。张春花公公和老公都去外面纳凉了，她独自一个人待在家里，带俩孩子。担心被蚊子咬，床上安了蚊帐，蚊帐虽然可以防蚊子，但是也把风挡在了外面，蚊帐热得像蒸笼。张春花坐在两个孩子旁边，一刻不停地扇扇子，而她自己汗如雨下，头发湿得沾在脸上了，都来不及下床洗把脸，因为扇子一停，俩娃就会热得哇哇地哭，只能不停地扇啊扇，胳膊早就酸了，还得咬牙坚持。看着两个孩子安静地躺在床上，嫩小的脸庞上洋溢着甜美的笑容，慢慢地进入梦乡，整个世界这才安静下来，又困又乏的张春花顾不上闷热，也倒头就睡着了。

创业到处需要用钱，张春花的钱都投到幼儿园上了，余宪骐的工资则都花在养育两个孩子上面，两人几年都没有舍得做一件新衣服，家里只要是有点吃的、穿的，都用在孩子身上，偶尔炖一次鸡汤，他俩从头到尾都舍不得喝上一口，更别说吃一块鸡肉了，他们总是最后把一些孩子不要的鸡头、鸡脚捡到碗里，算是打了牙祭。儿子余章曲早早断了奶，女儿余章垚人虽小，吃奶量却很大，张春花身体的营养跟不上，奶水明显不足，女儿吃不饱，饿得直哭。那时候生活条件不好，没有奶粉之类的东西，实在是太饿了，就煮点米汤水来喂孩子，整个夏天就这样熬过来了。

张春花夫妇互相鼓励，心想只要熬过了夏天，天气变凉快了，就没有了蚊子、苍蝇叮咬，日子就没有那么难过了。谁知道冬天到了，却更加难熬，张春花白天都在幼儿园忙工作，根本顾不上两个孩子，奶水基本上也没有了，两个孩子都还小，没有奶粉，只能买高干粉替代奶粉，高干粉是什么？现在的孩子喝的都是添加了各种营养成分的配方奶粉，在那个年代，没有条件买配方奶粉，就喝高干粉，高干粉是传统的婴儿食品，也是一种熟面粉，俗称"断奶神器"，这种熟面粉可以被用来制作成各种婴儿食品，如糕干粉、饼干、面包干等。配方奶粉用温水冲就可以了，但是高干粉需要煮。

张春花住的宿舍楼，一层共用一个厨房，厨房离房间还隔着好几个房间的距离，大半夜的，孩子哭起来了，冬天不管多冷，都得从被窝里爬起来，穿好衣服，穿过长长的走廊，去厨房里为孩子们煮高干粉。那时候没有取暖器，更不用说空调了。严寒的冬日晚上，张春花夫妇轮流起来煮高干粉，站在炉子旁，冻得鼻涕直流，人直哆嗦。煮好后，还得放温了才能喂孩子，这个等候的时间较长，孩子已经哭得稀里哗啦的了，公公余成树这个时候就起到了大作用，他胡乱披件衣服就从沙发上爬起来，抱起孩子不停地在房间里来回踱步，轻抚孩子的后背，哼着儿歌哄孩子。等高干粉终于变温了，赶快喂孩子嘴里，孩子也就瞬间不哭了，嘴巴里哼哼唧唧地发出满足的声音。孩子刚吃完，又不能马上睡觉，公公余成树就陪着玩一会儿才能入睡，不然容易积食，消化不良。

其实，张春花和余宪骐熬得早都睁不开眼了，有公公陪孩子们，疲惫不堪的两人，几乎是一秒入睡。而公公余成树则要强打起精神，陪孩子玩，孩子吃饱了玩好了，哄入睡了，而老人的睡意过去了，反而睡不着了。孩子吃饱了，又要担心尿床，那时候也没有尿不湿，都是用尿布，过一会儿就得起来给孩子把尿。每天每晚就这样周而复始地熬着，终于有一天余成树也累倒了，长期的睡眠不足，使其抵抗力下降，老人开始咳嗽发烧了。为不传染给孩子，老人生病期间主动地搬回了老家住。

公公走了，晚上孩子还得继续哄啊，余宪骐为了让张春花休息好，老大让她带，小的余宪骐带。为了哄孩子，余宪骐想到一个好办法，把两个孩子手腕各系一根绳子，这头系到余宪骐手腕上，孩子只要一哭，余宪骐就摇一下绳子，哄孩子玩，没承想这个方法还蛮奏效，不需要每次一哭就马上起来，孩子们哄哄也就睡着了。

那个时候，张春花夫妻俩最大的愿望就是可以好好地睡一夜整觉。两人白天要忙工作，晚上要带孩子，夫妇俩每天疲惫不堪，筋疲力尽。余宪骐长得帅气，也是一个十分讲究的人，但那段时间却每天胡子拉碴的，眼睛熬得通红，好像永远没睁开的样子。张春花本来就瘦，两个眼圈发黑，眼窝深陷。有一次，夫妻俩下班后走在路上，遇到一个许久不见的老熟人，那人看到他俩惊讶得不得了，连问你们俩人这是怎么了，两个人都憔悴不堪，瘦得几乎没有人样，夫妻俩也不知道怎么解释，也只能摇头苦笑，日子还得一天天地熬下去。

一直等女儿1岁后，情况才发生了好转，女儿可以吃辅食了，晚上也不用起夜煮高干粉了。张春花夫妻俩白天都要上班，公公在家带孩子，早上出门上班的时候，就放一些小饼干在床上，两个孩子醒了，自己会拿着吃，公公只用看着他们就可以了。当两个孩子都会走路后，起床后，他俩就自己跑着玩。那一层都是认识的老师家属，大家相处得都非常好，所以每家每户从不关门，刚好张春花隔壁邻居是在学校食堂工作，他们通常上午9点就下班了，他们回家时，张春花的两个孩子也都起床了，就在那里玩耍，隔壁家的孩子也都在那里玩耍，就像一群放养的小孩一样。

张春花由于忙于工作，很少做家务，做饭洗衣服的活，基本都被老公余宪骐承包了。公公余成树大气开朗，待人热情，家里只要做什么好吃的，总是会盛一些给邻居们端去，邻居们也是大抵如此，做了好吃的鸡鸭鱼肉，也从不独吃，你家他家端来端去。余家的孩子也是特别懂事，别人端来好吃的饭菜，孩子们总是等妈妈回来一起吃。这样一来，张春花每天上班回来，总是能吃上可口的饭菜。汉阳一中的那段蜗居时光，成了她生命中最美好的记忆。

有一次余成树在楼下院子里照看余章垚，余章垚突然自己走出去了，门口有一条干了的小河沟，小姑娘步履蹒跚，结果不小心一下子栽到沟里去了，幸好楼上的邻居发现了，赶紧喊人，幸好沟里没水，孩子没有什么大碍。

还有一次，余章曲在路上摔跤了，摔得头破血流，当时公公余成树非常生气，觉得张春花开幼儿园只顾哄别人的孩子，把别人家的孩子照顾得好好的，自己的两个孩子却像没妈的野孩子一样，没人照料，心中不免有点失衡。有一次，他一手抱着孙女，一手牵着孙子来到张春花的幼儿园。他气呼呼地把张春花叫了出来，说："你照顾别人的孩子，我不管，你没有时间照顾自己的孩子，那我也来交学费，你自己的两个孩子我花钱买你的照顾，总行了吧！"说着掏钱递给了张春花。张春花知道公公说的是气话，孩子放到幼儿园，自己根本就没办法工作，毕竟孩子小，一会儿就找妈妈，喊妈妈，要抱抱，那咋办？势必会导致张春花无心工作，也没办法全心全意地照顾其他小朋友。所以，无论公公怎么发脾气，张春花也没同意把两个孩子带到自己的幼儿园去上学。

"母职惩罚"是当下职场很火的一个词，主要是指现代女性多数面临着家庭与事业之间的平衡问题，但母亲身份却会带来收入和职位下降等职业发展中的不平等现象，这便形成了"母职惩罚"。当妈以后，妈妈这个角色对一个女人的挑战增多了，而最容易对立的两个角色就是妈妈和自我。所谓"搬砖不能抱娃，抱娃不能搬砖"，某种程度上形容的也是这种矛盾。当妈妈后的张春花没有经历"母职惩罚"，反而在"搬砖"和抱娃中从不迷失自我，修得两全之法，该感谢的就是丈夫余宪骐和公公余成树的鼎力支持和全力付出。

同气连枝

父母半生恩，兄妹一世情。有一种陪伴叫情系手足，不慌不忙一起长大，童年很短，未来很长，互相陪伴，互相牵挂，拥之则安，伴之则暖。

人世间，兄妹之间有着特殊的情感纽带。在一个温暖的家庭中，兄妹们从小就一起分享了快乐与悲伤、欢笑与哭泣，建立起了坚固的亲情关系。无论是一起玩耍、分享秘密，还是互相扶持、共同面对困难，兄妹之间的亲密交流使得他们在成长的过程中互相了解、信任、支持，血脉亲情天然深厚。

余章曲和余章垚两兄妹只相差一岁。一家四口再加上爷爷，一共五口人住在爸爸分配的狭小的教职工单间宿舍里共同生活了好几年。

在他们童年的记忆里，妈妈一直在忙幼儿园的事情，爸爸要在业余时间帮妈妈管理幼儿园，爸爸是老师，他的教学任务也很重，所以大多数时间就是爷爷在照看着他们，左右邻居都是他们的玩伴。妈妈晚上经常还把幼儿园里家长接迟了的小朋友带回家里来吃饭。那时候两兄妹年龄都小，看到妈妈经常带回其他的小朋友，细心照顾着，还把家里仅有的零食拿出来分给小朋友吃，做饭的时候也会多做一点小朋友能吃的菜，然后把一些好吃的都先放在小朋友的碗里，看着妈妈对小哥哥小姐姐们那么好，年幼的两兄妹吃醋了，哇哇大哭，觉得妈妈喜欢其他小朋友，不爱他们了。妹妹余章垚抱着妈妈的大腿，不停地哭闹，要妈妈抱抱，孩子这个时候正是撒娇的年龄，哪里受得了自己的妈妈对其他小朋友那么的好！张春花也不发脾气，在这个时候总是很耐心地用左手抱起余章垚放在腿上，右手拉过余章曲，对他们说："妈妈不是不爱你们，而是这几个小朋友的家长还在上班，家里没有人来接他们。妈妈又要回家来给你们做饭吃，小朋友们也要吃饭，那我是不是应该把小朋友带到家里来，多几个朋友和你们一起玩耍，和你们一起吃饭，多热闹啊！"

兄妹俩对妈妈的话似懂非懂，只知道妈妈还是一如既往地带其他小朋友们到家里来。长此以往，兄妹俩已经习惯了，有时候妈妈不带小朋友回来，兄妹俩还问："妈妈，今天怎么没有带小朋友回来一起玩呀？是他的爸爸妈妈把他们接回去了吗？"张春花望着两个孩子天真无邪的笑脸，一把搂过他们，既欣慰又心疼。欣慰的是两个孩子终于理解了自己经常带小朋友回家的用意，不再吃醋打闹，心疼的是两个孩子还这么小，正是需要妈妈陪伴的年纪，而她却一门心思扑在幼儿园小朋友身上，忽略了爱自己的孩子，心里对他们充满了愧疚和歉意。

余章曲是哥哥，虽然只比妹妹大一岁，但是很会照顾妹妹，也知道心疼妹妹。在教职工宿舍楼，整个一层大家都是熟人，平时大家也都不关门的，真正是路不拾遗。哥哥从小长得白白胖胖的，很招人喜欢，妹妹年纪小一岁，有一点怕生，不像哥哥喜欢到处去串门。哥哥走到哪一个邻居家，邻居都会拿出一点零食给他吃，哥哥拿着，但是他当时都舍不得吃，放在口袋带回来给妹妹吃。

哥哥对妹妹的种种好，就像是天经地义的，不管在外面谁给他一点好吃的东西，他再怎么喜欢，也一定要带回来和妹妹分享，绝对不会吃独食。兄妹俩这一习惯一直延续到现在，两个人无论是谁，在外面吃到好吃的或者有好玩，也一定要告诉对方。后来两人均成了家，也有了孩子，两家人还是经常约在一起出去玩。这份厚重绵长的兄妹情，是现在的独生子女永远体会不到的。

两兄妹慢慢长大，到了上小学的年纪。妹妹表现得明显比哥哥更有主见，在开学季，张春花夫妇都忙，上学报名之类的，只能由两个孩子自己去，那时候学校要求也没那么严，孩子们也都是自己上下学。每次张春花都是嘱咐好妹妹，告诉她注意事项，去哪里报名，发的书本要带回来，等等。妹妹每次都是一副小大人的模样，把妈妈交代的事办得妥妥帖帖的，同时还要检查哥哥的书包，生怕他遗漏了什么。

每天两兄妹一起上学，放学后，先出来的一个一定会等着另一个出来了，两人才手拉着手一起回家。除了上课不在一个教室，其他时间两人都是形影不离的。每次家里来了客人，哥哥经常不打招呼就进屋了，关了门谁也不理，妹妹却特别懂事，嘴巴也甜，一会儿搬凳子，一会儿倒水，来招待客人，客人都忍不住夸赞妹妹机灵懂事，像个小大人一样。

兄妹俩也有吵架的时候。上学后，哥哥虽然表面看上去憨憨的，老实模样，但遗传了爸爸的学霸基因，学习成绩特别好，不管是多长的课文，读几遍就会背，做数学题也很快，自觉性也很高，每天放学回家，第一件事就是把作业做完，作业不做完，任谁都叫不动的。隔壁也有小朋友们喊他出去玩，他总是说作业还没做完呢，做完了才能出去玩。从小到大，这学习方面，基本上没有让大人操过心。张春花夫妇对他们的学习也没怎么管过，都是靠他们自己学习。即便如此，哥哥每次考试都是班上前几名，从不落后。每次开家长会，哥哥都是老师表扬的对象。家长会后，经常有家长过来问张春花是怎么培养孩子的，向她取经。张春花实事求是地说："我和他爸都很忙，根本没时间管他，都是他自己学的。"

用现在的话说，哥哥就是那个"别人家的孩子"。妹妹则不一样，妹妹聪明但是明显有些贪玩，放学路上如果不是哥哥拉着，她可以玩一路，看到野花野草，都要看半天，路边碰到小猫小狗了，也要逗一会儿。哥哥总在一旁，着急地说："妹妹，我们赶快回家吧，还有好多作业要做呢。"妹妹总是一副漫不经心的样子："不着急，不着急，我再玩一会，再玩一下下，我们就回家做作业。"哥哥在一旁心急火燎，妹妹在旁边气定神闲继续玩。有几次都把哥哥惹怒了，假装丢下她，一个人往前走，躲在妹妹看不到的地方。妹妹抬头不见哥哥，知道着急了，拔腿就跑，去追哥哥，哥哥才从旁边跳出来，吓她一跳。两兄妹就这样一路打打闹闹地回家，在这条上学的路上，也留下了兄妹俩无数的欢声笑语。

有一次放学回家后，哥哥赶快做作业，妹妹又在旁边玩，不愿意做作业。那天学校布置的作业很多，要吃晚饭了，作业还没做完，哥哥一吃完饭，又去写作业了，妹妹不仅不做作业还在旁边打扰，哥哥一气之下，把妹妹关在门外了，妹妹脾气也上来了，不停地用脚踢大门，大门被踢得梆梆响，哥哥就是不开门。妹妹大声地说："余章曲，你快把门给我打开，不然我就再也不理你了，快开门！"哥哥在里面不为所动，任她在外面不停地踢门，这时张春花夫妇看到了，妹妹以为有了救星，又喊："余章曲，你快把门打开，爸爸妈妈回来了，你再不开门，爸爸就要打你了！"但任她怎么说怎么闹，哥哥在里面依旧写他的作业，不受她的干扰。妹妹以为爸爸妈妈会帮她说话，让哥哥开门，谁知，爸爸妈妈相互看了一眼，说："走，我们俩散步去。"余章垚委屈得直哭，认为爸爸妈妈不帮她。

事后，张春花才对女儿说："首先是你不对，你自己不做作业，哥哥劝你半天，要你放学回家先把作业写完了再玩，你不听哥哥的话，一直在那里玩；其次，你自己玩不写作业，还要不停地干扰哥哥写作业；再说了，你被哥哥关在门外，这是你们之间的事情，自然由你们自己解决，我们做父母的不参与。"

余章垚看了妈妈好久，似乎听懂了，又似乎没有懂，但是从此之后，她再也不和哥哥闹了，每天放学回来，也和哥哥一样先把作业写完，再去玩耍。

1991年底，张春花花了5万多元钱在汉阳一中附近买了一栋私宅，一家人这才搬出了蜗居了几年的小房子，开启了新生活，但是汉阳一中宿舍里那段温暖而亲切的蜗居岁月，却给一家人都留下了无限美好的记忆。

庆龄幼儿园诞生记

人生之路漫漫，若有幸遇见生命中的贵人，就如星光照亮前行的道路，人生之路豁然敞亮。贵人教诲如光，照亮前行之路。

郑桓武可以说是张春花当之无愧的贵人。

郑桓武是武汉市蔡甸区蔡甸街人，1911年10月出生。青少年时代他开始接触进步思想，参加过中国共产党领导的地方革命工作。1929年3月，因叛徒出卖使中共湖北省地下省委遭到重大破坏，未满18岁的郑桓武被捕入狱，幸遇蒋介石赶跑湖北的桂系胡宗铎部，才未被杀害，只处4年徒刑。抗日战争前因政治原因被关入国民党监狱。1939年至1944年曾先后任国民党湖北省监利县、竹山县县长，他在任廉洁奉公，清匪反霸，屡创日寇。抗战胜利后，曾历任国民党军政部民兵司少将副司长、国防部民事局办公室主任等职。中华人民共和国成立前夕，与中国人民解放军城工部有过联系，为中共做过一些有益的工作。

新中国成立后，郑桓武于 1951 年因政治原因入狱。1961 年在劳改农场就业。1981 年湖北省高级人民法院撤销原判，安排其在汉阳县民政局工作。1979 年 10 月，被政协汉阳县委员会特邀为县政协第六届委员、常委，此后连选为汉阳县第七、八、九届和蔡甸区第一、二届政协常委。

根据《蔡甸区志·人民团体篇》记载：1983 年，中国国民党革命委员会武汉市委员会在汉阳县发展郑桓武、聂靖戎两名党员。同年民革党员王玉驹从广东退休回蔡甸定居。郑桓武、聂靖戎、王玉驹三人组成民革汉阳县小组。1987 年 10 月，成立民革汉阳县综合支部，郑桓武任支部主委。1992 年 10 月，举行支部换届选举，李庆成任支部主委，张行诗、张春花任委员，有党员 29 名。1997 年 10 月成立民革武汉市蔡甸区工作委员会，邓流贵任区工委主委，吕英才、田世勤任副主委，李才模、张春花任委员。

已是耄耋之年的郑桓武把担任政协常委视为第二政治生命，围绕关系人民群众生计的热点问题，积极参政议政，建言献策，提出许多反映民情民意的提案。他还积极开展联谊交友等统战工作，在他平反后的 20 年里，与旅居美国和中国台湾、香港的故交书信往来从未间断。对消除两岸旧嫌、引进外资、牵线搭桥，促进祖国统一等方面，发挥了有益的作用。

晚年郑桓武笔耕不辍撰写史料，著作颇丰。郑桓武因病医治无效，于 1999 年 10 月 27 日去世，终年 88 岁。

张春花加入民革，完全是误打误撞，最初甚至都不知道民革是干什么的，懵懵懂懂地就成了一名民主党派的党员了。

那是 1991 年的一天，第四次搬家后的张春花正带着孩子们在做操，刚好郑桓武老先生路过此地，他站在旁边看了良久，忍不住在心里暗暗称赞。他当过国民党时期的少将，也当过湖北监利县、竹山县的县长，一直非常重视教育。当时，春花学前班已改名为"春花幼儿园"，在当地家喻户晓。当时，张春花穿着白色背带裤，青春勃发，带领着小朋友做操、跳舞。

郑桓武老先生好奇地上前询问她是哪所幼儿园的，张春花回答说是春花幼儿园。老先生又问："你们园长呢？"张春花回答说："我就是。"

郑桓武老先生一直以为春花幼儿园的创办人至少有五六十岁，没有想到眼前的姑娘这么年轻，他是一位资深教育大家，见张春花很年轻并且很健谈，表示想去幼儿园参观一下。张春花爽快地答应了。

郑桓武老先生在幼儿园边看边认真倾听张春花介绍教学的理念和她办园的理想，听到幼儿园的很多理念都很先进，再看到张春花对幼教事业一腔痴情，他十分感动，就询问她是否愿意加入民革。民革是什么党派？张春花完全不了解，但是她曾听说过汉阳一中曾有一位副校长，是民主党派成员，后来调任当了副县长，仕途发展顺利。

从公办体制中离开后，张春花便没有了可以依靠的组织，此刻有人引荐自己加入民主党派，这当然也是好事，最起码自己背后也有一个组织了。郑桓武见张春花点头答应，非常高兴，第二天他就热情地将民革党章、《团结报》、入党申请书的表格带了过来。做事果断的张春花立马认真地手写了入党申请书，递交了上去。1992年6月22日，张春花正式成为中国国民党革命委员会的一名党员。

1992年10月，民革汉阳县综合支部举行支部换届选举，张春花当选委员。1993年汉阳县撤县改区，改名叫蔡甸区。张春花是民革党员，又是区里最年轻且唯一的一位民革女党员。为了培养新人，民革蔡甸区综合支部推荐张春花为蔡甸区政协常委。

加入民革和政协，成了张春花华丽蜕变的开始，她的事业也从此走上了快车道。在当年的一篇已经变得发黄的名为《弄潮女——张春花》的纪实报道中，我们可以还原当时张春花那段荡气回肠的创业经历——

1995年5月，在湖北省民革举行的"迎接第四次世界妇女大会演讲会"上，武汉市蔡甸区民革党员、区政协常委张春花演讲刚一结束，与会同志和新闻记者纷纷涌上前，索取演讲材料，采访拍照录像，赞扬她热心幼教事业、带头创办私立幼儿园的举动。湖北省民革一位资深的老大姐握着张春花的手，深情地说："春花，你真了不起，不愧是勇于投身改革的弄潮女啊！"

到 1993 年，学前班已发展到 4 个班，入学幼儿超过 240 名，春花学前班更名为"春花幼儿园"，成为武汉地区办学规模较大、教学质量较好的私立幼儿园，曾多次受到上级有关部门的表彰，并被蔡甸区教委评定为二级幼儿园。

春花幼儿园在社会上站稳了脚跟，受到社会各界的关注。然而，对幼教事业执着追求的张春花，心灵深处开始萌动新的奋斗目标。1993 年 5 月，张春花在政协蔡甸区一届一次全会上被选为政协常委。有了政协这个家做坚强后盾，她愁眉顿解，信心倍增。张春花根据社会对幼教事业的需求，大胆向民革武汉市委会倡议，在蔡甸区建一所具有现代规模的幼儿园。这一倡议很快得到了省、市民革及民革中央的重视和支持。

民革武汉市委会非常支持她的举动，经请示民革中央同意后，更名为"庆龄幼儿园"，委派她和已 83 岁的蔡甸区政协常委郑桓武作为筹建组负责人。

张春花创办"庆龄幼儿园"的消息传开后，有人说她有胆识，有气魄；也有人为她担心："筹建现代规模的幼儿园，没有百八万元做资本，谈何容易？"张春花正视眼前的困难，以顽强的毅力向新的目标逼近……

在蔡甸区政协和郑桓武老先生的帮助下，张春花首先向蔡甸区委、区政府和土地部门写报告，请求在姚家山开发区内征用4亩土地。蔡甸区领导高度重视，立即拍板：全力支持。以梅载书主席为首的区政协领导，为幼儿园的选址、征地、筹措资金，耗尽心血。为使幼儿园能早日建成，梅主席四处呼吁，多方协调，很快于1994年在姚家山开发区征得4亩土地。

有了立足之地，资金如何解决？张春花以一般人少有的胆识，采取自筹、民间集资和社会捐资等形式，到1994年7月，筹措资金30万元。随后又以自己私有财产做抵押，向中国银行蔡甸支行贷款20万元，终于使新园在1994年8月正式奠基动工。

在基建的日子里，张春花整天奔波在工地、幼儿园和家庭这个三角线上。办手续、筹资金、跑材料，同时，还要搞好教学，照顾好家庭。为了办成一件事，她无数次地找有关部门求援，磨破嘴皮。有时，她也痛苦过，动摇过，甚至暗地里流过泪。关键时刻，又是梅主席用慈父般的语言鼓励她："干事业是不需要眼泪的，成功是属于勇于拼搏、百折不挠的人。"

当年8月，整个工程开始施工。体质纤弱的张春花，除了在工地、幼儿园和家庭这个三角线上奔波外，还数次到砖瓦厂、水泥厂和物资部门，寻求优惠门路，帮助施工队组织建筑材料。她通常是骑着自行车，风里来，雨里去，饱受常人难以忍受的艰辛，回到家，她浑身累得像散了架似的，躺在床上动也不想动。

通过近一年时间的施工，庆龄幼儿园一座建筑面积千余平方米的三层教学楼拔地而起。楼房正面，洁白的马赛克镶嵌得整齐划一；宽敞明亮的室内，水磨石的地面平如水；三楼楼顶那长城模样的围墙，更使这座楼房耀眼夺目。庆龄幼儿园 1995 年 9 月正式向社会招生，目前已招收 8 个班，400 余名幼儿。园内 2000 平方米的游乐场地，也开始了园舍绿化、玩具设备布设等配套工程。为方便幼儿入园，张春花还在蔡甸城区内设立几个接送点，配备一辆交通车，坚持每天接送幼儿。张春花圆了理想的梦，以实际行动向人们昭示：有志者事竟成！

在张春花走向成功的征途上，每时每刻都得到各级组织和社会的关怀，她曾说过："我热心幼教事业，创办私立幼儿园，离不开各级组织和社会的关怀，这是我前进的动力和成功的源泉。"真是肺腑之言啊！原汉阳政协副主席尹明阶老人主动把自己的孙子送进春花幼儿园，以示支持。在筹措庆龄幼儿园建设资金时，民革党员、蔡甸区政协常委郑桓武老人捐出多年积攒的万元稿费。武汉市民革副主委胡昌民先生为动员社会捐资四处奔波，并多次赴京到民革中央汇报情况。庆龄幼儿园主体工程完工前夕，武汉市教委副主任苏荣发亲临工地视察，热情支持张春花。蔡甸区委、区政府领导也多次到工地了解情况，帮助解决具体问题。

令张春花终生难忘的是，全国人大常委会原副委员长、民革中央主席李沛瑶对庆龄幼儿园的深切关怀。李沛瑶得知张春花筹建庆龄幼儿园的消息后，心情激奋，应邀为庆龄幼儿园题写"武汉市庆龄幼儿园"的园名。

在政协领导的关怀和支持下，张春花克服各种困难，顽强拼搏。为了抢工程进度，烈日炎炎她冒着高温和施工队一起吃、一起干，每天与施工队干到转钟才休息，又趁凉爽早上4点钟就起来。为了节省资金，她和丈夫余宪骐一起顶着烈日自己动手修玩具，刷油漆。经过艰苦卓绝的奋斗，一座美观漂亮的教学楼拔地而起。

1995年8月23日举行了隆重的开学典礼仪式。庆典是由武汉市民革副主委胡昌明主持，湖北省政协副主席沈克昌、蔡绍芝，市政协副主席李家友，市委统战部部长胡照洲，区委书记李育矩，区政协主席梅载书等领导同志及海内外华侨亲临现场祝贺，并为庆龄幼儿园剪彩。

1995年10月，民革中央副主席李赣骝一行6人来蔡甸区视察幼儿园并为幼儿园题词。1997年，张春花光荣地被推选为武汉市政协委员。

以曾经的中华人民共和国名誉主席宋庆龄的名字命名的庆龄幼儿园，是武汉市蔡甸区唯一的一所集日托、全托及弱智儿童康复中心为一体，每天早晚有专车接送幼儿上学,服务对象辐射周边十几公里并可容纳 400 多名幼儿的幼儿园。

新建幼儿园占地面积 4 亩,建筑面积 1300 平方米,绿化面积 600 平方米,环境优美,设施完善,教职工素质合格,敬业爱生,深受社会和家长的喜爱。

张春花艰苦创业的事迹通过新闻媒体曝光后,在社会上引起轰动,她和她兴办的幼儿园一度成为街头巷尾的新闻。1995 年 10 月 10 日,中南六省各民主党派经验交流会在武汉召开,张春花作为湖北省民革的代表参加了座谈会,并向与会领导同志汇报创办私立幼儿园的情况。各民主党派负责人对张春花的举动给予高度评价,会议期间,6 位资深的民主党派负责人饶有兴趣地专程参观了庆龄幼儿园,他们说,张春花不愧为兴办私立幼儿园的"报春花"!

改名风波

人前风光无限，人后酸楚不堪。

身为政协委员的张春花，在新闻媒体前侃侃而谈，而私底下，她却为春花幼儿园改名掉过两次眼泪，就像是自己的亲儿子过继给了别人，那种心痛和失落，无人能懂。这背后还隐藏着一段"幸遇贵人，春风化雨"的感人故事。

春花幼儿园用张春花自己的名字命名，渗透着她的心血和汗水，幼儿园里的一砖一瓦、一草一木、一桌一椅，都是她辛辛苦苦一手干起来的，并且春花幼儿园在当地已经有了很好的名声，还被蔡甸区教委评定为二级幼儿园。

现在突然要改名字，虽然庆龄幼儿园的名字更好听、更大气，但是当时格局还没有打开的张春花总感觉跟自己没有什么关系一样，那段时间迷茫的张春花为幼儿园改名还伤心地掉过眼泪。

郑桓武老主委很理解这个年轻人的心情，有一次他把张春花叫到自己家里，用慈爱的眼光看着她，说："春花，我知道你对幼儿园改名字有想法，这个幼儿园是你一手办大的，浸透着你的汗水和心血，我都很清楚，但是你现在是民革党员，你得有一种更宏观的思维和更长远的考量，这是咱们民革中央全力推进的一件造福于民的大事，做好了就是咱们民革的一面旗帜。宋庆龄同志有'国母'之称，能用她的名字命名幼儿园是一种无上的光荣，是多少人做梦想求都求不来的好事啊！你怎么傻傻的什么都分不清呢？你的认知呢？你的格局呢？如果你是我的女儿，我今天就要骂你一顿了！"

张春花看着老人睿智深邃的眼睛，他一方面洞察自己内心，另一方面他早已替自己长远地谋划好了，老主委的这一番话，彻底打消了张春花心中的顾虑，她也是一个不纠结的人，当即就说了一句话："那就改！"

郑桓武主委见她干脆地答应下来，高兴地一拍大腿说："这就对了嘛！多年之后，你一定会为今天这个决定感到骄傲的！"

张春花后来一直把郑桓武主委当成自己的引路人和恩人。幼儿园改名成功的那一天，她特地请了一名知名的雕塑家，雕塑了一尊宋庆龄同志的半身大理石雕像，放在幼儿园的院子中间。那座宋庆龄同志的雕像，栩栩如生，惟妙惟肖，她深情地凝视着远方，好像在眺望着祖国美好的未来。

孩子们最爱围着雕像又蹦又跳，朝阳升起的时候，阳光透过树枝洒在雕像身上和孩子们身上，那温馨的画面，那幸福的场景，先辈们为了中国的事业赓续奋斗在那一刻好像有了最为具象的意义。

有一些孩子的家长听说春花幼儿园要改名，感觉舍不得，有一个家长说："我们的孩子就是冲着'春花'两个字过来报名上学的，结果孩子还没有从幼儿园毕业，你们就要改名字了，等他长大了，我该怎么给他讲，他是从哪个幼儿园毕业的呢？"

还有家长说："春花幼儿园是我们汉阳县的骄傲，我们真舍不得，以后就找不到春花了……"听着家长们淳朴的话，张春花又一次热泪盈眶，她感觉孩子家长对春花幼儿园的认可，就是对她多年辛苦付出的一种巨大的认可。

但是她知道，此次改名的意义重大，她就把郑桓武老主委讲给自己的话，复述给了家长们听，家长们慢慢都明白过来，才依依不舍地离开，有些家长围着春花幼儿园的招牌，带着孩子们一茬一茬地合影，这一幕让张春花泪流不止……

64 张借条

在 20 世纪 90 年代初期的武汉郊区，大地还带着改革开放初绽新芽时的气息，空气中弥漫着蓬勃而又朴素的朝气。那时候的人们虽然不算富裕，却满怀着对未来的期待与冲劲。正是在这样一个时代背景下，张春花和丈夫余宪骐决心在荆楚之地播下一粒爱的种子——建造一所属于自己的幼儿园。他们之前在办幼儿园的过程中经历了无数艰辛，四次搬家、颠沛流离的生活让他们愈发意识到：要想真正扎下根来，让孩子们有一个安静、稳定的成长乐土，就必须拥有一片属于自己的土地，建造一个属于自己的幼儿园。

在党派与政协领导的大力帮助下，张春花心心念念的地皮终于批下来了，在武汉市蔡甸区城郊接合部姚家山工业园的一块荒山，总共 4 亩多地，总地价为 20 多万元。在购买这块土地时，张春花手上只有 1 万元钱，当时她的预算是 60 万元，包括购买土地和建房子的所有费用。那时一个高中老师的月工资只有 300 多元，60 万元简直是天文数字！张春花被吓住了，她想都不敢想，但是郑桓武老主委却坚定地支持她。郑老说："创业就要胆子大一点，步子大一点，眼光远一点，既然这一步总是要跨出去，那么早跨比晚跨强。没有钱咱们就到银行去贷款，就去找亲戚朋友借，但是错过了这个机会，可能以后就再也没有翻身的可能。这些年看着你们两个为了办幼儿园四处颠沛流离，求爷爷告奶奶，做一件事儿这么困难，尤其没有自己的一个大本营，租别人的房子办幼儿园，总归不是一个长法，国家以后肯定会对幼儿园要求更加规范化，到那时用这种模式办幼儿园可能就会被取缔了。为了长远的发展，大胆地去干，吃一两年的苦总比吃一辈子的苦强！"

郑老的话，给了张春花巨大的鼓励，也让她吃了个定心丸。她到处"化缘"，由于没有抵押物，领导虽然批了条子，但银行只给她贷款 10 万元。武汉市民革的一名副主委在台湾和美国都有亲戚，为了支持张春花，他向这些海外亲戚借了 1 万美元投资给张春花，张春花将这 1 万美元存入中国银行，中国银行看到她有 1 万美元的存款，立马把她当成大客户对待，又贷款 20 万元给她。

张春花又把自己为了改变蜗居状态新买的一幢私房也抵押出去，抵押了 10 万元，然后又向村委会贷款、向亲友借钱，多的上万元，少的只有 1000 元，无论多少，张春花都对亲友们沉甸甸的情谊感激不已。

武汉著名寺庙归元寺的住持昌明大师也给了庆龄幼儿园无私的援助，张春花至今记忆犹新。同为市政协委员的昌明大师获知张春花创办幼儿园没有资金，乐善好施的他当场捐助人民币 13888.88 元，并说："再穷不能穷教育，让孩子们从小有书读，是修行最大的福报。"昌明大师 1917 年出生于湖北省枝江市瑶华乡柏杨冲一个佃农家庭，俗姓曹，名志秀，系三房独子，颇受父母钟爱。大师自小聪慧勤奋，农作之余，求学于私塾，幸得塾师厚爱，不吝赐教，使大师孩童时代得以修学四书五经。1934 年，大师 17 岁时，勘破世缘，于 10 月 18 日在湖北省枝江县江口镇弥陀古寺剃度。出家时，弥陀寺方丈问其为何出家，志秀说："剃落披衣，度人度己！"从此就开始了他一生度人度己的僧侣生涯。

看到长年生活在佛门寺院的老方丈，对自己创办幼儿园如此支持，张春花感动得热泪直流，敬仰之情油然而生，无论如何都要把幼儿园建成的决心更加炽热。

为了这建园需要的 60 万元钱，张春花夫妻可以说是想尽了千方百计，夫妻俩抵押了房子，向多家银行贷款，还借遍了所有能借之人，最后一算，他们手上握着 64 张金额不等的借条。

在那个万象更新的时代，创业无疑是一条充满挑战的道路。在这条路上，创业者就像战士一样，需要有坚定的决心和不屈的斗志。他们必须拥有一种骨子里的成功欲望，一种深入骨髓的狼性和一种背水一战、非生即死的决心，才能在这场没有硝烟的战争中取得胜利。张春花手上的这64张借条，既是一份信任，也是一种沉甸甸压力，她唯一能做的就是拿出破釜沉舟的勇气，不畏风雨，不畏艰险，为实现心中的理想，披荆斩棘、勇往直前地去奋斗！

开山劈石创业心

地找好了，钱也终于勉强凑齐了，开工的日子定下来了，开干！

这里虽说是一块地，实际上就是一个光秃秃的荒山头，山上寸草不生，连一块平整的土地都没有，通向这座荒山的也是一条泥巴路。这个荒山头乱石成堆，灌木杂生，荆棘横长。山脚下，有一条浅浅的溪流，清澈见底，偶尔有蜻蜓点水，略带几分生气。

开工那天，张春花和余宪骐特意举行了一个开工奠基仪式。当天艳阳高照，旁边机器轰鸣，风尘仆仆的夫妻俩，动手挖下了第一锹土，培在基石周边，这时，夫妻俩相望了一眼，张春花笑得合不拢嘴，但是笑着笑着又泪眼蒙眬……

回想过去的这几年，张春花四处租借房屋办学前班的日子，他们饱受折磨，不停地折腾，历经四次搬家，在颠沛流离中，两口子心中早升起了一股倔强：有朝一日，一定要有自己的一块地，干自己想干的教育事业，再不用看人脸色行事！如今，这座荒山，就是他们梦想起航的地方。如何在这片坚硬的山头上开山劈土建园？这可不是几张图纸、几声吆喝就能办成的事。工钱、人手、材料样样缺，资金更是紧巴巴的。夫妻俩盘算着：机器不够，就多上铁锹和锄头；请不起大队人马，就去请乡亲们、请家长都过来帮忙；山坡乱石难开，就一块块石头抬下山来，大块的当基石，小块的就垫路基。那个年代，干工程没有太多配套的工程机械，许多事还需要靠人力去实现。

清晨，薄雾未散，张春花就已背着铁锹出了门。她脚步稳健，眼神坚定。"啄木鸟"挖掘机在开山劈石，每一块松动的大点的石头，都得和工人们一起，试探着用钢钎撬松。石头放稳后，再用大锤敲打，凿出可用的平面。平整荒草丛生的地块，要拔掉荆棘和杂草，一天下来，张春花手上全是细小的口子，她脚上穿的解放鞋，走几步就被草根绊住。可就是在这样的环境中，她咬牙坚持，每天日落西山，她的背影在暮色中显得无比单薄瘦弱，却又那么高大倔强。

为了赶工期，张春花又向村子里的身强力壮的青壮年求助，虽然工钱不高，但张春花会在中午时分给大家蒸一锅热气腾腾的米饭，炒两三碟家常菜，还熬一小锅玉米粥，盛情招待这些帮工的乡亲。这些乡亲图的不是这点儿工钱，而是冲着他们夫妻身上的这份真诚实干的劲儿。有人说："这两口子干事业真是下血本啊！要不是为了孩子，谁会在这荒山上费这死力气？"有人说："张园长干活的这劲头，比男人都狠！"

山下稍微平坦一点的地方，被张春花用来做简易工棚。当时的工棚不是集装箱，而是用毛竹和油毡布搭出来的，能挡点雨，却挡不住冬日的寒风和夏日的闷热。到了晚间，作为监工的余宪骐就在工棚里打个地铺睡下，张春花则回家带孩子。工地上的灯光昏暗，蚊子多得似乎要把人抬飞起来，飞蛾不时扑闪着翅膀撞向灯泡，碰得啪啪作响，在工地上的几个月，余宪骐整整瘦了近十斤。

为了保证幼儿园的地基平整扎实，挖土机挖过之后，必须用铁锹和锄头一寸寸地铲平，再用筛子过筛，将过多的碎石剔除。男人拉石料，女人提水泥，还要用卡车拖土进来填埋。若有亲戚朋友偶尔前来探望，也会被他们"热情"地留下帮忙运土。其间，村里有位退休的工程师，性格爽朗，他懂得些土建知识，见小两口踏实肯干，就主动出点子："你们这里的地势是个斜坡，要做排水槽，不然一下大雨，水冲下来，工地就全泡在泥里了。"余宪骐听罢，连连点头，拿笔记在小本子上。

山里的气候多变，春天的雨绵绵不绝，有时刚推倒一堆泥巴，转眼又被雨水冲散。夏天骄阳似火，石头晒得发烫，手指一触便烫得直甩手臂。秋风萧瑟时，半山坡上落叶遍地，人踩上去"咯吱咯吱"作响，还需防蛇虫惊扰。冬季更是难熬，寒风从衣领灌进来，冻得张春花说话都打战，可她仍坚持跑建筑工地。这种日子虽苦，却也有温馨之处。傍晚时分，工友们围在一起烤火，拿几个红薯埋在火灰里烤，睡觉前拿出来分着吃，香气扑鼻，工地上这种简单快乐的日子中藏着令人刻骨铭心的温暖。

这样高强度的辛劳持续了几个月，当第一幢教学楼竣工时，所有人的脸上都浮现出欣慰的笑容。之后，夫妻俩在院子里用石块垒起矮矮的围墙，还特意保留了一棵大槐树。张春花说："这棵树以后可以给孩子们遮阴，盛夏时节，咱们在槐树下摆几条小板凳，孩子们在这里听故事、唱儿歌，多好！"余宪骐点点头，摸了摸那粗糙的槐树皮，一种对未来美好的憧憬在心头油然升起。

建楼的过程耗尽心力，那段时间张春花精疲力竭，平心而论，张春花作为一个要强的女人，哪怕就是铁打的，有时也不免会感到难以承受的压力。就在她几度濒临崩溃、打退堂鼓时，时年85岁高龄的郑桓武老先生找到她，多次语重心长地对张春花说："自古以来，办教育就是一件十分光荣和艰难的事，古代武训为了办学，还下跪向路人乞讨，你现在只不过是多向人家说几句好话，多吃点苦，就受不了了，还何谈干出一番事业？如果你现在不干了，那么多的付出不是白白浪费了吗？"

开弓没有回头箭！在郑老的鼓励下，张春花最终克服重重困难，重新激情满满地开干。几个月后，一栋建筑面积达1300平方米的综合教学楼拔地而起！

在这段建园的日子里，张春花和余宪骐的心态也在悄然发生变化。最开始的紧张、迷茫，如今已沉淀为一种坚韧和踏实。他们不再惧怕困难，而是渐渐学会面对：面对石头，他们用力撬；面对荆棘，他们耐心拔；面对金钱紧缺，他们精打细算，一分一厘不敢浪费；面对未来，他们不再只是空想，而是脚踏实地地不断创造条件。

有一晚，忙碌了一天的夫妻俩坐在刚铺好的院子石阶上，微风轻拂，星光点点，月光下，看着大楼矗立，操场和围墙都已建好。余宪骐轻声对张春花说："我们这幼儿园一旦开办，再也不用看房东脸色，再不用再一次次搬家了。从此以后孩子们可以在这里唱歌、跳舞、学知识，咱俩这辈子就在这里扎下根，像这槐树的根一样，深深扎进大地里。"

最让张春花满足的是，经过艰苦努力，他们终于建造了一个宽敞的操场，在操场一角张春花斥重金买了一组漂亮的滑梯，这里也成了孩子们最喜欢的地方。开园后，孩子们在这里游乐、欢笑、唱歌和打闹，孩子们的欢声笑语与清风、鸟鸣交织在一起，构成一幅生机盎然的山野自然画卷。最初的奠基拓荒的艰苦岁月，则化作回忆中温暖的底色，成为弥足珍贵的记忆。

是啊，一个人的自信自强，来自不怕苦、不怕难的积淀。宝剑锋从磨砺出，梅花香自苦寒来。任何美好理想，都离不开筚路蓝缕、手胼足胝的艰苦奋斗。任何伟大的事业，都始于梦想、成于实干。为了更加美好的未来，必须加倍付出辛勤劳动和艰苦奋斗。在这个属于奋斗者的新时代，每个人都在奔跑中拥抱梦想，用汗水浇灌未来，用不懈奋斗书写属于自己的精彩人生。

张春花，这个一直拼搏奋斗的追梦人，终于迎来了命运带给她的崭新篇章！

未雨绸缪的"余师傅"

短绠难汲深井之水，浅水难负载重之舟。任何人都不可能轻轻松松地成功，要想干成一番事业，必须积极主动地学习新知识新思想，练就一身过硬本领。

张春花与丈夫余宪骐是"夫妻同心，其利断金"的典范。从谈恋爱开始，两人同甘共苦，相濡以沫，一起经历风风雨雨，一起走向人生巅峰。奋斗，是夫妻俩共同的使命和责任，也是他们相爱的底色。夫妻同心浴火，共创美好生活，两人互相补位，合力把能量发挥到最大。

张春花办幼儿园，余宪骐则是十项全能选手，是超级大替补，无论干什么事情，他都能做到未雨绸缪，提前布局。在这里试举几例——

早在 1994 年，余宪骐就考了驾照，并且拿的是 A 照，也就是说他可以开货车和巴士之类的大车。当时常规班考驾照的报名费很贵，并且学习的时间很长，学费需要 1 万多元。

速成班学制是 6 个月，报名费 6000 元，但是需要找关系才能报考。当时这个司机培训班被称为"厂长经理培训班"，只有达到这个级别才有资格报名。而余宪骐只是一名普通的中学老师，他没资格报名。后来，在政协会上，张春花把丈夫的遭遇反映了上去，有政协委员说不尊重知识分子不行，老师教授待遇不能不如厂长、经理，就这样，在政协的协调下，余宪骐才成功地报上名，开始学习驾驶技术。

余宪骐考驾照学开车，其实是为幼儿园即将到来的扩大招生做准备。当时他从杂志上了解到台湾的幼儿园都有校车接送孩子上下学，心里不禁一动，虽然中国目前还没有听说有幼儿园用校车接送孩子，但是他预感到这将是一个发展趋势。

余宪骐学车的时候，张春花开办幼儿园的地皮还没有拿到，余宪骐知道自己在城市中心地带肯定无法获取土地，如果在郊区拿地建园，孩子上下学肯定是个大问题。如果到时自己购买一台巴士当幼儿园接送的专车，那么招生就不成问题了，司机肯定会派上用场。未雨绸缪的他，这才提前考了一个驾照。

事实果真如他所料，1995 年幼儿园建成后，比蔡甸区所有幼儿园都高大上，但是招生却遇到了大问题：幼儿园太偏远了！

夫妻俩赶紧购回一台中巴车当校车，在车身上喷上醒目的"庆龄幼儿园"几个大字，距离远的孩子一律接送。这样一来，家长的顾虑打消了，幼儿园一开园就招收了近 400 个孩子。可这时问题又来了，这 400 个孩子散布在城区各地，如果一个一个地接孩子，只有一台车，早上的时间又特别紧，无论怎么安排线路，一个早上也肯定是接不完的。但是报了名的孩子，张春花夫妻俩又不想失去任何一个，这可怎么办？

为了解决这个棘手的问题，余宪骐陷入了深思，那几天他茶饭不思，蹲在校园门口发呆。有一次他在公路上也发现一大群人排队上车，他有点好奇，这个地方不是公交站点，为什么会有这么多人排队。后来经过打听才知道，这是出城的长途车特地设置的一个临时站点，方便周边的旅客在此等车。余宪骐激动得一拍大腿：办法有了！自己为什么不学习这长途客车的拉客办法呢？

说干就干！余宪骐根据孩子们的家庭地址分布图，在城区设置了 8 个幼儿园接送点，每个接送点都安排一个幼儿园的老师在此迎接孩子，有幼儿园的老师照护附近的孩子在接送点会合，一般一个接送点能聚集二三十名学生，后来怕孩子们来得太早，等的时间过长，他又在每个接送点附近租了房子，防止刮风下雨等极端天气，孩子们没有地方躲。经过这一系列操作，三四百个孩子都如愿上了庆龄幼儿园。

民办幼儿园用校车接送孩子，这在当时整个武汉市也是首例，更为创新的是，一台校车一个早上往返两次能接送一两百个住得较远的孩子，这种操作模式在今天看来都十分超前，简直令人叹为观止。

沉下心来干工作，心无旁骛钻业务，干一行，爱一行，精一行，才能不断掌握新知识，熟悉新领域，开拓新视野，取得在干中学、学中干的实效。

余宪骐就是一个喜欢学习新生事物并且爱总结的人，为了扩大幼儿园的影响力，在第一次幼儿园招生时，余宪骐想到通过张贴小广告的方式对外宣传。他亲自撰写广告词，然后用大幅的彩色广告纸，带着连夜熬制的糨糊，夫妻俩一大早起床，各自骑着自行车去贴，几天时间下来把招生广告在蔡甸的大街小巷贴了个遍。那个时候的媒体远没有如今这么发达，贴广告的效果非常好，刚贴上去，就围满了看热闹的人，大家都很稀奇，对庆龄幼儿园充满了向往，听说还有校车接送孩子，很多家长蜂拥而至报名，庆龄幼儿园开园第一年招生累计达到了400人，完成了一个不可能完成的奇迹。

庆龄幼儿园开园即满园，一下子要照顾这么多孩子的学习和生活，夫妻俩忙得脚下生风，好在有多年的办园经验，各项工作都开展得井井有条。

那段时间可是累苦了余宪骐，他本来是汉阳一中的教师，本职工作不能耽误，妻子的幼儿园也离不开他的支持。当时办幼儿园，收费低微，无法做到每个岗位都请人。余宪骐兼顾了许多工作，最主要的有两项：一是校车司机，二是厨师。

余宪骐是一个天生的美食家，厨艺一流，少年时代他就特别会做饭，上大学时一碗清汤面都被他调制成了同学们人人羡慕的饕餮大餐。在清贫的岁月里，他用厨艺精心地呵护着张春花的胃。逢年过节，家里的主厨一定是他，亲友们吃完他做的饭菜，没有一个不说好的。这也让他在开办幼儿园时，成了当仁不让的"余师傅"。

为了给孩子们当好厨师，他每天凌晨3点起床，那个时候还不通天然气，他每天早上一起床得先把煤炉子生起来，先要把饭蒸好，然后烧两道主菜，像土豆烧肉、萝卜炖肉等，然后再把一锅开水烧好，加入些汤圆，或是煨上藕汤。做好这一切后，他封好煤炉子便开校车沿途去接学生，把孩子们送到幼儿园后，他把车停好，这才骑上单车急匆匆往自己的学校赶，开始一天的教学工作。到了中午11点多下班时，他又赶回来，打开炉子，在开水中打入些鸡蛋，加入紫菜，给孩子们做一个美味可口的暖胃汤……

余宪骐每天凌晨3点起床，把学校和幼儿园两边的工作都兼顾得很好。"余师傅"车开得好，菜做得好，孩子们都很喜欢，见面都高兴地叫他余伯伯，他心里也是美滋滋的。

生活过得千辛万苦，但是余宪骐却是一个心细如发的男人。妻子每天操劳不堪，奔波忙碌，既要培训老师，还要带班教孩子，同时要处理园所事务和迎接上级的各种检查考核，经常忙得一天顾不上吃一顿饭。看着妻子疲惫不堪，累得回家后连一句话都不想说，躺在床上就睡着了，余宪骐心痛不已。他认为干事业的目的是让生活过得更美好，但创业以来，夫妻俩都感觉到心力交瘁，为了能让妻子感受到家庭的温暖和亲情之乐，他在工作之余又肩负起了在家里当保姆和厨师的职责。

蔡甸是著名的鱼米之乡，蔡甸的藕和鱼名闻天下。余宪骐煨的排骨藕汤，可以说是一绝，用煤炉子吊一锅汤，慢慢地煨，妻子下班回家的时候，他就打开煤炉子，不一会儿，家里就香气四溢，他先是照顾孩子们吃饭、做作业，妻子回来之后再喝上一大碗暖胃的排骨藕汤，毛孔打通，浑身立马就热腾了起来。晚上睡觉前，他又贴心地打来洗脚水，夫妻俩泡在一个木桶里洗脚，有时候在水桶里两个人的脚互相搓一搓，那种温暖和甜蜜，像电流一样渗透心田。

时间是公平的，它不会给任何人多一分，也不会给任何人少一秒，但时间也是有偏向的，惜时如金者往往会得到时间的奖励，虚掷光阴者则会徒留怅然。所谓"勤勉多岁月"，或许并不是说勤勉之人就能在人生中额外多一些时间，而是说把点滴时间用在有意义的地方，才能让时间更加充实。当别人犹豫不前的时候，你已经在行动；当别人还在睡懒觉的时候，你已经在学习充电；当别人选择放弃的时候，你依然在坚持……面对恒定流动的时间，不同的选择会被赋予不同的人生意义。

　　每一个孜孜不倦的奋斗身影，背后都有一颗不服输、不放弃的追梦之心。立志当高远，立志还需筹划和躬行。扎扎实实、点点滴滴地做，才能干有所成。这个光辉时代，是实干家、奋斗者的时代，脚踏实地艰苦奋斗，行而不辍，不弃微末，一切美好的东西才能够创造出来，每个人才可以抵达向往的远方。就像未雨绸缪的"余师傅"，真正做到了立志高远，筹划躬行，提前布局，是当之无愧的"时间管理大师"，为庆龄幼儿园的成功提供了坚实的基础。

啃馒头打官司

好事尽在难处得,辉煌总自磨砺出。张春花创办的庆龄幼儿园开园即满园,声名大振,很多人认为她赚了大钱,一些别有心思的人,尤其是一些债主,心里开始不平衡起来,找上门来要债,有的提出高额的利息,这让刚刚走上正轨的张春花苦不堪言,最后甚至惹了一场官司。

在 1996 年 1 月 16 日《武汉晚报》的头版,我们找到了这样一条新闻——

为建幼儿园　借贷六十万
张春花矢志幼教事业痴心不悔

本报讯(见习记者万静波)　历时两年,耗资百万余元建立的私立幼儿园——蔡甸区庆龄幼儿园,如今正面临开办半年来最大的困境:为建园借的数十万元正陆续进入还款期限。

庆龄幼儿园的前身叫春花幼儿园。1988年，年仅26岁的张春花扔掉"铁饭碗"，从汉阳县直公办幼儿园辞职，创办了当时全区第一所私立幼儿园。

几载创业，几载艰辛。当年仅一个班18人，如今已发展到8个班420名幼童，由到处寻找校舍几度辗转搬迁，到如今建成4亩地、建筑面积三层楼1200平方米的大幼儿园。

现在庆龄幼儿园已成为全区面积最大、入学儿童最多、硬件设施最完善的幼儿园。

张春花的事业得到中央、省市领导的亲切关怀。她本人当选为武汉市青联委员、区政协常务委员。1994年由全国人大常委会副委员长、民革中央主席李沛瑶题写园名，春花幼儿园正式更名为庆龄幼儿园。

然而，如今幼儿园却面临办不下去的危险。园长张春花说："下一步我打算把房子卖了还债。"

当初，在各方面帮助下，张春花拿出全部积蓄并向银行贷款30余万元，又向亲友借了20余万，用两年时间咬牙盖起了这座全区质量最好的幼儿园。

张春花算了笔账：按每个孩子每年两学期400元学费计，全年幼儿园收入16万元。可日常费用开支一年就已达10余万元。现在，张春花把希望都寄托在下学期开学上了：孩子们的学费可以暂时顶一顶。但庆龄幼儿园学费本就偏低，又提供了免费坐车、免书本杂费、延长入园出园时间、全托式幼儿班等诸多服务内容，但以民生为重的张春花却不忍心涨学费："区里的企业效益本来就不好，学费一涨怕有些家长受不了。"

面对难关，思来想去张春花只有最后一招：卖房还债。她曾用多年血汗钱和丈夫构筑了一个温暖的小窝，按当地市价就只值 20 万元。为此，她和全家人都住进了幼儿园里一间简陋的砖房里。

为了自己钟爱的幼教事业，张春花痴心不悔：迈过了这道坎，以后的日子可能就好过了。多年来，张春花走过了一个又一个难关，那么这一关她能闯过去吗？

29 年前的这篇报道，真实地反映了张春花当时的处境，背后的真相，其实更加的残酷。

在 64 张借条中，也包括张春花夫妻借附近几个村委会的钱。在借钱时，有上级领导打招呼让村里支持张春花创办幼儿园服务乡梓，村委会也爽快地答应了，借了几笔钱给张春花。

没想到开学之后，村里的人感觉张春花赚了钱，要求她立马还款，并且附带高额的利息。一般村领导都比较有素质，不会主动催债，而下面的会计就不一样了，不断变着方法上门催债，还吃喝卡要，用各种办法来刁难她，搞得夫妻俩苦不堪言，一边有繁重的教学任务，一边还要应对这些讨债的人，那段时间只要听说门口有人找，张春花就会紧张得浑身发抖。为了对付这些难缠的小鬼，夫妻俩只能拆东墙补西墙，又去高息借款来还债，结果债务越滚越多……

　　不光如此，有一位当地的债主在张春花这里投了十几万元钱，当时签订的协议是这样：3 年内张春花自负盈亏，支付他们 13.98% 的年化利息，3 年后幼儿园转为股份制，原来的资金入股。结果，经过观望，他们认为幼儿园根本不赚钱，一学期只收取 200 元，这样连保本都无法保证。他就要求退出，并且要张春花立马偿还欠款。

　　此时，夫妻俩前前后后还了大约 10 万元的利息，结果别人提了更高的要求，要求他们一次性支付所有本金。夫妻俩研究后认为合同不合理，但对方态度强势，寸步不让，要求他们立马还钱，在协商未果的情况下，双方还闹到了对簿公堂的地步。

　　官司一直打到了中院，张春花和余宪骐请不起律师，就自己去应诉，他们知道此时自己掉进了别人的合同陷阱，打官司注定也是败诉，但是应诉代表着一种态度：不能这样欺负老实人！

　　为此，余宪骐自学了很多法律知识，他认为自己支付 3 年的高利息是合理的，但 3 年之后的利息不应该这样计算，当初对方交钱时承诺 3 年之后自动转为股份，转为股份之后应该共同承担盈亏。幼儿园如果盈利，对方才能获利；如果幼儿园亏损了，对方也应该承担相应的亏损。结果对方玩了一个心眼，他在收到协议款项时给余宪骐写了一个收条，表明已经收到了借款利息。这样由当时的集资办学的关系，中途转换为借贷关系，这样的合同陷阱让老实的夫妻俩吃了哑巴亏，就是打官司也注定会败诉。

那是 1998 年秋天的一个上午，张春花和丈夫余宪骐早早地来到了武汉市中级人民法院门口，等待当天的开庭。当时法院还没有开门，夫妻俩就坐在法院门口长长的台阶上，商量着如何去应诉，如何寻找更多的有利证据来辩倒对方，两人有说有笑，商量得热火朝天。由于他俩一大早就从蔡甸赶了过来，两个人没有来得及吃早餐，张春花就拿出布袋子里的两个馒头，夫妻俩一人一个，一边啃着馒头，一边认真研究着应诉材料。当时，晨曦照在武汉中院大楼前高悬的国徽上，反射出金灿灿的光芒，投影到夫妻俩身上，他们依偎在一起，啃着馒头的倒影，被投射得好长、好长……

很多年后，余宪骐想到当时的那一幕，就感到无比的心酸，但是他很奇怪的是，当时的他心里竟然一点也感觉不到辛酸。原来，创业的激情真的是世上最好的疗伤良药，有谁在创业的路上不栽跟头、不受伤呢？摔倒了，受伤了，没关系，爬起来，拍拍膝盖、擦擦伤口，继续迎风前行。泪在风中飞，汗在雨中挥，但唯一不能停歇的就是奋斗的脚步！

结果不出所料，张春花和余宪骐败诉了，但他们一下子拿不出这么多钱来还，因此武汉中院判决他们拿出还款计划。夫妻俩就制定了一个 6 年的还款计划，每年需要偿还 2 万元钱，夫妻俩辛苦用了 6 年才将其还清。

"人间万事出艰辛"，志从苦中砺，才从苦中长，功从苦中建，张春花夫妻俩不畏劳苦，迎难而上，有着"胸中怀有大目标，泰山压顶不弯腰"的气概，以燃烧的奋斗激情，勇攀新高峰。张春花与丈夫"千淘万漉虽辛苦，吹尽狂沙始到金"，以冲天的英勇气势，无所畏惧。

造楼奇迹

2008年，是庆龄幼儿园突飞猛进的一年。这一年，庆龄幼儿园因为加盟了北京红缨教育机构，成功实现了学前教育本土特色和国际教育的接轨。

"红缨教育"，是那时中国最大的幼儿园连锁品牌，当时在全国拥有幼儿园600多家，"红缨教育"全方位提供幼儿园一体化解决方案，包括幼儿园招标、装修设计、设施设备采购、幼儿园招生、幼儿园教师招聘及培训、幼儿园管理、幼儿园教学、幼儿园家长工作等。

"红缨教育"作为国内为数不多的产学研一体化的幼教机构，拥有自己的研究所，研发了大量幼教产品。红缨的产品、红缨的方案均基于在幼儿园一线的反复实践论证。

北京红缨教育机构创始人王红兵，是中国民办教育协会学前教育专业委员会副理事长，也是民办幼教的领军人物。他出身贫寒，从安徽歙县三阳小山村出发，考入清华大学，先学建筑，后改学中文，师从"清华才子"、中文系主任徐葆耕教授。1990年，清华毕业后的王红兵，在《中国教育报》做了4年的记者后，不甘平庸的他便踏上创业之路，在孙岩、史慧中、祝士媛、梁志燊、王月媛等著名幼教专家的支持下，成功研发"天才幼儿园园长办公系统"。2007年，受北京大学光华管理学院龙军生教授的指点，设计并推出"赢在中国"北京红缨幼儿园连锁项目，到2008年已在全国发展连锁幼儿园600余家。

在一次偶然的机会中，张春花和王红兵结识了，一个是出身草根稳扎稳打的中国幼教首代实战专家，一个是毕业高等学府、视野开阔、观念前卫的幼教领军人物，两人见面惺惺相惜。王红兵听说了张春花的传奇创业经历十分感动，他深入了解了张春花的幼教事业之后，多次来武汉庆龄幼儿园现场指导，给张春花提了很多合理化的建议，让幼儿园的管理和服务上了很大一个台阶。两人很快达成了全面合作协议，庆龄幼儿园全面引入红缨教育体系，包括园所硬件和软件建设，如师资培训、员工管理、家长课堂、招生管理、园所环创等。

在红缨教育的辅导下，庆龄幼儿园的基础设施设备、课程体系、教育理念包括师资团队都提档升级，令人耳目一新，得到了家长和学生们的一致认可。随着幼儿园的名气越来越大，慕名而来报名的学生越来越多，眼看着现有的教学楼已经不能满足更多孩子的入学需求，张春花陷入了沉思。2009年6月下旬，她萌生了利用暑假再建一栋教学楼的想法。

当她把这个想法告诉家里人时，大家都震惊了，一致强烈反对。要知道幼儿园9月1号开学，当时已经是6月下旬，满打满算，只有2个月的时间，在这么短的时间内新建一栋教学楼，而且还是和老教学楼在一个园区内，盖新楼要挖地基，大楼建成了还要装修、新购买课桌椅、搞环创等等，只有短短2个月时间，这是绝对不可能完成的一件事情啊！再说即使把楼房建起来了，还要搞装修、除异味、搞环创，保证孩子们学习环境绝对安全，这么多事堆在一起，这怎么可能嘛？

大家七嘴八舌地提出反对意见，张春花何尝不知道，这是一个艰难的抉择，这甚至可以说是她人生中最难做的一个决定。她心里十分清楚，如果9月1号不能完工，她的老教学楼也不能正常教学，因为新老教学楼在同一个园区，到时候操场上会堆满了各种建筑材料，如果强制开学则存在巨大安全隐患，而且会有装修噪声污染，这些都不符合开学的条件。届时，势必会造成在园学生退学，新生也无法招进来的困局，如果真走到那一步，幼儿园可能会面临着退费的风险，还会出现大量的学生没有学上，这将会成为社会上重大的群体事件，可能导致幼儿园这么多年积累的好名声一夜归零，这个责任谁都负不起。再加上武汉的夏天就是梅雨季节，阴雨不断，无论怎么想，都不可能在 2 个月内完成如此庞大的一个工程。

怎么办？怎么办？那几天张春花陷入了痛苦的思考中，她想到那些慕名而来的孩子，想到那些报名的年轻父母的一双双渴望的眼神，想到家长们对幼儿园和自己的信任，她怎么都不忍心让他们失望。

那些天，张春花天天失眠，有一天晚上她睡不着，就起床翻看自己创业之初写的日记，她无意间翻到了自己多年前在笔记本上贴的一页剪报，那是 1984 年 3 月 15 日《深圳特区报》上发表的一条振奋人心的消息：正在建设中的当时中国第一高楼——位于罗湖区的深圳国贸大厦主体建设速度创造了"三天一层楼"的新纪录，这是我国高层建筑历史上的奇迹，标志着我国超高层建筑工艺达到了世界先进水平。

"三天一层楼"就此从罗湖扬名全国，成为"深圳速度"的标志并享誉至今。1984 年国贸大厦封顶后，在此后 10 年左右的时间里，它头上都戴着"全国第一高楼"的桂冠。53 层的国贸大厦，展现了深圳人敢想敢干、敢为天下先的精神。

看到这条新闻，张春花如同触电一般，整个人当时就呆住了，敢为天下先的中国工人们早在 24 年前，已经创造了三天一层楼的"深圳速度"，而回想自己创业这么多年，哪一次不是逢山开路、遇水架桥，每一关都像打怪兽一样，关关难过关关过，最后不一样都取得胜利了吗？而今天自己怎么就被眼前困难吓倒了？张春花认为是自己度过了创业最危急的时候，走进了舒适区，穿上了草鞋，不再是光脚的时代了，就有点爱惜自己的羽毛，因此就放大了困难，结果自己把自己吓倒了。

既然眼下幼儿园扩招势在必行，那么这栋教学楼就必须建；既然教学楼早建晚建都得建，那么不如现在就下定决心立马建起来。她越想越激动，赶紧把已经进入梦乡的丈夫余宪骐摇醒，激动地对他说："我想通了，干！"接着，就一个人在房间里手舞足蹈起来，完全不顾一脸蒙的余宪骐。

张春花下了这辈子最难下的一个决心：2个月内建好一栋楼并交付使用。见妻子下定了决心，了解妻子个性的余宪骐只能坚定地支持她。夫妻俩到处找建筑公司承接这个工程，也问了好多人，但对方一听说工期只有短短的2个月，还要内外全部装修好并交付使用，都连连摇头、连连摆手说："不可能，不可能，你们完全是没有一点常识，简直是天方夜谭！"问了一圈下来，没有一个人敢接这个工程。

张春花一旦下定了决心，绝不会被眼前的困难吓倒，即使有再大的困难，也必须干成，不达目的，誓不罢休。这时，万般无奈的她想到了自己幼儿园的家长，由于张春花的老师经常做家访，她也了解到家长中有各方面的实力和资源，沉思很久，张春花提笔写了一封致家长的公开求助信——

亲爱的家长朋友们，大家好：

我是庆龄幼儿园的创办人张春花，感谢这么多年蔡甸区的家长对庆龄幼儿园的认可、支持和无怨无悔的追随。庆龄幼儿园创办至今，经过数次扩招，目前全园已经有400多名孩子，但还有很多家长源源不断地带着孩子来报名。可幼儿园已经满员，实在不能再多招一名孩子。但是作为一名拥有20多年幼教工作经验的园长，看到家长渴望的眼神我也很心痛，我深切地知道家长的信任不能辜负，我想把每一个想到庆龄幼儿园读书的孩子都安排进来，那么我就必须下定决心：再建一栋教学楼！

只有2个月时间，目前没有企业敢接这个业务，不光时间紧，任务重，为了办教育，我把自己的房产都抵押了出去，幼儿园的账上目前也没有什么钱，但是大家放心，我建楼的钱不会少给一分。我知道眼下自己面对的困难和压力是什么，可能一着不慎，就会全盘皆输，就会让我倾家荡产、名誉扫地，但我相信再艰难的路也是靠人走出来的，为了不让一个孩子没书读，我实在没有办法了，想恳求各位家长朋友共同伸出援手，出谋划策帮助幼儿园渡过难关。一个人的能力是有限的，广大家长如果能够群策群力，提供有效的资源，力争在2个月内，按时保质保量，把教学楼建好并交付使用的目标，一定不是梦！

最后，我代表庆龄幼儿园的老师和孩子们，谢谢各位家长啦……

庆龄幼儿园园长　张春花

　　在这封致家长的求助信中，她开诚布公地说明了幼儿园遇到的困难，说到了工期之短，说到了资金之紧张，说到了压力之大。张春花的公开信发布出去之后，家长群里面顿时炸开了锅，在社会上也引起了巨大的轰动，一夜之间连整个蔡甸区都传遍了，人们都沸腾了……

　　人民教育人民办，办好教育为人民。这封公开的求助信情真意切，拳拳之心、殷殷之情溢于言表，几乎整个蔡甸区的人民都在议论这件事，那几天，在公交车上，在公园里，在家庭聚会上，在办公室里，庆龄幼儿园要建楼，只有2个月时间，怎么帮帮那个张园长，这样的讨论话题满天飞……

　　张春花人品好，家长们都信得过，公开信发出去2天后，家长们纷纷行动起来，有资源的家长纷纷找上门来，与张春花商谈合作。

　　这时，有位叫高礼国的家长毛遂自荐，高礼国开工程设计公司，并承诺可以给她垫资，先把楼建起来。张春花大喜过望，说："太感谢您能垫资建楼，但时间紧，一定要保证工期啊，我们是在幼儿园内再建一栋楼，如果不能保证工期的话，开学后校园堆满建筑材料，那就耽误学生开学了呀！"

　　高礼国一脸郑重地说："张园长，您的这个事我在心里考虑了几天，也与公司的团队论证过了，我们压力也很大。我既然应承下这个事，那我一定保质保量在工期内完成，不耽误幼儿园的事，再说，我自己的孩子还在幼儿园上学呢，我不可能让自己的孩子没书读！"

这时，又有另外一个家长找过来，说他们有工程监理的资质，可以负责监督工程质量。就这样，不到一个星期的时间，施工团队、监理团队都落实了。有了信任托底，张春花火速与他们商定细节，签订合同。这些家长也都很给力，有资源的提供资源，有关系的帮着跑各项手续，看着家长们都不求回报地忙个不停，张春花感动得热泪盈眶，不停地感谢着帮忙的家长，对他们说："我真是太幸运了，遇到了这么好的一群家长！"

一个现场帮忙的家长连忙拉着张春花的手，动情地说："张园长，您可别这么客气，您努力办教育的精神感染了我们家长，为了蔡甸区的孩子能上学，您这么拼，我们家长能尽一点绵薄之力，那是我们的幸福，压力您不要一个人扛，大家一起努力，老天爷也会帮助我们的！"这暖心的话让张春花感动不已，她的好人品其实早已深入人心，家长们都信得过她，都愿意帮她！

终于，庆龄幼儿园第二栋教学楼开工的日子定下来了，定在 2009 年 6 月 28 日。那天风和日丽，是一个星期日，学生都放假了，随着张春花的第一锹挖下去，第二栋教学楼就算动工了。

真是应了家长说的那句话："人善老天帮！"本来，每年的七八月武汉进入梅雨季节，可施工的这两个月，几乎没有下过大雨，没有耽误一天工期。搞建筑的家长也说话算话，加班加点创造了"四天一层楼"的"蔡甸速度"，教学楼都是框架结构，挖好地基后，现浇混凝土施工，都是在施工现场支好模板，然后在模板内安装钢筋，接着浇筑混凝土，最后再拆除模板。这种方法制作的建筑结构整体性强，抗震性能好，具有较大的承载力。

现浇混凝土后通常需要在 8 到 12 小时内浇水养护，以确保混凝土的充足凝固，促进其水化作用，从而提升混凝土的强度。恰恰这个时候，老天就会适时来帮忙，下点小雨，而且每层楼都是如此。在场的工人们都说："太神奇了，这辈子都没有遇见这种事，张园长人品好，连老天爷都在帮她，需要水的时候就下雨，不需要水的时候就是大晴天！"

张春花也感慨："这也许就是我的福报吧，老天爷都愿意帮我。"

在建楼中还有一件印象深刻的事情：那是 7 月 22 日的上午，和往常一样，张春花和老公吃完早餐，就从家里跑步去学校查看工程进度，就在这时，发现天越来越黑，刚走进学校，天竟然全黑了。当时工人们正在楼顶现浇作业，大伙都蒙了，这不是上午时间吗，怎么天一下子黑了呢？工人们都在楼顶茫然不知所措地等着。

这时，张春花和老公在楼下碰到一个家长带着孩子来报名，操场上堆满了建筑材料，到处无从下脚，见自己的幼儿园因装修搞得乱七八糟的，仍有家长不离不弃地追随自己，张春花感动地对老公说："你看，有这么多家长信任我们，他们的信任就是我不断前行的动力，我们有什么理由把他们拒之门外呢？再大的困难，咱们也要克服，9月1号一定要如期开学！"

张春花一边给自己打气，一边走上前去拉着家长的手，嘱咐她小心脚下。家长笑着说："我怎么一来学校天就全黑了咧，什么都看不到呀！"就这样，几个人站在楼下，望着眼前黑乎乎一片、什么也看不见的校园，忍不住笑了起来，余宪骐笑着说："这是千年难遇的'日全食'现象，被咱们遇到了，建楼过程中遇到这种千年奇观啊，注定咱们的事业要一鸣惊人、一飞冲天！"

在漫长而平凡的一生中，注定有一些不平凡的往事萦绕心头，多年来，张春花还经常跟人提起"日全食"那神奇的一天，她讲得眉飞色舞，听者皆是流露出不可思议的神情。

工程承包商高礼国，也是尽心尽力，没日没夜地赶工期，幸好幼儿园位置偏僻，不存在夜间施工扰民的情况，他总共只用了 28 天，四层楼的教学楼就封顶了。剩下的一个多月的时间，要对里里外外进行装修，按照图纸，外墙的设计最为麻烦，都是贴的那种色彩艳丽的小马赛克。有一次晚上，张春花趁着月色过来查看进度，到了园所后，她发现整个新楼的外墙脚手架上站着密密麻麻的人，她惊奇地说："怎么这么多人啊？"一名家长说："要保证9月1号正常开学啊，时间紧迫，还要保质保量，我们男家长中不恐高、懂点技术的全来了，为了如期交付，大伙都拼了！"

张春花大为感动，多好的家长呀，自己只能用更好的教学质量，来回报这些鼎力相助的家长朋友。在室内装修阶段，张春花和老公直接住进了幼儿园，赶工期、盯质量，还要接待前来报名的家长，一刻都不得闲。皇天不负有心人，终于在当年的8月底，大楼的1到3层室内全部装修完成，完全可以交付使用了。

开学在即，幼儿园的操场因为装修期间堆积材料、大型机器设备碾压，已经被破坏得不成样子，大楼的室内外装饰一完工，张春花立马着手开始修整操场，工人们都是一鼓作气加班加点地干，没有一个人有怨言。张春花夫妇和工人们同吃同住，一起把这个不可能完成的工程，如期完成了。不仅如此，还做到没有污染，环保验收完全合格！

9月1日，开学当天，老教学楼每个教室都坐满了孩子，新教学楼1到3层，每个教室也都坐满了孩子。看到窗明几净的新教室，看到孩子们一张张开心的笑脸，张春花流下了幸福的眼泪。

　　这场战争中，她一鼓作气打赢了！一学期后，在春节寒假期间，张春花把剩下的第四层楼也装修完毕，在春季开学，四层高的新教学楼，全部都投入使用，慕名而来的学生把每个教室都装满了。

　　时隔多年，当年承接这个工程的家长高礼国，与张春花已经成了好朋友，再次见面，高礼国都忍不住说："我从事建筑行业这么多年，短短2个月的时间，建好这个教学楼并装修好交付使用，这简直就是奇迹！此后，这种奇迹再也没有在我职业生涯中出现过，是张园长给我一个终生可以吹牛的案例！"

　　"世上无难事，只怕有心人。"认真是一种态度，也是一种能力，做任何事都会遇到困难，如果不认真，困难不仅无法解决，甚至可能越变越大。但只要认真去想问题、找对策，总能找到解决问题的方式方法，战胜前进路上的各种"拦路虎"。

　　壮哉张春花！壮哉庆龄幼儿园！是张春花百折不挠，遇到困难决不后退的不屈精神，创造了奇迹！是家长们对幼教人张春花的无条件信任，齐刷刷上阵，创造了奇迹！是张春花对幼教事业的不悔痴情，创造了人间奇迹！

第五章
幸福家庭密码

咱家是个"联合国"

《论语·里仁》，子曰："父母在，不远游，游必有方。"这句话表明孔子既强调子女应奉养并孝敬父母，但又不反对一个人在有了正当明确的目标时外出去奋斗。父母在世，不出远门，如果要出远门，必须告知自己所去的地方。"方"指一定的去处、方向，更主要的是指"方法"。意思是父母身体健康时外出，要让父母知道你的去处是安全的。如果父母的身体需要照顾，而自己又需要外出，就"必须"安排照顾好父母的"方法"，以尽孝道，即游"必"有"方"。

张春花做到了"游必有方"。

她兄妹众多，上面有1个哥哥、1个姐姐，下面还有1个弟弟、2个妹妹。一家人像一朵莲花，紧紧地包裹在一起，而张春花就是里面的那个莲蓬，是所有花瓣的核心和支柱。

大哥张运江从部队转业后在客运站当临时工开车，后来企业改革，他也下岗了，嫂子孔艳琴40多岁时身体不好，一直贫血。为了照顾哥嫂的生活，张春花就把嫂子安排到幼儿园上班，从事后勤工作，嫂子在幼儿园从40多岁一直兢兢业业工作到60多岁，直到现在还在幼儿园做保洁的工作。哥哥下岗以后，张春花也把他安排到幼儿园来开校车。后来哥哥的儿子结婚需要一套房子，张春花二话不说，出钱帮他交了首付。

张春花的姐姐张运花和弟弟张运武、大妹张秋香、小妹张冬香也都在幼儿园里工作，有资质的当老师，有驾照的开校车，没有一技之长的就做幼儿园的后勤保安和保洁工作。后来最小的两个妹妹出嫁，也是在张春花家里嫁出去的，张春花是操心的命，她就像妈妈一样，从妹妹们谈恋爱开始，都是一路把关，包括准备两个妹妹出嫁的嫁妆等一系列事情，都是她亲自安排的。几十年过去了，时至今日，大妹妹已经退休，小妹妹现在还在幼儿园当老师。嫂子和弟媳龙药兰现在也都还在庆龄幼儿园后勤部门工作。

张春花的父亲张德好退休后，经常骑个三轮车带张春花的妈妈到幼儿园来看望孩子们，父亲笑着说这是去"联合国"，只去一个地方，几个孩子全都见得到，有什么事情能比这更幸福的呢？

两个老人每次到幼儿园，开心得就像两只放飞的小鸟，他们就像是回到了自己家一样，在幼儿园里来来回回"巡查"，一会儿看春花和两个妹妹在教室教学的样子，一会儿去看大儿子开着校车接送孩子，一会儿又跑到食堂去看大儿媳妇在后厨切菜做饭，一会儿又可以去看看在走廊和卫生间做清洁的小儿媳妇……

家里的每一个人都在忙忙碌碌围着这所幼儿园各司其职，幼儿园是自己家女儿开的，在这里上班的又都是自己的孩子和媳妇们，老两口心里那个美呀，简直无法用语言来形容。

只要是两个老人来幼儿园"视察"，张春花必定在街上最好的酒店订上一大桌，一家人吃一个难得的团圆宴。张春花会在这个团圆宴上挨个敬酒，感谢大家对幼儿园的辛勤付出。平时她在幼儿园是园长，对各项工作要求很高，十分严肃，并不会因为是家人关系而放低对每个人的工作要求；只有在这个场合她才转换身份，变成了家里真正的一员，她会对自己工作中的高要求向大家做出补偿。每每这个时候，是一家人最开心的时候，两个老人往往也笑得合不拢嘴。

有多少父母，子女在外哪怕是有了大出息，但也是各奔东西，只能当一个空巢老人，有时候一年一家人才能团聚一次。而他们想见春花了，就去见，一见春花，一大家子人就都见到了，幼儿园就是父母心中的"联合国"。想必那个时候也是父母最开心、最骄傲的时刻吧，张春花凭一己之力，把整个家族从那片贫瘠苦难的土壤中全部都拽了出来了，在大城市安居乐业，实现了阶层式的跨越。

好女人是一个家的好风水

女人决定了家庭的风水。俗话说："好女旺三代，泼妇毁一族。"女人不仅是家庭的核心，同时也是家庭传承的关键。好女人正直、善良、有担当，以身作则，教导子女知书达礼，树立家风，传承家族优良传统，是整个家族的黏合剂。

张春花就是这样一个好女人，她用一腔孤勇，把贫困的家族带出泥淖，让每一个成员都过上了幸福的生活。

张春花不仅把娘家的兄弟姊妹照顾得好，个个都衣食无忧，对婆家的兄弟姊妹更是照顾有加，把他们一个个都安置得妥妥的。张春花和余宪骐结婚的时候，公公余成树在老家已经修了两层楼的房子，而余宪骐在学校仅分了一间宿舍，不但小，连厨房卫生间都是共用的，但张春花心想自己既然有了一间宿舍，家里的那个房子就不要了，都给了余家的兄弟们。这件事情，让余宪骐心里十分感动，他觉得张春花是一个心胸宽广的人，自己娶她真是娶对了人，不像有些媳妇嫁到婆家后，喜欢斤斤计较，经常为一些小事闹得婆家鸡飞狗跳。春花是个大女人，比男子汉的胸怀还宽广，为家、为事业，她都是无怨无悔地付出，从来不求任何回报，余宪骐有时候晚上躺在床上扪心自问，他感觉自己的格局和境界都不如妻子。要知道在农村的一些家庭，兄弟姊妹常常会为生活中的一些鸡毛蒜皮的小事闹得不可开交，特别是在面临分家这样的大事时，兄弟之间寸步不让，闹得脸红脖子粗，甚至会大打出手、反目成仇，这样的例子比比皆是。

在农村的兄弟与父母分家，涉及宅基地、田地、树木、锅碗瓢盆等物品的分配。虽然物品普通，但背后体现了家庭成员的情感和记忆。分家过程中，虽然有争吵和不满，但也体现了家族成员对公平的渴望。

余宪骐亲眼见证过村里邻居的一次分家经历。那是邻居一位爷爷去世，奶奶孤寡。奶奶的养老问题成为关注焦点，一大家子人在族亲长辈的商议和见证中，决定分家。这家爷爷奶奶一生生育三儿四女，兄弟姊妹七人。在农村分家，默认是儿子分家，并没有女儿什么事。

三个儿子分家，各种物件都要分三份。

宅基地、田地，每家一份。小儿子分得庭院南侧的一块空地，日常爷爷种了一些葱蒜、芋头之类。爷爷遗产里，正好有三棵柿子树，于是一家分得一棵，避免了争闹。其他杨树、梧桐树，按照数量也等分了，这些树是这家人的，也是村里孩子们共同的记忆，后来这树木长成，逐个被几兄弟砍了卖钱，只留下空荡荡的一块空地。

老二分得了一个竹木小床。他们的孩子和余宪骐年纪相当，是发小，夏天的时候孩子们在床腿上各绑一根竹竿，撑起蚊帐，将床抬到庭院里，夜晚孩子们就躺在小床上睡觉纳凉，在蝉鸣声中、在满天的星斗下，凝望夜空，很是惬意。

分家时，除了分田地、树木，还会分一些锅碗瓢盆。

碗，是农村那种老旧的粗瓷碗，这种碗，常用作农村红白事宴席上的蒸碗（扣碗）。现代生活中很少见人再用这种粗糙、低劣的瓷碗。

余秋雨在《山居笔记》中《乡关何处》的章节有一段这样的描写：

我所离开的是一个非常贫困的村落。贫困到哪家晚饭时孩子不小心打破一个粗瓷碗就会引来父母疯狂的追打，而左邻右舍都觉得这种追打理所当然。这儿没有正儿八经坐在桌边吃饭的习惯，至多在门口泥地上搁一张歪斜的小木几，家人在那里盛了饭就拨一点菜，托着碗东蹲西站、晃晃悠悠地往嘴里扒，因此孩子打破碗的机会很多。粗黑的手掌在孩子身上疾风暴雨般地抡过，便小心翼翼地捡起碎碗片拼合着，几天后挑着担子的补碗师来了，花费很长的时间把破碗补好。

　　余秋雨笔下的粗瓷碗，就是农村分家说到的碗。父辈们计较小的物件，后人应该宽容理解，因为现在的我们没有经历过他们"一贫如洗"的年代。

　　均分的各类盆，余宪骐印象深刻，有一个橘红色的塑料盆，分家时已经变成了灰橘色，可见年代久远。这家人用它拌过很多凉菜，那一道道凉菜，成就孩子们儿时独特的味觉记忆，历久弥新。盘子又沉又厚，表面比较平，装不了多少东西，盘子边缘一圈儿均等印着红色花朵。在外人看来，不就几个破盘子、破碗吗，何必费那些口舌去争？

　　其实，在贫困时代，兄弟面对分家也是"不患寡而患不均"，一是心里委屈，一是心有不甘，一是心中愤慨。

　　张春花嫁入余家，嫁妆都是自己置办的，没有让余家花一分钱，并且结婚后主动搬到丈夫学校的单身宿舍去居住，把新房也腾出来让给了余家的其他兄弟。她从来不争不抢，还时时处处为兄弟姊妹着想，她的所言所行，让公公余成树看在眼里，记在心里，对这个媳妇暗暗地竖大拇指。

　　好女人就是一个家庭的好风水，公公余成树虽然有 8 个子女，但他后来放着家里的大房子不住，非要和张春花一家四口挤在一个单身宿舍里住，可见老人对这个儿媳的偏爱有多深。虽然那段时间，张春花每晚只能趴在床沿上睡觉，夜里不敢随便翻身，生怕一个翻身就掉下去了，但蜗居岁月里的温馨时光，却让她难以忘怀。

你都不知道春花有多好

龙生九子，各不相同。

余成树有5个女儿、3个儿子，前面5个孩子都是女儿，后面3个是男孩，余宪骐有一个哥哥和一个双胞胎的弟弟。

弟弟小双夫妻经常为一些小事情吵架，并且每次吵架双方都各不相让，吵得惊天动地，有时还会动手打架。

张春花夫妻俩经常被叫去劝架。有一次，张春花正在幼儿园处理工作，突然接到了公公的电话，公公在电话里颤抖着声音说："春花，你赶快回来一下吧，我要被小双夫妻俩气死了，他们太不像话了，每天就这样闹翻天，我一天都没法在这个家里过了！"

张春花知道这两口子肯定又在家吵架了，她叫上丈夫余宪骐，两口子骑个自行车就往家里赶。他们还没有进家门，老远就听见弟媳妇在嗷嗷地哭，边哭边骂，院子外面围了很多乡亲。

他们拨开人群走进去一看，发现弟媳披头散发地坐在地上，地上满是水，洗脸盆扔在院子中央，旁边地上还有几个摔碎的碗……看见张春花夫妻俩进来，弟媳哭得更凶了，边哭边指着小双骂："他不是人啊，我上辈子做了什么孽，会遇到这么一个垃圾，他天天除了欺负我一个女人，还会干什么？"小双耷拉着脑袋，蹲在墙角，闷头抽烟一声不发。公公余成树气得浑身发抖，捂着胸口半躺在床上，老泪纵横。

张春花赶紧把弟媳搀起来，扶到屋里，又把看热闹的人劝散。弟媳妇哭着对张春花说："小双太不争气了，如果他有大双的一半好，我们也不至于天天吵架。"

听了这话，张春花就不知道咋劝了，余宪骐接过话说："不是我有多好，是你们不知道春花有多好！"

确实如此，春花太好了！在这余家是早有共识。余成树经常说，自己生的几个子女，有几个不讲孝心，不团结，把他们的母亲早早气死了，因此没有一个完整的家，也害苦了他一生。

张春花嫁入余家之后，以一己之力，改变了余家整个家族的风水。她全身心地融入这个大家庭，逢年过节处理家族的吃饭送礼等大事小事，她和丈夫一手完成，尽量不让其他兄弟姐妹出钱，家族成员之间有矛盾，也是由他们两口子来化解。一个家族里，有一个肯吃亏能扛事的人，那么这个家庭就一定会有凝聚力，张春花除了在张家大家族是扛大旗的人物，在余家同样也是灵魂人物！

余宪骐的大姐比他大 20 岁，长姐如母，一生操劳。二姐 40 多岁时就患胰腺癌去世了，余宪骐和张春花作为舅舅和舅妈，把二姐的几个孩子当成自己的孩子一样，让他们和自己的儿子余章曲同吃同住，一起长大。余宪骐的三姐与三姐夫夫妻关系不好，经常吵架，张春花认为这种家庭环境对孩子成长不利，就把三姐夫安排到幼儿园来开校车，又把他们的儿子安排在自己幼儿园读书，平时也由自己来照护。

余宪骐的四姐是一个可怜的女人，生的孩子双目失明，丈夫接受不了这个残酷的结果，天天喝酒麻醉自己，喝多了就家暴，后来两人离了婚。

离婚后伤痕累累的四姐于 2019 年又患了癌症，没有钱治病也没人管她，余宪骐在张春花的支持下带着四姐全国到处看病，所有的医疗费用都由他们夫妻俩承担。特别是在疫情期间，四姐在武汉市蔡甸区人民医院住院，因为到处隔离，张春花夫妻俩也被封在家里不能出门，护工也不好找，张春花后来花了超出市面 3 倍的价格，请了一名护工在医院照顾四姐，在那个极其特殊的时期，让四姐得到了积极的治疗和照顾。四姐后来因病医治无效去世后，遗体无处安葬，因为离婚后婆家不让她进祖坟，也是张春花力排众议才把四姐安葬在了余家的祖坟上。

当时，张春花对着余家的一大家子人动情地说："四姐命苦，活着时孤苦伶仃，死了就进咱们余家坟，和亲人们埋在一起，就是到了阴间也会互相照应。"张春花说着说着流下了眼泪，余家人均听得感动不已，几个姐妹也忍不住流下了眼泪，从此，再也没有人提反对意见。

事后，张春花出钱重修了余家的祖坟，余家过世的人都埋在这里，每年去祭祖时，祖坟上鞭炮和烟火不断，亲人们络绎不绝，好不热闹。在外人看来，这家人人丁兴旺、团结和睦。

在张春花创办庆龄幼儿园时，余宪骐的五姐一家人由于买不起房子，没有地方住，就搬到了幼儿园里居住。五姐只有初中学历，就在庆龄幼儿园的食堂里做后勤工作；五姐的女儿勤奋好学，为了培养家族的接班人，张春花就建议她去考幼师，并一手将她送到武汉二师读幼师专业。

五姐的女儿幼师毕业后，就在张春花的幼儿园里面上班，她上了几年班之后，不甘心只是做一个平凡的幼师，就想学习张春花自己去开办幼儿园。当张春花听说她有这个想法之后，也非常为家族里出现这样一位有理想的年轻人高兴，但是她知道打工和创业完全是两种思维、两回事。她对小姑娘说："创业这条路的确很辛苦，但是年轻人就是需要出来闯，你有这份勇气和决心，我支持你，需要我帮忙的，你尽管开口！"后来，五姐和女儿创办的这所幼儿园从选址到招生再到开园，张春花都事无巨细地手把手地教她，一直把她带上路才放心。

张春花建好幼儿园后，为了方便工作，就从汉阳一中的宿舍楼搬到了幼儿园里居住，公公余成树也跟着搬了过来，后来大哥和大嫂也搬到了这里居住。幼儿园里没有地方居住，只有一个楼梯间可以放置一张床，哥嫂两人就挤在这个小小的楼梯间里过了几年，直到2009年张春花建第二栋教学楼时，才借此机会在山后的空地上给哥嫂建了一间平房，哥嫂一直吃住在这里，每天到食堂吃饭，水电费等都是由张春花承担。

小双没有参加高考，年轻时跟父亲学做皮鞋，结果迷上了赌博，把父亲的皮鞋厂也亏得关停了。后来，小双又开了一间卡拉OK歌厅，结果又亏得颗粒无收。

早在1994年张春花借高利贷建造幼儿园时，弟弟小双找她借了5万元钱，说是要进货，很急，并且说只周转一周就会还回来，听他说得信誓旦旦，张春花就借给他了，要知道这些钱都是张春花以13.98%的年化利息借来的。结果，过了很久，小双迟迟不还钱。背着高息，为了建幼儿园到处用钱的张春花急得团团转，但她却不好意思开口催小双还钱，后来还是余宪骐催了弟弟，小双才不情愿地还了3万元，剩余的2万元不了了之。

还有一次，他借口自己的媳妇病了需要借钱去看病，张春花心中一软，就到银行取了2万元钱给他，并且反复交代，一定要把这个钱带回家交给弟媳妇，小双连连答应，结果转头就上了赌桌，当天就把这 2 万元输得一干二净，把张春花气了个半死。后来小双又编了各种理由，找张春花借了不少钱。夫妻俩提起这个弟弟就直摇头。

前些年，小双中风了，躺在床上不能动弹，伤透了心的弟媳不愿意照顾他，后来他需要进行手术，弟媳一分钱也不出，甚至躲着不出现。可恨之人必有可怜之处，小双毕竟是丈夫的同胞亲弟弟，张春花不忍心不管，小双所有看病的钱，也都是她出的。在张春花出钱医治下，目前小双基本生活上能够自理，可以下床走路了……

如今年过六旬的小双，终于安静了下来，只要别人一提起张春花，他都双手竖起大拇指，连连点赞，眼里总是满含泪花。张春花对这位小叔子可谓仁至义尽，给他找媳妇，为他结婚一再推迟自己的婚期，助他成家，帮他创业，调解他的婚姻，生病还帮他治病，这个憨憨的嫂子，像人间观音一样，浑身散发着光，降落到他们家，照得每个人心里都亮堂堂的……

人生，只不过是一场折腾。小双折腾了一生，直到躺在病床上，才安静下来。少年时，不安分的他在家人中折腾；青年时，他在喧嚣的人群中，走南闯北，行万里路，广交天下朋友，在生意场和赌场上折腾；结婚后，他在婚姻中折腾，为生活中的锅碗瓢盆打闹不休，折腾得生不如死；到了病中的老年，强烈的求生欲望，又让他为活下去在各大医院折腾。一生折腾来折腾去，折腾到最后，一无所有。其实，人心难读，人心难控。人之所以爱折腾，是因为执念太多，欲望太多，贪心太多，只懂一味索取，不懂体谅和奉献，不懂欲取先予，最终必定成为命运的缺憾。

其实，在生活中，我们不难发现一个奇怪的现象：兄弟姐妹中那个最宽厚、最不计较个人得失的人，往往在一个家族中日子过得更好，他们的孩子一般也很优秀。白岩松说过一段很经典的话："你用什么样的态度去对待命运，命运就会以相同的方式回馈给你。到了一定年龄就会明白，人这一生过什么样的生活，走什么样的路，往往都是自己的选择，人生走到最后收获什么样的福气、拥有什么样的晚年，通常也都是自身修来的结果。"

常听身边老人感慨：一个家庭走出来的兄弟姐妹，不知为何，有的人算计了大半辈子，反倒越活越凄凉；而有的人看似笨拙老实、处处不争不抢，最后却积攒了不少福气，把日子越过越旺。仔细想想，人在前半生修炼的德行、格局、心态，其实都是后半生幸福与否的根源所在。

为人宽厚善良，家风正，则后代正；家风好，则万事兴。管理学大师史蒂芬·柯维曾在书里提到一个观点，如果一个人家庭不幸福，工作不顺利，前途不光明，那一定是人品不够好，就好像银行账户里没有足够的存款为幸福生活买单一样。人生在世，人品是一个人安身立命的根基所在，如果一个人总是为了利益丢掉良心，为了成事，不守德行，终有一天会作茧自缚，自毁余生，而那些坚守善良、品行端正的人，不管来时路走得多么坎坷，也终会因种的善因，获得幸福的果实。

余宪骐讲了老家邻居的故事——邻居老太太有两个儿子，大儿子性格内敛，平日里不太爱说话，跟身边人交流比较少，但为人厚道，做事勤勤恳恳，常常受到邻居们的称赞。小儿子从小就嘴甜，总能讨人欢心，深受父母喜爱，但却爱耍小聪明，也为此常常整出一些烂摊子，给家里惹了不少麻烦。兄弟俩成家后，大儿子生活条件一般，一家三口住在不算大的房子里，只要有闲工夫，他都会带上孩子回家看望老人，打理家务，修整家里的房子，陪在老人身边洗衣做饭。若是看到谁家遇到难处，他都会竭尽所能尽一份力。而那个父母牵挂的小儿子，早早就去大城市打拼，后来多次以"生意忙"为理由，连过年都表示抽不出身来回家。偶尔回一次家也是问父母要钱，还声称以后赚大钱了，就把父母接过去过好日子。不仅如此，他还拉了一些亲戚朋友做投资，但投进去的钱都是"竹篮打水一场空"，引来不少人来家里要债。前些年大儿子利用一家省吃俭用攒下的一些钱，开了一家小商店，也因为一路种下善因，多次得贵人相助，日子越过越红火。他们的孩子凭着优异的成绩，考上了好大学，往后的生活充满了希望。反观小儿子因为生意失败，欠债无数，失了人心，卖了房子和车子，婚姻也就此破裂，整日活得浑浑噩噩。

俗话说得好，心存善念，必有善行。善念善行，天必佑之。厚道之人必有后福，从来不是一句空话。人品好的人做事有底线，处世有原则，不会因为眼前的利益，放纵欲望吞噬自己的良心。他们始终牢记，做人做事，首先要做到不愧于天，不愧于地，不愧于人，不愧于心。一个人最难得的品性，不是聪明，而是不管到了什么年龄，都能有植根于内心的善良和宽厚，重视人品的人用善与爱言传身教，将好德行代代传递，让家风得以稳固，福气自会源源不断到来。正如古语所言：积善之家，必有余庆。

小双身上的悲剧，何尝不值得我们每个人从中吸取教训呢？

给"三无"公爹找老伴

张春花的公公余成树有文化、有素质，年轻时当过皮鞋厂的厂长，见多识广。在儿子余宪骐 12 岁的时候，爱人就过世了，他一个大男人拉扯 8 个孩子长大成人，让子女们各自成家立业本身就不是一件很容易的事情，可他好不容易把孩子们一个个安顿好，其中，不省心的孩子，让他一天也没有过上好日子。

老人看不惯小儿子和媳妇整日的争吵不休，不愿意和他们生活在一起，所以才宁愿和张春花一家挤在一个小房子里住，眼不见为净。

公公余成树其实是一个很"潮"的老头，他特别爱干净，穿着时尚，衣品出众，喜欢戴个鸭舌帽，穿双大皮鞋，挂根拐棍，活脱脱一副港商的派头。老人最大的爱好就是洗头、搓澡、遛鸟，余成树经常戏称自己是名"三无"人员——无房子、无存款、无退休工资，但是同时他又到处骄傲地对外人讲:"我有春花这个孝顺的好儿媳就够了!"

张春花的两个孩子还小的时候,公公还可以带带孩子打发一下时间。老人最怕孤独,总喜欢找个人说话,在汉阳一中单身宿舍蜗居的那段时光,老人把两个孩子都照看得很好,每天眼巴巴望着儿子余宪骐和儿媳张春花回家,老人最开心幸福的时光就是能和儿子儿媳唠唠嗑,排遣一下寂寞。但是张春花和丈夫在幼儿园和学校辛苦一天,往往回到家就累得精疲力竭,跟老人没说上几句话,可能就倒头靠在沙发上或是床上睡着了,心疼他们太辛苦的老人就不再找他们聊天,而是默默地把锅碗瓢勺收拾好,照顾孩子洗漱完毕上床,就尽快早早地关灯睡觉。

孩子们慢慢大了,上学了,张春花两夫妻都要上班,幼儿园的事情也多,根本没有时间来陪伴老人。老爷子的孤独,张春花看在眼里,慢慢地她萌生了帮公公找一个老伴的想法。有一次回余家,张春花趁余家的兄妹都在,就说出了自己的想法,但是余家的几个子女却说:"老爷子这么大年纪了,还是一个'三无人员',谁愿意跟他啊?"

那时公公余成树已经 70 岁了,老人怎么开心怎么玩,子女们没有意见,但是说要给老人找个伴,子女的意见却不统一,有的觉得丢人现眼,但是张春花第一个支持。她觉得老爷子中年丧偶,拉扯 8 个孩子长大,大半辈子一个人艰辛地走过来了,即使子女再孝顺,也无法替代老伴这个位置。

有了老伴的话，至少老人白天出去遛弯，晚上回来家里有一个说话的人。

后来公公余成树搬到了幼儿园里居住，吃饭问题也在幼儿园食堂解决，所以即使找了老伴，也不需要她帮着做饭，主要是有个伴。吃住幼儿园都可以解决，不像有的老人找老伴其实是找个保姆来照顾自己，他这里做饭等家务事也都不需要未来的婆婆干。既然老人有这个需求，所以张春花一直特别留意，她也希望尽快给老人找个合适的伴，让老人有一个幸福的晚年生活。

巧合的是，这个合适的人选还真让张春花遇到了。朋友介绍了一个农村来的婆婆，叫石凤枝，比余成树还大 2 岁，她老公很早就去世了，也没有孩子，就一直和她的侄子生活在一起，但侄子不讲孝心，把她农村的房子占为己有，还不赡养她。朋友听说张春花的公公有找老伴的意愿，知道张春花夫妇很孝顺，事业也干得很好，一直把公公带在身边照顾，所以就牵了这个线。

石凤枝一生孤苦，传统观念很重，老公死后，很年轻的她也没有想过再嫁，到了老年，没有子女的她特别孤独，加上没有依靠，这才想找个伴，相偎终老。当时一听说余成树的这个条件，石凤枝很满意。要知道张春花在蔡甸区声名远播，石凤枝老人早就听说过张春花，对她投身教育、培养了无数优秀儿童的事迹耳熟能详，她又听人介绍张春花把公公一直带在身边悉心照顾，更是十分感动，一个儿媳做得竟然要比很多女儿都好，跟着这样的家庭，自己肯定不会吃亏、不会受欺负。

介绍的媒人看时机成熟，就让两位老人见了面。那一天，张春花特地把自己手头的工作安排好，她请了假，带着公公去理了个发，穿了一套崭新的西装，老人容光焕发，神采奕奕，像是一下子回到了青年时代一样，开心得满脸盈笑。张春花在城里面订了一个很大的豪华包房，还用心买了一大束鲜花。那天见面时，穿着朴素干净的石凤枝老人，一辈子没有见过这么大的阵仗，她表现得有些局促不安，张春花坐在老人身边，握着她的手，给她拉家常，向她讲了自己公公余成树的光辉往事，把公公的优点都一一向石凤芝老人说了个明白，她也直言不讳地给老人说，自己的公公就是一辈子不会做饭，但是现在公公住在幼儿园，衣食无忧，吃饭就在幼儿园里的食堂吃，也不用婆婆过来后还要做饭伺候人。席间，张春花不断地给石凤枝老人夹菜，走的时候把那一大束鲜花送给了老人，并且给了老人一个大大的拥抱，石凤枝老人当时就感动得热泪盈眶。

后来据媒人介绍，老人说她这一辈子都没有感受到过家庭的温暖，是张春花仅仅用了一顿饭的时间，让老人有了家的感觉，同时也让老人坚定了信心，愿意走进这个家庭和余成树共伴终老。

　　两个老人互相认可，张春花也做通了余家兄弟的工作，两个老人的婚事也就很快提上了日程。

　　1990 年 10 月，张春花和弟媳妇给老人布置婚房。一家人还请上公公的好朋友在餐馆摆了几桌酒席，给两个老人办了简朴又热闹的婚礼。

　　由于公公一直和张春花他们生活在一起，所以公公结婚，就把张春花家当作了新房。张春花和弟媳将各自当年结婚时全新的被子、被褥、枕头，都送给了公公婆婆。其实，当年弟媳结婚的时候，这些也都是张春花帮忙置办的，现在公公再娶，做子女的也把最好的提供给了他们。婆婆孤身一人，除了几件随身衣服，什么都没有带来。

　　婚后，老两口在一起生活得很舒心，相互有个伴，老爷子脸上的笑容更多了，再也没有听到老爷子唉声叹气了。每天吃完早饭，就提着他心爱的鸟笼子，和婆婆一起去附近的公园遛鸟散步，生活十分惬意。

　　婆婆是农村来的，虽然没有几件好衣服，但收拾得干干净净的，老两口住的地方也收拾得整洁利索。张春花看婆婆衣服很少，只有几件换洗的衣服，非拉着婆婆去买新衣服。婆婆很淳朴，也是节约惯了，坚决不去，还说你们把我当亲妈一样看待，我已经很满足了，哪能还多花你们的钱买衣服呢？衣服够穿就行了。

　　张春花没办法，就自己根据婆婆的身高体重去买衣服，没想到买回来的衣服都还蛮合适的，鞋子也是张春花偷偷地看了婆婆的鞋码，记在心里，买回来的衣服、鞋子都很令婆婆满意。婆婆高兴得很，逢人就说："活了大半辈子了，没想到老了，不仅遇到一个知冷知热的老伴，还得了一个孝顺无比的儿媳妇，这辈子知足了，没有白活……"

张春花的两个孩子从小就没有奶奶，现在有个奶奶了，也很开心，老两口有时间也会买点孩子们爱吃的小零食、小玩具去看望两个孩子。两个孩子亲热地"奶奶、奶奶"叫着，婆婆心里乐开了花，打心眼里也把两个孩子当亲孙儿对待。

余成树和石凤枝老两口在一起幸福地生活了十几年，张春花待公公婆婆也像对待自己的亲生父母一样，让他们一直居住在幼儿园，方便自己随时照料，平时有个头疼脑热的，也能第一时间送药看病。

2004年7月16日公公余成树患胰腺癌去世，公公临终时，紧紧地拉着张春花的手，泪流满面，眼中充满着感激和不舍，嘴巴里轻声地呢喃着："谢谢春花，这些年你辛苦了……"

老人用最后的一点力气，留下了八字遗言——和睦相处，开源节流。

"和睦相处，开源节流。"前面一句，是老人毕生心愿，后面一句则是一个曾经创过业的老人对张春花的谆谆教导。老人的八字遗言充满了人生的智慧，这8个字也成了张春花日后的座右铭。

公公去世，张春花再一次挑起了大梁，风风光光地给老人操办了后事。张春花平日广结善缘，听闻她公公去世，当地的不少领导都前来吊唁，还有很多亲朋好友，人来得实在太多了。当地有习俗，一般老人过世都要在家里停放 3 天，然后才火化送葬，而且老爷子生前也是一个爱热闹的人，但如何接待到场吊唁的领导及亲朋好友、同事，一般的酒店也接待不了这么多人，场地如何解决？当时正值幼儿园放暑假，张春花当即决定：就在幼儿园操场上办酒席。每天足足有 60 多桌客人，她请了当地办酒席的"一条龙"服务商，后勤工作一律由承办酒席的人负责，家属只负责接待客人。后来，张春花才发现这个决定是多么的明智，当时来的客人非常多，如果没有一个大的场地，不可能招待那么多客人。在最后一天，亲人们都去火葬场了，留下张春花一个人在家里接待，本来此时的她已经站了 3 天了，不停地迎来送往，她的嗓子全哑了，腿也肿得老粗，实在是站不住了，但是还有那么多客人要招待，没办法，张春花只有沙哑着嗓子，一瘸一拐地招待客人。

亲朋好友见此无不竖起大拇指，称赞张春花真是一个有情有义的好媳妇，对待公婆孝顺，对待亲朋好友有礼有节。公公过世办酒席，按道理来说，应该是几个儿子平摊费用。张春花知道大哥大嫂一家不容易，小叔子一家又经常为一些鸡毛蒜皮的事吵架，担心他们在这个费用方面有争议，张春花早早就对他们说："你们不要有什么负担，钱都由我来支出，不要你们管，大家只要一团和气地把老爷子送走，咱们子女把这个丧事办得风风光光，老爷子泉下有知，也会很欣慰的。"

当时余宪骐对妻子张春花的做法称赞不已，真心觉得娶了一个好女人，识大体、顾大局，让整个家族都和和美美、兴旺发达。

公公去世后，张春花也一直赡养婆婆，直到2008年元月婆婆去世。那一年，刚好发生史无前例的大雪灾。受暴雪天气影响，湖北省内9条高速公路中有5条关闭，由武汉发往全国各地的长途客运班车有8800余次停运，天河机场亦有20余次航班延误……

当年的雪灾如此严重，但是来张春花家吊唁的人依旧络绎不绝，当时也适逢幼儿园放寒假，婆婆丧事的酒席也是在幼儿园操场上举办的，张春花风风光光地送了婆婆最后一程。

有福之人，天必佑之，心存善念和厚道的人，会得到亲人的保佑和庇护。生死虽不由命，聚散皆是有爱。公公婆婆都是在幼儿园放假期间过世的，既没有影响张春花的教学工作，也有大的场地可以利用，这不失为老天的照拂。

陪考专业户

张春花是一个事业狂人，但她同时又极具慈母情怀，她隐忍而又克制的母爱在儿子余章曲身上体现得淋漓尽致。

儿子余章曲遗传了父亲的学霸基因，从小成绩优异，是父母的骄傲。高三之前上学基本上没有让张春花操心，余章曲高中在武汉重点中学汉阳一中"火箭班"就读。

余章曲兴趣爱好广泛，虽然是个男生，但他心思细腻，动静皆宜，除了喜欢打篮球之外，他平时还喜欢写写日记和随笔。翻开他学生时代的随笔册，上面有一篇名为《哨子》的文章，他回忆起读小学时学过的一篇名叫《哨子》的文章，其他的很多课文都模糊不记得了，只有这篇文章在他的记忆里越来越具体，越来越深刻，他在随笔里这样写道——

这篇文章真是好，就像酒一样，越陈越香，越酿越辛辣。文章里写到普通人最大的特点就是喜欢买"哨子"。

这类人手上的钱处于一种很尴尬的状态，手头有点钱，但又不能挥霍，但为了"哨子"，他们愿意买，收获快乐及满足感，而快乐的背后是捉襟见肘的痛苦，相比之下，这只是 1% 的快乐和 99% 的痛苦。正如飞蛾扑火一样，他虽然赢得了所要的光明，但等他意识到这光明背后是备受煎熬时，这种消费的快乐就成了一种长久的后悔。

高中的孩子，正处于叛逆期，对什么新鲜事物都愿意去尝试。在随笔中，他也剖析了自己的行为模式，他在文中写道——

我绝对是一个喜欢买"哨子"的人，从小到大我买的东西并不多，但我买的东西全都是"哨子"：买过复读机却只是用来听音乐；买过电脑，却只是用来玩游戏，还影响了学业，最后电脑成了家人的心腹大患；买过几百元一双的球鞋，却发现穿起来很不合脚，很不舒服，一直想丢，但又舍不得，只有忍着痛穿了几年；买过几百元的手表，却发现也只是用来看看时间，不如只买个便宜的表；买过 1000 多元的电子词典，却发现也只是查查单词，还不如翻翻字典更实在……

我不能不说这是一种虚荣心在作怪，这些道理谁都知道，但在买"哨子"之前，竟然经常会被虚荣心蒙住双眼，当虚荣心被满足后才清醒，当你睁开双眼，然而一切都晚了，带来的只有长久的懊悔。而当虚荣心再次来袭时，我们却依然很甘愿地被蒙住双眼。如此往复，殊不知往复的是痛苦，人类就是在这样作茧自缚的过程中周而复始地生活……

高中的学生能通过小学的一篇课文，剖析这个社会现象，勇敢直面自己的内心，并勇于承认自己的虚荣和不足，实属难得。

余章曲还写过一篇题目是《我不想，但事与愿违》——

心想事成是一句绝好的祝福，但实现梦想却很难。

我不想当个愤青，但当我大谈人生、价值、校规之时，我其实已经是了。

我不想承认人生苦短，但当我记不得爷爷的相貌时，我才觉得生死之间只是隔着一张纸。

我不想说年少不再，但当我无数次地记起以前打球的同学却已经失联了，才发现时间永远不可回头。

我不想说想家了，但当想起家里那张舒适的大床时，却忍不住认为"好男儿志在四方"纯属鬼话。

我不想说自己爱看雪，但当我看到在大冬天里还冻不死的南方巨大的蚊子时，也不得不狂喊："让暴风雪来得更猛烈些吧！"

"少年不识愁滋味，爱上层楼。爱上层楼，为赋新词强说愁。而今识尽愁滋味，欲说还休。欲说还休，却道天凉好个秋！"辛弃疾的这首诗，道尽了余章曲少年情怀。这篇文章写在余章曲去顺德上高中之后。余章曲高三转到广东顺德去上学，这中间还有一段插曲。

2004 年 7 月，汉阳一中开始招新生了，此时余章曲高二毕业，马上升高三，进入了高中最紧张的阶段。当时汉阳一中有 7 位优秀老师被广东顺德的罗定邦中学挖走。

罗定邦中学是一所公办学校，位于广东省佛山市顺德区大良街道，隶属顺德区教育局，是一所全日制公办普通高中，广东省一级学校。1963 年佛山市顺德区罗定邦中学（原顺德大良中学）肇建，在政府的支持和旅港乡贤罗定邦先生的捐助下学校重建，并于 1995 年 8 月移址易名。学校有 60 个教学班，近 3000 名学生。学校开展了以高一学军、高二学农、高三成人礼为特色的德育活动课程，打造定邦数字广场，引进电子班，建立新闻传播中心、创客中心、微格课室（两大一小），实现网络全面覆盖校园、信息化终端遍布校园。学校以"创建适合学生发展的教育模式，打造和谐快乐校园"为办学理念，以"诚正思行"为校训。学校先后获得中国名校实验基地、全国教育信息技术研究课题示范学校、全国校园足球特色学校、广东省教学水平优秀学校、广东省信息化中心学校、佛山市普通高中教学质量综合评价优秀奖等荣誉。

罗定邦中学办学理念创新，师资力量雄厚，升学率高，在全国高中享有极高声誉，学校广纳全球范围内英才，给予老师的福利待遇也非常好，仅汉阳一中就有 7 名优秀的老师被他们吸引了过去。当时罗定邦中学也在全国招募优秀的应届高中生，汉阳一中是重点高中，学校里的尖子生比比皆是。余章曲又是其中优秀学生代表，几个老师回来后与本来就是一中老师的余宪骐商量，想把优秀的余章曲转校到罗定邦中学去上学。余宪骐了解儿子的优势，知道他记忆力很好，理科成绩特别突出，但是当时他即将上高三，如果在这个关键节点将他转校的话，只有一年时间就要参加高考了，而广东的教材和武汉的不一样，考试试卷也不一样，这样贸然把儿子转过去，肯定是有风险的。再者，孩子一个人在那边读书，又没有人照料，他也不放心。另外一层顾虑，就是余宪骐本身是一中的一名优秀的教师，儿子又是"火箭班"的学生，自己作为老师带头把自己孩子转走了，学校领导的面子上会不好看，对学校也不好交代。

思索再三，余宪骐拒绝了罗定邦中学的邀请，不同意转校。这几位老师不死心，又找到张春花，几位老师轮番去做她的工作，经过多次沟通，分析利弊，广州高考分数线比湖北有优势，余章曲本身学习成绩很好，而且高二基本上就把高中的课程全部学完了，接下来的高三就是复习巩固知识点，查漏补缺，所以根本不用担心孩子过去跟不上学习进度。张春花经过认真分析和多方考量，最终拍板同意儿子转学，她相信自己儿子的能力，在广州的好中学考名校更容易些，也更保险一些！

接下来的工作就是说服儿子余章曲转学。余章曲不愿意离开家，离开熟悉的环境和熟悉的同学老师，所以他心里很抵触，不愿转学。加上那一年爷爷刚过世，爷爷一手带大了他，从小爷孙俩感情最好，爷爷去世，对他的打击巨大，他好长时间在悲伤里走不出来。妈妈张春花看在眼里，疼在心里，她正好也想帮儿子换个环境，透透气，让孩子能快点从悲伤中走出来，进入备考状态。

张春花还有一个说服儿子的好理由：广州那边天气暖和，不会像武汉这么冷。高中的孩子讲究风度，宁可冷得发抖，也不愿意穿秋衣秋裤。张春花当时就对帅气的儿子说："南方的天气特别适合你，你不爱穿秋衣秋裤和大袄子，那边冬天都只穿单衣服，基本上穿一条裤子、一件外套就可以过冬了，到了南方，我儿子的帅气就有了保证！"

看着妈妈一直为自己的事情操心着急，余章曲最终被说服了，同意转校。母子俩统一了思想，最后再来做余宪骐的工作就容易多了。但作为老师，余宪骐还是觉得儿子此时转学过去太冒险了，虽然考试分数肯定更有优势，但教材、考试内容都不一样，而且只有一年的学习时间，虽然儿子聪明，但能不能很快适应那边的环境，都是未知数。张春花又把儿子转学后的各种利弊全面给丈夫分析了几遍，最后余宪骐也妥协了，为了儿子的前途，他愿意陪儿子冒一次险！

一家人好不容易统一了思想，但是问题又来了！在广东参加高考的话，前提必须有广东户口，那么余章曲的户口必须转过去。当时把户口转到广东顺德非常困难，罗定邦学校的校长爱才心切，答应把余章曲转到罗定邦中学，张春花最担心孩子的户口问题，对方学校的校长承诺，既然要优秀的学生转校过来读书，目的就是高考能考个好成绩，给学校争光，户口问题肯定会解决好的。

校长既然承诺了，张春花就放下心来。当年 8 月，还是在暑期，张春花夫妇带着儿子余章曲到了顺德。到顺德后，原汉阳一中的老师来接他们，把他们一家三口安排先住下。几个老同事在异地见面，分外热情，顺德美食天下闻名，"吃在顺德"名不虚传。顺德的早茶特别有名，几位老同事每天带着他们一家人出去吃早茶，下午又拉着余宪骐出去打牌，日子过得无比悠闲，完全不提孩子转学落实户口的事。

张春花陪着他们玩了 2 天后，坐不住了，她急得像热锅上的蚂蚁，心想："我们冒着这么大的风险带孩子转学过来，到现在学校是什么情况，心里没有一点底。如果没有户口不能在这边参加高考，那岂不是把孩子耽误了，自己不能拿孩子的前途开玩笑，否则会自责一辈子的。"

那几天，张春花看见孩子也唉声叹气的，另外她得知汉阳一中那边已经开始补课了，而他们还在顺德这边吃吃喝喝。想到这里，张春花心急如焚，她不愿再这样干等下去了，必须主动出击！

当天晚上，余宪骐和几个同事打牌没有回来，第二天一大早，张春花带着儿子吃完早餐，就准备去找校长。刚刚下楼，就碰到了余宪骐和他的同事。他们很惊讶地问："你俩这是准备到哪里去？"张春花斩钉截铁地说："我去找校长，我们来这里3天了，你们不带我去找校长落实情况，天天就知道玩乐，我不能陪着你们耗了，孩子的学业耽搁不起，我今天一定要找到校长，把孩子的事情落实下来。"

两人见张春花态度坚决，就说陪着她一起去找校长，张春花知道两个大男人的脸皮薄，不好直接开口找校长。但是为了孩子，张春花没有退路，虽然她不认识校长，但是校长邀请他们来的，那就一定要找到校长，落实好孩子的户口问题。

四人来到校长办公室，张春花推门进去开门见山地问："校长，我儿子是你们学校邀请过来读书的，到现在户口问题还没有解决，不知道什么时候可以解决？希望今天校长能给个准话。如果户口问题解决不了，我们就直接回武汉去，不转学了！"

校长听完，赶忙请张春花他们落座，表示孩子的户口已经上报相关政府部门，已经在走流程了，承诺在当年国庆节前解决到位。张春花说："希望学校先把孩子的户口问题解决了，我再把孩子转过来上学。如果没有解决户口，孩子不可能两边跑，到时候对高考会有多大影响？我先把孩子带回家，你们把户口转好之后我们再过来。"

校长表示理解做父母的这种心情，他诚恳地说："学校早已把孩子的班级安排好了，孩子就在这里上课，我们每天看到他也会有压力，肯定会想着尽快解决户口问题。用人不疑，孩子在我这里，压力就在我这里，孩子你带走了，压力就在你那边。如果我看不到孩子，不确定你们还会不会过来读书，大家退路都太多了，反而都没有压力，到时候真的会耽误了孩子！"

张春花想了想，觉得校长说的话有道理，而且9月1号开学到国庆节也就只有一个月的时间，那就选择相信他们，让他们去办。让孩子先在这边学习，十一后如果还没解决，到时候再转回去。

天道酬善，2004年9月学校开学不久，还不到国庆节，儿子余章曲的户口问题就解决了，压在张春花心里的一块大石头终于落地了，得知消息的张春花激动得跳了起来！

当年国庆节，利用幼儿园放假期间，张春花赶去了顺德。张春花为儿子成功地跨出了第一步，高兴得不得了，那次去顺德，她特地穿了一身靓丽的旗袍，一双高跟鞋，拉着一个大箱子，里面装满了老家的土特产和儿子爱吃的鱼糕，土特产是送给校长和老师的，感谢他们对孩子的器重。

　　到了罗定邦学校，校长告诉张春花一个好消息：孩子摸底考试成绩优异，高三全年学费全免，如果考上了全国名校，另外再重奖 7 万元，这样孩子读大学的学费就可以解决了。

　　学校非常重视优秀的余章曲，将他列为重点保护对象。校长为了能随时随地观察到他，每天通过学校的摄像头看他几点进入教室，几点回宿舍，上课状态怎么样。每次考试余章曲也非常争气，数学和物理长期考满分，每月模拟考试也都是全校第一。这让校领导都看到了希望，因此也提醒张春花在最后一个学期要加强对儿子的关心，保证好他的饮食和作息时间。

　　余章曲每月都要进行一次模拟考试，张春花回来之后，安排好幼儿园的一切事务，利用周末往返武汉和顺德两地。那半年时间，张春花在事业强人和"当代孟母"两种身份中不断地切换，每一个身份她都满分完成。为了保证自己的时间一分钟不浪费，她经常是星期五之前把下一周的准备工作全部做完，然后打的赶到汉口火车站，坐卧铺列车美美地睡一夜，第二天一大早就满血复活，元气满满地赶到顺德。到了顺德之后，她会给孩子做两天"妈妈味道"的家乡饭，晚上再陪孩子聊聊天，减少他在异乡的孤独感，周日走之前她还会包一大包饺子，放在冰箱里，叮嘱儿子想吃饺子的时候就煮一碗，一定要把身体搞好。

2004 年的下半年，在两地火车站，在卧铺列车上，在罗定邦中学，在的士上、公交上，行色匆匆的人群中都有张春花匆匆忙忙的身影，她完全成了一个"高考陪读专业户"，心中写满故事，脸上却不见风霜。张春花的风风火火又乐观从容的生活态度，深深地感染着儿子余章曲，让他能够用一种平淡从容的心态进入高考考场。

高考结束，儿子填报志愿，张春花建议他第一志愿报华中科技大学，余章曲自己却想报上海交通大学。张春花尊重孩子的决定，当时分数下来后，张春花的手机被打爆了，罗定邦学校的校长、教导主任、老师，还有很多看到新闻的好朋友纷纷给张春花打来电话。原来儿子余章曲不但成功地考入了上海交通大学，还以超高分成了顺德市当年的高考状元，学校兑现承诺，奖了他 7 万元钱，余章曲戴着大红花和老师一起的照片出现在广东的各大媒体上……

余章曲比较低调，考完试之后就找同学们去玩了，也没有给妈妈讲细节，张春花还是从学校校长和老师们口中得知了孩子是高考状元的消息。那一天，张春花正在幼儿园进行招生宣讲，这个天大的好消息，让她整个人都有点眩晕，幸福、激动、心中的大石头最终落了地，种种复杂的感情一下子涌上心头，那一刻她忍不住泪流满面……

　　直到那一刻，张春花才真正相信：自己的决定对了，儿子的这一步也走对了，孩子很争气，没有辜负她的一片苦心。

　　高考，对很多家庭来说就是一场战争，张春花在这场战争中的角色是一名总指挥，她顶着巨大的压力，调度有方，指挥若定，儿子就像一个勇猛的将军，在母亲的指挥下冲锋陷阵，所向披靡，最终旗开得胜。前线将军浴血奋战十分辛苦，但后方指挥者如果方向失误就会导致全军覆灭，所幸的是在这场高考战争中，母亲张春花和儿子余章曲都成了最终的赢家。

上海交大男生宿舍铺床记

星光不负赶路人，余章曲考上上海交通大学啦！

张春花夫妇从接到儿子录取通知书的那一刻，就抑制不住内心的激动与喜悦，想起儿子考学的种种波折，想起武汉至顺德的来回奔波，在拿到录取通知书的这一刻，一切都成了人间值得！

张春花利用假期开始给儿子置办上大学后的各种生活用品。虽然余章曲以前在顺德读书时，离开过家一段时间，但每个月张春花都会过去陪读几天。这次上大学则不一样了，儿子一去就是4年，只有寒暑假可以回来，而庆龄幼儿园扩建后，几百个孩子在园里学习，责任和压力很大，加上幼儿园的各项工作都在逐步发展与推进中，完全离不开张春花。张春花的工作也越来越忙，所以基本上没有去上海探望儿子的时间。儿行千里母担忧，每每想到这里，张春花也是有万分的不舍，但孩子终将长大，有属于他自己的一片天空，作为父母，只能看着他渐行渐远的背影，感慨万千。

一个周末，张春花一大早就把余宪骐叫了起来，拉着他去给儿子采买各类用品。儿子极其节俭，高中去顺德上学用的行李箱已经十分破旧，但他舍不得扔，这次儿子去上海上大学，张春花第一个想法就是把这个行李箱换掉。

夫妻俩来到城区的大商场的箱包专区，在各个品牌之间来回对比，余宪骐笑着说："你买个箱子，像在买一个保险柜一样，不仅要外观颜色好看，还要空间大、结实、耐磨，男孩子哪里有那么多讲究，只要可以装一些衣服之类就可以了。"张春花说："你不懂，这个行李箱要陪伴儿子度过春夏秋冬，寒来暑往多少年，可不能随便马虎了。"余宪骐说："好好好，那你耐心仔细地挑，我等着你。"张春花货比三家，最后挑了一个灰色的大行李箱，这才满意地拿着行李箱直奔下一个床上用品专区。

学生宿舍的床比家里的床要窄很多，宽度只有 90 厘米，长度一般为 190 厘米至 200 厘米，所以床上用品必须买学生宿舍专用的。张春花了解儿子的喜好，从床品的花色、被褥的选择，都是张春花一手包办。被褥也分春秋被和冬被，张春花担心儿子在学校受冷着凉，执意要买两床被子，到时候都带到学校去，根据季节温度再来调换。张春花虽然平时大量的精力都用在了幼儿园里，但是在对儿子上学采办各种用品这件事上，她和全天下所有的母亲一样，恨不得把母爱一次性打包带去。随后夫妻俩又在超市买生活用品，牙刷、牙膏、毛巾、香皂等等，满满当当地装了一购物车。余宪骐说："这些东西上海都有卖的，从这边背过去太重了，到时候坐车也不方便。等到了学校安顿好了，需要哪些东西我们再去买。"

张春花认为时间最为宝贵，现在能想到就一次性买好。余宪骐无话可说，只有陪着她一起买买买。最后两个人买了满满一后备厢的东西，连汽车后排座椅上也塞满了。满满一车东西，就是父母对子女的爱。回到家里，儿子以为他们又去幼儿园忙工作了，看到他们大包小包，手上提的满满都是他上学需要用到的物品时，儿子十分感动。妈妈平时很忙，由于工作性质，跟他交流得不多，但是细节见真情，他知道妈妈对他的爱一点也不少。

开学的前一天，张春花开始打包行李，大大的一个行李箱里面塞满新买的换洗衣服、冬天穿的秋衣秋裤、新鞋子，还有一些小物件，一个行李箱被塞得关都关不上。张春花把之前的旧行李箱拿出来继续装继续塞，还是没装完，张春花压了又压，箱子还是装不完，妹妹垚垚在一旁笑着说："妈妈这是要把整个家都给哥哥装过去啊！"

第三天，张春花夫妇和儿子3人准备一起去火车站，他们买的是武昌火车站到上海南站的那一趟列车，20:50从武昌出发，次日中午11:51才到达上海南，1176公里，用时 15 小时。当时买票的时候，还发生一个小插曲，那时庆龄幼儿园正在扩建，张春花手头资金紧张，她本来想给儿子买一张卧铺票，他们夫妻俩买硬座，这样可以节约一点钱。余宪骐却说："咱们送儿子上大学，这是件值得骄傲的事，今天就奢侈一把，都买卧铺，买到一起，这样路上一家人还可以说说话，要是上了火车，儿子睡卧铺，咱俩坐硬座，儿子心里也不好受的。"

张春花想想也是这个道理，儿子考上了这么好的大学，是一件值得骄傲的事，这次就不纠结了，奢侈一把！于是，三人都买卧铺票。出门时，张春花和儿子各拉一个行李箱，儿子背上还背一个双肩包，余宪骐则扛着一个大包，三人手提肩扛来到火车站。8 月的武汉非常炎热，三个人浑身是汗，特别是张春花，当天打扮得格外隆重，穿上了她最喜欢的旗袍，配着高跟鞋。余宪骐笑话她说："你这是去参加婚礼，还是送儿子上大学啊？"由于此趟行李太多，张春花穿着高跟鞋走路很辛苦，加上开学季人又多，火车站熙熙攘攘的，挤得一身汗，短短的一段路程就把张春花给累坏了。在嘈杂的候车室，三个人挤坐在一起，张春花一路上反复叮嘱儿子："到学校以后该吃吃，该喝喝，不要太节约；要和同学们处理好关系，学习上不能懈怠，学无止境，不要以为进了大学，就进了保险箱，就万事大吉了，以后有条件的话还要继续深造……"

　　检票进站后，三人在列车上拿着行李，往所在的车厢赶。列车上过道很窄，加上旅客来来往往，行李箱不能推，只能拎着走，儿子走几步就回头看一下张春花，不方便的地方，儿子先把自己的行李箱拎过去，再回来拎妈妈的行李箱。看到这一幕，张春花心里不由得感叹：儿子真是长大了，懂事了！以前出门都是自己照顾他，现在儿子反过来照顾自己了。想到这里，她心里不禁泛起一丝幸福。

　　历经千辛万苦终于来到所在的车厢，一家人来不及坐下来喘口气，这时发现余章曲个子有 1 米 8 多，如果住上铺可能头都抬不起来，张春花就让儿子住下铺，但她穿了旗袍，不方便爬上爬下，就睡中铺，余宪骐只好辛苦一点，选择住上铺了。

　　放好行李，一家三口都挺兴奋的，睡不着，就都窝在儿子的下铺，说话聊天。一家人回忆起当年和爷爷一起挤在汉阳一中职工宿舍的蜗居岁月，那时候余章曲和妹妹都小，张春花刚刚创办自己的幼儿园，每天忙忙碌碌的，根本没有时间管孩子，两个孩子都由爷爷一手带大，与爷爷特别亲，现如今爷爷已经离开很久了，一转眼，孩子都要上大学了。一家人又聊到转学去顺德的种种波折，现如今回想起来，一切都是上天最好的安排。聊到开心处，父子俩在小餐车上拿了两罐啤酒，又要了一份鸭脖子，张春花拿了一瓶饮料，一家三口喝了起来。平时，一家人都各忙各的，难得有时间坐在一起聊聊天，说说心里话。

旅行，是家人心灵交汇的最佳机会，幸福的滋味随着列车的疾驰，在脚下快速延伸开来。一场出游，一段回忆，一生铭记。三个人一直聊到列车上熄灯，仍舍不得睡。此时，列车在夜色中穿行，窗外黑乎乎的一片，列车上的不少旅人已早早进入了梦乡，打起了鼾，偶尔有几声孩子的哭声。当列车穿越城市时，灯火闪烁着往后方飞奔而去，城市的万家灯火照亮每一个角落，形成了一幅绚丽多彩的画面。这些灯火如同繁星般洒在城市的高楼大厦之间，映照着每个家庭的温馨与幸福。是啊，此时城市里的人们忙碌了一天，回到家中，与家人围坐在餐桌前，共享一顿美好的晚餐。而那些孤独的旅人，也在眼前这万家灯火中找到了家的温暖。

列车在夜色笼罩下的城市中穿越，如同一幅巨大的油画，每一盏灯都是一个色彩斑斓的点，汇聚成一幅美丽的画卷。而这些灯光背后，隐藏着无数的故事和幸福，它们共同构成了这个城市独特的魅力。

张春花看着窗外，陷入了深思：在城市的某个角落，或许有一个年轻人正在为梦想努力拼搏；或许有一个老人在窗前回忆着自己的青春岁月；又或许有一个孩子在这个温暖的夜晚，许下了自己的愿望……这一切，都被这万家灯火所见证。

这就是人们生活的一个个城市，是充满活力的地方，充满了爱与希望的地方。在这里，每个人都为了自己的梦想而努力着，他们努力打拼的样子，本身就是城市最美丽的风景。贫苦的童年、辛酸的青年、打拼的中年，在张春花眼前不断浮现，人生就像是这列车一样：穿越村庄，穿越隧道，穿越桥梁，穿越大山大河，走出黑暗，驰向光明，远方的城市是驿站，是家，是温暖，也是梦想开始的地方……

一家人第二天中午抵达上海交通大学后，兴奋极了，立马在校门口拍了张合影，余宪骐和余章曲把张春花拥在中间，一家人笑开了花。儿子梦想成真，第一次来上海的张春花站在儿子的学校门口，笑得灿烂无比。创业路上，她像一个钢铁女侠，一路披荆斩棘，刚强无比，此时，她第一次真切地感受到当一个母亲、一个妻子的甜蜜和幸福。原来，事业与家庭的幸福各不相同，却殊途同归。

上海交通大学，简称"上海交大"，是中央直管、教育部直属并与上海市共建的全国重点大学，是中国办学历史最悠久的高等学府之一，位列国家"双一流""985 工程""211工程"重点建设高校。学校创建于 1896 年，原名南洋公学，1911 年更名为南洋大学堂，1921 年更名为交通大学上海学校，1928 年更名为国立交通大学上海本部，1949 年更名为交通大学，1956 年根据党中央决定开始西迁，1957 年分设交通大学上海部分和西安部分，1959 年上海部分定名为上海交通大学，是中国著名的一所研究型大学。上海交通大学的校园环境优美，教学设施完善，历史悠久，是国内外众多学子梦寐以求的求学圣地。

一进入校园，一家人就立马被上海交大独特的建筑风格所吸引，这座学府以中西合璧的建筑风格为主，既有中国传统建筑的韵味，又有西方建筑的气息。校园内的建筑高低错落，色彩斑斓。中午的阳光洒在建筑上，闪烁着粼粼的银光。走在前面的余章曲回头望妈妈，此时，阳光从人行道上高大的梧桐树叶缝中投射下来，照射到张春花的脸上，她的短发挂在耳后，细密的汗水把一些散落的细发贴在脸颊上、鼻翼边，碎发在微风中轻轻地飘动。那一刻，余章曲突然感觉妈妈好美……

报到后，在校园志愿者的引导下找到了余章曲的宿舍。宿舍里摆着4张高低组合床，每个学生一组床，下面是学习的课桌，上层睡觉。看到儿子的学习生活环境这么好，张春花感慨不已。她想起了自己艰苦的求学时光；想到了自己在夜色里举着火把，打着赤脚和同学结伴走向乡村中学的场景；想到自己高中时期几十个同学住在一间四处漏风的大宿舍里；想到了自己在大雪天躺在铁架床上，竟然连个铺盖都没有，每天晚上冻到寒彻心扉、骨头都痛的经历；她想到自己晚上冻得睡不着，起来到教室里绕着课桌跑步的情形……她做梦也想不到，自己的儿子能够考上国家重点大学，在这么美丽的校园读书学习，在这么舒适的宿舍里生活休息，这一刻，自己多年奋斗的价值有了具象化的体现。是啊，幸福的生活就是靠一代一代人的赓续奋斗得来的，幸福的感觉在她心头荡漾，张春花突然感觉自己身上充满了力量……

张春花顾不上休息，放好行李，麻利地从其中一个包里拿出一条干净的抹布，把书桌、凳子、床架子全部都认认真真抹了几遍，顺便检查一下床结不结实。余章曲和父亲两个大男人站在旁边，根本没有插手的机会。

张春花脱掉高跟鞋，爬到上铺，让丈夫把被褥垫絮之类的递上来，张春花接过垫絮，拍了又拍，让其恢复蓬松，然后平铺在床上，每个角扯了又扯，使其平整整洁。接着铺床单，套枕头，套被罩，一整套铺下来，阳光透过窗户正好照在张春花身上，张春花头上的几根白发特别刺眼，余章曲怔怔地望着妈妈弯着身子铺床的背影，不禁心头一热，眼泪差点流了出来。在余章曲眼里，妈妈就是一个女强人，是一个爱工作胜过一切的人，她所有的时间几乎都是扑在工作上，很少管家里的事，虽然妈妈从事的是教育事业，但是妈妈对学生的爱要远远超过自己。而通过这次妈妈亲自送自己上大学，一路上忙前忙后的样子，他才知道自己的妈妈和天下所有的妈妈一样，为了生计，为了让家人有一个更好的生活，她努力奔跑着、打拼着，这些年她操劳不堪，头上已经生出了白发，但是放下工作的妈妈也有着温情柔软的一面，对自己的爱，其实一点也不少……

参加工作很多年后，余章曲每每想起跟妈妈的相处细节，在上海交大男生宿舍楼里，妈妈在上铺弓着身子给他铺床的情形，总是时不时地浮现在他的眼前，他想起朱自清先生描写父亲的文章《背影》，想起阳光洒在母亲头上，几根白发在阳光下刺眼的样子，心总是忍不住咯噔地疼一下。这些年自己只会一味索取妈妈的爱，而自己从来没给妈妈一些来自儿子的关爱呀！

铺完床后，见离吃饭时间还早，一家人准备先参观一下美丽的交大校园。走在绿树成荫的交大校园，看着不远处三三两两的学生，张春花仿佛也回到了自己的学生时代，不由得感叹时间过得可真快啊，自己辞职创办幼儿园那一年，儿子才1岁，如今儿子都已经上大学了。

他们参观了学校的图书馆、教学楼、体育馆，每一个建筑都让人记忆深刻，最后，一家人来到了学生食堂，张春花要体验一下儿子在上海4年吃得怎么样。进了学校餐厅，张春花被眼前的情景震惊到了。几十个档口，每一个档口都有不同的风味，学生们在有序排队打饭，他们一家三口用余章曲的学生卡，打了一组上海本地菜，吃得赞不绝口。

其实，在"魔都"上海的众多高校里，上海交通大学一直稳居前列，作为国家"双一流"的百年名校，自然是在方方面面都做到了优异。不仅在师资力量、教学水平、学术研究这些软实力上表现得很强，校园环境、教学设施设备等硬性条件也没得说，特别是学校食堂的伙食一直被大家津津乐道。

上海交大的食堂是出了名的好吃，在校园网站留言板上，可以看到很多学生在大学4年里基本没点过外卖，完全被学校的食堂拿捏住了自己的胃，在每年的毕业生口里都能听到他们说因为食堂饭菜好吃到不想毕业的话，甚至都被夸进了电影里。

上海交大的食堂真的有这么好吃么？有学生这样写道——

在上海交通大学吃早餐那绝对算得上是一种享受，早餐种类丰富齐全，常见的早餐几乎都能在食堂买到，像各种口味的甜粥、咸粥，清甜营养的五谷豆浆，连豆腐脑也分别准备了甜口和咸口的，以照顾到每个学生的口味。与其相搭配的主食那就更多了，炸得酥脆的油条、鲜嫩多汁的灌汤包、蒸饺，金黄香酥的牛肉饼、锅贴、油饼，软糯的豆沙包、奶黄包、奶香馒头，等等，应有尽有。

除此之外，还有各地的特色早餐，比如上海本地的生煎包、葱油面、馄饨，武汉过早必备的热干面、天津的煎饼果子、广州的肠粉、台式手抓饼等，让来自各地的学生在学校也能吃到家乡的味道。

早晨或是下午上完课来到食堂，即使早已饿得饥肠辘辘，但看到花样繁多的美食肯定也得纠结上一会儿，仔细考虑一下今天自己到底吃什么好。最简单的选择就是到菜品最多的炒菜窗口，挑上两三样配着米饭饱餐一顿，像鱼香肉丝、鱼香茄子、辣子鸡块、糖醋里脊、红烧肉、豆酱鸡、香芹炒豆干、清炒油菜、干锅菜花、醋熘豆芽、番茄炒蛋等上百种菜品自由选择，一个月轮着吃都吃不完，而且还会不定时地更换一些时令菜，天天都能一饱口福，顶多花个十几块钱就能吃到撑。

如果爱吃米饭，还可以点上海交大食堂很是出名的扬州炒饭、烤鸭饭，那味道可是一绝，或是口味丰富多样的木桶饭、经典的盖浇饭、鸡排饭、蛋包饭。也可以直接点上一大道硬菜配米饭吃，比如香喷喷的烤鱼、鲜嫩的石锅牛柳、石锅排骨、酸汤牛肉、水肉片、酸菜鱼、毛血旺等，这些硬菜全是最好的下饭菜，根本不愁没胃口。

在交大的众多食堂里，各式各样的面食也占据了半壁江山，选择性特别广泛。有酸香爽口的臊子面、鲜香劲道的牛肉面、清爽开胃的拌面、美味可口的刀削面、炸酱面、裤带面、豌杂面、大肉面等。另外，还有其他一些螺蛳粉、米线、凉皮、拌粉、炒河粉、肥肠粉、酸辣粉等这些粉类美食都能吃到，爱嗦粉的南方同学完全可以把心放到肚子里，保证会有一碗你心仪的粉在食堂的窗口等着你。

上海交大的食堂为了最大限度地满足学生们的胃，还开设了很多特色美食窗口、餐厅。像新疆餐厅，里面可以品尝到地道的大盘鸡、拉条子、烤肉，而在粤式茶餐厅中能吃到很多美味的茶点、蒸点、烧鹅、叉烧饭、竹升面等等，也有专门吃火锅、烧烤、小龙虾的区域，减肥的同学也能买到健康营养的减脂轻食餐。

还有许多国外美食，比如日式料理中的寿司、寿喜锅、日式拉面、乌冬面，韩餐里的石锅拌饭、韩式炸鸡、辛拉面，西餐里面的煎牛排、烤鸡、比萨、汉堡、意面等，价格也比校外的那些餐厅便宜得多，学生们吃起来也没有太多的经济负担。

除了基本的餐食外，还开了许多专门的面包店、甜品店、咖啡店、奶茶店，香甜的菠萝包、软欧包，咸香的肉松面包、香肠面包，丝滑绵软的红丝绒蛋糕，各式各样的面包、蛋糕都能品尝得到，再配上一杯咖啡或是奶茶，在校的日子里别提多惬意了。

每逢端午节、中秋节、冬至等这些传统节日，食堂还会特意准备好节日美食，比如粽子、月饼、饺子、汤圆等，基本都是免费的，让留校的学生也能一起感受节日的快乐，感受家的温暖。

学校还会不定期举办美食节，在食堂外搭设好场地，集聚各种各样的特色风味小吃和一些传统美食，学生们纷纷来打卡品尝，吃得不亦乐乎。

优秀的学校不只是教学环境、师资力量吸引人，而且是全方位都会做得很好，一心为学生着想，连食堂都打造得十分"优异"吸引人，丰富的美食让学生们能顿顿吃饱吃好，也因此能更加心无旁骛地去学习……

看到大学办教育如此用心，张春花深受启发。自己从事的是学前教育，孩子们在自己的幼儿园，不光要学得好，还要吃得好、睡得好、长得好才行。她在上海交大的学生食堂里来来回回转了好多遍，当时就在心里盘算着，回去之后也要在自己的幼儿园食堂里，多引进一些新的营养餐品种，让更多挑食、厌食的孩子都能够吃到可口的饭菜，都能少生病，都能有一副好身板。

他山之石，可以攻玉。作为一名教育工作者，张春花无论走到哪里，她眼中看到的都是如何让教育进步和提升，如何更好培养孩子、服务家长，一片痴心，一副衷肠，实属可叹可嘉！

晚上，一家人又打车来到了上海外滩，夜幕下的上海外滩绽放出迷人炫目的光彩。漫步在外滩，映入眼帘的是一片灯火辉煌的景象，令人心旷神怡。黄浦江两岸，鳞次栉比的高楼大厦在夜幕下熠熠生辉、璀璨夺目。建筑物在灯光的映衬下，呈现出流光溢彩的美景，仿佛把人们带进了一个梦幻般的世界，令人陶醉。远处的东方明珠、金茂大厦等标志性建筑，在夜色中显得更加雄伟壮观。它们错落有致地排列在黄浦江畔，与周围的环境相得益彰，勾勒出一条美丽的天际线。江面上，游船来来往往，船上的灯光与岸上的霓虹交相辉映，波光粼粼的水面仿佛被点亮，展现出别样的风情，美不胜收。

一家人漫步在外滩，可以感受到这座城市的繁华与活力。沿途的小店、咖啡馆和餐厅里，灯火通明，人声鼎沸。人们在这里品尝美食、享受生活，沉浸在这片迷人的夜景中。而街头艺人的表演和市民的欢声笑语，更为这座城市增添了温馨与浪漫。此时的外滩，不仅是一个观光胜地，更是市民休闲娱乐的好去处。人们在这里释放压力、放松心情，感受这座城市的魅力。外滩的夜景，就像一幅动人的画卷，记录着这座城市的变迁与辉煌，也见证着人们在这里的美好时光。

一家人扶着外滩的栏杆，遥望对岸。黄浦江里游轮驶过，浪潮拍打着岸边，江风拂面，上海的夜显得格外醉人。张春花想到明天夫妻俩就要返回武汉了，留下儿子一个人在这边生活学习，心里的那份不舍，那份担心，没办法说出口。张春花靠在栏杆上，望着波光粼粼的黄浦江，突然用双手扩成喇叭状，冲着远方大声喊道："上海，我来了！我们都要好好生活，我们都会幸福，明天一定更好！"

余宪骐和儿子都没想到张春花会突然吼这么一嗓子，看着周围的人都望过来，父子俩有点不好意思，余宪骐扯了一下她的衣角，张春花没有理他，遥望远方，波涛依旧，此时游轮的笛鸣响起，与涛声混成一片，顺着江风飘向远方……

"幼二代"成长记

　　张春花是一个幸福的女人！她的朋友经常这样说她："你一个女人漂亮就不说了，事业还做得这么成功，这还不算，你的家庭还如此和睦幸福，也是少见！"

　　是啊，张春花和丈夫余宪骐，从初恋同学，到执子之手白头偕老，幸福恩爱，羡煞旁人。每天工作之余，夫妻俩下班后手牵手逛菜场买菜，做饭，这是他们最幸福的休闲时光。余宪骐曾动情地说："我做菜时，如果没有春花在身边打下手，菜的味道一定会大打折扣，因为少了爱的动力呀！"厨房里瓶瓶罐罐的碰撞，锅碗瓢勺的摩擦，都成了夫妻俩爱的交响曲。

　　儿子余章曲从上海交大毕业后，进了华为公司工作了几年，而后又跳槽进了央企工作，如今已经有了一个幸福美满的家庭和两个漂亮的女儿。

　　女儿余章垚，则继承了张春花的衣钵，成了一名优秀的中国幼教人的"幼二代"。在她的一篇题为《筑梦幼教：传承、创新与成长之路》的自述中，她深情地回顾了自己的成长之路，字里行间可以看出她对母亲的敬仰、父亲的爱戴和对这个家庭深深的眷恋——

在教育的广袤天地间，有一个家庭如璀璨星辰，闪耀着两代人对教育事业的执着光芒。

我叫余章垚，我站在父母用汗水与智慧浇灌的教育基石上，以新一代幼教人的蓬勃朝气，开辟着属于自己的精彩篇章。

在我眼里，父亲宛如一座巍峨的高山，默默为家庭撑起一片广阔而温暖的天空。

寒来暑往，我物理教师的父亲坚守在重点高中的讲台上，每一堂课都似一场精心筹备的知识盛宴。粉笔在黑板上摩挲，书写着宇宙万物的物理规律，他那专注的眼神和洪亮的声音，引领着一届又一届的学子探索奇妙的物理世界。那些密密麻麻写满备课笔记的本子，是他对教育事业赤诚热爱的见证。

幼年时，父亲便是我心中无所不能的超级英雄。夏日夜晚，繁星闪烁，蚊虫肆虐，父亲总是拿着蒲扇，轻柔地为我驱赶蚊虫，那丝丝凉风，伴我甜甜入睡，而他却常常汗流浃背，彻夜未眠地守护在我身旁。冬日里，他用那宽厚温暖的大手，紧紧握住我冰冷的小手，为我取暖，那掌心的温度，足以驱散一切严寒。

当我踏入校园，父亲对我的学业关怀备至。他会耐心地陪我坐在书桌前，解答一道道数学难题，用通俗易懂的方式，讲解复杂的公式，让枯燥的知识变得充满趣味。他亲手为我制作精美的识字卡片，陪我诵读唐诗宋词，在文字的世界里为我指引方向。哪怕工作一天已经疲惫不堪，只要我有学习上的问题，他总是立刻打起精神，眼神中满是专注与认真，那是对我未来的殷切期望。

犹记得母亲创办幼儿园之初，父亲每日完成繁重的教学任务后，便马不停蹄地投身到幼儿园的后勤事务中。他开着校车穿梭在大街小巷，稳稳地接送每一个孩子，耐心地帮孩子们系好安全带，看着他们一个个安全下车后，才放心地离开。他还会细心地检查园内的设施设备，修理损坏的玩具，像呵护我们这个家一样呵护着幼儿园里的每一个角落。在那些艰难的创业日子里，父亲用他并不宽厚的肩膀，扛起了家庭和母亲事业的双重责任，从未有过一丝懈怠。

长大的每一个重要节点，父爱从未缺席。在我第一次离开家上大学的那天，正赶上幼儿园的开学季，母亲很忙，父亲为我准备好了生活用品，手提肩扛着，大包小包把我送进校园，跑上跑下安置好一切才离开。每到假期，他总会为我准备营养丰富的饭菜，变着花样给我补充营养。深夜，当我还在台灯下埋头苦读时，他总会悄悄推开房门，送上一杯热气腾腾的牛奶，轻声叮嘱我不要学得太晚，注意休息。他从不给我施加过多的压力，只是用默默的陪伴和无声的关怀，让我知道父亲永远是我最坚实的后盾。

后来我步入了婚姻的殿堂，父亲对我的爱也并未减少分毫。婚后的日子里，他总是担心我吃得不好，会在闲暇时亲自去菜市场挑选最新鲜的食材，然后花费整个下午的时间在厨房里忙碌。他做的每一道菜，都饱含着对我的牵挂与疼爱。红烧鱼寓意着年年有余，希望我的生活富足美满；糖醋排骨代表着甜蜜幸福，愿我的婚姻生活充满温馨。那些热气腾腾的饭菜被他精心打包好，开车一路护送到我家，他当面看着我吃得满足，脸上便会露出欣慰的笑容，那笑容仿佛在说，只要我过得好，他做什么都值得。

再到我生了孩子后，父亲又将他的爱延续到了外孙身上。他会戴着老花镜，认真地给孩子读绘本故事，用他那充满智慧和温暖的声音，为孩子描绘着一个又一个奇妙的童话世界。孩子生病时，他比我还要着急，跑前跑后地帮忙照顾，甚至会彻夜守在孩子的床边，只为了能让孩子睡得安稳些。他对孩子的疼爱，丝毫不亚于当年对我的宠爱，在他身上，我看到了爱的传承与延续。

父亲用自己的言行，为我树立了一个有担当、有爱心、坚韧不拔的榜样形象。他是我心中最坚实的依靠，是我生命中最璀璨的星辰。我对他的敬爱之情，难以言表，唯愿岁月温柔以待，让我能有更多的时间陪伴他、回馈他，传承他的精神，带着他给予的爱与力量，勇敢地走向未来的人生旅程。

我的母亲——她是民办幼儿教育领域的早期拓荒者。40年前，凭着对孩子们的一腔热爱和对教育事业的坚定追求，她在简陋的民房里创办了第一所幼儿园。资金匮乏，她就四处奔走，筹措资金；师资不足，她亲自上阵，既当园长又当老师，还要兼任保育员。从绘制童趣盎然的壁画，到制作精巧实用的教具，每一个细节都倾注了她的心血。随着时代的发展，她敏锐地捕捉到早教和托育市场的需求，近几年又相继创办了早教中心和托育中心，为更多婴幼儿家庭提供优质的早期教育服务。

母亲的爱，宛如一首悠扬的乐章，从生命的起始便轻轻奏响，那一个个音符，串联起我成长的岁月，编织成一幅充满温暖与柔情的画卷，每一处细节都烙印着母爱的痕迹，绵延不绝，熠熠生辉。

小时候，母亲的爱是无微不至的呵护。我还记得那一个个静谧的夜晚，母亲总会坐在我的床边，轻声哼唱着动听的歌谣，她的声音温柔而舒缓，如同月光洒在窗前，伴我缓缓进入甜美的梦乡。她会用细腻的手指轻轻抚摸我的额头，为我驱赶一天的疲惫与不安，她的指尖仿佛带着神奇的魔力，能让所有的烦恼都消散于无形。当我在睡梦中不自觉地踢开被子时，母亲总会在第一时间醒来，小心翼翼地为我重新盖好，生怕我着凉生病。那轻轻的掖被角的动作，满含着无尽的关切与疼爱，这爱如同夜空中最亮的星辰，默默守护着我幼小的心灵。

在我咿呀学语的年纪，母亲便是我最耐心的启蒙老师。她会拿着色彩鲜艳的绘本，指着上面的图案，一个字一个字地教我认读。她的眼神中充满了鼓励与期待，每当我含糊不清地说出一个新的词语，她都会欣喜地将我搂入怀中，给予我最热烈的赞扬和亲吻。那一个个温暖的拥抱和甜蜜的亲吻，如同春日里盛开的繁花，让我对学习充满了热情和渴望。母亲还会带着我在公园里玩耍，教我认识大自然中的各种花草树木、飞鸟虫鱼。我们一起蹲在草地上观察蚂蚁搬家，一起仰望天空中飞翔的小鸟，她会告诉我每一种生命的奇妙之处，让我对这个世界充满了好奇与探索的欲望。在母亲的陪伴下，我的童年充满了欢声笑语和无尽的新奇。

随着我逐渐长大，步入校园，母亲的爱也悄然融入我学习与生活的每一个角落。每天清晨，当第一缕阳光还未完全照亮房间，母亲就已经早早地起床，为我准备好了营养丰富的早餐。那热气腾腾的米粥、香气扑鼻的煎蛋、新鲜可口的水果，都是母亲用爱烹饪而成。她总是看着我吃得饱饱的，才会放心地送我去学校，并且在我出门前，细心地为我整理好书包和衣物，叮嘱我要好好学习，听老师的话。在学习上，母亲虽然不能直接帮我解答所有的难题，但她总是默默地在一旁支持我、鼓励我。当我遇到考试失利而心情低落时，母亲会轻轻坐在我的身边，用她那温柔的话语安慰我，告诉我失败不重要，只要不放弃，不气馁，就一定能够取得进步。她会和我一起分析试卷上的错题，帮助我找出问题所在，鼓励我重新振作起来。母亲的鼓励如同春日里的微风，轻轻拂过我的心田，让我重新燃起了奋斗的火焰。

　　记得有一次，我参加学校的舞蹈比赛，赛前，我内心十分紧张和焦虑。母亲察觉到了我的不安，她陪着我一遍又一遍地练习，为我指导纠正动作，还会细心地为我设计动作和表情。比赛那天，母亲早早地来到学校，在台下用坚定的眼神看着我，为我加油打气。当我站在台上，看到母亲那充满信任和鼓励的目光时，心中的紧张感顿时消散了许多。我顺利地完成比赛，台下响起了热烈的掌声。那一刻，我看到母亲眼中闪烁着骄傲的泪花。

　　在生活中，母亲也是我最坚实的后盾和最温暖的港湾。每当我和小伙伴们发生矛盾而感到委屈时，母亲总会耐心地倾听我的诉说，用她那温暖的怀抱接纳我所有的泪水和悲伤。她会温柔地开导我，教会我如何与人相处，如何理解包容他人。母亲的教诲如同明灯，照亮了我在人际交往中的道路，让我学会了善良、友爱和宽容。

　　青春期的我，难免会有些叛逆和倔强，有时会因为一点小事就和母亲发生争执，但母亲总是用她那宽广的胸怀包容着我的任性和不懂事。她从不和我计较，而是在我情绪平复后，心平气和地和我沟通，让我明白她的良苦用心。

如今，我已长大成人，也有了自己的家庭，但母亲的爱依然如旧。她会在我忙碌于工作和家庭时，默默地来到我的身边，帮我照顾孩子、操持家务，让我能有更多的时间和精力去应对生活的琐碎。她从不求任何回报，只是一心希望我能够幸福快乐。

母亲的爱，是那冬日里的暖阳，温暖着我冰冷的身躯；是那夏日里的清泉，滋润着我干涸的心田；是那黑夜里的明灯，照亮我前行的道路；是那避风的港湾，让我在风雨中有处可依。我深知，无论我走到哪里，无论我遭遇何种困难，母亲的爱都会永远在我身后，给予我力量，让我勇敢地面对生活的一切挑战，去追寻属于自己的幸福与梦想。这份母爱，我将永远珍藏在心底，用我的一生去呵护、去回报。

通过余章垚的深情自述，可以看到她成长在这样一个教育世家，从小就沐浴在知识的光辉与爱的怀抱中，多么幸福。父母深知早期教育对孩子一生的重要性，从她咿呀学语时起，家中就摆满了各种精美的绘本、益智玩具。每晚的亲子共读时光温馨而美好，母亲轻柔的嗓音伴随着故事里的奇妙冒险，在她幼小的心灵里种下了对未知世界向往的种子。

读万卷书，不如行万里路。每年到了寒暑假，父母会带着余章垚到全国各地游玩，每到一处陌生的地方都会把当地的风俗、历史、人文一一地给她讲解一遍，祖国的山川大河、壮美风光，培养了她的心气和豪迈，让她身上多了一股巾帼不让须眉的英气！

大学毕业后，母亲张春花把女儿当成了接班人培养，为她精心挑选各类园长培训课程，从一线城市的国际化教育理念的研讨班，到具有民族特色的幼儿教育实践培训班。起初，余章垚还很抗拒，因为高强度的学习，枯燥和孤独让她少了很多花季少女应有的快乐。但渐渐地，随着知识的不断积累，视野的日益开阔，她开始理解父母的良苦用心。每一次培训都是一次成长的蜕变，她结识了来自五湖四海的优秀幼教同行，接触到了最前沿的教育理念、创新的教学方法，这些宝贵的经历成了她投身幼教事业的坚实力量。

余章垚在母亲创办的幼儿园里，一干就是8年。2017年母亲张春花需要开拓早教和托育的市场，她便主动承担重任，投身于早教和托育的新事业，艰苦的创业经历让她从一个初出茅庐的青涩女孩，蜕变成独当一面的专家。在工作中，她深刻地感受到传统幼教模式的局限性，决心用创新思维为这片天地注入新的活力。

她倡导的"多元智能体验式早教"理念，打破了以往单一的知识灌输模式。在早教中心,她带领团队精心打造了多个主题体验区,如"小小科学家实验室""创意艺术工坊""环球文化村"等。孩子们不再是被动地坐在教室里听老师讲课,而是可以在充满趣味的环境中,通过亲手操作实验器材、自由创作艺术作品、体验不同国家的文化风俗,激发自身的多种智能潜能。例如,在"小小科学家实验室"里,孩子们穿上小小的白大褂,用简单的实验器具探索物体的沉浮规律、光影的变幻奥秘,好奇心和探索欲得到了极大的满足;在"创意艺术工坊"中,各种废旧材料在孩子们手中变成了一件件别具匠心的艺术品,孩子们的想象力和创造力得以发展。

　　然而,创新之路并非一帆风顺。当余章垚满怀激情地向团队提出她的想法时,首先迎来的是老一辈教师质疑的目光。母亲张春花也忧心忡忡,她担心这种过于"花哨"的教学方式会分散孩子的注意力,影响基础知识的学习,毕竟多年来传统的教学模式已经深入人心,大家都认为扎实的读写算,才是幼儿教育的根基。父亲余宪骐也从教育理论的角度提出了自己的顾虑,他担心孩子们在自由探索的过程中缺乏系统的引导,会养成一些不良习惯。

　　时代变化日新月异,如果教育理念不与时俱进,旧观念培养的孩子势必思想固化。面对两代人教育观念差异的重重阻力,余章垚并没有轻言放弃,她深知,要改变大家的观念,必须用事实说话。于是,她和团队成员精心策划了一系列亲子体验活动。他们邀请家长和孩子一起走进早教教室，亲身感受"多元智能体验式早教"的魅力。在活动现场，孩子们兴奋地穿梭于各个体验区，眼中闪烁着好奇与兴奋的光芒，小手不停地忙碌着，家长们看到孩子们前所未有的投入和快乐，也开始对这种新的教学方式有了新的认识。

与此同时，余章垚还组织教师学习培训，每周分享国内外最新的早教研究成果，用科学的数据和案例向大家证明，孩子在幼儿阶段的自主探索和体验学习，不仅不会耽误基础知识的学习，反而能够更好地促进大脑发育、提高社交能力和解决问题的能力。她还邀请教育专家来园指导，专家们对她的创新理念给予了高度评价，并提出了一些宝贵的建议，这让团队成员们逐渐放下了心中的顾虑，开始积极地参与到教学改革中来。

在运营管理方面，余章垚同样展现出了新一代幼教人非凡的创新能力和勇于突破的精神。以往，幼儿园和早教中心的招生主要依靠线下宣传，如发放传单、举办家长会等方式，这种方式不仅成本高，而且覆盖面有限。余章垚敏锐地察觉到互联网时代的机遇，她带领团队搭建了幼儿园的官方网站和社交媒体，通过精美的图片、生动的视频和实用的育儿知识，吸引了大量家长的关注。她还利用社交媒体和直播举办线上亲子活动，如"宝宝才艺秀""亲子阅读打卡"等，增加了与家长的互动，提高了品牌知名度。

此外，她借助大数据分析工具，对家长的需求、孩子的学习情况进行精准分析，从而为每个孩子量身定制个性化的教育方案。例如，根据孩子在体验区的活动表现、兴趣爱好，以及家长反馈的在家学习情况，为孩子推荐适合的课程、活动和学习资源，真正实现了因材施教。这种个性化的服务让家长们对早教中心的满意度大幅提升，在口口相传之下，来此报名的孩子源源不断。

时至今日，已经有16年幼教生涯的余章垚成了独当一面的优秀"幼二代"，回忆起一路走过来付出的努力，她感慨万千。她深知自己继承了父母吃苦耐劳的优良品质，这是她最大的底气。无论是在创业初期面对资金紧张、人手不足的困境，还是在推动教学创新过程中遭遇重重阻力，她都从未退缩过。每天清晨，她总是第一个到达早教中心，检查教室的布置、准备教学材料；夜晚，当最后一个孩子被家长接走，她还会在办公室里总结一天的工作，思考改进的方向。每次拖着疲惫的身躯下班时，已是华灯初上，夜色朦胧了。

她虽然没有像父母当年那样经历物质极度匮乏的创业艰辛，但在精神层面，她一样承受着巨大的压力。每一次创新尝试都像是一场冒险，她害怕失败，害怕辜负父母的期望，害怕让信任她的家长失望。然而，正是这份对教育事业的热爱和对创新的追求，让她一次次鼓起勇气，迎难而上。作为新一代的幼教人，余章垚用自己的行动诠释了创新思维和昂扬向上的奋斗精神。她在教育理念上不断探索实践，为早教和托育事业带来了新的生机与活力。她相信，只要心中有爱，有对教育事业的执着追求，未来的路再长，她也会一步一个脚印地坚定走下去，为更多孩子的成长撑起一片灿烂的天空。

余章垚每天忙碌在早教和托育一线，她的身影穿梭于教室、办公室和活动场地之间。每一个微笑、每一次鼓励、每一个精心设计的教学环节，都凝聚着她对孩子们的爱，对教育事业的忠诚。那是两代人共同的梦想在延续，是爱与责任的接力赛，永不停息，向着光明的未来奔跑……

胡校长逆袭记

冰心说:"一个美好的家庭,是一切幸福和力量的根源。"其实每个人都希望能够拥有一个幸福美满的家庭,能够得到家人的爱,一家人之间相互帮助、相互包容、相互理解,一家人在一起整整齐齐的就是团圆,是人生最幸福的事情。一个家庭,最高级的"炫富",不是存款,不是房子,而是父母在,孩子安,夫妻和。

优秀的"幼二代"余章垚之所以优秀,除了她有优秀的父母,还有一个力求上进的优秀老公胡衡。胡衡的成长故事堪称一部励志传奇,而他与余章垚的恋爱经历,又充满着浪漫和激情。

胡衡的自述,像潺潺溪水,情意绵绵,平静的语气下,却流露着一个农村青年的倔强与不屈,他像路遥笔下《平凡的世界》里的孙少平,为了生活,不屈地上进奋斗,改变命运的意志令人起敬。在文学的浩瀚星空中,路遥的作品犹如璀璨星辰，熠熠生辉。他出身于贫困的农民家庭，生活的磨砺赋予了他对社会和人生独特而深刻的洞察。这份经历也深深烙印在他笔下的人物形象中。

《平凡的世界》以其深刻的内涵和真挚的情感抚慰了无数读者的心灵。书中塑造的孙少平，成为众多读者心中的精神榜样。孙少平家境贫寒，在县立高中时，连一份寡淡的"丙菜"都买不起，只能吃那"不体面"的黑面馍。可即便身处如此艰难的境地，他也没有被生活打倒。沉重的家庭负担压在哥哥肩头，他深知家人的不易，于是选择将自己沉浸在书的世界里，从书籍中汲取力量，为自己构建起一个坚强的精神堡垒。无论是做揽工汉时脊背瘀血化脓，还是在大牙湾煤矿从不起眼到赢得他人尊重，孙少平始终坚守内心的追求。他从不向生活的苦难低头，无论外界环境多么恶劣，都能在夜里静下心来读书，寻找属于自己的一方净土。面对爱情，他理智清醒，即便面对田晓霞这样优秀的灵魂伴侣，也能坦然接受感情可能出现的变故。

而与孙少平形成鲜明对比的高加林（路遥另一部小说《人生》中的主人公），同样是那个时代有知识、有眼界的农村青年，却在人生的道路上迷失了方向。他不安于现状，渴望体面的人生，却总是被动地等待命运的垂怜，没有主动去改变。凭借关系获得的短暂风光，终究如空中楼阁般轰然倒塌，一朝梦碎，他陷入了迷茫与痛苦之中。

《平凡的世界》以细腻的笔触描绘了普通人在大时代历史进程中所走过的艰难曲折的道路，书中对农村生活场景、人物情感的刻画真实而生动，让读者仿佛置身于那个特定的时代，感受着书中人物的喜怒哀乐。作品所传递的积极向上、永不言败的精神力量，激励着一代又一代读者勇敢面对生活中的困难与挑战。它就像一面镜子，让我们从中看到自己的影子，从而更加坚定地去追求有意义的人生。

下面，让我们来看看"当代孙少平"胡衡的自述吧——

我叫胡衡，今年40岁，出生在武汉市蔡甸区的一个农村家庭，父亲是干个体运输的，母亲是农村妇女，我有一个姐姐，家庭和睦幸福，虽谈不上特别富裕，但也算衣食无忧。童年的我，性格外向，好动，喜欢武术，不爱学习，我个头比同龄人矮小瘦弱，从小父母比较溺爱我，这也造就了我调皮捣蛋的性格。虽未闯出大祸，但打打闹闹的小事不断，没少让父母头疼。

初三那年，我跟同学打架被学校开除，我不觉得丢人，读不进去书的我反而觉得自己终于脱离苦海。父母没有过多的责备，也没有尝试让我返回校园，因为当时他们也焦头烂额，父亲生意失败，家道中落。不久后，母亲托人给我在武汉市区的花桥二村凯威啤酒屋找了一份服务员的工作。

嗨，一切都是新奇的开始！这是我人生的第一份工作，我内心对此充满着好奇和期盼。当时我个子瘦小，16 岁，个头 1 米 6 不到，只有 90 斤，细皮嫩肉、白白净净，像个女生。上班第一天，提着两支各 20 斤的火锅汤壶，给客人加汤，手里一边清汤一边辣汤，内心却是一半海水一半火焰，从早上 10 点干到晚上 9 点，那一天比我以往的任何一天过得都要漫长。下班后回到宿舍躺在床上，浑身酸痛无力，没一会儿睡着了，眼睛睁开又到了第二天的上班点，感觉像睡了一个假觉。拖着疲惫的身躯，靠着年少轻狂的倔强，上了 3 个月的班。父亲来电问我想不想去当兵，这时的我已经在工作的地方干得如鱼得水，和领导同事的关系相处得不错。但父亲的言语中透露的还是希望我去参军，因为在当时看来当兵是农村子弟一个不错的出路。于是，也没有纠结就办理了离职，并顺利地通过了政审。

2001 年 11 月，只有 17 岁的我带着懵懂与不羁开始了军旅生涯。穿着一身略大不太合身的绿色备战服，背着母亲折被子的手法裹捆的背囊，手提行李袋，矮小瘦弱，跟那些英姿飒爽的接兵军人形成了鲜明的对比。我心中高兴的是知道自己此行要去福建的一个有海的城市，兴奋的心情按捺不住。上了火车，跟身边不熟的哥们吹起了牛，20 多个小时的车程，一路上兴奋至极，完全是放飞自我。

一路辗转，来到福建福州营前镇的一座大山里，从大卡车下来大概 40 余人，站成一排，对面站着一群黝黑壮实的老兵，用特别严肃的眼神打量着我们，令我们不敢与之对视。一声令下，开始选兵，3 个老兵跑过来拉住了我，口里喊到这是我们指挥连的，我忐忑不安，犹如受惊的小兔被猎人逮住，随时待宰。每个抢到兵的老兵，敲锣打鼓领着新兵带到自己连队，那个场景记忆犹新，至今难忘。简单收拾好行李，新兵班长询问了一下我的个人情况，就这样我的军营生活开始了。

初入军营，高强度的训练便给了我一个下马威。每天清晨，当第一缕阳光还未穿透晨雾，我们就已在操场上开始了艰苦的体能训练。5 公里负重跑，每一步都像是在与自己的惰性和体能极限做斗争。沉重的背囊勒紧肩膀，汗水湿透衣衫，双腿犹如灌了铅一般，好在我从小习武，比一般的战友体能都要好些，咬着牙将新兵连的 3 个月挺过来了。每天激励自己能完成各项训练的动力就是三餐饭，在大部队我食量大增，这时我的体重从也 90 斤到了 130 斤，胸前的腱子肉也练出来了，皮肤晒得微黑，像个正儿八经的军人了。

新兵下连的最后一项工作就是分配专业，我被选为报话兵，之前听说过这个专业，就是靠背密码表来用数字组成汉字，典型的脑力活。我的天！不爱学习的我感觉天要塌了。怎么办？军人以服从命令为天职，不敢反抗，只能接受，我的噩梦从此开始。班长是浙江人，自身素质过硬，专业也是全团最牛的，拿过三等功，有着极强的集体荣誉感，对兵的要求也是最高的。下连队不久就开始为期3个月的专业集训，全团的同专业的新老兵一起训练，凌晨4点开始起来背密码表……

退伍24年！密码表的第一条文字依然清晰记得，有时在梦中都会出现背密码表的场景，这对于不爱学习的我来说真的很煎熬，很痛苦。同班还有两个新兵，感觉他们有过目不忘的本领，我已经很努力了，但总是跟不上他们的进度，我压力很大，但班长犀利的眼神不允许我拖后腿，你们4点练，那我就3点躲在被子里练！无数次感叹，但凡早点把这种精神放到读书上，最低也能考上武大（武汉大学）。封闭集训的3个月到最后的检验日，有惊无险通过考试，还拿了个不错的名次，成就感、自豪感、团队荣誉感，统统拉满。那一刻，我开始明白，军人的字典里没有"退缩"二字。在部队里，纪律就是铁律，容不得丝毫马虎。从整理内务的一丝不苟，到队列训练的整齐划一，每一个细节都彰显着纪律的严明。起初，我总是因为一些小毛病被批评，比如被子叠得不够方正，队列中站姿不够标准。为了改掉这些毛病，我每天晚上都会在熄灯后偷偷练习叠被子，反复整理床单的褶皱，把被子的边角捏了又捏，直到它像一块豆腐块。在队列训练中，我时刻提醒自己抬头挺胸，收腹绷腿，专注于每一个动作的规范。慢慢地，我不仅在纪律方面有了很大的进步，更培养了自己严谨认真的做事态度。这种态度，后来渗透到我生活的方方面面，让我从一个行事散漫的少年，成长为一个时刻严格自律自省的军人。

2年的军旅时光转瞬即逝，但它在我身上留下的印记却深刻而持久。我学会了坚持与忍耐，懂得了纪律与责任，收获了珍贵的战友情谊。这段经历，如同一盏明灯，照亮了我前行的道路，让我在面对生活的挑战时，不再畏惧，勇往直前。它不仅是我人生中一段难忘的回忆，更是我成长路上的一笔宝贵财富，让我从一个调皮任性的少年，蜕变成为一个有担当、有信念的男人！

2003年12月，退伍回家后，我做了短暂的休整，在家陪父母过了一个年。那时，姐姐在深圳工作，我决定南下投奔姐姐，打拼一份事业。2004年大年初八，我怀揣着梦想，踏上了南下创业之路，这时的我已不是那个无知懵懂的少年，但心情依旧激动，十几个小时的车程，脑子里想的是赚百万、赚千万，规划着怎么花，心里美滋滋的。来到深圳，抬头看到密密麻麻的高楼大厦，头晕目眩，姐姐住在深圳罗湖区，姐姐的男友是英籍香港人，英语和粤语的切换交流让我不知所措，瞬间感觉自己的一只脚踏进了国际圈。姐姐从小就特别疼我，不想我立刻找工作，而是给我置办了顶级的行头，带着我在深圳玩了大半个月，我也很适应地成为一个"广仔"。住的楼下就是深圳一个比较有名的酒吧，姐姐带我去玩过一次，看到穿西装插耳麦的内场保安觉得他们好帅啊，工资又高，对于退伍军人来说这就是一份合适的工作，此刻便萌生了当内场保安的想法。于是我在姐姐的帮助写下了人生的第一份简历，拿着简历和部队拿下的各种嘉奖，我自信满满地参加到应聘的人群中。谁知还没面试，首先量身高，脱鞋低于1米72瞬间被淘汰！

就这样，我连面试的机会都没有争取到。我后来又陆续地应聘了几家，全因身高问题没法入职，我沮丧地在公交车站等车，无意间看到灯箱上印刷的小广告：招聘保安内保，身高165厘米以上，退役军人优先，月薪8000～20000。天啊，这找的不就是我吗！我马上根据地址找了过去。简单面试后，面试人员说找的就是我这种刚退役的军人，交了服装费和押金，兜里的1800元钱很快被掏干净，约定晚上7点到上班的地方报到。我很兴奋，下午就直接到了上班地点，等了3小时终于到了7点，打了接待新员工入职的同事电话，在附近公园约着见面，一个满身文身的光头大哥操着一口东北话问："就你呀，叫啥？"回答了大哥的各种问话，不一会儿陆续来了很多社会人，把我团团围住，打量着我，说些社会话，我也没蒙过这阵仗，确实有点蒙，但内心一直给自己喊话不要　。交谈后大哥还很看得起我，把烟拿出来让了我一根，让我明天带上两条同样的烟，以后就跟他混，比当保安强得多。这时我明白自己被骗了，但嘴里还是说着："好，好，好！明天过来再联系。"老大带着人散去，这时过来一个人，说："你是不是也被骗了？"

他的情况跟我说了一遍，过程跟我一样。他也是退伍军人，当晚，我们被骗的人，身无分文，就睡在公园的板凳上聊了一晚上，商量怎么把被骗的钱给要回来。清晨，姐姐过来把我接走了，要钱的事也就不了了之。没几天姐姐的闺蜜让我去她公司面试，得到了一份苹果系列电子产品销售的工作，这时也让我知道了人脉的重要性。

2004年到2012年，我在深圳华强北电子市场待了9年，从事苹果电脑、手机、外销电子产品、手机盒的销售，还比较顺利，一切都向好的方向发展。从2010年开始，我自己创业开公司，主营设计和贸易，帮一个巴基斯坦的老板做下游配套产品，那时出口到这些中东国家的手机销量都还不错，我们按他们的要求设计包装盒，然后外发到工厂代工。就这样一直做到2012年，由于没及时转型，在小米手机横空出世后，山寨手机一下子就消亡了。我一下就没了订单，几个潮汕的朋友让我一起做苹果配件，考虑到投资比较大，我当时犹豫了，于是关闭了公司，回老家休整。

"十年一觉创业梦，

豪情万丈血未冷。

拔剑四顾茫茫然，

饮酒击筑唱大风。

身败难改凌云志，

漠漠时运意难平。"

这首打油诗，记录着我那一时期无比煎熬的内心。是啊，10年南方打拼，如今背着空空的行囊回到故乡，心里的确五味杂陈。回到家乡后，我闭门谢客，思考着人生的下一步方向，而命运之神恰恰这个时候伸来了眷顾之手。

2012年8月8号，表哥给我打了一通电话，约我吃夜宵叙旧，待我赶过去后，发现是一间KTV，原来是参加一位女生的生日派对。由于事先不知道情况，我也没有准备礼物，觉得唐突和尴尬，表哥拉着我跟女生介绍，女生也很爽快地端起酒杯一饮而尽，表哥起哄，叫我们两个人加个微信，我这才知道这个女生叫余章垚，微信名叫垚垚。

当时，我对垚垚没啥印象，只觉得她活泼漂亮。因为当时我还沉浸在创业的失败中，态度有些消沉。谁知几天后的一个傍晚，我在广场散步，走过一个临时搭建的舞台，看到一个年轻漂亮的女主持人正在舞台上主持，可能舞台妆比较浓，我没有认出来，但又感觉这个女生自己好像在哪里见过。正好边上遇到了我的一位小学同学，简单寒暄几句，他说自己的小孩在这里表演，然后看着主持人说，这就是他孩子的老师，我问主持人叫什么，他说叫余章垚，大家都叫她垚垚。我连忙打开手机微信一看，发现就是上次生日派对上加的那个女生，把微信给同学一看，确认了就是她。

"你们认识呀，刚好，晚上约着一起吃夜宵。"演出结束，我们来到后台，她很惊讶地看着我说："这么巧！"我说："是呀！走吧，一起聚一下，我请你们，弥补上次生日派对的遗憾。"她也很爽快地应邀，就这样我们第二次见面，两个人聊了很久。

离家多年，我在家乡也没什么朋友，基本上白天泡在健身房，晚上出来散步。垚垚白天上班，晚上我俩就约着一起散步，可以从 7 点散步到 10 点，甚至到 11 点，我们聊彼此的过往，聊家庭，聊未来，慢慢地两人也互生情愫，看电影、吃饭，就这样，3 个月后，我们恋爱了！

那时眼里的她，不傲娇，不做作，能吃苦，善良单纯，激情满满，活力四射。反观我，事业停滞，待业青年一个，过得很沮丧。她总是鼓励我，我们还年轻，可以从头再来！我当时的计划，回蔡甸休息是因为事业上遇到了瓶颈，想抽离当时的环境，回来休整一下继续南下打拼。谁知爱情来得太突然，打乱了我的计划，我尝试着在蔡甸寻找新的项目，想做一个中大型的餐饮，考察、选址，都不太如意，她陪我去北京看连锁的洗车房，看是否能落地蔡甸，也因为合同问题存在争议，最后放弃了。我的事业依旧定格在暂停键上，但我与垚垚的感情升温很快，双方都见了父母，我的父母对她是很满意的，父母眼里的她，端庄、有修养、落落大方。

2013 年 2 月，我也第一次去了她家，我从心里特别重视这次登门，我拿上了私藏多年的年份茅台酒、顶级的烟和茶叶，基本是最高配了。她的父母没什么架子，人也很随和，吃的是家常便饭，也没有刻意的客套。我在去之前也准备要说一些话和回答一些问题，因为没有过多的交谈，也没派上用场，可能对我完全不了解，也许他们只是把我当垚垚的一个普通朋友对待，我内心觉得自己是没有被他们认可的。但垚垚传达给我的信息，她父母就是这样的人，什么大事都经历过，平常心看待我们的事，听垚垚这么解释，我也就没有再多想。

同年 7 月，垚垚意外怀孕，我俩这时才考虑到结婚的事。她回去把怀孕的事告诉爸妈，在这个观念传统的家庭里听到女儿未婚先孕难免接受不了，父母反对、责怪，但垚垚心意已决，我的岳父岳母还是基于爱女心切，虽然没有心理准备，也只好同意了我们的婚事。每每想到这里，我至今仍感到对不起岳父岳母。2013 年 9 月 20 日我与垚垚举行了婚礼，婚后，垚垚休息待产，我在一家包装厂里做销售经理，还未搬入新房，和我的父母一起居住。

其实，在婚后好多年，我才知道，为了能跟我走在一起，垚垚承受了巨大的压力，我们未婚先孕，让我的岳父和岳母受了多大的打击！岳父一开始坚决不同意，认为我初中都没有毕业，没有知识底蕴，这些年一直在外面打工，也没有什么成就，怕我难成大器。因此，我上门提亲时，他也没怎么与我交流。岳母一开始也是很震惊，狠狠地批评了垚垚，认为她对婚姻的态度太过于草率。垚垚据理力争，认为我不喝酒、不抽烟，唯一的爱好就是健身，同时我有上进心，只是缺少机会，她坚定地看好我！

见垚垚态度如此坚定，岳母心软了，在后来的接触中，她发现了我的一些优点，拳拳爱女之心让她先同意了我们的婚事。回过头，她又去做岳父的工作……

我们结婚的那天，我看到岳父岳母都哭了，我当时以为天下父母可能在这一刻的表现均是如此，我不知道的是，我的岳父岳母那时对我并没有太多的信心，更多可能认为把女儿交给我，是一场赌博，充满了对垚垚的担心！

初入婚姻殿堂的年轻人，往往怀揣着对未来无限的憧憬，却忽视了婚姻生活的真实面貌。婚姻不仅仅是两颗心灵的相互吸引，更是两个独立个体在生活习惯、价值观念乃至家庭责任上的深度融合。这种融合，意味着双方都需要学会在差异中寻找共鸣，在矛盾中寻求平衡。

2014年3月2日，长子胡奕粤呱呱坠地，我每天都像做梦一样，活在幸福中，但孩子的出生，让生活一下子变得琐碎起来，锅碗瓢勺和奶粉奶嘴的生活，磨损了二人世界的甜蜜和浪漫，我和垚垚因很小的事情爆发了认识以来的第一次激烈争吵。

那次争吵是发生在孩子刚满月的时候，我和垚垚都是性子刚烈的人，吵架时都有点口不择言，我最后说了一句狠话："不想过了，现在就滚！"

垚垚听了这话，眼泪立马就下来了，她狠狠地瞪了我一眼，抱起孩子二话不说，打了一个车就回了娘家。垚垚刚走，我就开始后悔和自责，觉得自己话说得太重了，父母也生气地骂我。不一会儿，岳母打来了电话，我心里想："完了，这肯定是来骂我的！"

结果岳母在电话里只是平静地说："胡衡，你过来把垚垚接走，有事好好说，实在说不通了，再来找我们！"听了岳母的话，我拿着电话呆住了，愣了半天，还是在父母的催促下赶紧开车出了门。就这样，我当天晚上就把垚垚接了回来。事后才知道，岳母语重心长地跟垚垚做了很多工作。这些年，岳母在幼儿园开设了家庭教育指导课，每个周末都向家长免费开放，岳母的婚姻就是美好婚姻的最佳诠释，这么多年，庆龄幼儿园的教职工没有一例夫妻离婚的情况。

后来，我听垚垚说，岳母给她上了一课，其中两条建议入情入理，不得不令人钦服——

第一条就是夫妻相处要学会相互包容，这是相爱的最高境界。在这个多元化的时代，每个人都有自己独特的性格、习惯和生活方式。婚姻中的双方，更是如同两块棱角分明的石头，需要经过时间的磨砺与相互的包容，才能逐渐磨合得圆润而和谐。包容，并不意味着无原则地退让或纵容，而是在理解对方的基础上，接纳并尊重对方的差异。这就要求我们在面对伴侣的不足时，能够保持一颗宽容的心，用爱去引导对方成长，而非指责与抱怨。同时，尊重彼此的个人空间与独立性也是至关重要的。每个人都有自己的生活节奏与兴趣爱好，保持一定的个人空间不仅有助于个人的成长与发展，还能为婚姻关系注入新的活力与色彩。

第二条则是提倡夫妻双方要培养共同的兴趣与爱好，这是增进夫妻之间亲密感的有效途径。当双方有了共同的话题与奋斗的目标时，他们的心灵将更加贴近。

这两条后来成了我们家的圭臬，只能说能遇到这种家庭，遇到这样好的岳母，是我八辈子修来的福气，因此我一直心存感恩，感恩他们培养了这么优秀的女儿，把这么优秀的女儿嫁给我，所以我和垚垚之间的爱情，一直到现在依旧甜蜜如初。在后来的发展中，我也接受了岳母的建议，走进了垚垚从事的事业，成了她的同事伙伴，共同学习成长。

2016年6月，次子胡奕立出生，幸福加倍，当时我在金融行业创业，并且做得也不错。2018年，蔡甸第一家庆龄早教中心开业，接着2020年至2022年，又陆续开了3家早教托育中心，垚垚成了早教托育中心的总园长，我们在事业和家庭上相互地默契配合，孩子们也聪慧懂事，事业也向好的方向前进，一切都是那么的顺利，当然，这一切都离不开岳母的支持和引领。

我一直敬仰岳母，她在我心中是一位极具传奇色彩的女性。她对中国民办幼教事业的执着追求，展现出了非凡的勇气和坚韧，她身上有着我们这一代人缺少的坚韧不拔和乐观主义精神。

在创业初期，她面临着诸多困难和挑战。资金的短缺、场地的问题、师资的招募等一系列问题像一座座大山压在她的身上，但她从未有过退缩的念头。她四处奔波筹措资金，寻找合适的场地。每一个细节她都亲力亲为，从幼儿园的装修设计到教学设备的采购，她都精心挑选，力求为孩子们创造一个良好的学习和生活环境。在师资方面，她更是严格把关，不仅要求教师具备专业的知识和技能，更注重教师的师德和爱心。她亲自参与教师的招聘和培训工作，为幼儿园打造了一支优秀的教师团队。经过几十年如一日的不懈努力，岳母把庆龄幼儿园办成了中国民办幼教的一面旗帜。

岳母创办的幼儿园培养了无数优秀的孩子，可以说真正做到了桃李满天下。她的教育理念先进而独特，注重培养孩子的综合素质，让孩子们在快乐中学习和成长。她的幼儿园不仅是孩子们成长的乐园，更是家长们放心的不二选择。岳母是一位充满智慧的女性，在幼儿园的管理中，她运用自己的智慧制定了一系列科学合理的管理制度。她善于倾听教师和家长的意见和建议，不断改进幼儿园的教学和管理工作。她关注每一个孩子的成长和发展，根据孩子们不同的特点制定个性化的教育方案。

同时，岳母也是一位非常善良的人。她对待幼儿园里的每一个孩子都如同亲生。她会关心孩子们的生活起居，关注孩子们的情绪变化。当孩子们遇到困难时，她总是第一时间伸出援手，给予他们帮助和安慰。她的善良不仅仅体现在幼儿园里，在生活中，她也经常帮助那些需要帮助的人，以自己的行动影响着身边的人，传递着爱和温暖。

岳母对我的帮助和影响是多方面的。在事业上，她的成功经验为我提供了宝贵的借鉴，每当我在工作中遇到难题时，都会向她请教。她会耐心地听我讲述问题，然后用她丰富的阅历和敏锐的洞察力为我分析问题，并提出切实可行的解决方案。她教会我要有长远的眼光和规划，在面对困难时要保持冷静和坚韧，要有勇于创新和突破的精神。2023年8月，岳母带着我全国各地多次实地考察，觉得老年大学的项目可以做，让我快速转型，投入"银发经济"赛道上，并全力地支持我开辟新的事业。

在生活中，岳母更是给予了我很多关心和指导。她教会我如何经营家庭，如何处理家庭关系。她强调家庭的重要性，让我明白家庭是一个人最坚实的后盾。她的言传身教让我懂得了如何做一个有责任感、有爱心的丈夫和父亲。在我和垚垚的感情中，岳母也起到了积极的促进作用。她经常教导我们要相互理解、相互包容，遇到问题要及时沟通，不要让小矛盾积累成大问题。她的这些建议让我们的婚姻更加美满和谐。

乐观豁达的岳母背后，有一个山一样巍峨的岳父在做支撑和坚强的后盾。

我的岳父是一名优秀的人民教师，他将自己的一生都奉献给了教育事业。他始终坚守在教育第一线，用自己的知识和爱心培育了一代又一代的学生。他对教育有着深深的热爱，这种热爱不仅仅体现在课堂上的教学，更体现在他对学生的关心和爱护。他每天都在认真备课，精心设计每一堂课，力求让每一个学生都能在轻松愉快的氛围中学习知识。他的课堂生动有趣，充满了互动和启发。他会用各种方法激发学生的学习兴趣，培养学生的思维能力和创新精神。在他的教导下，许多学生都对学习产生了浓厚的兴趣，并取得了优异的成绩。

除了教学，岳父还非常注重学生的品德教育。他以身作则，用自己的言行影响着学生。他教导学生要诚实守信、尊重他人、乐于助人。他经常与学生沟通交流，了解他们的思想动态和生活情况，及时给予他们帮助和指导。他就像一盏明灯，照亮了学生们前行的道路。岳父是一位品德高尚的人，他的一言一行都体现出了他的涵养和素养。他诚实守信，无论是在工作中还是生活中，他都始终坚守着自己的原则。他的谦逊和宽容让他赢得了周围人的尊重和喜爱。

在家庭中，岳父也是一位好丈夫、好父亲。他对岳母关怀备至，尊重岳母的事业追求，在岳母创办幼儿园的过程中，他给予了她全力的支持。他会在岳母遇到困难时，默默地为她分担压力，为她出谋划策。在教育子女方面，他注重培养孩子的品德和价值观，他用自己的行动为孩子们树立了良好的榜样。

岳父对我的帮助是不可估量的。在我职场受挫时，他给予了我很多关于职场生存和发展的建议。他告诉我要注重自身能力的培养，不断学习新知识、新技能，以适应不断变化的职场环境。他强调人际关系的重要性，教导我要学会与同事和领导相处，要尊重他人的意见和建议，要善于团队协作。在生活中，岳父也教会了我很多做人的道理。他让我明白要珍惜家庭，关爱家人。他还教导我要懂得感恩，要回报社会。他的这些宝贵指引让我在人生的道路上少走了很多弯路，让我成为一个更好的人。

岳父岳母的婚姻是我心目中最完美的婚姻典范。他们携手走过多年，在岁月的长河中，他们的感情愈发深厚，他们之间的默契程度更是令人赞叹。无论是在家庭决策还是日常生活中，他们总能心有灵犀地理解对方的想法和意图。在家庭决策方面，他们会充分沟通、相互协商。无论是重大的投资决策，还是日常生活中的琐事安排，他们都能达成共识。他们尊重彼此的意见和建议，从不独断专行。这种民主平等的家庭决策方式，让家庭氛围始终保持和谐稳定。

在日常生活中，他们的默契更是无处不在。他们会一起准备晚餐，一个切菜，一个炒菜，配合得娴熟而自然，仿佛是一场精心编排的舞蹈。他们在闲暇时光会一起散步，无须言语，只是静静地走着，享受着彼此的陪伴。这种默契是多年来相互理解、相互包容的结果，它让他们的婚姻生活充满了温馨和甜蜜。岳父岳母之间的相互尊重和支持是他们婚姻幸福的重要基石。岳父尊重岳母的事业梦想，全力支持她创办幼儿园。在岳母为幼儿园的发展而忙碌奔波时，岳父承担了更多的家庭责任，照顾家人的生活起居，让岳母没有后顾之忧。他会在岳母遇到困难时，用自己的智慧和经验为她出谋划策，帮助她渡过难关。岳母也同样尊重岳父的教育事业。她理解岳父对学生的热爱和对教育的执着，总是鼓励他在教学上不断创新和突破。她会在岳父为教学工作而忙碌时，给予他足够的空间和时间，让他能够全身心地投入工作中。他们在各自的事业上相互支持，共同进步，成为彼此最坚实的后盾。

岳父岳母的婚姻是爱的传承与延续，他们用自己的行动向我们展示了什么是真正的爱情和婚姻。在家庭中，他们营造了一个充满爱的氛围，让子女在爱的环境中成长。这种爱的教育让子女们懂得了如何去爱自己、爱他人，也让我们明白了家庭的重要性。他们的婚姻生活就像一首优美的乐章，每一个音符都充满了爱和温暖。他们的爱情在岁月的洗礼中愈发醇厚，成为我们整个家庭的宝贵财富。他们的婚姻模式为我们树立了榜样，让我们在面对自己的婚姻生活时，有了明确的方向和目标。

家庭是社会的基本细胞，是人生的第一所学校。不论时代发生多大变化，不论生活格局发生多大变化，都需要重视家庭建设，注重家庭、注重家教、注重家风。数据显示，我国目前有4亿多个家庭。家庭家教家风建设既是家事，也是国事，家庭和睦、家教良好、家风端正，子女才能健康成长，社会才能健康发展。

最值得骄傲的是，我生活在这个良好家风传承的教育世家，婚姻改变了我的命运，也让我的两个孩子在温润好学的家风滋养下快乐成长。两个小家伙从小就展现出了非凡的聪明才智和勤奋好学的品质。在学校里，他们的成绩一直名列前茅，无论是对数学、语文还是英语等学科，都有着浓厚的兴趣和出色的表现。他们对知识的渴望就像一块海绵，不断地吸收着各种信息。

除了学习成绩优异，他俩还积极参加各种课外活动。在学校的科技创新比赛中多次获奖，他们的创新思维和

动手能力都让老师们赞不绝口。喜欢探索未知的领域，
对科学实验有着浓厚的兴趣。他们会利用课余时间进行
各种小实验，尝试自己解决生活中的问题。这种对科学
的热爱和探索精神，让他们在同龄人中脱颖而出。在品
德方面，两人也非常优秀，诚实守信，乐于助人，经常
主动帮助学习有困难的同学，耐心地为他们讲解问题，
与同学们相处得非常融洽。他们尊重师长，懂得感恩，
是两个有礼貌、有教养的好孩子。这些优秀品质让我感
到无比骄傲。

生活，就像一幅精心绘制的画卷，每一笔都蕴含着对
世界的感激，对美好时光的珍藏。回想我这么多年走过
的路，从当初一个一无所有、睡天桥的打工仔，到今天
拥有美妻娇子的幸福家庭和美好事业的创业人，真是何
其幸也！感谢命运的垂青和眷顾，垚垚的出现让我相信
了雷军说过的一句话——"永远相信美好的事情即将发
生"。垚垚是我命运的女神，让我从一棵随风飘摇的野草，
变成了今天的一棵迎风飘展的大树，我的岳父岳母都是
我的阳光雨露，给了我大地般深厚的爱和蓝天般高远的
视野，让我这艘漂泊无定的小舟，锚定了前景，找准了
航向，如今在"银发经济"的赛道上，我努力地边学边干，
终于收获了自己的一片蓝天。

岳父和岳母的婚姻，让我明白：真正的幸福不是锦衣
玉食和豪宅香车，而是耳边能时常听到父母的谆谆教导、

眼前能时常看到孩子嬉戏的身影，在日落西山之时能拉着爱人的手一起沐浴夕阳，工作就是为了更好地生活，简单和谐的家庭生活才是人间最大的美好。

如果说我的命运是逆袭的话，那么我的岳父岳母和我的妻子都是我生命中的贵人，尤其是我的岳母，是我创业路上的励志榜样和指路明灯，我心中的感激之情，化作无尽的温暖与力量，唯有奋斗，方能向她致敬！

"婆媳闺蜜"

　　余章曲继承了父亲的学霸基因，同时也传承了母亲吃苦上进的好传统。

　　从基因角度来说，父母的文化水平、情商、兴趣爱好，不仅仅决定着孩子的成长轨迹，还塑造着孩子的思维方式和价值观。学霸的父母，往往也有自己独特的天赋和广博的知识。一个从小在书香氛围中长大的孩子，早早就吸收到了丰富的知识源泉，比起那些从未接触过课外书籍的孩子，潜移默化中，他的大脑得到了更多的滋养，也更容易建立起强烈的学习兴趣和高贵的品质。

　　余章曲毕业后在上海工作了 2 年，之后便想利用专业所长单独创业，母亲张春花建议他继续考研究生。因为张春花知道自己创业是怎么样一步步走过来的，其中有多么艰难，可以说是风高浪急，艰险无比，儿子在大学 4 年里这个专业只学习了一点皮毛，如何能够独自创业？

　　张春花给儿子认真分析了儿子创业的风险点。首先，儿子缺乏创业的经验；其次，专业学习能力不足；最后，自己创业几十年受尽了苦，多次都差点扛不下去了，她劝儿子不要创业，那真不是一般人干的活。当时张春花给儿子两条路选择：第一条路就是继续读书，考研，再深造；第二条路，就是应聘到大公司去锻炼，学习本领。

　　余章曲听从了妈妈的话选择了考研，研究生毕业后，余章曲顺利进入世界著名的通讯公司华为工作。能进入华为工作的都是万里挑一的人，专业也与儿子对口。张春花以为儿子这下可以安心工作了，谁知在华为干了不到一年的时间，余章曲还是想要创业。张春花苦口婆心地劝儿子，创业不是那么容易的，创业需要团队，你前期调研做了没有？研发人员有没有？研发出的产品还需要有人销售，销售渠道有没有？这些都是要考虑清楚的，"创业"两个字说起来简单，真正要想把一个企业做好，千难万难。张春花说："你不用担心养家糊口，我已经吃尽了创业的苦，你就不用那么辛苦了。找一份安稳的工作，好好上班、好好过日子才是妈妈最大的心愿。"

　　母亲的苦口婆心，再次浇灭了余章曲心中熊熊燃起的创业火焰，他只好打消了念头，回到了武汉工作，目前在一家大型央企上班。

　　事后，张春花无数次地反思：自己作为一个母亲一次次地打消儿子创业的愿望，到底是对还是错？想当年自己在公公的泥巴碗下辞职，打下了幼教的一片天，如果家人不支持，自己肯定没有今天的成就。而为什么轮到自己的孩子要创业，自己就如此坚决地反对呢？但不管如何地反思，张春花从心里坚决反对儿子创业，这可能也是一个母亲的舐犊情深吧。自己吃过的苦，她不想自己的儿子再吃一遍。再说，现在时代变了，她的那个年代机会很多，抓住了一个机会就很容易成功，而现在，各种商业模式眼花缭乱，层出不穷，无数创业的人都身败名裂，家破人亡，这些血淋淋的例子都摆在眼前，不由她不去深入思考。还有就是她们那个时代长大的孩子，就像野草一样的坚韧，给一点阳光雨露，就拼命地向上生长，而儿子这一代的孩子都是温室里的花朵，虽然很聪明，但是韧劲不足，所以孩子能有一份稳定体面的工作，也是她最大的心愿。

关于创业，马云曾说过很令人动容的一段话。他说："成功的背后都是苦难与磨难。我爸如果那时候给我个200万，如果我今天能随时找到一帮人，那今天一定不会有阿里巴巴。真正的创业者，一定是缺这个缺那个，如果资源都在了，什么都不缺了，怎么还会轮到你去创业？我开始创业时，从中国黄页，做了2年半到3年，到国家的外经贸部做临时工3个月，全失败了。没有人看到这些失败。然后从阿里巴巴到现在，我们很幸运，我们成功了。其实我们这些人都不怎么能干，如果能干他们早就去其他世界 500 强公司去了。我们正是找不到工作，才凑到一起的，然后也没人敢请我们，我们就只能自己安慰自己走下来。能走到现在，我根本没有想到，创业有这么艰难，有这么多的麻烦，有这么多的痛苦。这些年来，我们有一万次想过放弃，最后想了想，已经走到现在，再熬两天。大家只看到今天我们成功的时候，没有看到我们错误的时候、沮丧的时候、同事之间意见不合闹矛盾的时候、相关部门找麻烦的时候、没有钱发不出工资的时候、客户不满意要求退货的时候……其实，你在创业过程中，无论你有多成功，成功都只是短暂的，但是付出的代价是非常大的，犯的错误是无数的，全世界所有的创业者，都有一本苦难的经，大有大的难处，小有小的痛苦……"

失之东隅，收之桑榆。余章曲回武汉之后，不经意竟然收获了爱情。一帮年纪相仿的同事朋友去聚会，一个叫殷乐的女孩出现在他的圈子中。殷乐 1989 年出生，比余章曲小 2 岁，武汉大学工商管理研究生毕业，相同的兴趣爱好，两颗年轻的心慢慢走到了一起，顺理成章地两人恋爱结婚了。婚后，两人生育两女，大女儿 2016 年出生，小女儿 2023 年出生，目前殷乐全职在家陪伴孩子，经常周末节假日一家四口驾车回蔡甸看望爷爷奶奶，张春花看着两个可爱的孙女，满眼都是笑。看着儿子如今工作稳定，又有着自己幸福的小家，张春花从心里暗暗庆幸自己在创业问题上，给儿子泼过的冷水。

　　婆媳关系自古以来就是个难题，每个家庭都会有或多或少的婆媳矛盾，而这些矛盾也影响着夫妻之间的感情，甚至导致夫妻离婚。中国很多妈妈对儿子都很看重，乃至将自己的全部希望都寄托在儿子身上，所以对儿子的期望也就特别高。甚至将自己的安全感也寄托在儿子身上，所以她们习惯了在小时候对儿子掌控，如果成年后儿子开始离开她，很可能就会产生不安全感。这种心态下，就导致妈妈特别喜欢参与到儿子的小家庭中，不仅对儿媳要挑三拣四，还想掌控儿媳。儿媳则认为这是自己的家庭，不容别人来干涉，如此一来二去，婆媳之间自然会产生不可调和的矛盾。

　　如今社会压力大，很多年轻的夫妻根本无法在经济上独立，尤其是房产上，还要依靠公婆出钱，乃至还有家庭在日常的生活开销中，也要依靠公婆，这也间接导致了公婆参与到自己的生活中来。此外，年轻人忙于上班，孩子也就交给了公公婆婆，这也是婆媳矛盾最容易爆发的关键点。很多年轻人和老一辈的教育观念不一致，这也进一步催化了婆媳矛盾。

　　例如，不少婆婆看不惯儿子和妻子太过亲昵，或者看不惯儿媳的穿搭和生活习惯，就很容易爆发矛盾。其实，这时候不如双方各退一步，婆婆与时俱进一些，儿媳也多尊重婆婆，不要过于招摇，这样可能就会少很多矛盾。其实，婆婆和儿媳原本并不认识，她们之所以能够在一起生活完全是因为"夹在中间的那个男人"，如果他不作为，婆媳关系只会进一步恶化。如果这个男人善于沟通，不断地传递正能量，给予妻子和婆婆足够的理解和支持，同时保持中立，不偏袒任何一方，只有这样才能调和矛盾。

大气开朗的张春花与殷乐的婆媳关系却处得像"闺蜜"一样好。殷乐是武汉大学研究生毕业，她2015年与余章曲结婚，高知的儿媳妇与女强人的婆婆在一起，会不会有摩擦，婆媳矛盾会不会加剧呢？

殷乐的话最真实，她开心地说："我和婆婆是闺蜜，有这样的婆婆真幸福！"

在生活上，张春花很尊重她的意见，而且在很多事情上，婆婆和她是一条战线的。比如说，买房子的时候，殷乐看中的楼盘与余章曲看中的不一样，张春花多方分析，认为儿媳看中的楼盘更优质，就坚定支持儿媳。房子装修的时候，装修风格、家具的款式、地板的颜色等等，都是殷乐做主，相反，若是余章曲有不同意见，这个时候都是张春花去说服儿子。张春花在这些事情上总会说："还是媳妇的眼光好，我也都觉得她的选择更好一些，你必须听媳妇的，媳妇说怎么装就怎么装！"

母亲的几句话说得余章曲无话可说，关于装修的事情，他从此也再没管过，从硬装到软装，再到家电的选购，全部都是殷乐一手操办，他只是打打下手，乐得个清闲。

新房装修中间还有一个小插曲，在买电视机时，余章曲和殷乐又产生了不同意见。余章曲爱打游戏、喜欢看体育赛事，所以倾向于选择买曲面屏电视，他说："曲面屏电视的屏幕两侧会向内弯曲，曲率基本上和眼球的弧度一致。这种设计不仅看起来更炫酷，还能带来更沉浸式的观感体验。特别是看大片或者玩游戏的时候，感觉就像身临其境一样。"而朴实的殷乐却倾向于选择全面屏电视，她说："现在的全面屏电视已经最大限度地去掉了电视机左右和上下方的边框，屏幕占比更高，视觉效果简洁。这种设计不仅看起来更时尚，还能提供更好的观看体验，特别是对于人多的家庭来说，全面屏电视更适合多人观看。"两人僵持不下，谁也说服不了谁，这时候，张春花站出来了，说："我们是一个大家庭，以后坐在一起看电视，每个人的视觉效果都要照顾到，肯定是买全面屏更合适啊，我们大家都赞成殷乐的选全面屏！"余章曲看到妈妈和老婆意见高度统一，只好收回自己的意见，同意买全面屏电视。

在孩子的教育方面，作为教育专家的张春花，并没有在儿媳的家庭里对孩子的教育指手画脚，而是完全接受媳妇殷乐的教育方式。现在很多小孩子，一家六个人围着转，五六岁了，还追着喂饭，走到哪里都要抱着。张春花的两个孙女，就被儿媳妇教育得非常好，自理能力很强，特别自立。孩子开始吃辅食，能动手拿勺子，他们就让孩子自己吃，从不喂。张春花从事幼教这么多年，知道要遵循孩子的自然成长规律，不干涉、不束缚、不打压，两个孩子从小到大，都没有喂过饭，也不担心孩子吃得到处都是食物。张春花和殷乐，在这方面，观念也是高度一致的，衣服弄脏了再洗，饭撒地上了，再收拾，一定不要阻止孩子自己吃饭，不要觉得孩子还小，不会吃，就由大人追着喂。所以，现在余章曲家的老二才不到2岁，就已经上托育班了，而且是全天候都在托育班，孩子也很适应，不哭不闹，早早学会了自己吃饭。提起两个孩子的教育问题，余章曲也很骄傲，他认为两个孩子都是殷乐一手培养的，两个孩子都聪明可爱、自信大方、自理能力强，这都是孩子妈妈的功劳。

张春花对儿媳妇充分尊重。疫情期间，因为封城，一家人都住在一起。刚开始早餐时，余宪骐做好了早餐总想把孩子们都叫起来一起吃早餐，觉得吃了再睡都可以，但不能不吃早餐，不然对身体不好。张春花就跟老公说："我们年纪大，睡眠少，早上醒了就要吃早餐，孩子们都是年轻人，都喜欢睡懒觉，我们就不要打扰他们，他们想睡到什么时候就睡到什么时候，等起床了，想吃了，我们再做，不要一早就把他们吵醒。再说孩子们平时也都要早起上班上学，现在好不容易有个睡懒觉的机会，我们就不要打扰他们了。"从那以后，余宪骐再也没有嘀咕过，每次就只做他和张春花两个人的早餐，等他们起床了，想吃再做。

还有一件事情，让殷乐觉得张春花是一个非常开明的婆婆。张春花从事幼教工作几十年，在 2017 年，她打算把早教托育这一块做起来，看到儿媳妇把孙女培养得这么好，就想着让儿媳妇参与到自己的事业中，以后早教托育这块都可以交给她来运营。张春花把自己的想法对殷乐说了，那一年大孙女才刚刚 1 岁，殷乐也还没有上班，殷乐也觉得可以试一下。于是，张春花陪着殷乐去外地学习了一周，回来之后又到处去参加培训。殷乐学习能力很强，很快就上手了，可是过了一段时间后，殷乐却对张春花说："妈，我知道您从事幼教几十年，对幼教工作有感情，你希望我也参与进来，以后可以接班。可是经过这一段时间的学习，我感觉这不是我喜欢的工作，如果您非要我做的话，我也可以坚持下去，但是我自己不喜欢，那么这份工作就会做得很累，如果工作做得很累，那么我就会承受很大的压力，这样我也不会快乐。"

张春花听完殷乐的话，想了半天，说："我对幼教工作有感情，这是我的选择，但是我不能把我的选择强加在你的身上，如果你真的不喜欢这份工作，我支持并尊重你的想法，你随时都可以离开。"殷乐听完婆婆的话，很感动，觉得婆婆是一个开明通透、明事理的人。张春花对孩子们不管是在工作还是在生活中，从不干涉他们自己的想法，从不强迫孩子们做他们不喜欢的事情，深深理解和尊重他们。因此，也收获了孩子们的爱与尊敬。

婆媳这么多年，张春花与殷乐从没有闹过意见，彼此尊重、相互理解、相互支持，亲如闺蜜。余章曲也乐得自在，从来没有在妈妈和老婆之间左右为难过，家和万事兴，家庭成员之间关系融洽，和和睦睦，家庭才能兴旺发达，事业发展也能够顺利成功。

正所谓"10年看婆，10年看媳"，这一句话非常有道理，结婚以后，如果一个婆婆先做到了自己应该做的事情，那么肯定两个人的关系会相处得特别和谐，完全与母女没有任何的区别。这时的媳妇肯定也会对自己的婆婆特别的好，那么也会让两个人共同爱的男人感觉到幸福。

家和万事兴，家和则福自生。在中国这片历史悠久的土地上，家庭和睦一直是人们追求的至高境界。而今，随着社会的进步与观念的更新，"新型婆媳关系"如一股清风，正悄然改变着传统家庭的面貌，让婆婆不再受气，儿媳不再委屈，老公也不再为难。

张春花与儿媳殷乐是典型的新时代"新型婆媳关系"，在这种关系中，尊重与理解是构建和谐的基石。婆婆与儿媳，两代人，两种观念，要想共处一室而心无嫌隙，唯有以尊重为前提，以理解为桥梁。婆婆需明白，儿媳有自己的生活方式与价值观念，不应以己度人，强加干涉；儿媳亦应知晓，婆婆的经验与智慧，是岁月赋予的宝贵财富，值得虚心学习与借鉴。

界限感，是"新型婆媳关系"中的又一关键词。婆婆与儿媳，虽同为家庭一员，但彼此的生活空间与心理边界应清晰界定。婆婆不介入儿媳的生活，如育儿方式、家务分配等，应给予儿媳足够的自主权与决策权；儿媳亦应尊重婆婆的生活习惯与情感需求，避免不必要的冲突与误解。保持适当的距离，既能让双方拥有足够的私人空间，又能促进彼此间的尊重与理解，实现真正的"和而不同"。

沟通，是化解婆媳矛盾的金钥匙。在"新型婆媳关系"中，婆婆与儿媳应勇于表达，善于倾听，通过有效的沟通，及时化解潜在的误会与不满。无论是生活中的小事，还是育儿观念上的分歧，都应坐下来，心平气和地讨论，寻找最佳解决方案。婆婆可以分享自己的经验与教训，儿媳亦可提出自己的见解与需求，双方共同协商，达成共识。正如那句老话："家和万事兴，话和人心暖。"良好的沟通，是家庭和谐的润滑剂，能让婆媳关系更加融洽。

在这样的家庭氛围中，每个人都能感受到爱与尊重，都能找到属于自己的位置与价值。张春花与儿媳的"新型婆媳关系"，创造了一个和谐、温馨、充满爱的家庭，成为新时代家庭关系典范，书写了一段当代家庭幸福的佳话。

第六章
江河眷顾奋楫者

风云激荡的中国民办幼教史

.

人生百年，立于幼学。实现幼有所育，是党和政府做出的庄严承诺。中国民办幼儿园的发展历史风云激荡，又像过山车一样起起伏伏，回望历史，一言难尽。

1995 年是中国幼儿园发展的重要转折点。这一年，国有企业改革成为经济体制改革的重点，也让幼儿园办园体制和格局发生了重大改变，在这样的改革背景下，大批企办幼儿园停办。因此在 1995—2001 年，学前 3 年毛入园率逐年下降，从 41% 降至 35.9%，在园儿童数则锐减 689 万人，其中 2000—2001 年下降最多，减少了 222 万。《全国教育事业发展统计公报》提到，2001 年的幼儿园数量骤降，比上年减少 6.41 万所。

与此同时，民办幼儿园迎来了发展的黄金期。

1994 年《中国教育统计年鉴》中，首次出现民办幼儿园数量这一数据，此后，民办园数量呈现逐年持续增加的趋势。即使是在幼儿园数量骤降的 2001 年，社会力量办幼儿园的数量也依然增加了 209 所。

1995 年 9 月，原国家教委等 7 部门颁布了《关于企业办幼儿园的若干意见》，提出了"坚持依靠社会力量发展幼儿教育的方针""积极稳妥地推进幼儿教育逐步走向社会化"。

1997 年颁布的《社会力量办学条例》，进一步给了民办幼儿园法律上的合法名分。

2004 年，民办园数量首次超过了公办园数量。

2018 年，民办园数量占比达 68.57%。

虽然民办园数量快速增长，但在很长一段时间里，公办园仍是家长的首选。

民办幼儿园的数量在 2007 年已经占到幼儿园总数的 60.1%，但在园学生数占比仅有 36.99%。

此时的民办园，规模较小。考虑到公立教育的消费惯性，民办教育的存在主要是解决"公办园容纳人数有限、入园难"的现实问题。

2012 年，民办幼儿园的在园人数占比首次超过公办幼儿园，此后逐年提高，2018 年这一数据达到了 56.69%。20 世纪 90 年代，国内第一批"国际幼儿园""双语幼儿园"出现在北上广等经济较发达的大城市，到今天"双语园""高端园"的概念开始被消费者广泛接受。发展 20 余年后，已经出现了大批面向不同消费群体、提供不同类型和特色教育服务的中高端幼儿园。至此，民办幼儿园不再仅仅是公办园的替代品，越来越多家庭对高品质教育有需求，这也促使一些民办园向高端化、国际化持续迈进。

民办幼教引发资本关注的是下面这件事：2010年7月13日至14日，中央召开全国教育工作大会，对推进未来10年教育科学发展提出了10条论述。其中第五条关于"基本公共教育服务均等化"的论点里，提到了"公共资源优先满足教育和人力资源开发需要，健全以政府投入为主、多渠道筹集教育经费的体制，大幅度增加教育投入，统筹推进各级各类教育"。

那场会议对整个教育界影响巨大，现在被学前教育界奉为"圣经"的《3—6岁儿童学习发展指南》就是在那次会议之后落实编辑，并加以推行的。

当年中央提出"健全以政府投入为主，多渠道筹集教育经费体制"后，在民办教育体系中出现了两种性质的选择——"以政府扶持为主的普惠性"和"以个体所有的营利性"，于是，首次出现了营利性幼儿园。过去办理幼儿园没有营利性的选项，一律都是非营利性。这场教育改革大会后，已经有了方向性的指导，但是，问题又来了，营利性幼儿园很难落实，因为缺少法律的依据。

《国家中长期教育改革和发展规划纲要（2010—2020）》提出：积极探索营利性和非营利性民办学校分类管理，并开展试点。然而，这一对我国民办教育发展至关重要的理论和实践创新，却与现行的《教育法》第二十五条"任何组织和个人不得以营利为目的举办学校及其他教育机构"和《民办教育促进法》第三条"民办教育事业属于公益性事业"等有关规定冲突，形成了中央教育政策与教育法律相悖的问题。

公益不代表不能营利，只能对营利用途特别解释。于是《教育法》与《民办教育促进法》《学前教育法》开始被反复修订。其中《民办教育促进法》先后经历了三次修订，修订草案做出"删除合理回报"的重大调整，实行分类管理既是国际通行做法，也是对出资人选择权和合法权益的保障，取消后可代之以税收优惠和公共财政资助来扶持和促进民办学校发展。

自 2016 年《民办教育促进法》修订草案推出，蠢蠢欲动的资本市场开始大规模"收购"已有的民办教育板块，红黄蓝教育上市的案例，在已经成功完成预热的学前教育市场掀起了空前的并购风潮。

《民办教育促进法》只是给予了社会资本在学前教育上的营利保护，并没有对市场"供需量"层面激起变化。

SOHO 副总胡文俊给出了一组数据：中国民办幼儿园数量，从 2008 年的 10 万所，到 2018 年的近 20 万所，10 年时间翻了一番，同时中国学前教育的毛入学率，也从 2008 年的约 36% 增长到了 2018 年的约 70%。从增速情况来看，自 2017 年开始，民办幼儿园增速突破 10%，到 2018 年增速更是高达 16%，保守预计 2019 年，增速会超过 20%。

2000 年以后，"随着农业生产力水平的提高和工业化进程的加快"，小城镇户籍管理制度改革，标志着小城镇已经废除了城乡分隔制度。有些地方甚至采取了鼓励农民到小城镇居住和创业的政策，农村户口可以随着居住地变化，变更为城镇户口。于是，又有大批的农村人涌入城市，城市化的进展再次加快。随之而来的教育需求造成了学位压力。与此同时，民办幼儿园也随着市场需求而增加，开始分摊地方政府学位压力。2000 年到 2010 年，这 10 年幼儿园与地方教育局的关系非常和谐，因为民办幼儿园不仅能分摊学位压力，还有助于提高就业、降低人口走失率、减少妇幼意外死亡率，还形成了自己的生态经济，各种围绕幼儿园而存在的产业应运而生，增加了民营经济创收。所以说，民办幼儿园其实最初是一片乐土，有规模但不大，有竞争但不多，那个时候开幼儿园招生也很省心。

2000 年以后是房地产产业发展的黄金时期，随着都市社区的兴起，人们开始分类而居，有些房地产开发商为了更好地卖楼开始配套生活设施，购物、娱乐、交通，渐渐地，他们发现"教育"才是最贵的，学区房越来越贵，学区房的地也越来越难拿到，与其寻找学区，不如自己创造一个学区，配套幼儿园、配套小学开始陆续出现。

其实，在开发商拿地的时候就有"兴建配套学校"的合同，有一些开发商为了多盖楼，纷纷缴纳土地出让金，还有一些开发商建好学校后自己经营。随着配套幼儿园的兴起，民办幼儿园开始向"价格高端"看齐。人们也开始从拼车子、拼房子，到开始拼学校。

2015年，中国城镇居民人均可支配收入超过3万元，并保持每年约8%的增幅，到2018年，达到3.9万元。而在北京、上海这样的一线城市，城镇居民人均可支配收入已近6.8万元。经济发展和消费观念等方面的差异，也在不同区域、不同群体间形成了消费"梯度"。反映在学前教育上，幼儿园不再仅仅承担"托管"的责任，而是被视为终身教育的起点。家庭收入的增长和教育消费观念升级，是优质营利园发展壮大的基础。

2017年1月19日，中华人民共和国教育部官网转发《光明日报》署名文章《拥抱民办教育的春天》，文中写道——

近日，国务院印发《关于鼓励社会力量兴办教育促进民办教育健康发展的若干意见》（以下简称《意见》），对民办教育改革发展作出全面部署。

中国自古以来就有民间办学的深厚传统，孔子广收门徒，倡导"有教无类"的教育理念，打破了长期以来"学在官府"的贵族知识垄断，开私学之先河。此后数千年间，各类私塾、精舍、书院经久不衰，民间兴学的传统根深蒂固。清末民初，在教育救国理念的感召下，众多知识分子大量创办平民学校，为普及教育作出杰出贡献，也诞生了像南开等一大批令人瞩目的私立学校。改革开放以来，民办教育重返历史舞台并不断发展壮大，如今已经形成了从学前教育到高等教育、从学历教育到非学历教育，层次类型多样、充满生机活力的发展局面，有效增加了教育服务供给，为推动教育现代化、促进经济社会发展作出了积极贡献，已经成为社会主义教育事业的重要组成部分。

民办教育至关重要，从长远看，其繁荣发展的道路才刚刚开始。"小者大之渐，微者著之萌"，要让今后的民办教育发展得更好，更好地发挥其应有的作用，仍须加强保障和规范力度，为今后的繁荣发展开好头。就过去的经验和教训看，当前的民办教育也面临许多制约发展的问题和困难。尤其在法人类型不分、政策支持不足、内部管理无序、内外监管不严等方面，民办教育亟须得到规范和支持。

为此《意见》特别指出"分类管理，公益导向"，实行非营利性和营利性分类管理，实施差别化扶持政策，积极引导社会力量举办非营利性民办学校，坚持教育的公益属性，强调无论是非营利性民办学校还是营利性民办学校都要始终把社会效益放在首位。在此基础上，不断致力于优化环境、综合施策、依法管理、规范办学，为民办教育的"行稳致远"保驾护航。

《意见》的发布，其实质就是要建立科学合理的民办学校管理体系，以及构建真正的现代学校制度，营造有利于民办教育发展的制度环境，提高民办教育治理水平，促进民办教育繁荣发展。为达成这一目标，我们必须加强党对民办学校的领导，进一步转变职能，改进政府管理方式，真正激活社会各界的力量，鼓励他们放心大胆地投身教育这一伟大事业，拥抱民办教育的春天。

自此，民办幼儿园的价格开始不断走高，资本对此早有察觉。因为早期没有《民办教育促进法》保护，成规模的资本主要还是围绕在幼儿园周边市场上，从读物到课程，从家具到教具，从装修设计到品牌输出，几乎所有人都看好民办幼儿园。

资本的介入，让整个行业开始变得浮躁，同时还使幼儿园的开办成本和学费水涨船高。2016年，新开幼儿园每月的物业租金在30～40元/平方米，到2017年，租金就涨到60～70元/平方米了。同时幼儿园的装修也越来越豪华，某三四线城市的一个6000平方米幼儿园，装修花了5000多万元。此外，工资成本也节节攀升。这些成本部分转嫁给了家长。2015—2016年，某省会城市新建幼儿园的收费水平在 1500 ～ 2000 元每月，而 2017—2018 年，收费水平飙升到 3000 ～ 4500 元每月。

慢慢地，"入园难""入园贵"成为一个社会话题，一直被热议到 2010 年，已经成为全民关注的民生问题。

如果因为资本介入，行业违背了发展规律，就一定会出问题，这个问题说它源于恶性竞争也好，源于极端的成本控制也好，还是源于短期投机行为也好，必然会导致管理上的问题，经营上的问题，教育上的问题。果不其然，红黄蓝上市仅 2 个月后，就因虐童事件而"爆雷"。

问题暴露，促使政府监管加剧。2018 年 11 月，国务院发布了《关于学前教育深化改革规范发展的若干意见》，其中有两条很关键，一是社会资本不得通过兼并收购、受托经营、加盟连锁、利用可变利益实体、协议控制等方式控制国有资产或集体资产举办的幼儿园、非营利性幼儿园，民办园一律不准单独或作为一部分资产打包上市。二是上市公司不得通过股票市场融资投资营利性幼儿园，不得通过发行股份或支付现金等方式购买营利性幼儿园资产。

这一政策的发布简直是一剑封喉，好多前脚刚完成收购的资本哭爹骂娘，一些因为一时间犹豫不决，没能搭上最后一班列车的幼儿园投资人追悔莫及。

其实在《意见》出台之前，在资本市场火热并购之时，明眼人早就预料到了结果，2012 年社科院就多次发出人口老龄化、出生率降低危机的警告，国家统计局也早就对影响出生率的问题进行了详细的摸查，其中"看护问题""教育费用"成为影响生育的主要问题。2016 年全面放开二孩，即便如此，除去二胎外的新生儿已经出现了负增长。

这样的背景下，政策也由此转向，学前教育开始向"普惠"发展，提高毛入园率、提高普惠性幼儿园覆盖率成为核心目标。

2017 年 4 月，教育部等 4 部门《关于实施第三期学前教育行动计划的意见》中提出：到 2020 年，全国学前三年毛入园率达到 85%，普惠性幼儿园覆盖率（公办幼儿园和普惠性民办幼儿园在园幼儿数占在园幼儿总数的比例）达到 80% 左右。

这是教育部门首次明确提出"2020 年普惠性幼儿园覆盖 80%"这一目标。虽然政策鼓励公办园、普惠园的发展，挤压了营利性民办园的生存空间，但从消费角度来说，这一举措也给营利性幼儿园提出了更高的办园要求，给真正优质的民间办园资本提供了发展的机会。

中国民办学前教育的发展历史，犹如大江大河，一泻千里，成为时代的一曲壮歌。它在流动的过程中，时而风平浪静，时而波涛起伏，从懵懵懂懂的萌芽状态，到大刀阔斧的爆发式增长，从资本抢滩的急功近利、极度浮躁，到回归教育本质的从容淡定，不疾不徐。

张春花是 40 年中国民办幼教发展史的见证者、亲历者、践行者，不管风云怎么变幻，她作为一个教育人"为家护苗，为国育才"的初心，却始终没有改变，她不管外面的世界如何喧嚣，一直安安静静地教书育人，狠抓教育质量，培养了一批又一批优秀的孩子，让武汉庆龄幼儿园成了无数孩子心芽的生长地、梦想的启航地。

"最强大脑"珠心算

坚持特色教育，收获精彩人生。武汉庆龄幼儿园创始人张春花不走寻常路，打造了别样幼教人生。

2023年6月18日，湖北省第26届珠心算比赛在美丽的江城武汉举行，武汉庆龄幼儿园选送的近70名小选手，经过看心算、听心算、闪心算和珠码秒记四项激烈角逐，在千名小选手中脱颖而出，勇夺湖北省第26届珠心算比赛团体冠军，蝉联16连冠。

武汉庆龄幼儿园开展珠心算教学30年，硕果累累，荣誉等身。2012年被授予全国珠心算教育教学实验点称号。30年来，庆龄幼儿园在十几个地市区、60多家幼儿园开展珠心算培训，培训幼儿多达10万余人，业务覆盖武汉新洲阳逻、黄陂、天门、孝感、汉川、黄石阳新、咸宁、通山、洪湖，河南新乡、辉县和江西等地。

张春花投身幼教40余年，始终秉承"质量为本、服务为宗、环境为先、价值为魂"的办园宗旨，主张天地万物，都是孩子学习的课堂。在孩子日常生活和学习的过程中，她围绕"动力、能力、知识"三大系统来建构孩子的发展体系，努力让孩子成为好身体、好习惯、好脑瓜、好口才的"四好"阳光孩子。为此，她的幼儿园成为中国教育学会规划课程《儿童创造力培养理论与实践科学研究》实验基地、中国珠算心算协会珠心算教育教学实验点。在教学特色上，她开设有珠心算、篮球、舞蹈、英语、玩美时光、早期阅读、趣味数学、全脑课程、打击乐和阳光体育等课程，充分尊重幼儿学习兴趣，积极开发幼儿潜能，倡导幼儿主动学习、乐于学习、学会学习和快速学习……

把教学做到极致，在"精进"中绽放人生光华。庆龄幼儿园连续 16 届荣获湖北省珠心算比赛团体一等奖，连续 3 届荣获全国珠心算比赛团体二等奖。2016 年，刘昊燃小朋友在香港参加世界第四届珠心算比赛，荣获个人全能二等奖，世界排名第 27 名。2018 年，胡悦恒于世珠赛获二等奖。2004 年从庆龄幼儿园毕业的甘草，后来成为武汉市高考理科状元，并被清华大学录取……

张春花充满激情地投身幼教事业，几十年痴心不改，她以"关注幼教，关注未来"为己任，志存高远，孜孜以求，坚持珠心算特色教学，硕果累累，桃李满天下，收获了政府的认可和众多家长的肯定，是湖北幼教人当之无愧的骄傲！

其实，张春花大胆创新，从 1994 年就开始在幼儿园开展珠心算教学活动，至今已经坚持了整整 30 年了。

珠算，是我国古代劳动人民的伟大创造。东汉学者徐岳所著《数术记遗》中就有珠算的确切文字记载，据此推断，珠算发端于 1800 多年前，并通过祖传家教、师徒相传、学校教学等方式世代相传，延续至今。

岁月流逝，人间沧桑。珠算同样历经沉浮。

1979 年，财政部主持成立了中国珠算协会；1980 年，上海市珠算协会成立。随着《中国珠算技术等级鉴定标准》出台，明确珠算技能是评定专业技术和考核专业人员的必要条件。一时，群众性珠算技术学习与等级鉴定活动风生水起，连续几年，上海每年珠算技术鉴定达标后获颁证书者都逾 20 万人。珠算获得了有史以来最迅速最广泛的推广、普及和应用。

与此同时，以珠算为基础的珠心算把算盘内化为人的脑映像，学龄前儿童不必借助物理算盘就能在大脑中完成相对复杂的计算。一时间，全国各地幼儿园兴办珠算兴趣班，让孩子们在玩中学、在学中玩，不断开发潜力。

若干年后，随着电子计算机的普及应用，珠算在计算领域的实用功能渐趋式微。一时，珠算淘汰论、珠算可进博物馆的言论此起彼伏。至 2001 年，教育部发布的《义务教育数学课程标准》中取消了珠算课程，珠算正式退出小学教材。

而在 2000 年以前，珠算一直都是中国小学生必学的一门课程。那时候，小学三年级就开始学珠算，上学不仅要背书包，还要背算盘，课外时间大都在背加、减、乘、除口诀表，因为加、减、乘、除法口诀表的作用太大了，不仅珠算要用，口算心算都要用。口诀表涉及生活中的方方面面，随时都能用得上。所以，那时候的小学生基本都能将四大算法口诀表倒背如流。

2001 年珠算被"踢"出了教材，理由是：珠算的计算功能已被计算器代替，取消珠算教学还可减轻学生负担。直到现在，20 多年过去，很难在中国看到有人用珠算进行计算。2013 年，中国珠算申遗成功，被联合国教科文组织确认列入人类非物质文化遗产名录。

作为中国文化瑰宝之一，珠算虽然消失在国人的课堂中，但在海外却被其他国家大力推广。尤其是日本，他们的学校一直在开设珠算课程，将它作为一门很好的文化课进行推广。这是为什么？

珠算除了计算功能，还有一个功能，就是启智。珠算可以开发智力。智力，这一复杂而又神秘的人类能力，长久以来一直是心理学家探索的焦点。

在深入研究后，心理学家们发现智力不仅仅是观察力、注意力、记忆力、思维力和想象力这 5 种能力的简单相加，而且是这些能力之间相互作用、相互依存构成的一个有机整体。每一个能力的发展都不是孤立的，它们相互影响，共同塑造一个人的智力水平。在探索如何全面发展这些能力的过程中，珠算显示了它独特的价值。

在现代教育实践中，珠算被证实具有促进儿童记忆能力、专注力、思维能力和空间想象力的显著效果。这一发现得到了包括浙江大学、北京师范大学和中国教育科学研究院等机构的科研团队的支持和验证。

珠算不仅锻炼手指的灵敏度，还促进了大脑各区域的活跃交互。以前中国很多珠算高手可以两只手打算盘，这得益于大脑和手部之间复杂的神经系统连接。大脑皮层中管理手指的神经中枢占据了广泛的区域，尤其是大拇指的运动区域，其活动强度远超其他部分。现代科学研究进一步揭示了珠算对智力发展的深远影响。

研究显示，正常大脑的信息存储量可达到 1015 比特，相当于计算机的 100 万倍。人体约有 1000 亿个细胞，但在一生中，只有大约 20% 的细胞被激活使用，剩余的大多数终生处于休眠状态。而珠算的活动，则会通过频繁且精确的手指运动，显著激活大脑的这一部分潜能。

尽管与现代的电子计算工具相比，珠算在功能上已不占优势，但在教育领域，珠算继续以其独到的益智和教育启智功能发挥着作用。它被传至日本、朝鲜、越南、泰国等国，对这些国家的数学教育产生了深远的影响。尤其是日本，始终不遗余力地推广普及珠算。

珠算约 500 年前从中国传入日本，随后迅速融入了日本的文化与教育之中。17 世纪，日本从武士到平民，都在学习使用算盘。珠算教育成为日本的必修技能，普及至社会各层。这一传统在"寺子屋"的私塾教育的增加中得以强化，形成了读、写、算的教育基础。

20 世纪中叶，日本经济复苏期，珠算作为一种重要技能，被经济界高度重视。珠算高级资格成为就业市场的一种优势，促进了珠算教育的进一步普及。此后，珠算塾在日本遍地开花，算盘教育也从小学高年级至高中的学生扩展至小学中低年级的学生。珠算教育逐渐触及日本年幼的学生，使他们在黄金学习期能更好地开发智力。

值得一提的是，日本在每年的 8 月 8 日会举办全国性的珠算比赛，这不仅是一次展示珠算技能的盛会，也是一次全民性的珠算普及活动。这一日被定为"算盘日"，从 8 岁的儿童到 60 岁的老者，超过 500 名珠心算高手参与其中，可见珠心算在日本社会中的深远影响。

从江苏卫视的《最强大脑》栏目中，也可以看出珠算的作用。栏目多次邀请日本珠心算选手与中国选手进行比拼，日本选手皆表现不俗。而在其他国际赛事中，也可以看出日本在珠心算教育方面的深厚积累。

日本全国珠算教育协会会长曾表示，日本人自从开始学珠心算，开发了智力，变得更加灵活，孩子大脑灵活也是日本创造力的不竭源泉。所以在教育策略上，日本的珠算教育团体积极推动"强化学校珠算教育"的活动。

这种持续的努力与推广，使得日本珠心算不仅仅是一个算术技能的学习，更是一种智力激发和文化传承的方式。在日本，珠心算已成为启动孩子智力的"黑匣子"，在全国范围内不断开发和培养新一代的思考者。而美国早在20世纪60年代就成立了"美利坚珠算联盟"，致力于从小学到大学设置珠算课程。此后，美国又把珠算作为"新文化"引进，加利福尼亚大学还先后成立了"全美珠算教育中心""珠算学院"，推广珠心算教育。加州大学圣迭戈分校心理学教授巴尔纳的一项研究表明：从小学习珠算的儿童相比同龄人在算术能力上有明显优势，美国孩子学打算盘已成新流行。

珠算，是中国的文化瑰宝之一，即使不在课堂中，我们也应该重视其传承，推动珠算的创新发展，坚定捍卫自己的文化主权，以防其他国家肆意侵占我们的文化遗产。教育关系着国家和民族的未来，泱泱大中华有着5000年的灿烂文化，这是其他国家奢望不到的，像"毒教材"事件，能够激起所有人对教育的危机感，中华文化需要我们一代又一代传承、发扬光大下去。

上海市珠算协会（上海市珠算心算协会前身）曾组织过一场历时数年、邀集海内外各界人士进行的大讨论，在各方充分表达意见的基础上，与会者终于达成共识：珠算在新时代还有存在价值和积极作用。

筚路蓝缕，珠算无涯。2006 年，上海市珠算心算协会与华东师大数学研究所联合召开"弘扬中华珠算文化研讨会"，这次由珠算界与数学教育界携手举办的研讨会，是海内外珠算、数学教育、数学史、科学史多学科专家对话、交流的头脑风暴，是一起引起海内外高度关注的盛会，明确提出"珠算是中华传统数学文化中的瑰宝，是一项影响深远的非物质文化遗产。在计算机技术蓬勃发展的今天，珠算依然具有强大的生命力。科学总结，与时俱进，摒弃局限，改革创新，是我们弘扬珠算文化的方向"的观点。

紧接着，华东师大数学研究所所长张奠宙与时任上海市珠算心算协会秘书长的陆萍和上海师资培训中心莘庄基地负责人、九年义务教育上海小学数学课本副主编黄建弘一起，向国家教委课程标准小组递交了题为《珠算：不该被遗忘的角落》的建议报告，从 4 个方面阐述了珠算应该进入国家数学课程标准的理由：珠算是中华文化的瑰宝，为人类文明做出过重大贡献，至今仍有强大生命力；算盘是极好的学具，其运算是一种具象、直观的数学操作过程；世所公认，珠算是学习位值计数法的最佳模型；珠算集输入、储存、运算、输出为一体，与电子计算机有颇多相似、相应、相当之处，两者并行不悖。

由国家教委、财政部立项，由浙江大学和中国科技大学共同承担的《珠心算对认知功能的影响及其神经机制的研究》项目，证明珠心算能促进儿童数量意识发展，对儿童形象思维能力的培养及迁移有潜在的促进作用，从科学上论证了珠算对数学教育的价值。正是在珠算界、数学界、教育界和社会各界共同努力下，2011 年的《全日制义务教育数学课程标准（修订版）》经国家教委批准，珠算重新进入数学课程标准。

珠算重返小学课程，走出了弘扬珠算文化的第一步，进而为推广珠心算、开发珠算的教育潜能奠定了基础。

2013 年 12 月 4 日，联合国教科文组织通过决议，将中国珠算列入《人类非物质文化遗产代表作名录》。相关决议指出："中国珠算以算盘为工具，是一种历史悠久的传统运算方法。人们根据口诀，通过手指拨珠，便可以完成包括加、减、乘、除、乘方、开方以及解高次方程等数学计算。中国珠算在中国数学研究、运算实践和智力培养方面一直发挥着重要作用。珠算口诀易于掌握，既是运算规律的具体体现，又是运算实践的概括总结，初学者只需适度训练就可达到快速计算的水平，而且珠算能手普遍头脑反应敏捷。珠算被广泛应用于中国人的生活中，是中国传统文化的重要象征，具有高度的文化认同感……"

算盘的物理构造与珠算的算理算法均蕴含着深刻的科

学道理。中国珠算以其文化和科学特征走向了世界。

这几年，珠算珠心算事业又迎来了重要的历史机遇。2019 年 2 月 13 日，财政部办公厅发出《关于加强珠算心算传承发展工作的意见》，明确指出传承弘扬中华优秀传统文化，保护非物质文化遗产，是党中央、国务院的要求，坚持创造性转化、创新性发展，不断增强中华优秀传统文化的生命力和影响力。要深入开展研究工作，加强对珠算文化的研究和阐述，进一步挖掘珠算文化的内涵。要充分发挥示范效应，加大珠算心算教育推广普及力度，大力宣传弘扬珠算文化，加强组织建设和保障力度。

珠算，还为我国国防军工事业做出过重大贡献。我国第一颗原子弹研发过程中，由于当时没有电子计算机，就是几百人用算盘夜以继日地推演出无数个精确数据，帮助原子弹研发取得成功。我国第一代核潜艇总设计师黄旭华至今还珍藏着一把"前进"牌算盘。他在接受媒体记者采访时，曾深情地说："研制核潜艇的许多关键数据，就是从这把算盘上打出来的。"

算盘，在历史的沿革和发展中贡献卓著，并在新时代继续做出卓越贡献。算盘，记载着世事变幻、人间沧桑。今天，珠算的历史辉煌还将续写。

张春花率先在幼儿园推广珠心算，是基于一个契机，当时蔡甸区中医院有一名叫管静华的小儿神经科专家，她在珠心算领域很有研究，她认为学习珠心算对孩子大有益处——

第一是可提高计算能力。通过训练，孩子能够快速进行复杂的数学计算，显著提高计算速度和准确性。在做数学作业或考试时，这种能力可以帮助他们节省时间，更高效地完成计算部分，增加孩子的信心。

第二是锻炼专注力和思维能力。学习珠心算需要高度集中注意力，拨珠和心算的过程锻炼了孩子专注于一件事情的能力。这有助于他们在学习其他科目或做任何事情时都能更加专注。珠心算的运算过程有严格的规则和逻辑，通过不断练习，可以培养严谨的逻辑思维能力，有助于解决各种数学问题和生活中的实际问题，真正做到一科学习，多科受益。

第三是培养综合素质。掌握珠心算技能后，孩子能够快速准确地进行计算，这会增强他们的自信心。这种自信心会延伸到其他方面的学习和生活中。学习珠心算是一个长期的过程，需要不断地练习和坚持。在这个过程中，孩子培养了耐心和毅力，这些品质对未来的学习和工作都至关重要。

但是，学习珠心算有年龄要求，一般 4 ～ 12 岁是孩子学习珠心算的黄金年龄。

一直想在幼儿园开展珠心算教学推广的管静华，慕名找到了张春花，张春花特别容易接受新生事物，深入交流之后，张春花发现两人理念非常一致，于是当即决定将珠心算引入自己的幼儿园。

张春花是一个做事特别严谨认真的人，她经过深思熟虑和多方论证，把珠心算引入幼儿园。首先请管教授对老师进行了封闭式的多周培训，让老师都能够娴熟地掌握珠心算的教学方式，同时又在幼儿园家长群发布招募通知，家长带孩子自愿报名，很快，一个珠心算班成立了。老祖宗的文化瑰宝，从此在庆龄幼儿园扎下根来，散发出熠熠光彩。

张春花长期观察跟踪珠心算孩子的发展，发现这些孩子最大的一个特点就是专注力强，学习效率特别高，反应敏捷，思路清晰，表达流畅，同时对身边的事物敏感度很高，这些孩子家长对他们学了珠心算之后的表现评价也很高。

张春花看了孩子们的表现，欣喜若狂，从此坚定了将珠心算打造成为自己幼儿园一个教学特色的信心。30年如一日的坚持，春华秋实，桃李芬芳，很多学习珠心算的孩子，在国际上拿了很多大奖，有些被保送进重点大学，有些进了国家的军事院校，成了国家栋梁之材。

时至今日，珠心算仍然在教育界存在一定的争议，但是张春花秉承着一份纯粹热烈的教育初心，将中华传统文化瑰宝发扬光大，硕果累累，受到了家长和社会的高度好评。

拉一把民办幼教人

金杯银杯，不如老百姓的口碑，一批又一批的优秀孩子从张春花这里毕业，很多孩子后来考上了重点高中，上了重点大学后，还回到幼儿园来看望张妈妈。张春花数十年的坚守，硕果累累，让庆龄幼儿园的地位在当地家长心里直接"封神"。当地的一些领导，包括教育局的领导，放着公办的幼儿园不上，都把自己的孙子或是亲友的孩子介绍到庆龄幼儿园来上学。

2008 年张春花开始与北京红缨教育合作。

在合作学习中，张春花结识了大量来自全国各地的幼儿园园长和投资人，大家在互相交流中学习提升。中国的民办幼教人太苦了，有情怀，爱学习，但由于起点低，困难重重，缺少相关支持，一路走过来的张春花深有感触，她决定力所能及地帮一帮这些同行。

其中，河南省新乡市辉县有一个乡镇幼儿园的王园长，给她留下很深的印象。在此后几年的时间里，张春花多次自费奔赴河南，对王园长的幼儿园进行精准帮扶。

王园长是一个苦命的女人，父母都是聋哑人，姊妹三人，她是老大，因为父母残疾，导致王园长一直没结婚，对方总担心下一代会有遗传，因此王园长本人也很自卑。眼看同龄人都结婚生子了，她还是形单影只。慢慢年纪大了，就随便找了一个当地农村老实人结了婚，生了2个儿子。幸运的是，她的两个孩子都是正常的。

在农村，很多家庭都是父母外出打工挣钱，大量的留守孩子在老家由爷爷奶奶照顾，镇上只有一个公办学校设有一个学前班，要6岁才能入学，而幼儿园3岁就可以入园，这样就可以解决爷爷奶奶照料的大问题，王园长看准了这个商机，很早就创办了自己的幼儿园。

王园长的老公是一个没有文化的农村人，不尊重她，经常来学校找她要钱，不给的话，会当着幼儿园老师和家长的面打她。这样一来，导致王园长在学生家长面前抬不起头。自己的人生都过得一团糟，她认为自己没有资格在家长们面前谈教育，所以虽然她足够勤奋努力，但从来没有勇气开过一个家长会，更没有组织过大型的幼儿园活动。

那是2012年的一天，张春花在南京学习结束，准备坐火车回武汉，在火车站，由于参会的园长们都穿着红缨教育的服装，王园长老远就看到了张春花，跑过来跟她打招呼，当时时间较紧，两人也没有深入交流，只是留下了联系方式，但王园长美丽而忧愁的眼神给张春花留下了深刻的印象。后来有一天，王园长突然打来电话，说自己的幼儿园办不下去了，想让张春花来帮忙接管。张春花问她的幼儿园是不是遇到了什么困难，为什么要转出去。

王园长十分难为情地说："幼儿园开学要续费，现在幼儿园各方面费用都上涨了，我打算也涨点学费，没有事先告知家长要涨费的事，就先收了 100 块钱的定金。有 100 多个孩子已经交了定金，交完之后我们老师慢慢透露给家长，说下学期要涨学费，谁知家长中间就炸锅了，说我们幼儿园存在欺骗行为，既然要涨价，为什么不提前说出来，而是让他们先交了定金，我从来没有跟家长沟通过，也没有组织过家长会议，现在这个事情就僵在这里，交过钱的 100 多个孩子都要退费！唉，我真的办不下去了。"张春花听完王园长的话，也感到诧异，说："你们没有提前跟家长沟通涨费，就收了 100 元定金，这确实不合理，但是也不是没有解决的办法。"

王园长听完张春花的话，就一再央求张春花过来帮帮她，救救她的幼儿园。张春花知道办一所幼儿园有多么的不容易，尤其是基层的乡镇幼儿园，学费低，事情多，沟通难，全凭幼教人的一片教育情怀苦苦地撑着。但是，情怀不能当饭吃，要活下去才行啊。民办幼教人遇到了困难，能帮就尽最大的努力帮一把。

张春花在电话里给她提出解决方案，提议分三步走。第一步，当时临近六一，张春花建议王园长暂停收取定金，并马上排练孩子六一儿童节的节目；第二步，张春花将自己的体智能老师派过去，协助他们幼儿园举办一场亲子运动会，拉近幼儿园与家长的关系；第三步，张春花亲自带几个孩子过去给家长表演珠心算，并陪她一起召开家长会。

王园长一一采纳了张春花的建议，六一儿童节节目表演和亲子运动会的成功举办，得到了家长们的一致称赞。最后把开家长会的时间定在当年6月29日下午4点。

6月28日上午，张春花在自己的幼儿园举办毕业典礼，上午活动一结束，来不及吃午饭，张春花就带着两名6岁的珠心算学生及学生家长一起赶赴河南。一行五人赶到火车站，最近的火车票只有晚上12点的，而且全是站票，没有座位。5人在火车上挤了一夜，由于没有座位，他们在火车车厢的连接处席地而坐，怕孩子们受凉，两个孩子就轮流坐在家长和张春花的腿上。

下火车之后，王园长过来接他们，从火车站到幼儿园，又开了2个小时的车，几个人一夜没睡，头晕眼花。到了幼儿园后，张春花立马安排两个学生及家长去休息，张春花洗了把脸，就开始摸底幼儿园的基本情况，因为下午4点就要开家长会了，张春花一分钟也不敢耽误，了解清楚后，张春花开始写稿子，家长会上的发言，都在张春花心里烂熟了。

当天下午 4 点，幼儿园的操场上没有一棵树，太阳火辣辣地烤着，300 名学生家长坐在下面，张春花站在台上，汗如雨下，浑身衣服都被汗湿透了，她首先让带来的两名 6 岁的孩子上台表演了珠心算。

珠算式心算，其速度之快非常惊人。往往只要听到题目报数，或自己看到计算题型，算者即能将答案脱口报出，或立即写出。台下的家长看到这么小的孩子，算术能力这么强，大家都看傻眼了，很多家长参与互动，出题目考两名孩子，孩子们都对答如流，家长们在下面议论纷纷，要是我们的孩子在幼儿园也能学到珠心算，那可就太好了。

两名孩子表演后，张春花开始讲话了。她把家长当成好朋友，娓娓道来，她从王园长的身世开始讲起。她动情地说："王园长是个优秀的女人，但同时也是一个苦命的女人。王园长的父母都是聋哑人，她是家中老大，一个人扛起生活的重担，从不叫苦叫累，还要负责几百个孩子的学习和生活。王园长是一个非常有责任心的人，她照顾家人的同时，把幼儿园也管理得这么好，一个小小的农村幼儿园，有 300 多名学生，证明大家还是很认可幼儿园的。目前，确实因为生活成本都上涨了，从校车油费到老师的工资，从一日三餐的柴米油盐到学生校服、被子等等，各项开支确确实实都涨价了。以后幼儿园还将增加体能课、珠心算，这些都需要老师，都需要资金支撑啊，不是为了单纯地涨费，都是为了更好地服务孩子们，不仅要让孩子们在幼儿园吃得好、玩得好，还要学得好。前不久，王园长说她坚持不下去了，不想干了，我想问一下台下的家长，我们同不同意她不干了？"

"不同意，我们同意涨费用，幼儿园必须开办下去！"台下的家长躁动了起来，喊声一片。

张春花说得很真诚，家长们也听得很认真，全程2个多小时，全体家长顶着大太阳没有一个提前离开的，一直坚持到活动结束。这次在家长会上也宣布了，每学期学费涨价800元。当时王园长还一直担心，学费涨了800元是不是都招不到孩子了，晚上做的噩梦都是家长把学生都领走了。张春花让她放宽心，开完会后，张春花多留了2天，看一下反应。

出人意料的是，第二天不仅没有人来退学费，其他没有预缴学费的家长也都交了学费。王园长长舒一口气，对张春花说："张园长，你真是我的大恩人，是你救活了我的幼儿园！"2天后，张春花离开了河南，当年9月开学季，王园长的新生比毕业离开的学生还多了十几个，幼儿园整体人数上涨了。王园长把这一喜讯告知了张春花，张春花也很开心。"赠人玫瑰，手有余香"，能帮助到其他民办幼教人，并获得成功，她的心里充满了幸福。

过了不久，王园长又打电话来，咨询在自己的幼儿园开展珠心算教学的事宜，当时正值暑假，这两个月正是学习珠心算的好时间，张春花马上派老师过去培训，让他们幼儿园熟悉掌握珠心算教学。幼儿园老师学会之后，在9月开学时，就可以在家长会上表演展示成果了。王园长一听又要开全园家长会，连忙紧张地说："我不会开呀，还是需要你来开全园家长会！"

张春花心里想，珠心算是自己推荐的课程，到时候自己也要看看成效如何，加之王园长不敢上台讲话，那自己就再去一趟。这样想着，张春花应承了下来。

转眼到了9月，张春花再赴河南辉县，再次在家长会上发表了动情的演说。同年10月，王园长的幼儿园正式将珠心算课程引入，收获了家长的一致好评。

时至今日，王园长还与张春花保持着良好的互动，她的幼儿园在当地越办越好，已经成了当地民办幼教的一面旗帜。

无论是干事创业还是攻坚克难，不仅需要宽肩膀，还需要铁肩膀，不仅要有担当责任之勇，也要有破解难题之智。只有勇于挑重担子、啃硬骨头、接烫手山芋，才能磨砺出担当重任的真本领。艰难困苦，玉汝于成，奋斗是艰辛的，然而没有艰辛就不是真正的奋斗，可以说奋斗本身就是一种幸福，只有奋斗才能成就美好的明天，表现更好的自己，也只有在奋斗的人生，才能称得上幸福的人生。

一直在奋斗路上奔跑的张春花常常说："随波逐流只能

是枉活一生，若能做一朵小小的浪花奔腾呼啸着加入献身者的滚滚洪流中，推动历史向前发展，才是一生中最值得骄傲和自豪的事情！"

张春花坚守教育初心，狠抓教育品质，同时义务帮助了很多和她一样在困境中苦苦挣扎的民办幼教人，收获了累累硕果。武汉市庆龄幼儿园先后荣获中国民办教育协会"优秀民办幼儿园"、武汉市民政局"先进社会组织"、蔡甸区教育局"规范化民办幼儿园"等荣誉称号，张春花当选湖北省"最美幼教人"……她光荣出席了湖北省妇女代表大会，先后被评为湖北省、武汉市优秀民革党员，当选为武汉市第九届政协委员，并从1993起，连续5届当选蔡甸区政协常委，撰写民生提案40余件。其中，她多年坚持为民办幼儿园发声，《关于建立见义勇为基金》提案被评为优秀提案，《关于提高民办幼师待遇》《给予民办幼师考职称的学习上升通道》《给予民办园与公办园同等待遇》等提案均得到当地政府的回应……当地的一名领导评价说："庆龄幼儿园是武汉幼教行业的一面旗帜，为蔡甸区人民做出了巨大贡献！"

自信自强，来自不怕苦、不怕难的积淀。宝剑锋从磨砺出，梅花香自苦寒来。任何美好理想，都离不开筚路蓝缕的艰苦奋斗。幸福都是奋斗出来的，曾经的风雨兼程化作春风细雨，润泽每一个怀揣梦想的人。在这个以奋斗为底色的时代里，张春花用奋斗擦亮人生，让梦想照进现实，从而让人生变得丰硕和光华熠熠。

"张委员"的"幼教心"

"为什么我的眼里常含泪水？因为我对这土地爱得深沉。"艾青的诗《我爱这土地》，就是张春花对中国民办幼教这块热土的最真实的心理写照。

在武汉市的市区两级政协委员中，提起张春花的名字，许多人会不自觉地露出温暖的笑容。她做了5届蔡甸区政协常委、2届武汉市政协委员，更是中国改革开放后第一批民办幼儿园创办人中的先锋。40载幼教春秋，她早已与这个行业血肉交融，她一手创办的武汉市庆龄幼儿园从一株幼苗成长为参天大树，而她始终如一地守护着这片教育的沃土，将心血倾注于民办幼教的每一寸土壤。

她创办的武汉市庆龄幼儿园不仅是她教育理想的实践场，更成为民办幼教改革的试验田。从课程创新到师资培养，她倡导"以爱育爱"的理念，将围棋、篮球和珠心算等特色课程融入日常教学，吸引了教育界的广泛关注。

在政协里面，张春花利用自己市区两级政协委员的身份，多次为民办教育发声，为民办幼师"鼓与呼"，她的大多数提案和社情民意，都是与民办教育有关。

"民办幼师是学前教育的脊梁，但他们却常被遗忘。"张春花在政协提案中反复提及这句话。多年的园长经历让她深切体会到民办幼师的困境：工资低、社保缺失、职业上升通道狭窄。她曾调研发现，武汉部分民办幼师月薪仅2000余元，购买"五险一金"的幼儿园不足半数。一名幼师向她倾诉："我们连生病都不敢请假，因为工资扣不起。"这句话刺痛了她的心，也坚定了她为民办幼师发声的决心。

连续多年，她的政协提案直击痛点——

《关于提高民办幼师待遇的建议》：她呼吁政府明确民办幼师最低工资标准，参照事业单位人员待遇给予财政补贴，并强制要求幼儿园为教师缴纳"五险一金"。

《关于开通民办幼师评定职称通道的建议》：她建议建立职称评定体系，通过专业培训和技能比赛提升教师能力，为民办园储备优质师资。

《关于关注民办幼师身心健康的建议》：她推动将心理健康辅导纳入教师培训，减轻青年教师职业压力……

张委员多年关注民办教育，很多政协领导都亲切地称她是"幼教委员"，这也成了她身上的一张显著的特色名片。

念念不忘，必有回响。张春花委员的努力逐渐开花结果，从"一个人的坚持"到"一群人的奔赴"。在她的呼吁下，很多提案得到了回应和解决。

2017年，湖北省幼教机构联合会在庆龄幼儿园举办观摩活动时，她积极倡导成立"名师工作室"，通过联合会平台为民办幼师争取更多资源。

2017—2019年，湖北省幼教机构联合会联合全国多家知名媒体连续3年在全国范围内发起"寻找最美幼教人"活动，评选了30名最美幼教人，150名优秀幼教人。

2019年湖北省出台政策提高民办幼师待遇，湖北省幼教机构联合会亦将师资培训覆盖至全省民办园。更令她欣慰的是，越来越多的民办幼师开始主动参与职称评定，职业尊严感显著提升。

然而，张春花始终保持着清醒："民办幼教的春天还未真正到来。"在民革武汉市蔡甸区工委的座谈会上，她动情地说："我们要像孙中山先生一样，既有破旧立新的勇气，也有脚踏实地的坚持。"

心事未了，步履不停。如今，年过六旬的张春花仍活跃在幼教一线。清晨，她常站在庆龄幼儿园门口，微笑着迎接每一个孩子；傍晚，她伏案修改下一份社情民意，字句斟酌间皆是深情。有人问她为何如此执着，她答道："幼教是关乎民族未来的事业，民办幼师不该是孤勇者，他们值得被看见、被尊重。"

　　这份"幼教心事"，承载着一位教育者的理想与担当，也映照着中国民办幼教从筚路蓝缕到星火燎原的历程。或许，正是无数个"张春花"的坚守，才让教育的微光终成星河。

瑞雪兆丰年

2017 年 12 月 28 日上午，天寒地冻，天空中正纷纷扬扬下着鹅毛大雪。在武汉市蔡甸区蔡甸街新庙村正阳大悦城门口广场上，一阵锣鼓喧天，在一个临时搭建的简易露天舞台上，穿着一身旗袍的张春花正在向来访的客人和家长热情洋溢地致辞。大风不断地掀起舞台上的遮布，打得啪啪作响，坐在台下的观众冻得瑟瑟发抖，雪越下越大，地面上很快全白了，张春花的头发上也沾满了雪花。

这一天，是张春花蔡甸区第一家庆龄早教中心开业的日子，瑞雪兆丰年，这是一个好兆头。

其实，在开业的前一天，张春花在收拾早教中心装修材料的时候，不小心在台阶上被绊倒了，胸口重重地磕在了木栅栏上，她疼得几乎当场窒息，一个人坐在地上缓了好久，才慢慢地爬了起来。此刻，按理应去医院检查的，但她心里有一个坚定的意志：一定不能耽误明天上午的开业！

第二天上午，她咬紧牙关装作没事人一样，穿着一身华丽的旗袍，在寒风中致辞，不断接待来访的家长，一直忙到下午，等所有的客人和家长都散去后，她才捂着胸口瘫软在地上。家里人都吓坏了，赶紧把她送到医院，检查的结果是她的胸骨挫伤并伴有明显骨裂，她在医院一躺就是15天……

这是一种多么强大的意志啊，才能支撑她完美地完成当天的活动。张春花每一件事都做得尽善尽美，展示出来的都是美好，而背后的苦和痛，只有她自己知道。

那么，张春花为什么会进入早教托育领域？这也完全是因为她强烈的学习心，让她敏锐地捕捉到了这个商机。她认为：随着人口出生率的降低，未来10年一定是早教托育的风口，国家一定会大力支持，所以就早早地进行了布局。这其中既有她对国家形势的准确预判，也有在学习路上的磕磕绊绊，一路摸索。她一直相信：每个时代都有每个时代的机遇，即使是最深的黑夜，也会有黎明的出现。

"一老一幼"系民心，一枝一叶总关情。家家都有小，人人都会老。"一老一幼"同是"国之大者"，是关系促进国家长治久安、增强大国发展韧性的大事。"一老一幼"同属民之关切，是坚持以人民为中心的发展思想、全心全意为人民服务的生动体现。党的十八大以来，党中央高度重视老有所养、幼有所育工作，准确把握人口发展大势，及时回应民生关切，统筹解决"一老一幼"问题，相关政策法规体系不断健全，事业产业协同提速发展，"银发经济"方兴未艾，服务能力显著提升，为有效解决人民群众养老育幼困难、创造美好幸福生活奠定了坚实基础。

推动养老托育服务健康发展，是积极应对人口老龄化和少子化的关键举措。从长远看，服务好"一老一幼"不但有利于改善民生福祉，也有利于培育和发展经济新动能。据预测，"十四五"时期"银发经济"投资规模进一步扩大，老年群体消费持续迸发，逐步形成万亿级大市场；托育方面还需要新增托位450万个，带动的投资和消费规模均超过千亿元。但是，我国"一老一幼"服务不平衡不充分的矛盾仍很突出。比如，养老托育服务供给总量不足、资源配置结构性失衡、专业化程度不高、体制机制创新相对滞后等，从老有所养、幼有所育到老有颐养、幼有善育，还有很长的路要走。

百姓之事无小事，"一老一幼"总关情。把"一老一幼"保障好服务好，才能托起一个家庭稳稳的幸福。在时代飞速发展的浪潮下，孩子的成长与教育成为社会各界瞩目的焦点。每一个呱呱坠地的新生命，都承载着家庭的希望与未来，而早教和托育行业，犹如一座灯塔，在孩子成长的初始航道上，散发着至关重要的指引之光。

2020年11月，中央全面深化改革委员会第十六次会议审议通过《关于促进养老托育服务健康发展的意见》。会议强调，解决好"一老一小"问题，对保障和改善民生、促进人口长期均衡发展具有重要意义。

2021年5月，中共中央政治局召开会议，审议《关于优化生育政策促进人口长期均衡发展的决定》。7月，决定正式公布，指出以"一老一小"为重点，建立健全覆盖全生命周期的人口服务体系。

2022年8月16日，国家卫健委等17部门印发的《关于进一步完善和落实积极生育支持措施的指导意见》发布。根据指导意见，2022年，全国所有地市要印发实施"一老一小"整体解决方案。

张春花决心布局早教托育行业绝非偶然，她早就注意到0～3岁婴幼儿照护服务的市场空白。孩子们本应在最具可塑性的阶段，得到精心的呵护与科学的引导，然而现实的压力却让家长们分身乏术。每当她看到年轻的父母们满脸疲惫，既要在职场上拼搏，又要应对育儿初期的手忙脚乱，她内心对儿童成长的关怀便愈加深切，终于有一天，一个坚定的信念破土而出：为孩子们打造一片成长的乐土，为年轻家长们排忧解难，用专业与爱开启早教和托育的创业征程。

2017年初，张春花看准时机果断进军早教托育行业，她带领着女儿垚垚和几个资深的老师，开启新的创业征程。

早教的商业模式和幼儿园完全不一样，一般实行的是销课制，上早教的孩子比上幼儿园的孩子要小很多，很多孩子生活都不能自理，早教课要有家长陪护，侧重于启蒙教育、智力开发和感统训练，而托育则侧重幼儿的照护和启蒙教育。虽然都是教孩子，但是工作重点却是截然不同的。

在市场调研阶段，张春花的团队几乎跑遍了城市的大街小巷。她带着笔记本，走进各个社区，观察周边有多少有孩子的家庭，了解他们对孩子早期教育的认知程度和投入意愿。团队成员还去参加各类早教机构的公开课，分析早教的课程设置、师资配备以及收费标准。每到一处，团队成员都在本子上密密麻麻地记录着，不放过任何一个细节。那些日子，张春花和小伙伴们常常是清晨出门，深夜才拖着疲惫身躯回家。余宪骐心疼地说她："你这二次出征，应该是老手了，怎么感觉你比当年创业办幼儿园时都要累呢？"张春花拍拍自己的肩膀，伸了一下腰，说："当时年轻，有资本赌，现在属于我的有效时间不多了，实在经不起失败的折腾！"

在课程研发环节，张春花以"空杯"心态四处拜访早教专家，请教儿童心理学、教育学领域的学者，购买了大量专业书籍研读，并且去北京引进全国知名早教课程，并结合本地孩子的特点，打造了一套既有趣又能切实促进孩子身心发展的课程体系。从大运动、精细动作训练，到语言、认知、社交能力培养，每一个板块都反复推敲，光是设计一节简单的亲子手工课，她都要亲自试验多次，充分考虑到不同年龄段孩子的动手能力、注意力集中时长，以及可能出现的安全问题等。

场地选址更是一次艰难的跋涉。张春花理想中的场地要靠近居民区，交通便利，周边环境安静舒适，然而，现实却给了她重重一击。这种场地要么租金高得离谱，超出预算好几倍；要么位置偏僻，空间狭小昏暗。她记得有一个位于老旧小区的底商，租金倒是符合预期，可一走进去就闻到一股潮湿发霉的味道，墙面剥落，采光极差，改造难度极大。张春花舍不得放弃这个相对便宜的房租，于是找了专业的房屋检测人员来评估，又请来设计师一同商量改造方案。那些天，她脑子里全是各种数据、图纸，经与各方人员反复沟通后，她最终还是无奈放弃了，因为潜在风险实在太大。

为了尽快找到场地，张春花打开思路，她核算了一下租金，决定以半买半租的方式，很快在位于蔡甸街新庙村正阳大悦城的底层商铺找到了比较心仪的场地，该地方是闹市区，人流密集，同时面积也比较合适。

位置终于找到了，装修又成了令人头疼的大难题。要兼顾安全与启蒙功能，意味着每一个角落都要精心设计。地面得选用防滑、柔软的环保材料，防止孩子摔倒受伤；墙面要刷成柔和明亮的色彩，利于孩子视觉发育；家具边角都要做圆润处理，杜绝磕碰隐患。购买环保材料费用高昂，定制适合孩子尺寸的桌椅、教具、玩具、柜子等，更是让预算一超再超，二次创业的张春花感觉自己背负着沉重的大山，压力大到喘不过气。

招生初期，家长对新兴的早教托育行业心存疑虑，觉得孩子太小没必要这么早接受教育，在家里由父母照看更放心，还有人担心她这不是大品牌，不专业、不安全。面对这种情况，张春花决定举办免费早教体验课。她带着老师们精心备课，每一堂课都融入了自己的教育理念，生动地讲解早教的重要性。为了吸引家长报名，她还推出了优惠套餐，赠送亲子活动课程、早教教材等。一开始，来体验的家长寥寥无几，她就加大宣传力度，在周边社区张贴海报、发放传单，利用社交媒体平台推广。慢慢地，有了第一批信任的宝宝，在口碑相传之下，看着孩子们在课堂上开心玩耍、学习成长，张春花知道，所有的辛苦都没有白费。

张春花的第一家早教中心经过两年的运营，终于开始赢利了，2020 年，在张春花筹备第二家早教中心时，市场形势已大不相同，同行如雨后春笋般涌现，市场上竞争愈发激烈。为脱颖而出，她决心在课程上做足特色，引入国际前沿的亲子课程。这意味着老师们需要全新培训，那些日子里，培训室的灯常常亮到深夜。张春花邀请专业讲师，从理论知识到实践操作，逐一细致讲解，老师们认真做笔记、反复演练，力求完美掌握。

谁知就在张春花带队伍摩拳擦掌准备大干一场时，新冠疫情突然来袭，武汉封城数月，线下教学全面停课。之后，便是漫长的核酸检测、疫情防控的 3 年岁月。而早教中心房租、人员工资像两座大山，沉甸甸地压在她肩头。当时，眼见账面上的资金迅速减少，每一笔开支都让人心惊肉跳。张春花心急如焚，整夜整夜睡不着觉，她反复思索对策。好在团队凝聚力极强，大家在最难的时候都丝毫没有散伙的念头。她迅速调整策略，转攻线上。老师们克服设备简陋、技术生疏等困难，纷纷变身"主播"。从拍摄简单易懂的教学视频，到开直播为家长答疑解惑，大家忙得热火朝天。起初，线上的效果并不理想，观看的人数寥寥无几，但张春花没有放弃，带着团队不断优化内容，根据家长反馈调整课程方向。渐渐地，收获了许多线上粉丝，他们在评论区里的认可与支持，给予了张春花莫大的鼓舞。疫情缓解后，不少线上粉丝转化为生源，靠着这股咬牙坚持的韧劲，张春花终于熬过了寒冬，生源也逐步稳定增长，疫情结束后，早教托育中心实现了生源满园。

2022 年，张春花在开办第三家托育中心时，诸多难题纷至沓来。首先是选址过程一如既往地艰辛，她和团队成员几乎跑断了腿。记得有一天，她和团队连续看了 5 个场地，贯穿了整个城市，却都不尽如人意。要么周边配套设施不完善，要么空间布局不合理，大家又累又沮丧。这时，团队里最年轻的老师明明轻轻唱起了儿歌，歌声驱散了疲惫，大家相视一笑，又打起精神继续寻找。最终，还是在自己第一家托育中心的隔壁有租户退了出来了，得来全不费工夫，就在这里干！那一刻，欢呼声响彻整个楼道，所有的辛苦都化作了甜蜜。

每一次装修都是件痛苦的事，新的材料和产品迭代升级很多，托育园的硬件软件都要随之升级，资金压力巨大。为了节省开支，张春花亲自到中国教玩具的生产基地温州选品，敲定了物美价廉品质又很高的桌椅、教具和玩具等，并且还拿下了一些知名品牌的代理权。老师们也主动承担起了打扫装修垃圾、搬运小型教具的活儿，整个装修的过程没有一个人叫苦喊累。

在师资培训时，张春花邀请来的资深行业专家要求严格，年轻的老师们一开始有些吃不消，压力很大。有个叫嘉嘉的年轻老师因为一次模拟授课表现不佳，躲在角落里偷偷地哭。张春花发现后，轻轻地抱住她，和她一起复盘，帮她一个知识点一个知识点地改进。其他老师也纷纷围过来，分享自己成功的经验，鼓励她。在大家的帮助下，嘉嘉老师慢慢找回自信，最终成长为深受孩子和家长喜爱的一名骨干教师。

在招生阶段，有一次，余章垚带队在社区举办亲子活动。一位家长带着孩子来参加，孩子特别害羞，躲在家长身后不敢参与。余章垚看到这一幕后，没有急于拉孩子出来参加活动，而是蹲下来，拿着一个可爱的小玩偶，用温柔的声音和孩子交流。慢慢地，孩子被她亲和的举止吸引了，露出了笑容，加入了活动。活动结束后，家长满是感激地说："之前我还担心孩子适应不了，看到你们这么用心，我就放心了。"那一刻，余章垚的眼眶湿润了，所有的付出得到了认可，比什么都珍贵。

由于张春花的主要工作精力在幼儿园，早教托育走上正轨后，就全权交给了女儿垚垚管理。作为"幼二代"的垚垚也当仁不让，展示出了她的领导能力和年轻人独有的风采。

在日常托育工作里，趣事不断。有一次午睡，孩子们都乖乖躺下，突然，小朋友轩轩坐起来，一本正经地说："老师，我要给大家讲个睡前故事。"然后就开始天马行空地讲起来，什么会飞的大象、彩虹做的滑梯，逗得全班的小朋友哈哈大笑，睡意全无。还有一回，在手工课上，小美把胶水涂得满手都是，急得快哭了，旁边的小伙伴赶紧递上纸巾，还像个小大人一样安慰她："别着急，我帮你擦干净。"看着孩子们天真无邪的互动，老师们的心都化了，与最纯真的童心为伴，这是一份多么有爱的幸福职业啊！

靠着团队的齐心协力，这一年，张春花布局的第三家托育中心顺利开业，在困难与欢笑中不断前行，每一个温暖瞬间都成为团队坚守的力量源泉。

2023 年，张春花成功中标蔡甸区第一家公办民营托育指导中心，这个面积 2000 多平方米的托育指导中心归当地卫健委直管，与区妇幼保健院在一个园区内。政府投资主办的大型托育指导中心，交给张春花团队来运营，这既是一份沉甸甸的信任，更是一个全新的挑战。

刚接手项目，张春花就面临着繁杂的对接流程。与政府部门沟通，需要精准理解每一项政策要求，从场地规划的合规性到师资配备的标准化，一点差错都可能影响后期进度。有一次相关部门召开工作进度会，一堆领导要听取汇报。她事先准备了厚厚的一叠资料，面对工作人员的各种提问，她一一详细解答，由于前期积累了丰富的经验，所有细节她都牢记于心，顺利过关回到园所后，她立刻组织团队开会，把各项要求细化分解，落实到每个人头上。

在场地改造环节，要在保留公办托育园严谨规范风格的同时，融入民办教育多年来积累的温馨、人性化元素，打造出智慧托育空间。但由于预算有限，每一分钱都要花在刀刃上。张春花带着女儿垚垚和设计师们反复探讨，舍弃了一些华而不实的装饰，重点优化功能分区。例如，将原本普通的活动区改造成多功能互动空间，利用可移动隔断灵活调整场地大小，既能满足集体教学，又方便小班活动。施工过程中，她几乎每天都泡在工地，监督工程质量，确保材料环保，生怕有一丝疏忽会影响到孩子健康。

公办托育指导中心，对师资队伍要求较高，一方面要吸纳公办院校毕业的专业人才，满足公办托育对师资学历的要求，另一方面，又要让他们融入自己的企业文化中，这是一个严峻的考验。新入职的张老师，毕业于知名师范院校，刚来时对一些教学方法不太理解，觉得过于"接地气"，有些土。张春花多次找她谈心，分享民办教育这些年的故事，带她参观之前创办的园所，让她看到孩子们在这里的成长变化。慢慢地，她理解认同了张春花的理念，并深深地爱上了这些有爱的教育方式，并开始积极创新，将所学的理论与实际结合，开发出新颖有趣的课程，深受孩子们喜爱。

在招生环节，张春花凭借多年积累的口碑，学位供不应求。但家长们也有新的担忧，担心民办园所师资流动频繁，影响孩子的长期教育。为了打消顾虑，张春花不仅公示了团队教师的成长规划、待遇保障，还组织家长开放日，让家长走进课堂，近距离观察老师的教学风采。有位王奶奶，一开始对孙女入园犹豫不决，参加完开放日后，拉着她的手说："看到老师们这么用心，孩子交给你们，我踏实！"那一刻，所有的努力都得到了最好的回报。

日常运营中，也有许多暖心时刻。有一次，一个小朋友不小心在园所摔倒大哭起来，生活老师李阿姨立刻跑过去，像哄自己的小孙子一样，又是吹又是抱，轻声安慰。孩子很快就破涕为笑，还奶声奶气地说："李奶奶，我爱你。"李阿姨眼眶湿润，这一声"李奶奶"，让她觉得所有的辛苦都值了。还有一次，在亲子阅读活动中，家长们和孩子围坐在一起，分享读书心得，一位年轻爸爸感慨道："以前忙工作，忽略了孩子，多亏有这个托育中心，让我多了一个和孩子亲近的机会。"看着大家其乐融融，张春花感到自己所有的付出都是值得的。

张春花一路奔跑，顶着巨大的压力深耕早教托育领域，短短几年时间连续开了3家早教托育中心、1家公办民营托育指导中心，形成了托幼一体化的集团规模。但是，成功的路上每一步都是风险重重。从选址、办证照、设计装修、课程设置、团队打造，每一步都需要学习和论证，并扎扎实实地落地实施。

当场址选定后，就进入了证照办理的环节。办学许可证、营业执照、卫生许可证、消防许可证，办每一个证照都需要付出巨大精力。与教育部门沟通办学理念、课程设置、师资配备，提交详尽的办学申请报告，根据反馈意见反复修改完善；在工商部门，面对烦琐的注册流程、复杂的资料准备，一趟又一趟地跑窗口咨询、补充材料；卫生部门对场地的卫生标准、消毒设施、餐饮服务资质有着严格要求，从厨房的布局设计到食材的采购溯源，每一个细节都不容小觑；消防环节更是一丝不苟，疏散通道的宽度、消防器材的配备、火灾报警系统的安装调试，任何一点不符合规范都意味着整改重来。

在这期间，张春花遭遇过送上去的资料被退回的沮丧，面临过整改期限紧迫的压力，但凭借着坚定的信念和不懈的努力，与各部门积极沟通协调，逐一攻克难题。每拿到一个证照，都像是在这场创业马拉松中跨越了一道关键的障碍，距离胜利的终点又近了一步。

有了场地和证照，接下来便是如何将场地打造成孩子们喜爱的"成长城堡"。这需要深入了解儿童心理学，精准把握每一个细节。依据不同年龄段孩子的身高、活动能力和认知特点，规划教室布局。婴幼儿教室设置了宽敞的爬行区、柔软的触摸感知角；幼儿教室配备丰富的图书角和创意手工区。活动区的设计更是独具匠心，户外操场铺设柔软的人造草皮，安装适合不同年龄段的游乐设施，攀爬架、滑梯、秋千错落有致，既能锻炼孩子的大运动能力，又保障了安全。室内游乐区采用环保无毒的材料，打造梦幻的海洋球池、逼真的角色扮演小屋，让孩子们在玩耍中释放天性、激发想象力。

装修选材过程中，张春花更是亲自把关，对每一种材料的环保指标进行严格检测。墙面涂料选用零甲醛的乳胶漆，地板采用防滑、减震、环保的实木复合地板，家具定制全部要求使用 E0 级板材，并在装修完成后，进行长时间的通风散味，确保孩子们踏入中心的那一刻，呼吸的每一口空气都是清新、安全的。

早教课程是早教中心最核心的资源。在这个领域，张春花加强学习，紧扣 0～3 岁婴幼儿的成长规律，从大运动、精细动作、认知、语言、社交情感等多个维度精心搭建课程体系。在大运动课程中，针对 0～1 岁的宝宝，设计了轻柔的被动操、有趣的俯卧抬头练习，帮助他们逐渐增强颈部、背部肌肉力量，为后续的翻身、爬行奠定基础。1～2 岁的孩子，则通过障碍穿越、平衡木行走等活动，锻炼他们的协调能力与胆量。精细动作课程更是妙趣横生，为小宝宝准备了不同材质、形状的抓握玩具，锻炼手部肌肉的抓握反射；稍大一点的孩子，安排串珠子、拼图、涂鸦等活动，提升手眼协调与手部精细操作能力。

　　早教中心同时设置丰富的感统教具，让孩子通过触摸、观察、聆听、嗅闻，感知世界的多元。从简单的颜色、形状识别，到复杂的分类、排序游戏，逐步培养逻辑思维能力。语言课程采用奥尔夫音乐教学法的互动形式，唱儿歌、念童谣，让孩子在欢快的节奏中感受语言的韵律之美，激发语言表达欲望。社交情感课程精心创设各种场景，如合作搭建积木塔、角色扮演，引导孩子学会分享、互助、表达情感，迈出人际交往的第一步。

　　而托育的课程，主要是培育孩子成为生活与学习小能手。托育课程面向 1～3 岁的幼儿，重点聚焦生活照料、习惯养成与潜能开发三大核心板块。

　　在生活照料方面，托育中心制定了科学严谨的一日作息时间表。清晨，老师们用温暖的笑容迎接孩子入园，细心为他们晨检、洗手，开启活力满满的一天。进餐时间，根据幼儿营养需求精心搭配餐食，引导孩子自主进食，培养良好的饮食习惯。午睡时段，温馨舒适的睡眠环境、轻柔的睡前故事，帮助孩子养成规律的作息。

孩子习惯养成贯穿日常生活的每一个细节。从自己穿衣、脱鞋、整理玩具，到礼貌用语的使用、排队等候的秩序感培养，老师们通过耐心引导、示范，让孩子们在潜移默化中养成良好的生活习惯和行为规范。

潜能开发课程丰富多彩，每日安排绘本阅读时间，培养孩子的阅读兴趣与语言理解能力；数学启蒙课程通过数玩具、分水果等趣味活动，让孩子初步认识数字、数量关系；创意美术课程鼓励孩子大胆用色、自由创作，激发想象力与创造力……每一个课程环节，都紧密围绕孩子的成长需求，为他们日后的学习与生活筑牢根基。

张春花清楚地认识到：优秀的团队是早教托育事业蓬勃发展的原动力。为了广纳贤才，张春花拓宽招聘渠道，一方面走进高校，举办专场招聘会，与即将毕业的优秀学子面对面交流，吸引新鲜血液注入；另一方面，她与湖北几乎所有幼教、早教和托育相关专业的高校建立了校企合作，让学生可以直接在她的园所实习，她本人和园长也去高校兼职给学生上课，优秀的学生毕业后可以直接来到张春花的园所上班。

这样一来，从源头培养队伍，张春花很快解决了师资不足的问题。

新成员入职，只是团队建设的起点。为打造一支专业过硬、服务贴心的"教育铁军"，张春花亲手构建了全方位的培训体系。入职培训是新员工融入团队的第一课。在这里，他们深入了解中心的企业文化，明晰"用爱陪伴，助力成长"的核心教育理念，将其融入日常工作的每一个行动中。详细学习岗位职责，教师清楚每一堂课的教学目标、流程与课后反思要点；保育人员牢记生活照料的细致规范、安全隐患排查重点；行政后勤人员掌握办公流程、物资管理、对外沟通协调技巧。

随着工作的推进，定期的专业技能提升培训成为常态。针对教师，定期组织早教教学法进阶研讨班，邀请国内外知名专家学者线上线下授课，分享最新的教育研究成果、教学创新方法，如情景式教学、项目式学习在早教中的应用。开展幼儿心理研习工作坊，深入剖析孩子成长过程中的心理变化，帮助教师更好地因材施教。保育人员则参加安全急救实操培训，学习心肺复苏、"海姆立克"急救法等关键时刻能救命的技能，以及常见传染病防控知识讲座，提升卫生保健水平。

通过持续不断的培训与学习，团队成员在专业领域不断深耕，整体素质稳步提升，为中心的高质量发展提供了坚实的人才支撑。

在竞争激烈的早教托育市场，品牌打造成为招生工作的重中之重。设计一个醒目易记的品牌标识是第一步。经过多轮创意构思、筛选优化，张春花最终确定了一个融合了阳光、笑脸、小博士等元素的标识，寓意着孩子们在精心的呵护下，如幼苗沐浴阳光，茁壮成长。围绕品牌标识，统一线上线下的视觉形象，官网采用温馨、活泼的色调，展示中心的课程特色、师资力量、教学环境；公众号定期推送优质育儿文章、课程精彩片段、学员成长故事，与家长建立深度情感连接；精心设计线下宣传册、海报，以精美的图片、简洁有力的文案，彰显教育优势、办学特色，让家长在翻阅的瞬间，就能感受到专业与温暖。

社区是早教托育生源的重要"富矿"，垚垚带领团队积极与周边社区合作，开展丰富多彩的亲子活动。亲子运动会上，设置宝宝爬行比赛、亲子接力等趣味项目，让家长和孩子在欢乐中感受运动的乐趣，同时也增进了亲子间的感情；手工 DIY 集市里，准备各种环保材料，引导家长和孩子一起动手制作创意小物件，激发孩子的创造力。活动现场，中心的老师们全程陪伴，展示专业教学风采，与家长面对面交流育儿经验，精准发放体验券，吸引潜在生源报名。

育儿讲座也是团队走进社区的"敲门砖"。他们邀请资深育儿专家，围绕婴幼儿营养喂养、睡眠管理、早期教育等家长关心的热门话题,深入浅出地讲解科学育儿知识。讲座结束后,设置咨询答疑环节,家长们纷纷围拢过来,提出自己在育儿过程中的困惑,工作人员耐心解答,将家长的需求转化为报名意向。

此外,早教与托育中心还与周边幼儿园、母婴店建立战略合作伙伴关系。在幼儿园放学时段,设置宣传展位,向接孩子的家长发放传单、介绍特色课程;母婴店则作为"前置哨所",摆放宣传资料、展示课程体验券,店员帮忙推荐,借助母婴店的客源流量,扩大品牌影响力,挖掘潜在客户。

身处互联网时代,线上营销成为招生不可或缺的利器。垚垚运营多个社交媒体账号,抖音、小红书、微博齐发力。

抖音上,制作精美的短视频,记录孩子们在课堂上的欢声笑语、专注神情,展示老师们生动有趣的教学过程,配以欢快的背景音乐和简洁易懂的文案,吸引大量家长关注点赞。小红书则侧重于分享实用的育儿知识,如宝宝辅食制作、亲子游戏玩法,以图文并茂的形式呈现,穿插介绍中心的课程亮点,引导家长私信咨询报名。微博利用话题热度,参与育儿相关话题讨论,发布中心活动预告、学员成长动态,与粉丝互动,扩大品牌传播范围。

从孩子踏入中心的那一刻起,精细的日常流程便全面启动,确保他们每一天都能享受到优质、安全、有序的服务。

清晨入园,晨检老师早已在门口等候,温柔地为孩子测量体温，检查口腔、手部，查看是否有身体不适或携带危险物品，任何一点小异常都逃不过他们的"火眼金睛"。进入教室后，老师们用热情的拥抱、亲切的问候来迎接每一个孩子，在爱的怀抱中开启孩子们活力满满的一天。

教学时段，根据课程表有序组织教学活动。老师们提前准备好丰富的教具、精心设计教学环节，以生动有趣的方式引导孩子参与学习。无论是欢快的音乐舞蹈课，还是专注的手工绘画课，抑或是充满挑战的益智游戏课，孩子们都沉浸其中，收获知识与快乐。

餐饮时间，营养厨师严格按照幼儿营养需求精心搭配餐食，保证食材新鲜、种类丰富。老师们引导孩子洗手、入座，培养良好的就餐习惯，耐心鼓励孩子自主进食，关注每一个孩子的饮食量，确保他们吃得饱、吃得好。

午睡时分，温馨舒适的寝室里，拉上窗帘，调暗灯光，老师们轻声讲述睡前故事，陪伴孩子慢慢进入甜美的梦乡。午睡期间，值班老师定时巡查，为踢被子的孩子轻轻盖上，确保孩子们睡得安稳。

傍晚离园，老师们将孩子一天的表现详细记录，反馈给家长，包括学习进展、饮食情况、情绪变化等。与家长面对面交接，确保孩子安全离园，让家长放心。

家长是孩子成长过程中的重要伙伴，家校共育至关重要。为此，早教托育中心搭建了全方位的沟通平台。每日通过专属 App，实时推送孩子在中心的照片、视频，让家长即使在忙碌的工作中，也能第一时间了解孩子的学习生活状态。照片、视频配以简洁的文字说明，记录孩子的精彩瞬间、点滴进步，如"今天宝宝在美术课上画了一幅漂亮的彩虹，想象力超棒！"让家长感受到孩子的成长活力。张春花还安排老师每周电话家访，与家长深入交流孩子在家园的表现差异，倾听家长的意见与建议，共同探讨育儿策略。对于孩子出现的一些小问题，如情绪波动、饮食习惯改变，及时与家长沟通，协同解决。与此同时，每月定期召开家长会，这是一场家校深度沟通的盛会。会上，老师们详细汇报本月的教学成果，展示孩子们的作品、学习报告，分享育儿经验与下阶段教学计划。设置家长互动环节，鼓励家长分享自己的育儿心得，提出疑问与建议，共同为孩子的成长出谋划策。

此外，中心还建立微信群，方便家长随时与老师沟通交流。无论是孩子突发的身体不适，还是家长对课程的临时疑问，老师都能在第一时间给予回应，让家长感受到贴心的服务。

孩子的安全是重中之重，中心建立了严格缜密的安全保障体系。卫生消毒方面，制定了详细的消毒制度。教室、寝室、活动区每日定时通风换气，玩具、教具在用后立即消毒，采用紫外线照射、消毒液擦拭等多种消毒方式，确保环境清洁无菌。餐饮区严格执行食品卫生标准，从食材采购源头把关，确保新鲜、无农药残留；厨房工作人员持健康证上岗，严格遵守烹饪流程、餐具消毒规范，每餐留样备查，杜绝食品安全隐患。

设施设备安全检查同样毫不松懈。定期对游乐设施、桌椅、电器等进行全面排查，检查螺丝是否松动、表面是否破损、电路是否老化，发现问题立即维修或更换。安装全覆盖的监控系统，实时监控各个区域，确保孩子活动无死角，录像保存至少 30 天，为安全追溯提供保障。同时，制定消防、地震、突发疾病等各类意外事故应急处置预案，并定期组织演练。让全体师生熟悉应急逃生路线、掌握自救互救技能，确保在关键时刻能够迅速、有序应对，保证孩子们的绝对安全。

张春花辛勤的付出换来家长的高度认可，好评如潮，在家长满意度调查中，连续多年满意度保持在 90% 以上，许多家长自发在朋友圈、育儿论坛分享孩子在中心的成长点滴，"孩子在这里变得开朗自信，老师们专业又有爱心，选对地方了！"这样的赞誉不绝于耳。

与此同时，业界奖项也纷至沓来，凭借出色的课程研发、运营管理，张春花的早教托育机构多次获得市区"年度最佳早教托育机构""最具创新力教育品牌"等荣誉称号。

豫剧《穆桂英挂帅》里有这一段唱词：

辕门外三声炮如同雷震

天波府里走出来我保国臣

头戴金冠压双鬓

当年的铁甲我又披上了身

帅字旗

飘入云

斗大的穆字震乾坤

上啊上写着

浑啊浑天侯

穆氏桂英

谁料想我五十三岁又管三军

……

唱词铿锵豪迈，壮怀激烈，感染了一代又一代的听众。2017年，张春花二次创业进入早教托育行业时，已经55岁了，比53岁的穆桂英还大2岁！她以昂扬豪迈的创业激情，以服务家长、护佑孩子的教育初心，打下了又一片广阔天地，成为本地最先进入早教和托育产业的领军人物，同时收获了老百姓的口碑。

壮哉，张春花！

为霞尚满天

据国家民政部数据显示，截至 2023 年底，我国 60 周岁及以上人口超 2.97 亿，占总人口的 21.1%，65 岁及以上老年人口 2.17 亿人，占比 15.4%，我国已步入中度老龄化社会。据预测，2030 年前后，我国将进入 65 岁及以上人口占比超 20% 的超级老龄化社会。

随着我国社会人口老龄化持续加深，聚焦向老年人提供产品或服务、为老龄阶段做准备的银发经济呈现井喷态势。据中国老龄科学研究中心预测，目前我国银发经济规模大约 7 万亿元。通过对银发人群的调研观察，发现随着收入水平、时代背景、生活观念等一系列因素的改变，银发群体已经由传统中老年人发展为新中老年人，相比于关注子女、家庭至上的传统中老年人，这些新中老年人更加专注自我，更重视自身身心需求的满足。

目前对于这些新中老年人来说，生活不便、现状不满、未来不安是他们需求消费的三大痛点，因此驱动银发群体需求消费的核心就在于解决不便、弥补不满、缓解不安。

已经同样进入老年人群体的张春花敏锐地注意到了这一现象：现在新生儿出生率越来越低，不管自己怎么努力，孩子越来越少这个事实自己改变不了，而老人却变得越来越多，并且当代的老年人有钱有闲，没有太多压力，是这个社会最安逸的一个群体。既然国家在提倡"银发经济"，那自己是不是可以进军这一领域呢？

在社区组织的一次老年活动中，张春花看到了这样一幕：一群老人坐在台下，目光呆滞地看着台上年轻人活力四射的表演，他们的眼中满是落寞与向往。活动结束后，她忍不住和几位老人闲聊起来。一个姓张的大姐拉着她的手，眼中泛起泪花，说："我退休这几年，每天除了围着厨房转，就是盼着儿女偶尔打来的电话聊聊天，身体一天不如一天，感觉自己越来越没用，被这个世界抛弃了。"而旁边刚50出头的男士也无奈地叹气，他正处在事业的瓶颈期，职场压力巨大，却又找不到排解的出口，生活里除了工作就是应酬，早已没了年轻时的激情，整个人疲惫不堪。

这些画面深深刺痛了张春花，那一刻，她意识到：在社会中，中老年群体，无论是已经退休享受悠闲却陷入精神空虚的老人，还是仍在职场拼搏却被生活磨灭热情的中年人，他们都迫切地需要一个能重新找回自我、丰富生活、滋养心灵的平台。于是，创办一所中老年大学的想法，宛如一颗充满希望的种子，在张春花心底悄然种下。

这时，张春花的朋友张缪兴也有创办中老年大学的想法，两人一拍即合。

张缪兴，幼教互联网品牌"壹点壹滴"总裁，北大高才生，有过成功的互联网创业经验，毕业后作为中国城市信息网发起人和创始成员，主导了网站的开发和产品设计。后投身幼儿教育，作为大型国际幼教集团信息化总监，从零开始搭建幼教互联网信息系统；有着多年知名幼教集团运营经验，一直在探索互联网和幼儿教育的结合。

张缪兴与张春花相识多年，两人有了创办中老年大学的想法后，说干就干，开始四处考察，从找场地到设计，到施工，一个月全部搞定，2023年9月"畅年中老年大学"的营业执照也办了下来。"畅年"二字，是取"畅享人生，幸福晚年"之意。

万事俱备，只欠东风。中老年大学的师资队伍的组建并非一帆风顺，张春花在邀请专业老师时，有的因对中老年教育缺乏信心婉拒，有的担忧报酬不理想犹豫再三。她只能一次次诚恳沟通，阐述举办中老年教育的意义与前景，承诺尽最大努力保障老师的待遇。慢慢地，一支涵盖舞蹈、音乐、形体等多领域，既有专业素养又满怀热情的师资团队初步搭建起来。

周老师是舞蹈班的第一批学员，她年轻时就是单位的文艺骨干，热爱跳舞。可退休后，家务琐事缠身，身体也逐渐发福，跳舞的梦想只能深埋心底。刚进舞蹈班时，她连一些基本的旋转动作都做不稳，脚步沉重，还常常因为记不住动作而沮丧。但周老师骨子里就有一股不服输的劲儿，每堂课都提前半小时来练习基本功，课后还拉着老师请教。渐渐地，她的身姿变得轻盈起来，从民族舞到古典舞再到现代舞，她都能驾驭自如。每一次上台演出，周老师和她班级的姐妹身着绚丽的舞衣，翩翩起舞，她说："我以为退休后就只能与锅碗瓢盆为伴，是老年大学的舞蹈班让我重新找回了当年的风采，现在我每天心情舒畅，身体的老毛病都少了好多，感觉自己越活越年轻！"

学员肖姐刚退休时，完全适应不了突然清闲下来的生活，整天除了打麻将就没啥事了，时间久了觉得自己失去了生活的方向，人也变得没精神，长时间坐立腰间总要缠着腰带才能减轻疼痛。一个偶然的机会，她看到了老年大学旗袍模特班的招生宣传，抱着试试看的心态报了名。穿上旗袍的那一刻，肖姐被镜子里从未见过的优雅自己惊艳到了。但刚开始走猫步时，她总是同手同脚，姿势僵硬。为了克服这些问题，她每天在家穿着高跟鞋贴着墙练习站姿，走路时头顶书本保持平衡。经过几个月的刻苦训练，在旗袍模特班的结业汇报演出上，肖姐身着一袭修身旗袍，迈着自信优雅的步伐走上 T 台，台下掌声雷动。走下舞台后，她紧紧拥抱了身边的同学，感慨道："在这个班上，我不仅学会了如何优雅地走路，更重要的是重新找回了自信，结识了一群志同道合的知心姐妹，现在的生活充实又快乐，特别是身体也变好了，退休后的日子原来可以过得这么精彩！"

上班族孙女士长期从事伏案工作，多年下来，含胸驼背，体态臃肿，不仅外表看起来没精神，还时常感到腰酸背痛，工作中的自信也备受打击。在朋友的推荐下，她报名参加了老年大学的形体班。刚开始，每一个纠正体态的动作都让她疼痛难忍，想要放弃，但看到身边退休的姐姐们都那么努力坚持，她又鼓起了勇气。通过一段时间的专业训练，孙女士的体态有了翻天覆地的改变，身姿挺拔，气质优雅，连同事们都惊讶于她的变化。工作效率也大幅提高，因为良好的体态让她精力充沛，更有自信去面对各种挑战。她常说："这个形体班对我来说不仅仅是锻炼身体，更是重塑了我的生活态度，在这里，我和同学们互相学习、互相激励，拓展了原本狭隘的生活圈子，找到了工作与生活的平衡。"

学员张姐独居多年，子女都在外地工作，她每天的生活就是看看电视、逛逛公园，很少与人交流，嗓子更是多年未曾开腔唱歌。刚加入声乐班时，她连最基本的音阶都唱不准，声音小得像蚊子哼哼，还特别害怕在众人面前开口。声乐老师耐心地引导她，从发声练习的基础步骤开始，一点点帮她找回自信。同学们也给予她很多鼓励，每次上课都拉着她一起合唱。慢慢地，张姐的声音越来越嘹亮，她爱上了唱歌，尤其喜欢唱那些经典的老歌。她动情地说："唱歌让我的心敞开了，不再觉得孤单，还结识了这么多好朋友，老年大学就是我的第二个家，让我的晚年生活充满了阳光！"

学员倪姐原本是个性格沉闷的人，自从老伴去世后，她更是整日把自己关在家里，很少与外界接触。儿子为了让她走出阴霾，给她报了老年大学的非洲鼓班。一开始，倪姐很抵触，觉得自己根本学不会，但在老师生动有趣的教学和同学们热情的感染下，她逐渐被非洲鼓独特的魅力吸引。围坐在一起击鼓时，欢快的鼓点仿佛有一种魔力，驱散了她心中的阴霾。她越学越起劲儿，还自己动手制作鼓谱，分享给班上的同学。她变得开朗健谈，脸上总是挂着笑容，逢人就说："敲着这非洲鼓，所有的烦恼都没了，跟大家一起玩，比我一个人在家有意思多了，老年大学给了我重新生活的勇气！"

学员段哥身材高大挺拔，虽然年近70，仍然器宇轩昂。由于身体不是很好，退休后基本都是在家，很少出来社交，偶然看到老年大学开设男模班的消息，他心动不已，可又有些不好意思，毕竟这个年纪走秀，在旁人看来有点难为情。但内心对舞台的渴望还是驱使他报了名。刚进班时，面对各种时尚的走秀动作，段哥显得有些手足无措，动作生硬。然而，凭借着不服输的精神，他刻苦训练，每天早起对着镜子练习站姿、步伐，观察时尚杂志学习穿搭。功夫不负有心人，在一次登台表演时，段哥身着黑色风衣，迈着稳健有力的步伐走上 T 台，他目光炯炯，展现出一种别样的帅气与成熟魅力，台下观众纷纷鼓掌叫好。走下 T 台后，段哥满脸自豪地说："没想到老了还能这么帅，还认识了各行各业的老兄弟，在老年大学的这段日子，让我的晚年生活变得丰富多彩，这是我这辈子做的最正确的决定之一！"

学员徐姐身体一直比较虚弱，患有多种慢性疾病，精神状态也不佳。听邻居介绍后，她报名参加了中华韵班。这门课程将传统的中医养生理念与优美的舞蹈韵律相结合，通过独特的肢体训练，疏通经络、调和气血。刚开始练习时，徐姐动作缓慢，很多姿势都做不到位，但她从不气馁，每天坚持在家练习。几个月下来，奇迹发生了，她的身体状况明显改善，精神矍铄，连去医院看病的次数都少了。徐姐开心地说："中华韵班传承了咱们老祖宗的智慧，既养身又养心，让我这个老太婆重新焕发了生机，在这儿上课，我感觉自己越活越有滋味！"

在老年大学的诸多班级中，太极班有着别样的温暖与力量。邓校长夫妇是为数不多夫妻俩同上一个班的，老两口都 70 岁了，但每次都开车从蔡甸区索河街准时赶过来，差不多 20 公里的路程，从不迟到！初次踏入太极班，他们连最基础的起势都站不稳，脚步虚浮，双手也微微颤抖。但老师耐心十足，从最简易的桩功手把手教起，一次次纠正他们的姿势，同学们也纷纷鼓励，分享自己的锻炼心得。渐渐地，有了变化。每天清晨，他们都会提前到公园练习，一招一式愈发沉稳流畅。坚持数月后，邓老师夫人的脸色红润，邓老师也比以前有精神多了，他去医院体检，惊喜地发现血压趋于稳定，肩周炎的疼痛也减轻许多。

更令人动容的是，班上有位患有轻度抑郁症的学员李姐，总是独来独往，余老师和她聊天，带着她一起练太极，在交流切磋中，李姐慢慢打开心扉。后来，两人还组队参加太极表演赛，赛场上配合默契，赢得阵阵掌声。如今的李姐，笑容常挂脸上，彻底走出阴霾。太极班，就这样用柔缓的招式，治愈身体，温暖心灵，让老人们在岁月流转中寻得安康与情谊。

在老年大学这个充满活力的校园里，学员之间、师生之间的情谊如同一缕缕温暖的阳光，照亮了彼此的生活。学员们自发组成了各种兴趣小组，舞蹈班的学员们课后常常聚在一起切磋舞艺，互相分享舞蹈服装的搭配心得；声乐班的同学则定期举办小型音乐会，你方唱罢我登场，为彼此提供展示的机会；旗袍模特班的姐妹们不仅一起练习走秀，还会结伴去选购旗袍，交流保养身材的秘诀。这些兴趣小组就像一个个温馨的小家庭，让大家在学习之余，收获了真挚的友谊。

师生之间更是情同亲人，形体老师发现孙女士因为工作压力大情绪低落，不仅在课堂上给予她更多的关注和鼓励，课后还专门找她谈心，分享自己缓解压力的经验；非洲鼓老师得知陈爷爷的老伴去世，时常上门看望，陪他聊天，帮他排解孤独。而学员们对老师也充满了感恩之情，每逢节日，都会亲手制作贺卡、点心送给老师，表达对他们辛勤付出的感谢。

在畅年中老年大学，不同年龄、不同背景的人因为共同的爱好相聚在一起，年龄的界限逐渐模糊。退休的老人将自己丰富的人生经验分享给在职的学员，让他们少走弯路；而年轻一些的学员则用自己的活力和新知识，为老人们带来新鲜的气息；大家相互学习、相互扶持，共同成长。

每年一度的畅年文化艺术节，是老年大学全体师生最为期待的盛大节日，也是他们向外界展示学习成果的绝佳舞台。

艺术节筹备期间，校园里处处洋溢着紧张而又兴奋的气息。舞蹈班的学员们为了呈现最完美的舞姿，每天加练到很晚，反复打磨每一个动作细节，精心挑选搭配演出服装；旗袍模特班的姐妹们为了在 T 台上展现最优雅的自己，节食塑形，对着镜子练习表情管理，力求一颦一笑都尽显韵味；声乐班的同学们日夜苦练合唱曲目，从发声、和声到情感表达，都精雕细琢，只为在舞台上唱出最动人的旋律；非洲鼓班的老人们将鼓点节奏练了一遍又一遍，还别出心裁地加入了一些小道具，让表演更加生动有趣；男模班的帅哥们忙着定制西装、设计走秀造型，希望用最帅气的形象征服观众；中华韵班则将养生动作与艺术表演深度融合，编排了一场兼具美感与内涵的团体展示。

终于到了艺术节开幕的那一天。舞台上，灯光璀璨，音乐激昂。舞蹈班率先登场，她们用灵动的舞姿演绎着《江南》，仿佛将观众带入了一个如梦如幻的仙境；旗袍模特班紧随其后，身着华丽旗袍的姐妹们迈着优雅的猫步，手中握着手花，尽显东方女性的温婉与妩媚；声乐班的大合唱《我和我的祖国》气势磅礴，老人们饱含深情的歌声让台下许多观众热泪盈眶；非洲鼓班的表演活力四射，欢快的鼓点节奏带动着全场气氛，观众们纷纷跟着节奏拍手叫好；男模班的走秀将整个艺术节推向了高潮，他们身着时尚风衣，迈着自信的步伐，展现出老年群体别样的风采与魅力；中华韵班压轴出场，舒缓的音乐中，学员们用优美的动作诠释着传统养生文化的博大精深……

台下，观众们掌声雷动，欢呼声、赞叹声不绝于耳。这一刻，老年大学的师生们迎来了属于他们的高光时刻，他们用汗水和努力证明了年龄只是一个数字，只要心怀梦想，追求生活的美好，中老年人同样可以绽放出最璀璨的光芒。

民生无小事，枝叶总关情。"一老一小"一头连着"夕阳"，一头连着"朝阳"，关注"一老一小"问题就是关注解决人民群众急难愁盼，增进最广大群众民生福祉，切实解决亿万家庭的民生问题。

2024 年 10 月 10 日，金秋美，重阳到，一年一度的重阳节如约而至。为进一步营造尊老、爱老、敬老的氛围，让老人度过一个温馨愉快的重阳节，张春花按照惯例，组织幼儿园走进蔡甸区社会福利院，开展"让生活充满阳光，关爱老人从我做起"重阳节活动。

当天上午 9 点，孩子们在老师的带领下徒步来到蔡甸区社会福利院，为老人们送去了温暖关怀与真诚问候。幼儿园的孩子们精心排练的"童叟皆欢 老少同乐"幼儿节目表演，生动感人，让现场的老人们感受中华传统文化的魅力和孩子们浓浓的孝心。

节目最后，幼儿代表为爷爷奶奶送上了孩子们自画的团扇、贺卡以及亲手制作的小礼物，祝福爷爷奶奶节日快乐、健康长寿。孩子们为爷爷奶奶们精心准备的丰富多彩的节目，乐得爷爷奶奶合不拢嘴，孩子们用自己的实际行动表达了对老人的关爱。幼儿园通过活动的开展，给老人们送去关爱和温暖，不仅让孩子们对中国传统节日重阳节有了更深入的了解和认识，丰富了小朋友的社会实践活动，在亲身实践中接受感恩教育，培养自身的孝心、爱心、责任心，进一步增强了孩子们敬老爱老的意识，更是提高了教师的社会责任感。

为了培养幼儿热爱运动的习惯、团队合作意识和相互帮助的精神，锻炼孩子的意志力，幼儿园组织孩子们徒步往返。把中国传统节日融入教育教学中，一直是庆龄幼儿园的教学特色，深受家长和孩子们的喜爱。

用心至诚的张春花，创办老年大学的这一年多来，风尘仆仆，风雨兼程，有过师资流失、教学受阻的困境，也有过外界质疑、招生困难的低谷。但每一次，当她看到学员们在课堂上专注的神情，听到他们课后爽朗的笑声，感受到他们彼此之间真挚的情谊，以及目睹他们在舞台上绽放的光彩，她内心的信念就愈发坚定。

这些可爱的中老年学员，用自己的蜕变和成长，赋予了张春花坚持下去的力量。同时让她明白：中老年大学不仅仅是一个传授知识和技能的场所，更是一座连接心灵、传递温暖、激发梦想的桥梁。在这里，中老年群体找到了生活的乐趣、重拾了自信、收获了健康，也让他们的晚年生活变得丰富多彩、意义非凡。

看着老年大学不断取得一些成绩，张春花深知还有很长的路要走。除了继续坚守这份初心，不断完善课程设置，提升教学质量，拓展校园文化外，探索如何把老年大学变成一种良好的可持续发展的商业模式，让畅年中老年大学开遍全国，造福更多生活在各种困境中的中老年人，这是她更大的理想。

创办老年大学的过程中，张春花见证了无数中老年人的重生与绽放，也让她更加坚信：只要沐光而行，勇于打破自我，生命注定年轻！

第七章

大时代的梦想烈焰

"幼儿园不是家族企业"

任正非在《华为的冬天》里说："十余年来我天天思考的都是失败，对成功视而不见，也没有什么荣誉感、自豪感，而是到处都是危机感，也许是这样才存活了十年。"张春花同样如此，她每天都是一种奔跑的状态，不敢有丝毫的懈怠。伟人毛主席和企业家任正非是她生命中的两个偶像，遇到困难和沮丧困顿时，她就翻看《毛泽东选集》，看任正非的创业故事，从中寻找力量。

在很多人印象中，"中国式合伙人"大多是这样：一开始意气风发，创业过程磕磕绊绊，最终不欢而散。可张春花就跳出了这个怪圈，她的创业伙伴都长相伴随，很少离职。肖秀园长是张春花的最佳搭档，她进入庆龄幼儿园20多年，经过同甘共苦的事业淬炼，志同道合让肖秀与张春花的情谊愈加牢不可破，坚如磐石。

肖秀园长的深情自述，也许更能还原一个有血有肉、有情有义的张春花——

　　我以前是一名小学代课老师，在蔡甸区玉贤镇一所村小学代课13年，后来觉得代课老师没有前途，考虑再三就辞职了。辞职后在家无事可做，就到武汉来找工作。

　　我在武汉的第一份工作是在皇冠蛋糕厂流水线上做工人，后来领导知道我以前是当老师的，就把我调去仓库发货部门，这些事情做起来相对轻松，但也没有什么技术含量，就是挣个工资而已。在皇冠蛋糕厂工作了不到一年，有一次，偶然遇到家里的一个亲戚，他是大学教授，说起我现在的工作，他表示太可惜了，当了那么多年的老师，教学经验应该很丰富的，他问我现在想不想继续当老师。那我肯定愿意啊，毕竟当老师这么多年，就这么放下还是很遗憾的。

　　他说武昌南湖实验小学正在招聘老师，你可以去试试。武昌南湖实验小学是一所重点小学，就抱着试一下的心态，我去了，没想到竟然应聘成功了！

　　那一年是2003年，我在武昌南湖实验小学工作一段时间后，"非典"来了，当时到处一片恐慌混乱。在学校里，我经常看到有家长过来给孩子送药品，而我自己的孩子才3岁多，丢在蔡甸老家纪庄村里，看着别人家的孩子，我也思念自己孩子的安危，经常想得泪流满面，但离家实在太远了，孩子不能带在身边，所以工作了一段时间后，我又辞掉了工作回到了蔡甸。

我不想让孩子成为留守儿童，希望把孩子带在身边。家里有个亲戚在蔡甸区担任人大常委会副主任，有一次，我们聊起来，她问我那么好的工作怎么不做了，我向她表达了我的想法，孩子太小了，我还是想在蔡甸区这边找个事情做，就住在家里，工作之余可以照顾自己孩子。亲戚就问我："你要是回蔡甸工作的话，愿意去幼儿园上班吗？我认识的一个政协委员是蔡甸区一所民办幼儿园的园长，她的'庆龄幼儿园'在蔡甸区很有名气的，你肯定也听说过。"

"庆龄幼儿园啊，听说过，办得很好的一所民办园，只是我只有小学代课老师的经验，没有接触过幼儿园老师这类工作，不知道能不能胜任啊，幼儿园和小学的教学还是差别很大的。"但是我转念又一想，自己的儿子马上要上幼儿园了，如果我能在幼儿园上班的话，可以和孩子在一所学校，平时也能照顾他，这对一个母亲来说，实在太重要了。

我立马就同意了可以去幼儿园试试看。当时正是暑假，亲戚带我一起去幼儿园找张春花园长，去了才知道当时张园长刚刚做完一个小手术，在家里休养。张园长在电话里直接说了自己家里的地址，让我们直接过来。就这样，我们一起去家里找她。一见面，张春花园长给人感觉就是很和蔼亲切，没有一点架子，就像是一个认识很久的朋友，交流没有一点拘束。张园长跟我介绍了一下幼儿园的情况，当时幼儿园有7个班，员工人数也只有7个人，未来幼儿园还需要不断地壮大，只有幼儿园壮大了，才能提供更多岗位。我向她展示了我当小学老师时取得的一些区级、镇级以及校内的荣誉证书，并如实告诉她："我只有小学教师资格证书，没有干过幼儿园老师。"

张春花园长见状也很真诚地对我说："第一，你虽然有小学教师资格证，很优秀，但小学和幼儿园还是完全不一样的，你过来当老师，只能从配班老师开始做起，重新开始学习；第二，你的情况，我都已经听说过了，你来我们幼儿园还有一个目的，就是想把孩子带过来，在本园上幼儿园，这个想法很好，我们幼儿园也需要不断的扩大，但是我有一个附加条件，你现在住纪庄，离幼儿园骑电瓶车需要20多分钟，如果孩子和你一起过来上学的话，天气好还好，一旦遇到刮风下雨恶劣天气，孩子也很遭罪，这一跑就是3年，你忍心让孩子和你风里来雨里去吗？我们幼儿园有校车，但是你住的那边如果只有你一个孩子的话，校车接送也不现实，所以我要你和我们的老师一起在你那个区域招生，如果学生数量达到了，我们可以开通一条专线，接送那边的孩子上下学，你看怎么样？"

听完张春花园长的话，我愣了半天，我觉得她考虑得好周到，规划得也很长远，心思很缜密，同时又处处为别人着想。我当时确实没有想这么多，只是单纯地想把孩子带在身边，可以照顾他，至于上学遇到恶劣天气的情况，心想克服克服也就过去了。张园长这么一说，我挺感动的，立马觉得这个办法可行。我去招生，毕竟我在玉贤镇纪庄小学教了13年的书，周边还是有很多家长认识我的，当时我也没有培训过招生该怎么招，暑假大热天，我独自一个人去玉贤街上，挨家挨户地问："有没有孩子要上幼儿园的？知不知道蔡甸的庆龄幼儿园，蔡甸区最好的民办幼儿园？"

当地有很多人认识我，也很相信我说的话，我说好的幼儿园那一定是好，我还对他们讲，我儿子今年也报名上这个幼儿园，大家一起报名的话，每天还有校车接送。基本上重复的就是这几句话，到最后，没想到还真招到了十几个孩子，张园长也说话算话，立马开通了到玉贤镇线路的校车，接送孩子们上下学。

这条线路一直运行到今天，已经22年了，从没有中断过一天。第一次招生就招到了十几个孩子，这是我当时进幼儿园最值得骄傲的一件事情。

进入庆龄幼儿园之后，我听从幼儿园的分配。第一天上班，就是我坐着校车，把十几个孩子护送到幼儿园来的。虽然是第一次随车护送孩子，但老师的天然敏感度，让我把孩子的名字、座位号，都记得清清楚楚，一目了然。此后我跟车送孩子从未出过任何差错，家长对我跟车也十分信任。

　　后来因工作调整，换了一个老师跟车，当时还发生过一起家长投诉的事件。一个小朋友，妈妈常年在外打工，中途有一次回来看孩子，没在下车点接，而是特意跑到幼儿园来接孩子，接完孩子，还把孩子带去外面吃饭、买衣服去了。这件事婆媳之间没有沟通好，放学后，跟车老师就随车一起去玉贤街接送点了，一到那个地方，学生都下完了，也没看到那个小朋友，孩子奶奶着急了，说，我家孙子怎么不在车上？跟车老师也不了解情况，就说，是不是还在幼儿园没上车啊？孩子奶奶不依不饶，就坐在校车上不下来，觉得把她家孙子搞丢了。跟车老师实在没办法，就把孩子奶奶带回幼儿园。

　　到了幼儿园，孩子奶奶就坐在操场上又哭又闹的，张春花园长和我听到有家长的哭闹声也赶到了操场，孩子奶奶一看到我，像看到了大救星，拉着我的胳膊就问我早上是不是没把孩子送到幼儿园啊，这会孩子咋不见了。我立即安抚孩子奶奶，说我肯定是送到幼儿园班级了，先别着急，我们问一下其他老师。这时她孙子班级的老师走过来说，是孩子妈妈接走了，并且描述了妈妈长什么样。孩子奶奶一听，说："难道真是我媳妇接走了？她也没和我说呀。"我们赶紧问她有没有孩子妈妈的电话，赶紧打电话问一下，孩子奶奶拨通电话一问，孩子果然是被妈妈接走了。孩子奶奶的情绪这才稳定了下来。

　　孩子奶奶拉着我的手说:"你是一个负责任的好老师,跟车了这么久,从来没有出现过这种情况,以后还是要你跟车我们家长才放心。"我安抚孩子奶奶说:"今天的跟车老师没有了解情况,只把人数一点就出发了,没有跟各班的老师充分沟通好,以后这种情况不会再发生了,我们庆龄幼儿园的老师都是很负责的好老师,您放心,把孩子交给我们,我们一定会负责到底,不会有任何闪失的。"

　　张园长在旁边听到了我们的交流,事后,张园长对我说:"你还是很有担当的,本来这事和你没有关系,但是你第一时间就出来帮家长解决问题,也不推卸责任,家长都说你是一名好老师,那你就是一名好老师,家长最有发言权。"

　　得到张园长的肯定,我心里也是热乎乎的。总之,我就是这样的,即使现在教育儿子,我也告诉他:"现在的年轻人与我们的思想不同,总急于被认同,其实你只要都做了,别人就能看到,眼前别人看不到,那也是暂时的,你只要有能力和本事,别人都能看得到。"

　　我还记得刚来没多久,有一次去厨房,张园长的嫂子在厨房帮忙做饭,她和我们一起闲聊时,用家乡话跟我说:"我看你就和其他人不一样,你做事非常灵光。"

　　我第一次进入幼儿园的那一刻,发现与我担任小学老师的经历截然不同。当小学老师,我只用在上课铃声响了,拿好备课本和茶杯，进入教室，按照规定的教程，教好这节课要掌握的知识，学生都是规规矩矩，手放在背后端端正正地坐着，提问题也都是举手回答，课堂秩序井然有序，有问有答。下课了，回到办公室，喝茶的喝茶，备课的备课，每一天的工作是固定程序。而幼儿园却完全不一样，从带领孩子们进入幼儿园班级开始，没有一分钟嘴巴是停下来的，幼儿园的孩子规矩意识还没养成，不停说话的、到处走动的、打架斗嘴的、要上厕所的，还有刚离开父母，不停哭闹的，你安抚完这个，又要去抱抱那个，还要去给孩子擦屁股，一节课下来，感觉什么都没教，却又一分钟都没有停下来过。下课了，不可能去办公室喝茶，而是得继续留在教室，和孩子们一起玩耍，还要应对孩子们喝水、上厕所等问题……

刚开始，我非常不适应，从进入幼儿园到放学，你是全天候地陪在孩子们身边，没有一丁点属于自己的时间，连上个厕所，也得抓紧，然后每天还得跟车接送十几个孩子，从来没有做过跟车这种事情，心理压力也很大。张园长知道我的情况后，不断鼓励我一定要坚持，最困难的时候，就是刚进来的前半个月，熬过来了，就会习惯了，一个月后就能战胜自己，情况也一定会好转！正如张园长所说，一个月后，我习惯了这个工作节奏，慢慢也适应了，工作起来也得心应手，心理压力也没那么大了。

隔行如隔山，投身幼教后，我才知道，在天下所有的老师中，最辛苦最难干的就是幼师，他们干的是"根系教育"，孩子从小立不立得稳、站不站得正，幼儿园学习期间至关重要。俗话说"三岁看大，七岁看老"讲的就是这个理。幼师真的是亦师亦娘，是老师和保姆的双重身份，并且收入低微，承受的压力巨大。

习惯幼儿园的工作后，我开始着手培训珠心算。珠心算是庆龄幼儿园的一大特色。本来张园长是安排其他老师来我们班开家长会，跟家长讲解这一特色课程的。当时我知道这个事情后，就主动找到张园长，说："我自己带的班，不需要其他老师来宣讲，其他老师可能经验比我丰富，但是以后来和家长对接的人还是我自己，如果由其他老师来讲，家长首先就会对我不信任，以后的沟通对接也就没那么顺利了。我必须对我的班级，对我的家长负责任，您给我几天的时间，我来做珠心算课程讲解。"

张春花园长听完我的话之后，也表示支持，她对我很信任，她说："你作为一个有着13年教学经验的老师，肯定能用你自己的专业知识，让学生更快更好地掌握珠心算。"而且她还提到一个细节，她说："我们幼儿园一直摆放着一些杂志、教学资料、教学设备，这么多年了，从没有人翻过，据我观察，你是第一个拿起这些资料、图书来学习并研究的人，从这些事情上看，你是一个有心人，所以我也相信靠你自己，完全可以把珠心算讲得好并教得好。"

张园长的话给了我很大的鼓舞，我认真仔细地学习了教珠心算的方法。我觉得我可以将小学数学和珠心算相结合，找到一个现在学生更容易理解的方法。那时候没有百度、小红书等这些应用工具可以参考，我就不停琢磨、钻研、验证，后来我使用了一个最简单的方法，我没有运用现在老师教的凑数，我教的方法就是补数，因为我发现幼儿园小朋友理解能力有限，一会凑数、补数和差数，反而很容易搞混淆。目前我只应用一个补数，没有其他知识点，以后等到小朋友们上小学了，他们学习的也是凑10法、破10法，也不会混淆，非常对口，符合孩子们的教学路径，这样孩子们理解起来也更简单。

当我把这个想法告诉张园长时，其他老师提出了异议，他们觉得学校沿用了这么久的珠心算教学法，我一个刚刚来园的老师，就要改变规则，会不会误人子弟呢？张园长真是一个包容性很强的人，既不否定我的运算法则，也不听信资格老的老师的话，而是提出了一个方案，由我来开家长会，其他老师在下面旁听，我当时还不知道张园长的用意。

家长会当天，教室坐满了家长和学生，最后一排坐着本园的其他老师，我也不发怵，毕竟我当过13年的小学老师，在讲台上我用简洁而又好理解的补数法，讲解珠心算的运算法则，没想到家长和学生都能很快理解并掌握。很多家长现场就报名了，短短的一个家长会，收获不小。会后，老师将现场情况都向张园长汇报了，并说家长、学生很快都理解了珠心算。张园长也不知道哪种教学方法更适合学生，所以她对其他老师说："以后你们沿用以前的珠心算法，肖老师用她自己的珠心算法，给她单独一个班，就当是实验班，看你们哪种教学方案有成效。"这样一安排，老师们也都没话说，大家也都没有矛盾。张园长就这样平息了一场教学之争。

武汉市每年都举办全市珠心算比赛，在我没带班之前，我们幼儿园从来没有拿过奖状，每次都是空手而归，在我带这个班后运用我的珠心算教学方法，那一年我们幼儿园就捧了一个三等奖回来。得知我们得奖了，全园都轰动啦，这么多年了，从来没有得过奖，这是第一次，事实证明，我教的珠心算，学生更容易理解并掌握。此后，张园长要求全园都采用我的方法，在以后的珠心算比赛中，我们园每年都会获奖，一等奖、二等奖，都拿到过，奖杯摆满了幼儿园的荣誉室。就这样，我也从配班老师，升为主班老师，这是张园长对我工作的肯定。

幼儿园发展飞速，慢慢从7个班发展到13个班、17个班。当时我在这所幼儿园也已经工作快10年了，回想刚来幼儿园的各种不适应，没想到在这里一转眼干了10年。幼儿园不断扩大规模，张园长一个人有点忙不过来了，就想再选出一名园长来。

当时张园长的妹妹和女儿垚垚都在幼儿园上班，我想再怎么安排也是她自己家里人接班，垚垚是名正言顺的接班人。谁知道，选举当天，张园长及老师们都一致推荐我来当这个园长。我一下子就蒙了，不敢相信这是真的！

张园长找我谈话，我极力推辞，我不想当这个园长，园长事情多又杂，我现在当一个主班老师，只要管好自己班级里的事情就行了，要我管理整个幼儿园，我还是有点没信心。而且幼儿园有这么多张园长家里人在，随便哪一个都可以出来当园长。

我一再推辞，张园长认真地说："幼儿园不是家族企业，是教书育人的地方，一定是德才兼备者才能当园长。通过你来幼儿园这些年的表现，我们大家都认为你非常有责任心、有担当，对孩子们也是打心底地爱，这些都是一个好园长必须具备的品质。既然老师们也都推荐你，那证明大家对你的能力是有目共睹的。现在很多外面的家长都在说，如果想选班级，那就选肖秀的班级，你对孩子好，又肯教学生们学习更多的知识。你看在教学方面，不仅老师们信服，连家长们都认可，这是很难能可贵的，而且你人品好，做事不讲条件，什么事情交代给你，你二话不说就开干，从不提要求，这些都是你的好品质。现在幼儿园在不断地发展，就需要你这样的人来担任园长一职！"

张园长说完，我心里还是没底，下半年秋季开学的时候，学校没有给我安排班级，我心里还在犯嘀咕，这是怎么回事呢？这时垚垚走过来，把我带到了另一个办公室，说："肖园长，这个以后就是您的办公室了。"就这样，我走上了园长的岗位。

在我的印象里，张园长绝对是一个好领导，懂得放权，对员工是绝对信任，不像有些领导，就像放风筝一样的，放一放，收一收，搞得员工放不开手脚干工作。张园长特别有涵养，我性格很直爽，说话很直接，眼里容不下沙子，有一次因为一件小事和张园长发生了争执，具体什么事情现在都不记得了，只知道当时我说话很冲，但是张园长没有和我计较，而是站起来拍拍我的肩膀，任由我在那里发脾气。事后，我也觉得我当时情绪太冲动了，过去找张园长道歉。张园长说："你们就像我的孩子一样，我就是这里的一个大家长，你们有任何的情绪都可以在我面前宣泄，我都当你们是在撒娇，没有什么问题，你们在工作中有时候难免会有压力，不发泄身体会吃不消，对身心也不健康。没事没事，大家只要把话说开就好了。"

这么多年过去了，张园长的话我一直记在心里，她也是一直这样做的，一直是一个大家长般的存在。我们幼儿园老师流失非常少，就因为有张园长这个有爱的大家长在。张园长经常出资将老师送出去培训，给他们提供成长的平台，我们老师都很珍惜这份工作，基本上没有因为工作原因提出离职的老师。

我们幼儿园的一些老师即将成家立业，需要购买房子，有的找她借钱，她二话不说，问个数字，转头就转款给老师了，还说不用急着还，买完房子还需要装修，这都需要钱，不够再跟她说。

我们老师都很感动，张园长真把这些老师当成了自己的孩子。还有我们另一位老师的丈夫接了一个外部工程，负责绿化部分。疫情期间这个工程已经完成，然而款项在疫情之后才能到账。这个时候又接到新的工程，他们没有了启动资金，她找到了园长，说明了这个情况，张园长一口气借了她家40万元，也是一再嘱咐，不着急还，先把事情做好，不要有压力。我们这个年龄段上有老下有小，她只要有时间，几乎每年都去员工家拜年，看望老人和孩子，还给他们包红包，而且都是一两千元的大红包。我们所有的员工家里只要有宴席，张园长也从来不缺席，每次都来捧场，并送上大红包。

张园长对员工有爱，对学生家长也是古道热肠，乐于助人，有时候素不相识的家长，找她解决学生上学的问题、分班的问题等，张园长也是立马答应，自己托人找关系，帮家长解决问题。张园长是有大爱的人，不管是对员工还是对学生家长甚至素不相识的人，只要别人找到她，她总是不求回报地帮助别人，几十年如一日。想到这一切，我对张园长不由得肃然起敬，对能与张园长一起共事，真的感到特别的幸福。

任正非曾在华为讲过一个小故事：以前，农村有个习俗，每当柿子成熟的季节，农民不会把柿子全都摘光，总会留下几颗柿子在树上，这是为什么呢？这样做一来可以供路上来往的行人需要时享用，二来留给鸟儿过冬吃，让鸟儿不至于在严寒的冬天饿死。

万物有灵，来年开春的时候，鸟儿就会捉树上的虫子，这样，下一年柿子才会丰收。

留几颗柿子在树上，既是一种善行，也是一种互惠互利。"舍"并不都是失去，终有一天，会是另外一种"得"。有舍有得，不舍不得，大舍大得，小舍小得。

《卧虎藏龙》里大侠李慕白说过一句话："当你握紧拳头，手中什么也没有；你松开十指，却能拥有整个世界。"舍得是一种智慧，是一种明朗大气的做事风格。赚钱是能力，捐钱是胸怀，能力很重要，但胸怀决定你走多远、走多久！诚可谓："万般神通皆小术，唯有空空是大道。"

现代管理学之父彼得·德鲁克说："伟大的领导者都有一个共同的特质，就是他的内心是大善的，对人有悲悯心。"张春花就是有着悲悯心的企业家、大善人。虽然她表面上好像很严厉，制定了很多制度和规则，对园长和老师的要求非常严格，但她这样做的目的，是通过制度来抑制人性中的恶，使人性中向上、向善的一面充分发挥出来，希望来到庆龄幼儿园的每个人都能成才、成功。

张春花还有一个故事令人动容：有一年，园里有一个优秀的老师因为嫁到外地提出离职，张春花特别看好她，多次找她沟通，挽留她，但遗憾的是没有将她留下来。最后，张春花只好死心。然而这位老师的离职申请却迟迟没通过，张春花一直拖着，有人说："张园长太不近人情了，员工不愿意留下，离职申请怎么还不给通过啊？"然而，过了12月31日，张春花才同意了这位员工的离职申请。原因是按照幼儿园里的规定：在每年12月31日前离职的员工一律不发年终奖。

原来，深知"财散人聚，财聚人散"的道理的张春花拖着不签字，是为了让这位老师拿到年终奖！那位员工后来拿到了几万元年终奖。

在张春花和肖秀园长身上，我们可以看到一个人对本职工作的热爱，是一种朴素的职业情感，爱之愈深，则敬之愈真。爱岗，彰显的是乐业，展现的是执着，葆有这样的职业观，就会把自己的工作当事业干，将小我融入大我，在小舞台上演出大戏剧、大人生。

"星光不问赶路人，岁月不负有心人"，无论出身，无论学识，无论目标，只要你勇于在暗夜前行，星光总会照亮前行的路，只要跟随着"星光"的指引去坚持，不久的将来，肯定能实现心中所愿。张春花就是人群中的那束"星光"，照亮夜空，点亮别人的梦想，最后受她影响和感召的人也成了发光体，化作夜空中的满天繁星！

爱出者爱返

　　行善积德福自来，举头三尺有神明。保持一颗善良的心，你所积的善行便会化为福报回馈你、保佑你，所谓爱出者爱返，福往者福来，即是如此。

　　张春花身上发生的几件爱心事件，就是验证了"爱出者爱返"这句话。

　　在张春花创办幼儿园初期，每年都会为一些困难家庭减免学费，帮助一些贫困儿童免费就读。哪怕最开始创办幼儿园期间，一学期学费只要 50 元，那时候张春花刚刚辞职，创办幼儿园掏空了自己所有的家底，并且负债累累，但只要有家长提出交学费有困难，她都会在了解情况后，减免部分学费或者免除全部学费。

　　特别是当看到有些贫困的家长拿出来的学费，都是几元几元的零钱，看家长掏钱的那一幕，张春花非常心酸，她决定每年都会为一些家庭困难的学生，减免大部分学费，对一些特别困难家庭的学生，她就全免学费。有时家人会埋怨她说："你这里办学校，又不是福利院，家里还负这么多的债，这样下去啥时候才能把债务还完啊？"每逢这个时候，张春花总是安慰家人说："就是班里多加一把凳子，多一个饭碗，如果不是困难，谁会交不起孩子读书的学费啊？只要不让困难家庭的孩子失学，这点钱咱们多勒一下裤腰带就挤出来了。"

据统计，这些年，张春花每年为学生减免学费，资助一些学生家庭，平均每年费用都在 20 万元以上。其中有一个困难家庭，孩子的母亲患有癌症，父亲在深圳打工，家里 3 个孩子，老大从庆龄幼儿园毕业后，由于孩子父母特别认可庆龄幼儿园的教育，又把老二送了过来，后来又生了老三，由于后期这位母亲一直在进行化疗，家里十分贫困。张春花十分同情这一家人的遭遇，不光减免了老大、老二的学费，还持续帮扶了这个家庭多年，如今，孩子妈妈又把老三送到了幼儿园来上学。

在武汉市东西湖区有一个留守儿童，父母离婚后，母亲走了，多年没有音讯，父亲在外地打工，奶奶早逝，家里只有一个 70 多岁的爷爷。老师去家访，回来后老师就哭了，她不相信现在这个社会了，还有这么穷的人家，一个破旧、四处透风的房子，真是家徒四壁。爷爷年纪大了，记忆力不好，眼睛昏花，有一次做饭时不小心把家里的破房子烧毁了。

发生火灾后，孩子和大人都跑出来了，但家里的物件却烧了个精光。张春花听完后十分难过，除了自己捐款外，还号召老师和家长们捐款捐物，为他们捐助了大量家具、桌椅板凳，包括他们用的小锅、碗盏、鞋子、袜子和衣服等，拖了整整一大车送了过去，并且全免了孩子的学费，承诺让他从幼儿园读到毕业……

在张春花办园期间，发生了几件神奇的事，更坚定了她一定要多做好事、多积善的决心，只要多行善事，老天真的都会帮助你。

第一件事是，张春花在建第一栋教学楼时，主体完成后做外墙粉刷，当时脚手架上站满了工人，不知道是脚手架的稳定性不够，还是连接件没有上牢固，在工作过程中突然整体垮掉了，工作台上的工人纷纷跌落下来。正在现场监工的张春花的姐夫吓傻了，坍塌就是一瞬间发生的事情，大家都知道脚手架都是用粗重的钢管一根一根搭建起来的，如果砸在人身上，非死即伤。等大家回过神来，都询问掉下来的工友有没有受伤。

奇迹就是这样发生的，那么多工人从脚手架上跌落，竟没有一个人受伤，没有一个工人被钢管砸到，包括在底下监工的人也毫发无损。最后，在清理现场时，发现有一辆自行车被砸到了，整个轮胎钢圈被砸成了麻花状。大家都觉得不可思议，整个脚手架倒塌，竟然没有伤到人。张春花听到脚手架倒塌的消息，吓出一身冷汗！她首先关心的就是有没有人受伤，当听到没有一个人员受伤的消息，张春花那颗怦怦直跳的心，才平复了下来。等张春花赶到现场，嘱咐工人们今天不干活了，回家好好休息，一旦察觉身体有不舒服的地方，立马去医院检查，所有的费用由她来承担。工人们拍拍身上的灰尘，都说："没事没事，今天是太神奇了，都说张园长是个大善人，这是老天在保佑我们呢！"

第二件事发生在 1993 年，当时幼儿园发展非常迅速，张春花想改善幼儿园环境，正好武汉市有一家工厂幼儿园关停了，有一些设备和床准备处理。张春花得到消息，第一时间赶去工厂幼儿园联系购买事宜，工厂幼儿园得知张春花这边是一所民办幼儿园，并且接收了好多农民工的子女，所以以很低的价格，把一些小朋友午睡的实木床和一些教学设备半卖半送地都给了张春花。

张春花一股脑把这些设备全拖到了幼儿园，当时幼儿园场地还是租的私房，楼梯特别窄，木床根本抬不上三楼。左思右想，没有其他办法，只能用绳子吊的办法，楼下张春花的外甥用几根大麻绳把实木床捆结实，三楼再站几个人拉住麻绳，一点一点地往上拖，虽然吃力，但床也是一个一个地拉上去了。眼看只剩最后一张床了，胜利在望，张春花外甥捆好最后一根麻绳，楼上的几个人慢慢往上拉，眼看就要到三楼了，张春花外甥转身离开，就在他转身离开的一刹那，空中的实木床突然散架了，厚重的实木木头纷纷落地，狠狠地砸向地面，地上被砸了好几个坑。幸好张春花外甥刚刚转身离开了 1 秒钟，躲过了一劫，要是当时他待在原地，厚重的木头从高空直接砸在人头上，一定会当场丧命！几个人一阵后怕，真是老天庇佑呀！

第三件事情是张春花母亲从 40 多岁就卧床不起，一直病恹恹的，大家都觉得她能活到 70 岁都是一个奇迹，所以在母亲 70 岁生日的时候，张春花几姊妹准备为母亲办一个70 岁的寿宴。办寿宴也是请的当地办理酒席的"一条龙"服务，家里人只负责接待客人就可以了。吃完酒席，很多亲人都准备离开，张春花姊妹打算留下来陪母亲吃完晚饭再走。当时是在放假期间，张春花幼儿园的校车就负责接送客人，准备把张春花 6 个兄弟姐妹的孩子送回蔡甸市区去。谁知在回去的路上，司机为了避让一个挑担子的人，急打方向盘，车子一下子开到河堤下面去了，当时张春花接到电话，只听电话里喊："车翻了！车翻了！"司机急得说话语无伦次，6 个兄弟姐妹的孩子都在车上，要是出了问题，这可真是没法交代啊！

张春花头都炸了，她强制自己稳定了情绪，忙问了翻车的地址，她马上赶过去。一路上，她六神无主，也不敢打电话问那边的情况，一心只想赶快到达现场，看看是什么情况。

快到现场时，远远地看见路边站着一群人，校车的尾部高高翘起。张春花来到了现场，发现真是虚惊一场：车子确实开到河堤下面了，但那里刚好有一大堆沙土，校车的头部稳稳地插进沙土里，尾部翘起来了，沙土的缓冲力保护了一车人。张春花看到校车司机和一排小辈们都安然无恙，眼泪止不住地流了下来，她摸摸这个孩子的头，拉拉那个孩子的手，说不出一句话来，此刻悬着的心，也终于落下地来……

事隔多年，张春花说起这件事，仍然感到一阵阵恐惧，她说："我无法清楚地表达这件事情，一想到这件事情就会感到恐惧，内心的感受无法用语言形容，真的感谢老天爷的保佑啊！"

张春花说："创业这几十年，我们幼儿园没有发生过一起安全事故，校车运行这么多年，也一直是零事故，孩子们安全无虞，就是我最大的福气！"每一次的化险为夷，每一次的虚惊一场，张春花都认为就是老天眷顾。

义者，宜也。有多清醒的认识，就会有多坚定的选择；有多崇高的信仰，就会有多勇毅的行动。爱出者爱返，福往者福来。这句话出自汉代贾谊的《新书》，善于奉献爱和布施福德的人，自己往往会得到别人的爱和恩惠，实际上说明了因果循环的道理。佛教有善有善报、恶有恶报的因果报应的思想，说明佛菩萨修行是"自利利他"，这两者不是对立的，而是圆融统一的，帮助别人才是真正的自利。

一粒种子交给大地，大地就会为它长出一片绿色；一片云彩依偎在天空，天空就会为它带来丰沛的降水；万物把萌发的心愿交给世界，世界便呈现给它们盎然与蓬勃。是的，你把爱拿出来，一定也会得到爱的馈赠。自己修行也是一样的，你放什么进去，就会呈现什么出来。放进去慈悲喜舍，那么就会呈现出通透洒脱；放进去贪嗔痴慢，那自然就会收获痛苦和烦恼。人间万事，莫不如此。

活下去，才是硬道理

在中国人口出生率持续走低与《学前教育法》新规的双重冲击下，民办幼儿园行业正经历前所未有的"寒冬"。2022 年至 2024 年，全国幼儿园数量减少超 2 万所，2023 年中国的幼儿园就关停了 1.48 万所，在园幼儿直接减少 534.5 万人，被关停的绝大部分是民办园。面对"一孩难求"、运营成本攀升、教师流失等困境，不少民办园选择关停或转型。无数民办幼教人在坚守和放弃之间纠结，甚至一些地方还爆出"幼儿园投资人跑路"的新闻。

疫情之后，民办幼儿园的"至暗时刻"到来：低生育率与政策收紧的双重夹击，导致生源锐减，学位空置成常态。

国家统计局数据显示，2023 年中国出生人口仅 902 万，较 2016 年"二孩政策"高峰期的 1883 万腰斩过半。生源断崖式下跌直接导致民办园招生困难。以武汉市某民办园为例，其小班招生人数从 2020 年的 80 人骤降至 2022 年的

14 人。多地甚至出现幼儿园"闭园潮"，仅 2023 年，广州市 4 个主城区便有数十所民办园终止办学。

与此同时，普惠政策挤压营利空间，导致社会资本大量退出。《学前教育法》明确"政府主导、公益普惠"原则，要求普惠性民办园占比达 85%，且严格限制营利性民办园资本运作。很多民办园投资人坦言："普惠园收费受政府指导价限制，利润空间被压缩，而高端园又因疫情之后生源减少难以维系。"

没有了利润，很多民办园为压缩成本，往往降低教师招聘标准，导致师资学历达标率比公办园低 10.6%，职称比例亦显著落后。薪资待遇不足更引发教师流失，形成"招不到、留不住、教不好"的恶性循环。

疫情之后，经济下行，家庭收入锐减，家长和孩子焦灼抑郁，各个行业无限"内卷"，无数民营企业家"躺平"，失业率大增，在"活下去"口号喊得震天响时，无数人和无数的企业却活不下去，成了"老赖"或走向破产。

2024 年，《学前教育法》颁布，民办教育何去何从？出生率持续下降，幼儿园的普惠率和公办率一直攀升，民办幼教的市场不断被挤压，民办教育人是该躺平还是雄起？

2024 年 7 月，湖北省幼教机构联合会召开了一次学术研讨会，主题是学习研讨《学前教育法》出台后，中国民办教育的出路和发展方向。但是，随着讨论的激烈，大家的发言重点发生了变化。在这次会议上看到不少民办幼教同行因为生源不满、普惠办学后学费低廉、资金压力大等原因，滋生躺平和退出等情绪。张春花是湖北省幼教机构联合会的副会长，在这次会议上，她大声疾呼："我们民办幼教人应该守土有责，用高品质的学前教育守好自己的阵地，如果我们教育人都躺平了，我们的家长怎么办？我们的孩子怎么办？大家不能把教育当成生意做，教育的本质是教书育人，我们应该严格按照《学前教育法》的要求，做好自己的本职工作。花香蝶自来，只要咱们自己的幼儿园有特色，中国的市场经济还是多元性的，家长的选择也是多样性的，但是不出众，就出局，我们现在不能有躺平的心理，要更加努力地办好教育，办出特色，让自己活下去才是硬道理！"

张春花在这次幼教行业研讨会上的发言掷地有声："与其抱怨寒冬，不如点燃篝火。"

张春花掷地有声的话，打动了很多人，大家深受感染纷纷鼓掌，也有人若有所悟，陷入了深思。其实，这已经不是张春花第一次给行业人打气了。她经常给同行说："我们原来赚了一些钱，那是时代带给我们的红利，现在高速发展的经济周期结束了，我们要加强学习，与时俱进，当好一个新时代的幼教人！"

在这片"哀鸿遍野"中，张春花以"活下去才是硬道理"的信念，带领园所逆势突围，成为行业寒冬中的一抹亮色。

　　张春花向同行分享了自己面对行业寒冬的"破局之道"，她带领庆龄幼儿园以"求变"破局，从"特色办园"到"全脑教育"， 以教育创新提升竞争力。2024 年，庆龄幼儿园率先引入"全脑课程"，聚焦专注力、记忆力与逻辑思维培养，并举办"脑力达人"挑战赛，吸引家长关注。张春花认为："教育内卷下，家长焦虑的根源是孩子学习能力的不足。民办园必须提供差异化服务，让家长看到'提分'以外的价值。"这一创新不仅提升了园所口碑，还通过课程溢价部分缓解了普惠政策带来的收入压力。

　　针对民办幼师流动性强，易引发家长不安的情况，张春花强化师资，构建稳定团队。庆龄幼儿园严格招聘标准，要求教师具备本科以上学历与 3 年工作经验，并参照公办园薪酬水平保障待遇，教师队伍特别稳定，多年来没有出现老师主动离职现象。张春花强调："教师是幼儿园的根，只有让教师有尊严地工作，才能为孩子提供优质教育。"

　　利用科技赋能，构建"线上 + 线下"教育生态圈。张春花利用在线教育平台与 App，提供家园共育服务（如学习进度跟踪、亲子互动课程），打破时空限制，提高家长黏性。同时，通过大数据分析优化教学方案，提升管理效率。

　　面对适龄幼儿减少，庆龄幼儿园探索"托幼一体化"，招收 2～3 岁幼儿填补学位空缺，并申请政府生均经费补贴。此外，其秋成园通过扩大班级规模（招收中班、大班）延长服务周期，提高家长黏性。

张春花的实践为困境中的民办园提供了可复制的经验。她多次倡议民办幼教人需摒弃"逐利优先"的短视思维，以《中国教育现代化 2035》为指引，将"五育并举"融入课程设计，培养幼儿的创造力、协作力与社会责任感。从"规模扩张"转向"质量深耕"，政策合规与特色发展并重，同时拓宽服务边界，探索托育、早教、老年教育等多元化模式，盘活闲置资源。

她的故事证明，即使面对人口结构剧变与政策收紧，民办园仍可通过创新与坚守找到生存空间。正如《学前教育法》所强调的"高质量发展"方向，民办教育的未来不在"规模"，而在"价值"。活下去，不仅需要智慧，更需要对教育初心的坚守。

"活下去才是硬道理！"不光自己要活下去，张春花还借助湖北省幼教机构联合会的平台，带领更多的民办幼教人，坚强地活下去，并且活出新时代中国民办幼教人的风采来！

改革开放 40 余载，民办幼教人始终是推动中国学前教育发展的重要力量。他们以灵活的模式、创新的课程和贴近家长需求的服务，填补了公办教育资源的空白，为亿万家庭提供了多样化的教育选择。然而，在普惠性政策主导、出生率下降的背景下，民办幼教行业正面临生源缩减、竞争加剧、政策压力等多重挑战。但困境亦是机遇的入口，民办幼教人需以自立自强的姿态，主动适应时代变革，从"孤勇者"转型为"引领者"，为孩子的未来创造更优质的教育生态。

张春花的经历告诉我们：民办教育人，要做时代的"破风者"，而非孤勇者。民办幼教人无须自困于"被排斥"的焦虑。时代的浪潮中，唯有主动变革、开放合作，方能立于潮头。从课程创新到科技赋能，从普惠转型到托幼融合，每一步都是对教育初心的坚守，更是对未来的引领。正如《"十四五"学前教育发展提升行动计划》所期许的，民办幼教人应以自立自强的姿态，与公办教育并肩，共同构建"公益普惠、优质多元"的学前教育体系，为每个孩子铺就通往美好明天的道路。

萤火之光可化漫天繁星

多年来，张春花一直行走在公益的路上，她感谢有一个民办幼教人的"娘家"——湖北省幼教机构联合会，在这里，她和一群志同道合的人，携手共进，以萤火之光，化满天繁星。

湖北省幼教机构联合会是经湖北省民政厅审核批准，由湖北省内从事幼儿教育的企事业单位、机构和教育科研机构，自愿组成的全省性、联合性、非营利的社会团体和依法注册的省一级联合会。2019年12月，湖北省幼教机构联合会被评为4A级社会组织，下设"家庭教育专业委员会""早教托育专业委员会""体育分会""专家委员会"4个专业委员会，是湖北省内动力蓬勃、专家云集、氛围活跃、运作成熟的教育类社会组织。张春花是这个省级教育行业协会的创会元老，连续3届担任副会长职务。

2020年，在疫情最严重的时候，湖北40万幼师面临着失业。张春花想，不能因疫情让一位幼师失业！要知道，每一个员工背后，都是一个负重前行的家庭，幼师本来就是一个稀缺工种，幼儿园都倒闭了，谁来给他们发工资，没有了收入生计，他们该如何生存？疫情过后，还剩多少人能坚定地选择这个行业？

当时武汉是受影响最严重的城市，因为复工复课遥遥无期，大量幼教机构面临房租、工资成本的巨大压力，投资人抱怨情绪滋生。针对行业出现的一些负面声音，为了帮助行业渡过难关，张春花和其他会长一起，通过各种渠道反映民办幼教的生存堪忧问题，通过扎实调研，湖北省幼教机构联合会通过官微发表《用春天的情怀迎接春天，致广大会员的一封信》《关于我省民办幼儿园因疫深陷困境亟待扶持的建议》和《湖北"解封"30万幼师却将失业》等一系列文章，同时又设计出调查问卷，收集会员单位遇到的困难，通过行业协会平台把会员的困难和呼声传递给上级部门，引起高层高度重视。

2020年4月17日，武汉市人民政府研究通过，武汉市教育局等9部门下发《武汉市应对新冠疫情支持民办教育健康发展有关政策措施》通知到各个区教育局执行，这一揽子政策，犹如及时雨，解决了民办幼儿园因疫受困的窘境……

授人以鱼，不如授人以渔。在湖北省幼教机构联合会联合湖北省妇联公益木兰项目《拉一把女幼师——湖北女幼师复工复产线上直播课项目》，50堂干货满满的直播课，帮助全省 30 万女幼师学会了直播课技能，该项目后来获得了"湖北省妇联 2020 年度公益木兰重点扶持项目"。

这些年，张春花和湖北省幼教机构联合会的同行一起，坚持以"解政府之忧，解民生之困，解会员之难"为办会目标，先后举办了 100 多场公益培训和助学助教活动，协调捐款捐物合计 2000 多万元。

张春花作为省级 4A 级行业协会的负责人之一，她和行业协会的会长们一起，积极响应上级组织打赢脱贫攻坚战和助推乡村振兴号召，这些年，湖北省幼教机构联合会连续发起了 20 场大型募捐，分别向荆门、房县、黄梅、五峰、鄂州、洪湖、武穴、建始等地留守儿童家庭，共捐献了 2000 多万元物资，助力乡村儿童健康成长。

试举一些公益活动的例子——

2017 年 10 月 22 日，湖北省幼教机构联合会发起"利川扶贫慈善行"活动。这次活动，共为谋道镇中台小学学前班的孩子们捐赠图书、文具等物品、物资 3 万多元。

2018 年 1 月 6 日，湖北省幼教机构联合会联合武汉二马智净科技有限公司发起"公益捐赠空气净化器 送孩子清新无忧家园"公益捐赠活动，活动捐赠了价值 18 万元的 20 台空气净化器设备，同时为湖北省内 100 多所幼儿园提供了免费苯和甲醛检测服务。

2018 年 1 月 15 日，湖北省幼教机构联合会向天津港大爆炸救援中不幸牺牲的消防英雄庞题的父母庞方国和方志英，捐赠了5000元爱心基金。3月25日，又向方志英家庭捐赠价值5万多元物资，并上门慰问了方志英及双胞胎婴儿，并安排英雄母亲免费入住母仪天下月子会所。

2017年5月15日和2018年11月16日，湖北省幼教机构联合会举行了两次"鄂州精准扶贫慈善行"活动。共为牛山村贫困家庭和孩子捐赠现金与慰问品16万多元，大家还实地考察走访了牛山村贫困户及困难家庭，了解了牛山村贫困家庭及其子女的学习情况，代表协会承诺对这些贫困孩子的上学问题管到底。

2018年6月9日，湖北省幼教机构联合会发起了"公益教室"海选活动，为贫困山区捐献了价值高达30万元的"公益教室"，通过科技手段，帮助贫困幼儿打开信息时代知识的大门。

2021年11月5日，湖北省幼教机构联合会联合湖北省婴童用品协会，分别向宜昌市五峰和恩施建始县的留守儿童和贫困儿童家庭，捐出了价值206100元和132820元的爱心物资。

2021年7月26日，河南大水牵动人心，湖北省幼教机构联合会秘书处紧急发出《紧急驰援河南灾区的募捐倡议书》。7月28日，100万元的母婴爱心物资，由省婴童协会党支部书记赵振江押车，连夜驶往河南鹤壁市浚县重灾区。随后不久，湖北省襄阳市南漳县发生山洪，受到上级单位的委托，湖北省幼教机构联合会展开紧急行动，募集了共计 79 万多元的爱心物资，迅速发往南漳县，解决了当地孩子的口粮问题。

2021 年，湖北省幼教机构联合会承接的湖北省妇联"公益木兰"之"童心向党 茁壮成长"主题教育实践项目，以庆祝党的百年华诞为主题，推出 15 场形式多样、丰富多彩的专题教育活动。共有 5000 多名幼儿参与其中，直接受益儿童 30000 多人，间接受益人数超过 50000 人。

2023 年湖北省幼教机构联合会在湖北省武穴市石佛寺鸡公岭幼儿园，举行"关爱乡村留守儿童，助力乡村儿童健康成长"公益活动，为鸡公岭幼儿园的孩子们捐赠图书、教玩具等物资价值 3 万多元。

2023 年 5 月 29 日，湖北省幼教机构联合会党支部在麻城市龟山镇新屋垸村的省妇联驻点村开展"心手相连 守护花开"关爱儿童党建共建活动，慰问新屋垸村困境儿童。省幼教机构联合会的爱心企业家向新屋垸村捐赠婴幼儿奶粉 20 箱、运动服 100 套。捐赠仪式现场，党员干部向村 15 个儿童家庭代表赠送文具、运动服等爱心礼物，表达节日问候，家庭教育专家还为当地留守孩子开展了一场别开生面的家庭教育课。

2023 年 8—10 月，湖北省幼教机构联合会举办两期湖北省幼师公益培训班，免费吃住免费培训，培训了 200 多名园长，为湖北基础教育输出了力量。

湖北省幼教机构联合会连续多年积极参加湖北省妇女儿童发展基金会组织的"腾讯 99 公益日"网络众筹等活动，捐献爱心，多次获湖北省妇女儿童发展基金会表彰。

湖北省幼教机构联合会组织在全省开展 20 多场爱国主义、家庭教育公益宣讲活动，同时开设"护育荆楚"家庭科学育儿亲子课堂、2024"家庭教育楚天行"公益课堂、"安全自护课堂"100 多场……

这些活动的背后，都有张春花忙碌奔波的身影。从来没有从天而降的英雄，只有挺身而出的凡人。张春花永远心怀家国，激情忘我，虽如萤火，如潺溪，但长期坚持的爱心力量，一定会幻化成满天繁星、汇聚成大江大河。

回到家乡

那年你踏上暮色他乡
你以为那里有你的理想
你看看周围陌生目光
清晨醒来却没人在身旁
人静的雨夜想起了她
她的挽留还萦绕耳旁
想起离别她带泪的脸庞
你忍不住地哭出声响
那年你一人迷失他乡
你想的未来还不见模样
你看看那些冷漠目光
不知道这条路还有多长
……

《在家乡》这首脍炙人口的歌曲，唱尽了游子的心伤。

2025 年春节前夕，张春花特地跟老公一起自驾回了一趟母亲的老家——河南驻马店西平县，看了看自己小时候生活过的地方。村庄还在，铁路还在，西平县火车站今非昔比，修得豪华气派。高铁一列列穿梭而过，很少再看到当年的绿皮车了。那天中午，冬日的暖阳照在铁路边的麦田里，麦苗上闪烁着光芒。张春花走在自己小时候生活过的土地上，踩在蓬松柔软的麦苗上，她张开双臂，忍不住深深地呼吸了一口来自家乡的新鲜空气。故乡啊，你浪迹天涯的游子终于回来了！

张春花在外公外婆的坟上磕了头、上了香，她清理了坟上的萋萋荒草，又和丈夫一起给坟头培了培土，泪水在她的眼眶里打转，她想起了小时候跟外公外婆生活的那些温暖岁月……村口的池塘此时干涸了，小时候的杨树如今已经长得又粗又壮，两个人张开双臂都环抱不住，枝冠参天。村里很多人她都不认识了，真是有一种"少小离家老大回，乡音无改鬓毛衰。儿童相见不相识，笑问客从何处来"的悲凉。家里的老房子已经垮掉了，地基还在，张春花在老宅面前站了很久，百感交集，思绪万千。她是大地和乡村的女儿，这里是她生长的地方，是她梦开始的地方，是她的根，无论她飞多高多远，这里永远是她魂牵梦萦的地方……

2025 年春节期间，天南地北、城市乡村，人们奔赴团圆、感受亲情、分享喜乐，这是千年不改、约定俗成的"中国式家庭"团圆年。

回溯中华文明的浩荡长河，一个个春节的起承转合，汇成一幅包罗万象、风流蕴藉、热闹非凡而又温情脉脉的文化长卷。家是最小国，国是千万家。"中国式家庭"团圆年，是岁月匆匆，父母老去，子女远行，但春节始终像磁铁一样将一家人带到一起。

春节是团圆的理由，合影照片是一家人团聚的见证。中华民族自古以来就重视家庭、重视亲情，团圆是春节不变的主题。不久前，网上有个提问：哪个瞬间让你感觉要过年了？有人回复回老家赶大集，有人留言炸丸子、炒花生、吃饺子，有人说写对联、贴窗花……回答各不相同，但与家人团圆、和亲人相聚却是背后的共同期盼。家是心灵的港湾、情感的归宿，团圆是最浓的年味。不管路程有多远，不论工作有多忙，回家过年总是每个中国人内心最朴素的期待。这是烙在我们心头的浓郁乡愁，是始终不变的亲情守望。

春节，散布在各地的游子们乘坐飞机而回，乘坐高铁而回，乘坐车船而回。较之地理上的归来更深邃的是游子们乘坐时光之舟，无论白发老翁还是黄口小儿，在春节这个特殊的日子，都在以不同的形式奔着家的方向而来……

张春花家是最幸福的，一大家子人并没有散布在天南海北，而是像石榴籽一样紧紧抱在一起，一大家子好几十口人相互尊重、相互包容、相互学习、相互帮助，都生活在一座城市里，甚至居住在"一碗热汤的距离"内。按照往年习俗，每年大年三十，所有人都会聚到张春花家吃团年饭，欢度除夕。

2024 年张春花在张家淌村新修的乡村别墅在春节派上了大用途！虽是冬天，早晨起床后站在二楼阳台上，目光所及之处皆是绿油油的一片，那是一望无际的田园，晨雾在空气中弥漫，如同一层轻纱，使得一切景物都变得模糊，远处的树木和村庄也若隐若现。门前的池塘，也被一层薄雾笼罩着，微风吹过，河面泛起一层涟漪，池塘边的几棵垂柳树上，一群小鸟在欢快地歌唱，为这片静谧的村庄增添了一些生机。欢快的鸟叫声，不时入耳，热闹非凡，仿佛它们也在聚会，也在欢度春节，也在诉说着这一年的得失。张春花倚着栏杆，享受着这片刻的宁静。

"春花，走，咱们再去买点新鲜食材，孩子们等会儿都要回来了！"余宪骐在楼下喊道。张春花这才回过神来，一年到头，总是为了工作忙忙碌碌的，从来都没有时间好好欣赏一下村庄周围的环境，没有让心静下来，感受一下生活的美好。

张春花夫妇开车来到街上，大街上也是人潮涌动，到处张灯结彩，大家都在兴高采烈地挑选着自己心仪的东西。这边的对联龙飞凤舞，那边的灯笼红彤彤的，像一个个小太阳，节日氛围浓郁。余宪骐赶紧挑了新鲜的排骨、鱼、虾等孩子们喜欢吃的菜品。春节，当然少不了烟花爆竹，他又给孩子们买了各种各样的烟花爆竹，装了满满一车。

回到家里，厨房就是余宪骐的阵地。余宪骐是当仁不让的主厨，张春花打下手。这么多年，只要两个人都在家，厨房里从来不会只有一个人，夫妻俩总是分工合作，即使另一个人没有事情做，也会待在厨房里陪着一起说说话，随手剥个蒜，递个碗之类的。在厨房的方寸之地，他们烹饪出千变万化的美食，而始终不变的，是那份对彼此的爱与陪伴。

余章垚夫妇住得近，带着两个孩子先到了。余章垚虽已是两个孩子的妈，在父母面前还像个小姑娘一样，一进门就钻进厨房，看看做了什么好吃的，手也来不及洗，就忍不住这个尝一嘴，那个也要试吃一口，惹得张春花连连嗔怪："快去洗手，洗完了再来吃，看你哪有当妈的样！"余宪骐对女儿一直宠爱有加，他转头说张春花："咱女儿就是爱吃我做的菜，拿个筷子先吃，吃完了再去洗手！"张春花拿父女俩没办法，笑着说道："女儿从小到大，你就知道护着她！"这时，两个外孙进来了，外公外婆地叫着，张春花夫妇心里像喝了蜜一样甜。

说话间，余章曲夫妇带着两个孙女也到家了，小孙女才刚刚2岁，奶声奶气地叫着爷爷奶奶，大孙女抱着奶奶的腿，说："爷爷奶奶，我好想你们啊！"是啊，儿子媳妇住在光谷，只有周末回蔡甸来看望爷爷奶奶，但是张春花太忙了，经常儿子媳妇一家回来了，她却忙得不在家，有时候儿子周末需要加班，也不能回家，所以虽然都在一个城市，但各自都有自己的事业要打拼，过年时一大家子整整齐齐地聚到一起，特别幸福难得。

张春花夫妇在厨房里忙碌，4个小朋友聚在一起，玩着他们的小游戏，4个年轻人，拿出早已准备好了的对联大福字、窗花，打算一一贴上去。不一会儿，整幢房子大变样，大红灯笼高高挂起，大红的对联齐齐整整，大福字上的娃娃憨态可掬，无不处处彰显着春节的喜庆。

这边厨房里忙得差不多时，张春花的哥哥姐姐、弟弟妹妹陆陆续续也带着孩子们过来了，殷乐和垚垚把炒好了的菜陆陆续续端上桌，女婿忙着摆凳子、摆碗筷，儿子去拿饮酒的杯子，一大家子几十口人，分了两桌席，坐不下的人，就只有站着吃。

余宪骐摘下围裙，洗罢手，去酒柜里拿出2瓶珍藏的老酒，一桌一瓶，屋里气氛热闹非凡，每个男人酒杯里斟满了酒，女人和孩子则端起了饮料。老师出身的余宪骐每逢此刻，必得按大家要求发表祝酒词，他端起酒杯，深情地说道："一年的时间过得好快，咱们这个大家庭每个人都在各自的领域付出了辛苦，收获了成绩。亲情，是这个世界上最珍贵的感情，感谢春花多年的努力和付出，让我们这个大家庭能年年幸福团聚在一起。春花，辛苦了！"

　　说罢，他搂了一把张春花的肩膀。张春花忍不住哈哈大笑，丈夫的这种当众秀恩爱，现场没有一个人觉得造作，因为这是他几十年来的"标准程序"，同时，余宪骐说出的也是每个人的心里话！

　　此时，窗外传来放鞭炮和放烟花的声音，小朋友们都争着往院子外面跑去。是啊，"爆竹声中一岁除，春风送暖入屠苏"。那熟悉的鞭炮声仿若从岁月深处飘来的灵动音符，悠悠萦绕耳畔，轻轻叩开了张春花心底那扇藏着新年珍贵记忆的门。儿时，放鞭炮是孩子们过年最兴奋的时刻，承载童年的无忧和对新年的期盼，是每个人心底温暖的宝藏。

　　张春花不禁想起了小时候自己家里穷买不起鞭炮，她带着弟弟妹妹满村子寻找没有炸响的零星鞭炮，拿回来陪着弟弟妹妹放的情景。远处，空旷的田野里美丽的烟花在夜空中绽放，此起彼伏的爆竹声远远地传来，看着眼前家人的一张张幸福笑脸，眼泪不经意从张春花的眼角滑落了下来……

跋丨心中有光，
苦难的土壤中也能开出花来

2024 年，龙年，注定是不平凡的一年。

这一年，世界不太平：俄乌战争持续，千万人流离失所；美国大选，78 岁的特朗普再次当选总统；莫斯科"克罗库斯城"音乐厅发生恐怖袭击事件，造成至少 144 人死亡；巴黎奥运成功举办；戒严"闹剧"，导致韩国政坛"大地震"；以色列与哈马斯的冲突持续，战火四起，中东陷入全面灾难……

这一年，中国大事件不断：神舟十八号、十九号载人飞船相继出征太空；中国人民解放军开展"联合利剑-2024B"演习，震慑"台独"势力；党的二十届三中全会胜利召开；渐进式延迟退休改革方案出台；庆祝中华人民共和国成立 75 周年……

世界风云变幻，人间悲欢离合。2024 年 10 月底，因亲人生病住院，在人民医院陪护的那些日夜，从未有过的孤独感和身心疲惫，像藤蔓一样在心头缠绕。医院是一个独特的磁场，阴郁和灰暗是主基调，医院里面的世界和外面的世界，好像是两个完全不同的世界。白天，医院挤满了人，进进出出，晚上却又安静得吓人，气场变化极大。药品的味道、消毒水的气味，各色病人的愁容，令人压抑不安。

白天，我从医院 9 楼的走廊向窗外远眺，可以看见长江流向天际，看见长江大桥上的滚滚车流和江面穿梭的轮船，看见首义博物馆的红墙青瓦，看见枫林尽染的蛇山，看见黄鹤楼静静地矗立在晚霞间……晚上，我坐在医院走廊的排椅上，借着窗外的灯光，用手机写张春花的故事，内心充满了温暖、感动和力量。

近几年面对行业艰难处境，张春花在很多场合都掷地有声地给幼教人打气："幼教行业是朝阳行业，幼教不会死，只要能守住初心和品质，就永远不会出局！"

吃过大苦、有过大成就的人，往往乐观、低调、从容。有人曾说："一个人最好的状态，就是眼里写满了故事，脸上却不见风霜。"张春花就是这样的人。阳光笃定的她有着一种坚不可摧的乐观自信，或许是年龄的关系，她脸上流露的始终是一种历经岁月的柔韧与善意。

笔者与张春花是十多年的朋友，印象中她走路带风，干事从不纠结，永远都是一副风风火火的样子，见面时总是笑意盈盈。

"实干，不纠结；乐观，不畏难。迎难而上，收获成功。"这是张春花身上最独特的气质，也是中国幼教人身上所缺乏的一种宝贵气质。当困难压顶时，她总是乐观以待，全力以赴，永远相信最终结果肯定是好的。稻盛和夫曾说："当你付出百分之两百的努力，到了已经快坚持不下去的时候，往往成功才刚刚开始。"雷军说："永远相信美好的事情即将发生！"马云也说过："我跟很多了不起的商界牛人交流过后发现，他们身上有一个共同的特质，就是乐观。第一，他们一定是很乐观地看待未来；第二，他们永远不抱怨，只检查自己的问题；第三，他们认准的事情，有着超越常人的坚持。"张春花虽然没有上过任何商学院的课，但她与生俱来的乐观主义精神，足以让她睥睨一切困难。

张春花最崇拜的人物是毛泽东。毛泽东的一生，无论是求学还是革命，即使最艰难、最黑暗的时期，在面临枪林弹雨生死考验的危急关头，他都绝无消沉、绝无萎靡，永远斗志昂扬。毛泽东的一生，既有"问苍茫大地，谁主沉浮"的仰天长问，又有"数风流人物，还看今朝"的自信豪迈。《星星之火，可以燎原》《论持久战》，都是在中国革命和中华民族到了生死存亡之际，他发出的穿越时代的最强音，时至今日，依旧振聋发聩。这种大无畏的乐观主义精神，为世人提供了无穷的精神动力。

在滚滚历史洪流中，张春花这个中国第一代民办幼教人，一腔孤勇，开启了人生的浩荡征途，带领一个苦难深重的家族实现了跨越阶层式的成长。家是最小国，国是最大家。除了励志和奋斗，书中浓墨重彩描写了张春花的家族亲情故事。父母情、兄妹情、夫妻情、子女情、公婆情、姑嫂情、妯娌情、婆媳情、翁婿情……五彩缤纷，情义绵长，笔尖流香，勾勒出了一幅热气腾腾的中国式人情世故情的丰满生活画卷。生活画面与历史场景深度交融，书中还贯穿了中国诸多重要的历史场景：人民公社、知识青年上山下乡、重启高考、改革开放等，见证了中国教育事业日新月异的发展，见证了人民对美好生活向往的逐步实现的全过程，让人深刻感受到历史的深邃与人性的温度，恍如在时代风云中旅行，内心激荡起无尽的敬意与感动。

　　张春花父亲张德好少年时当过长工，青年时参军报国，南征北战，四海为家，成家之后，为了一家人能够过上幸福生活，长年在长江航运上奔波。余宪骐的父亲余成树，中年丧偶，一个人外出打工学艺，凭一己之力拉扯8个孩子长大。后来，在改革开放初期，他乘风破浪下海创业，创办了当地最早的民营皮鞋厂，成了第一批"吃螃蟹"的人。张春花砸掉"铁饭碗"，在"泥巴碗"下辞职创业，她赓续的是家族前辈的奋斗精神，志存高远，为了美好的生活而奋斗不止，把小我融入祖国的大我、人民的大我，与时代同步伐、与人民共命运，实现人生价值，升华人生境界。

张春花的创业故事，是中国改革开放大潮下涌现的典型中国故事，风云激荡，穿越岁月的轮回，命运的波谲云诡过程和生命的充实丰盈硕果，让人不禁心驰神往。一个人相信这个国家的伟大，顺应时代的变化，通过个体的艰苦奋斗，成为行业里的翘楚，努力做一个国家、人民和社会需要的人才。她的经历同时还告诉我们：一个人如何在贫穷时保持向上的姿态，如何在富有时保持生活的质朴，如何在喧嚣浮躁中保有一颗赤子之心，如何在拥有力量的时候承担起责任，如何面对困难毫不妥协，如何成为一个真实的、自己希望成就的那个自己。

其实，张春花践行的就是中国当代企业家的精神：国家会因为你而强大，社会会因为你而进步，人民会因为你而富足。多为国家、为人民、为社会做力所能及的事，国家、人民和社会一定会以他们的方式加倍地回馈给你！

张春花珍藏了无数珍贵的一手资料：亲笔信、手稿、照片、视频，或者与她相关的报纸、文件、合同、入党申请书、档案等。泛黄的纸片浸透着历史的气息，诉说着一位伟大女性的艰苦卓绝和智慧顽强。

令人惊喜的是，张春花的女婿胡衡，除了年轻帅气，记忆力惊人，同时文采斐然，他提供了大量的创业史实和家族亲情温暖故事，成为撰写这本书的"素材大本营"，给了我巨大的支持。

　　穿越岁月的轮回，命运的诡谲和丰盛让人不禁怔忡，一个中国女性奔腾向上的生命张力，一个平凡而辉煌的"中国式家族"和滚滚向前的时代大潮深度交织，风云激荡。写作中激情粲然，人物的精神世界神韵俱显。走进张春花的人生，像是走进了一个霞光万丈的精神"桃花源"，历经惊涛骇浪之后，这里"山河平旷，屋舍俨然；波光潋滟，水草丰美；阡陌交通，鸡犬相闻；黄发垂髫，怡然自乐"。

　　张春花的故事，是惊涛骇浪之后的静海深流，是冰刀雪剑后的春华秋实，充满着励志和温情。生活的苦难，把她踩在尘埃里，但心中有光的她，能在苦难的土壤里开出花来！她身上乐观向上的精神，像时代的一道光，照亮无数尚在迷茫困顿的人们。

　　看一个人能不能逆袭，就看他有没有坚韧的生命力。那是一种即使面临逆境和挑战，也能不断努力，坚持不懈，最终取得成功的力量！每个优秀的人都有过一段至暗时刻，被生活碾压到尘埃里，有些人在这样的炼狱中从此消失，但是有少数人却在经历了这些事情之后，从地狱中走了回来。他们态度从容，眼神坚定，他们杀伐果断，绝对理性。他们能从挫折创伤中汲取能量，风浪越狂，他们就越挫越强。他们在最低谷处见过世态炎凉，也曾痛心于人心的扭曲模样，看遍了魑魅魍魉，但骨子里的向上和善良，注定护他们逆流而上。苦厄难夺凌云志，不死终有出头日。当别人都在抱怨"为什么是我"的时候，他喊出的却是"为什么不能是我"。在逆境中积极突围，在绝望中找到希望，这是每一个强者必备的能力。凡事发生皆有利于我，我们不歌颂苦难，我们只感恩那个在苦难中百折不挠的自己。假如一个人遍体鳞伤，眼中却依然有光，属于他的胜利，一定就在下半场。希望那些所有正在经历苦难的朋友，请不要放弃，只有最终穿过人生某个时期的黑色沼泽，才能看透人间冷暖，才能真正地百炼成钢。

张春花就是这样的人！曾经苦到极致，但她乐观到极致，努力打拼到极致，才有了她今天极致的大团圆、大幸福。

致敬张春花，致敬这个伟大时代，致敬在大时代梦想烈焰照耀下努力奋斗的我们自己！

附录 I 影像记：光荣与梦想
家庭篇

少女时代的张春花

高中时期的张春花

张春花的父母

张春花武汉二师毕业照（后排右四）

张春花早期居住的房子

张春花在政协会议中与武汉市政协主席单大年交流

张春花夫妇与支持幼儿园发展的归元寺住持昌明法师在一起

张春花和余宪骐为第二幢教学楼开工奠基

幸福的一家四口（1）

幸福的一家四口（2）

在顺德读书期间的余章曲（左四）和校领导合影

余章曲和罗定邦中学校长胡乃璋合影

公公余成树和老伴与张春花一家合影

余氏家族全家福

张春花夫妇及亲家夫妇与儿子一家四口合影

翠竹气质的张春花

余宪骐近照

附录 I 影像记：光荣与梦想
教育篇

只有8个孩子的春花学前班从这里起航

张春花把留守儿童带回家居住

张春花和父亲与郑桓武老先生（中）在第一幢教学楼落成前合影

参加全国第九届儿童篮球嘉年华（二排中为张春花）

庆龄幼儿园小朋友参加珠心算比赛的合影

教职工参加篮球亲子运动会（三排左一为张春花）

庆龄幼儿园亲子运动会上，小朋友表演篮球操

荣获"最美幼师团队"称号

亲子运动会

张春花为参加湖北省珠心算比赛前六名选手颁奖

庆龄幼儿园的小朋友参加湖北省珠心算比赛现场

庆龄幼儿园刘昊燃小朋友在香港参加世界级珠心算比赛留影

庆龄幼儿园园长肖秀带胡悦恒小朋友到印度尼西亚参加
世界级珠心算比赛

国家珠心算著名总教练王卫达（右五）与庆龄幼儿园获奖老师合影

邓小平扮演者卢奇（左三）到访庆龄幼儿园并题词

陈毅的扮演者谷伟到访庆龄幼儿园（左一为张春花）

孙中山的扮演者韦智与张春花（右三）在宋庆龄雕塑下合影

孙中山的扮演者韦智在庆龄幼儿园宋庆龄雕塑前合影（右一为张春花）

张春花（三排左六）与获奖孩子合影

张春花在国防军事教育活动上致辞

张春花与红缨教育创始人王红兵（右）、东方之星教育董事长
杨文泽（左）合影

张春花和"壹点壹滴"总裁张缪兴合影

张春花与钱学森学生、"相似论"创立者张光鉴先生合影

张春花与原国家教委专职委员、教育部副总督学郭福昌先生合影

蔡甸首家公办托育揭牌仪式(右三为蔡甸区教育局局长李三华,
右四为蔡甸区妇幼保健院院长夏木)

蔡甸区卫健委领导及妇幼保健院院长为张春花女儿余章垚授牌

张春花与丈夫、女儿在蔡甸妇幼托育开业典礼上的合影

附录 | 影像记：光荣与梦想

荣誉篇

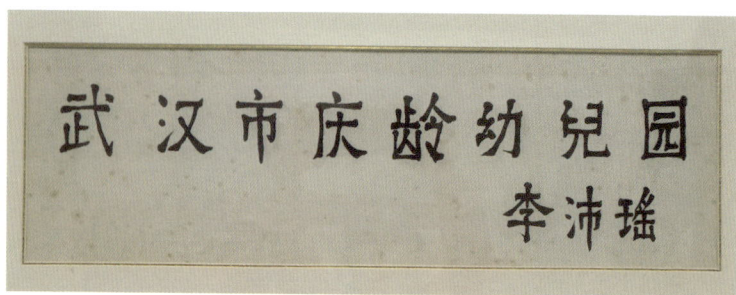

武 汉 市 庆 龄 幼 兒 园

李沛瑶

全国人大常委会原副委员长、民革中央原主席李沛瑶先生
为庆龄幼儿园题名

张春花从北京捧回大奖

红缨教育创始人王红兵为张春花（右一）及儿媳殷乐授牌

珠心算教育教学实验点

第四届全国珠心算比赛荣获学前组团体赛二等奖

授予: 武汉市庆龄幼儿园

2020年度湖北省十佳珠心算教育单位

http://www.hbzxsxh.com/

湖北省珠算心算协会
二〇二一年一月

武汉市庆龄幼儿园当选湖北省十佳珠心算教育单位

武汉市一级幼儿园

武汉市教育局
2021年1月

武汉市庆龄幼儿园被评为武汉市一级幼儿园

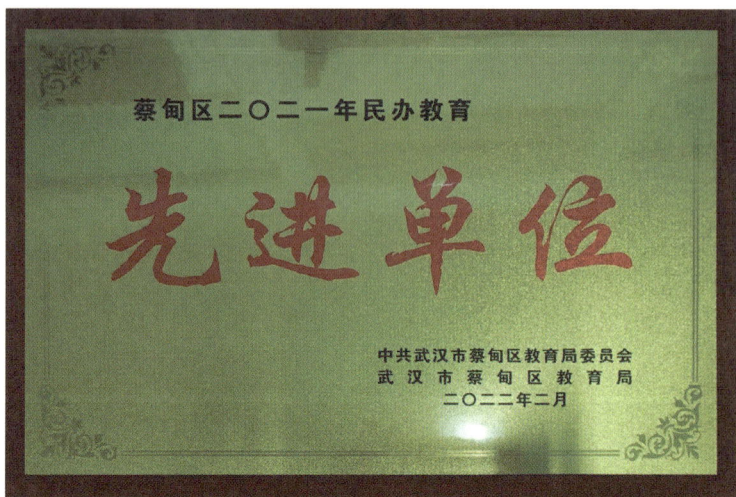

庆龄幼儿园连续多年被蔡甸区教育局评为先进单位